徐侠 著

野蘑菇

团结出版社 UNITY PRESS

图书在版编目（CIP）数据

野蘑菇/徐侠著. --北京：团结出版社，2017.9
ISBN 978-7-5126-5579-9

Ⅰ．①野… Ⅱ．①徐… Ⅲ．①长篇小说－中国－当代
Ⅳ．①I247.5

中国版本图书馆CIP数据核字（2017）第224027号

出　版	团结出版社	
	（北京市东城区东皇城根南街84号　邮编：100006）	
电　话	（010）65228880　65244790	
网　址	http://www.tjpress.com	
E－mail	65244790@163.com	
经　销	全国新华书店	
印　刷	北京佳信达欣艺术印刷有限公司	
装帧设计	成都天恒仁文化传播有限责任公司	
开　本	170mm×240mm　　1/16	
印　张	21	
字　数	312千字	
版　次	2017年9月第1版	
印　次	2020年1月第2次印刷	
书　号	ISBN 978-7-5126-5579-9	
定　价	73.50元	

前言

1930 年，中国爆发了南京中央军与西北军等部队开战的中原大战。中国大地连年频发军阀混战，民不聊生。西北军为了战胜中央军，联络上海老军阀吉凡江，出重金在江南太湖周边地区组织一支番号为"江南人民自卫军"的武装，攻打南京后方军事重镇南安镇，以扰乱南京后方，造成南京后院起火之势，打乱南京中央军事部署。长篇小说《野蘑菇》就是根据中原大战历史背景下江南战事虚构而成。

小说围绕江南军事重镇——南安镇，设置故事背景，以南安之战为核心情节，根据那个时代错综复杂的各种社会力量，演绎一场史诗性的局部战争。

故事采用倒叙手法开端，运用传统的"花开两朵各表一枝"叙述手段，讲述主人公金花和韩震的成长经历。

南安镇南山坡有一户姓金的农家，因卖柴救了晚清老秀才，娶了老秀才女儿为妻。老秀才留下五个银元宝，女婿买田买地，耕樵为生，稍有富余。一天，一个姓韩的乞丐来到金家乞讨。金韩二人原来是远房表亲。金家收留韩表弟全家前来帮耕。

韩表弟带来的妻子是一个捡来的逃难的北方女人。她原来是北方义和团骨干赵某后裔。因义和团失败被官府追杀，赵氏兄妹逃出家乡，隐姓埋名。韩表弟的妻子叫猛丫，携带密宗"赵氏飞镖"。

金家有一个女儿叫金花，韩表弟有一个儿子叫憨子。猛丫传授密宗武功和赵氏飞镖给两个娃子。

正当两家胜似一家耕樵为生安居乐业的时候，浙北地区开始了军阀混战，闹土匪，打破了金韩两家安宁度日的梦想。随着故事的展开，金韩两家家破人亡，逼迫金花和憨子各奔东西。金花跟随了马戏团去谋生。憨子远奔江北西北军军营，凭着出色才能，当上了作战参谋。

中原大战之际，韩震（憨子）受西北军主帅之命下江南到上海寻找退役的军阀吉凡江，开始了组织"江南人民自卫军"攻打南安镇的历程。在回江南途中，韩震和金花意外团聚，从此再不分离，并肩作战。

"江南人民自卫军"昙花一现。攻打南安以后，不料中原大战很快以南京的胜利、西北军与南京谈和而告终。这就注定了这支武装被利用、被抛弃、自生自灭的命运。当中原大战的南京和西北军双方和解，"江南人民自卫军"很快成为没人管、没人要、但要遭遇南京政府军四面围攻的孤魂野鬼，随时都会被绞杀。韩震和金花被迫铤而走险，走上占山为王的死路。湖州保安团多次派军进剿，但这支部队的双枪女侠金花，能征惯战，所向无敌，最后湖州保安团部不得不以"招安"来诱降龙山。就在"招安"的当天晚上，湖州保安团灌醉了龙山匪首韩震，将其五花大绑，要就地立即处死。

中共地下党柳叶和宁青民校长多次劝导韩震走上革命道路，均遭拒绝。在江南人民自卫军攻打南安镇之际，地下党组织的农会军协助韩震阻击皖南的援军。但这事被告密。农会军面临被全部镇压的困境时，宁青民校长拉起中国工农红军的旗帜，率领农会军上山打游击。

当红军队伍得知韩震即将刑场赴死的消息，立即进城劫了法场，救出韩震一干人等。

韩震和金花终于走上参加红军的革命道路。

书名《野蘑菇》，蕴意为野蘑菇漫山遍野，有的有毒，有的味道鲜美。有毒的往往自生自灭。

第一章

　　1930 年，中原大战战火纷飞，烽烟四起。刚刚经过北伐战争整合的中国版图，就像一块燃烧的大纸板，处处破洞，处处冒烟。

　　乱世自有英雄出。时代呼唤英雄力挽狂澜。

　　问题是太多的人都要当英雄。但禁不住大浪淘沙，太多的人被狂澜卷走和淹没。

　　问题是还有许许多多没有被狂澜卷走，乘国乱之机，发国难财，假救国之名谋自家基业的假英雄，跃跃欲试。抢班夺权，花样百出的政变，城头朝秦暮楚变换大王旗，军阀混战，等等等等，一派乱纷纷，闹剧一出一出层出不穷。他们把华夏万里国土当作穷兵黩武之屠宰场、自家跳龙门之平台。

　　豪气十足的中国人常说，世界的东方有一条龙，她的名字叫中国。但那个年份，这条古老而又艰难的龙遭遇落魄，遭遇战火焚烧遭遇蹂躏，虎落平川，几乎变成了散了骨架的僵蛇，全然瘫痪。多年积苦积怨啼饥号寒的国民，不知道英雄在哪，饥不择食，只要有人喊救国就跟谁走，只要不是自己的主子就是

"汉贼"，以贼为恶，疾恶如仇；只落得，互相厮杀，只杀得天昏地暗，只杀得成千上万的好男儿马革裹尸，只杀得黄河两岸大江南北奄奄一息。

世界何日安宁？中国何日不战？所有手无寸铁的国民茫然问天，天不回应；所有拿枪的人沮丧问地，地不作灵。

拿枪的人已是整天惶恐，既要准备随时出去打仗杀人，又要提防随时打仗被人所杀。但半夜里一声号令：出战！不管是打谁，叫打谁就打谁。有奶就是娘，给一口饭吃就给谁卖命。打！

时局如此，情何以堪！

中原大战。千里中原，万马驰骋。在那广袤无垠的黄河两岸开阔的土地上，烟尘飞扬，遮天蔽日。隆隆的炮火和滚滚硝烟，在巨大的棋局一般的国土上纵横捭阖。南京的中央军和中原的西北军，楚河汉界，两军对峙，陈兵百万。在飘扬着共同图案的国民党军旗下，双方的三军儿郎时不时刀光剑影，喊杀震天，你死我活，血战一团。

当时和后世都称这场战争为窝里斗。战争的双方都有勃勃雄心，都想战胜对方以图霸业。说想当皇帝已经过时，但图谋消灭对方成就自己不算过分。

双方不仅在中原地区面对面的战场上赤膊上阵，大打出手，而且斗智斗勇，在战场之外，百般花样。

那一年，刚刚过了春节，中原地区炮火硝烟中的苍茫大地，成千上万亩麦田被践踏，大片青苗萎靡残败，千万家房屋成废墟，炸弹轰得弹痕累累，大地成了蜂子窝。

中原司令部王将军指挥部的窗玻璃霜花结晶，冰寒料峭；穿梭般的参谋们紧绷着一张张板着的面孔，手拿各种机密军事文件，急匆匆穿梭于大小军帐，显得气氛十分紧张。

夜晚，在夺目的灯光下，王将军板着脸，拿着铅笔，单独一人，亲自面对墙上标着大红大蓝箭头的军用地图，寻找着江南的一个什么位置。灯光造就的巨大身影稳重然而焦灼地晃动。

彻夜不眠紧张有序的指挥部大门外，急匆匆汗涔涔进来一位军装紧束的青年参谋。

他"啪"地一个立正，敬礼。老成持重的王将军摆摆手，示意参谋坐下，亲自递给他一份档案资料。

青年参谋仔细地看着资料。他的两只眼睛几乎就像两个炮火纷飞的小战场，烽烟四起。

此人姓韩名震。江南浙北县人氏。时任中原地区部队王将军司令部作战参谋。眉清目秀，生生一个白面书生。聪明俊秀的眼神精神闪烁，照耀着可以洞穿一切的光芒。但在偶尔之间，他的两只眼睛流露出一道冬日寒雪的白光。那光芒透着一身威武肃杀、阴鸷之气，一肚子战术阴谋。每到战争节骨眼上，他常常就要被最高指挥官公开或秘密召见。

看完王将军的资料，他将要去执行一项秘密而又重大的军事任务。

是！韩震啪的一个立正。他富有深意地注视王将军，参照着王将军国字脸上严峻而又庄重的表情，解读和领悟了那份秘密资料。

走出军营，化装便服，扬鞭策马，千里走单骑，他要日夜兼程，向阔别多年的江南老家，快马飞奔。

一路穿过硝烟迷雾，扬起黄土风尘；穿过两军交战炮火纷飞阵地，跨越千里原野滔滔麦浪，跋山涉水，闯过无数山谷丛林土匪领地打死无数拦道匪徒，过五关斩六将。战马长嘶，窈窕征程，寒日苍白，月明风清。枪炮声渐去渐远。

当他饮马长江，抬头看天，不由一阵嘘叹。战乱之年，岁月遭罪；天灾人祸，将何以堪？眼看天色仓黄，可能就要下雪了。

韩震快马加鞭，蹄声得得。他的口袋里装着的那份秘密文件，奉命必须在十天之内，交付到寓居上海的一位重要人物——原Z省党首某军军长吉凡江的手中。

吉凡江何许人也？

说起来你可别吓一跳。他就是1927年4·12上海大屠杀的实施者，双手沾满共产党鲜血的吉一刀。当时何谓一刀？即盛传宁可错杀一千，疑人就动刀开杀戒也。

这可是一位民国史上江南地区叱咤风云、兴风作浪、赫赫有名的人物。他的老家，在湿润富足的太湖地区浙北县。年轻时在保定陆军学校读书练武，毕业后，在杭州做军官。袁世凯称帝时，时任Z省都督附逆，拥护袁世凯。在全国上下一片护国反袁的炮声中，吉凡江赶走了袁世凯死党。不久，北洋军阀势力伸入Z省，吉凡江全力反对，倡导"Z人治Z"。军阀混战时，吉凡江引入直系军阀孙传芳，从此，孙传芳就在Z省的山山水水间飞扬跋扈。北伐战争的炮火打到Z省，孙传芳等军阀危在旦夕，吉凡江识时务者为俊杰，转而拥戴北伐军。北伐军胜利后，吉凡江自然官升三级。但这位几度变卦朝秦暮楚的封疆大吏，后来又秘密反对南京。东窗事发后，被南京一纸电文，将他党政军一切大权，一撸到底。

位高权重的吉凡江一夜之间变成一个白丁，仿佛一颗家乡银杏树上的银杏果，赤裸坠地，暗无光泽。他绞尽脑汁见风使舵的半世努力，尽皆付之东流。他忍气吞声搬迁到上海做起了世外寓公。可他如何能咽得下这口气？

每日吉公馆的清闲生活，其实内心里并不清闲，常常一股恶气翻江倒海。他成天抱着一本《孙子兵法》，精研细读，一边愤愤不平，一边幻想着推演战法，寻找战胜南京的灵感，等待时机。

住在上海，吉凡江很吃力，可谓谨慎，可谓是隐居蛰伏。一方面是掉官抱愧，羞于面众，更严重的一方面，因为"四一二"大屠杀，他双手沾满共产党的鲜血，他时刻提防着被没杀完的共产党报复。他的日子时刻纠缠着被宰杀的噩梦。他渴望着世界再来一次天翻地覆，企图东山再起。岂料当时南京的威严如日中天。前不久，他风闻南京和桂系李白开战，精神大振。他几乎跃跃欲试。可叹手无寸铁，光杆司令。他只能期盼桂系李白代为出气，旗开得胜，帮他战败南京，帮他报一箭之仇。谁知那李白也是没几个回合下来，就挂帜停战。他大失所望。

正当吉凡江无奈于天下大事之际，哈哈，中原大战爆发了！

吉凡江喜出望外。南京啊南京，你也有天下共诛之的一天！

吉凡江比谁都清楚，中原大战，是各方势力都想消灭对方自成霸业的军阀混战。这肯定是一场"撒向人间都是怨"的不义战争。但期待翻天的吉凡江明白，这中原大战，一定会给他带来很多东山再起的机会。

果然，今天韩震快马南下，就是奉命联络吉凡江，迅速组织人马，在南京后方，选择一个军事重镇，打他一仗。这是一场不求胜负，但求造成南京后院起火之恐慌，是一场四两拨千斤的政治仗、军事仗。目的是吓南京一跳，以求打乱南京的整个战略部署和决策。

马蹄疾驰。韩震乘船摆渡过了长江，过芜湖，趋宣城，下皖南，在纷纷扬扬的雪花里，马蹄腾起滚滚雪尘。

上海已经越来越近了。

但其间必经一个地方——浙北南安镇。

时光与奔马相兼飞逝，不觉天色已晚。

跨越了皖南地界，依次呈现的山峰和原野的轮廓，仿佛似曾相识。

突然，一座犹如埃及金字塔一般的孤峰矗立眼前。山壁陡峭，尖峰凌空，镀了一层茫茫白雪，仿佛一把锋利的白刃尖刀，直插云霄。韩震急忙勒住马缰绳，细细打量。

这座孤兀凸起的孤峰，气势凌人。山峰下，是狭长的浙北平原，就像一条长长的宽阔走廊。平原北侧，北大山像一头巨大的石象，横亘如屏连绵百里。石象的象尾连着皖南，象鼻直探浙北太湖。平原的南边，拥簇着龙山一脉，只见几十座山岗龙腾虎跃，组成一道纷乱的龙潭虎穴。浙北平原在绵亘窈迢的北大山和南龙山的夹缝中，向东呈扇形铺展而去。

韩震一阵内热，眼睛湿润。

久别了！我的浙北老家！

他两眼紧紧盯着眼前金字塔一般的这座孤峰。这孤峰别号松山，恰恰就挺立在浙北平原的最西端。它像一个站立的巨人，两侧连绵的山丘像伸出的两只巨臂，左挽北大山，右牵龙山，俨然南北两道山脉的连结部。

韩震挥舞衣袖，擦去眉眼遮挡视线的雪花。他竭力寻找松山脚下的一个去处。

松山山峰之侧，哗哗流淌着一条窈窕小河。小河蜿蜒东流，穿过一座苍凉老镇处，左右回旋了一个 S 形。再继续东流在雪白的走廊平原上，正如一条黑色的长练。

娘！我回来了！

韩震对着长空一声大喊。

爹！娘！金表叔！金表婶！金花妹子！我韩震回来了！

山岗上飞舞的风雪，很快吞没了他激动得有些痉挛喉咙的声音。

韩震看着老镇，热泪滚滚。正在思忖，忽黑松林里当当响起了钟声。苍茫乾坤，浩渺世界，钟声在闪闪雪花中回响不定。定睛看时，茂密的半山腰黑松林里有一圈儿黄墙。这是一座庙。从松林空隙间望去，那山庙规模不大，但气宇轩昂，决非一般等闲小庙。

韩震感觉有些疲累，想进庙歇歇。一路上，他看见了几处抓探子的布告。顺便听听庙里的和尚说话，探探一些南安镇地面的口风。

另外，这一次千里奔马，到上海能不能顺利找到吉凡江，能否不负使命，马到成功？不如进庙抽签问卦，打探底细。

他牵着马穿过丛林，来到黄墙山门。纷扬的雪花在古树枝丫中凌乱不堪。山门大开。一个十四五岁的小和尚在院子内井里打水，抬头看见有人牵马而入，不由侧头打量。小和尚突然喊：丁嫂，来了人了！

一个女人，尖着嗓子答应着从古松林中的厨房里跑出来。这女人身穿红袄，系着围裙，颇有姿色，修长细眉，绝非等闲风韵。

韩震吃惊不小：奇怪！这庙里咋会跑出这么个漂亮女人呢？

那个叫丁嫂的女人，也是吓了一惊。外面来的这人身材魁梧，风尘仆仆，目露威光，在这风雪连天的时候，决非一般普通香客。

韩震自报来历，说：讨扰了！我想抽个签，请问庙里长老何在？

那女人不知如何回答，她只顾拿眼看着小和尚。

小和尚有些窘迫。他也回答不上来。

韩震感觉古怪。他的好奇心上来了。他慢吞吞把马拴在一棵老柏树上，按了按腰里鼓囊囊的铁家伙，踏着雪抬腿向古庙大厅里间走去。

庞大的庙屋里气势轩昂，一排排菩萨金碧辉煌，大红灯笼高高挂着，古铜的香炉力鼎千钧，稳稳当当地扎着三只脚，透着一股刚毅。只是那些高挂的灯笼结满了灰尘，蜘蛛网一道道从上梁连结到下梁，直飘到门楣上。寒风一吹，落在韩震的黑色礼帽上。香炉里香灰殆尽，空荡荡的一座空炉。

韩震皱眉走到一座菩萨像前，一筒竹签歪倒着，他随手拿起一枝，立时沾了两手灰。灰蒙蒙的灰尘里字迹模糊，好像好久无人问津了！

韩震听到有人走动的声音，机警地把手伸在腰里。

你是谁？

从钟塔里面走出一个二十岁左右、眉清目秀的小和尚。小和尚像看怪物一般看着灰暗中立着雕像一般的韩震。

韩震看着小和尚答道：我是过路的客商。来抽个签，想问问运气。你们长老何在？

小和尚也不答话。他走近几步，说：抽完了么？抽完了快走吧！我们没有长老。我们只有大哥。别让我们大哥看见，他看见陌生人要动手的！

韩震不再理睬小和尚。他浑身感觉一阵吃紧。庙里没有长老？只有大哥？他大哥要动手？

他没有赶快离开。他慢腾腾向山顶走去。

这可是处处生怪，时时变妖的时代。从中原千里走单骑，一路所见所闻，创天下奇闻观止。可在接近南安地面这座老庙时，更是令人生疑。这庙里的女人？倒也是稀奇古怪之例。跑遍大江南北黄河两岸历经战火的韩震也非等闲之辈，也不会被小和尚说的看见陌生人就动手的大哥所吓倒。他在想着法子逗留一会。山下的南安镇镇上一定有军警。他担心自己这魁梧的身材会招来军警怀疑，把他当作北方来的探子。他想在这庙里混到黑夜再下山。

忽然，山门外有马蹄声和说话声传来。声音很粗犷，令人惊恐。他立即警觉起来。

两个小和尚抢着叫唤"丁大哥"，抢着去牵马，拴在另一棵老柏树下。马上跳下一位腰挎双枪的壮汉。这壮汉看见了老柏树上拴着的陌生马匹，皱起眉头，啪啪挥了挥马鞭，大声问：那是哪来的野马？

韩震已经走出来了，定睛看那人也是一员彪形大汉。四十上下，头戴礼帽，黑大褂，白老布衬衣，胸前十字交叉斜挎着两把盒子枪。韩震心里一阵咯噔。怎么碰上他了？

那人看见一副商人模样的韩震走出来，四只眼睛一碰，他两手按着枪盒子，警觉地问：哪来的？

韩震急忙上前拱手施礼说：在下路过此庙，想抽个签问个卦。

那人也不搭腔，机警而又敌意地接着问：问你哪儿来的？！

韩震答：芜湖那边来，想到湖州去——我是贩丝绸的。碰上这么个下雪天！

那人抱起拳头，拱拱手，说：是芜湖经商的朋友？幸会幸会！在家靠父母，出门靠朋友，下这么大雪，骑马不方便，还是在寒舍歇息，等雪停了再走吧。

他把这庙称"寒舍"！

韩震拱手还礼说：还仰仗大哥仁义过天，可出门人不敢讨扰。

那人大声说：哪里话哪里话！进屋去进屋去！

韩震再次施礼说：我可就客气当作福气了。

韩震掸掸身上的雪花，走进屋子，一股扑鼻的香气袭来，令人感觉更非寻常。这可是女人用的花粉香味儿！

"泡茶泡茶！"那大汉一进门，就嚷道。

内室走出刚才那个红衣女人，眼睛看着地面，微笑着。端上茶来。

"饭好没？有什么好菜？把酒拿来！"那大汉又嚷道。

韩震有些着急的样子，说：这可不好意思，初次相识，太讨扰了吧？

那大汉一把按住他，命他坐在凳子上，说：这话说的！一回生，二回熟，三回四回是朋友。出门人也不能背着锅。喝酒喝酒！

韩震看了看那酒。摇摇头说：在下不能喝酒，只吃饭。

那大汉火了，用浓重的河南话吼道：啥话啊！我住在这破庙里孤孤单单，三朋四友不见来玩，左盼右盼能来个人，能陪我在这破庙里喝喝酒解解闷，可这段日子鬼影不见一个！今天好不容易，人不留客天留客！你来了，还不肯陪我喝酒！你把我好心当坏心，怕我酒里下毒是不是？你看你看，我们两个杯子一同倒酒，然后混合对分，这样会下毒不？

他说着就挽起衣袖拿两只杯子就要动手。韩震赶忙挡住，说：大哥误会误会！大哥真心诚意，我喝我喝！

那人举起酒杯，要敬韩震。韩震慌张站起身，说：老兄如此仁义，还没问老兄尊姓大名，哪里敢喝？

那人一拍胸脯说：大丈夫站不改名，坐不改姓！叫我丁老发，丁老发就是我！

韩震端起酒碗，恭恭敬敬地站起身，敬这丁老发一碗。两人一仰脖子，咕嘟咕嘟一饮而尽。他心里默念道：大哥，我还不知道你叫丁老发！

丁老发哗地立起身，走进里屋搬出一只大南瓜一般大小的酒瓮坛放在桌上，说：今晚，你我兄弟，把它干了！

韩震吓了一跳，看着瓮坛犹豫了。丁老发不高兴地说：怎么？看不起我？别看我霸占了这庙……可在这方圆几十里还没人敢在我面前龇牙！我这双脚在南安镇跺它几跺，这小山就要崩塌！这个世道，不拿出个雄心壮志来，混得文不像秀才武不像兵，还不如去死它！今天我看你也是一条汉子，我才留你喝酒！要是来个不对眼的，我早把他给做了！来，喝酒！

韩震端起酒碗，恭恭敬敬地站起身，又敬这丁老发一碗。两人一仰脖子，又咕嘟咕嘟一饮而尽。

这两人，都潜伏得够深。韩震早就认出他是丁老发。韩震由于军务、公务在身，佯装陌生，但心里早已在叫唤丁大哥！他的眼睛窝里感激当年的泪水在打圈圈儿。

丁老发没有认出少年离别几年后相貌大变的韩震。但他一直在悄悄打量和猜测这个相貌堂堂英俊不凡的韩震的来历。

今天镇街上阿强女人开的麻将馆里，南安镇公所军警队长刘阿昌和丁老发坐一桌打麻将。脸色隐晦而又霸气的刘阿昌正输得焦头烂额，一个公差旋风般赶进来，附着刘阿昌耳朵嘀咕几句话。声音压得很低，可丁老发也听出个大概。好像县政府有令，夜里所有公差要紧急出动，要抓捕一个从北方来的探子。刘阿昌霎地起身，哗地一下，把麻将牌推倒便走了。

酒过三巡，丁老发话多了。他绕着圈子，问韩震可曾听说从江北来了个西北军的探子。韩震摇摇头。丁老发骂道：我说那镇公所里的刘阿昌要领赏领昏了头！这大雪天他带人四处抓探子，我看他简直疯了！

韩震问：不知那探子来此江南，要探些什么东西？

丁老发大声说：管他呢！这兵家开战，双方探查，原本就是理所当然的。

韩震不再急于赶路。丁老发已经透露给他南安镇街抓探子的危险。他对这丁老发把山庙称"寒舍"也极感兴趣，想必定有一番来历。两人推杯换盏之余，接连听到丁老发不停地叹息。丁老发说：不瞒你说，输大了。推牌九场场输！兜里的钱都快没了！韩震随即掏出五十个大洋来，哗啷放在桌上。丁老发吃惊不小，坚辞不受，不停地指天指地发誓说：我跟你初次见面，要你钱我岂不成了畜生！不要不要！韩震说：老兄，你先拿着，就当认个朋友。我这走南闯北做生意，以后会常来南安，你有钱了再还我不迟。丁老发立马把钱收了。

钱和酒可以拉近人的距离。丁老发谈起他的身世，那是滔滔不绝：

丁老发家住在浙皖边界的丁家庄上。

丁家庄是一个移民庄。这个丁字儿，可不是因为丁老发这户人家取的村名。丁老发的曾祖父辈从河南省迁徙到此的时候，人家早就叫丁家庄了。这是当年太平天国造反时，这里常年清军和太平军打仗，丁家庄的人死的死，逃的逃，只留下"丁家庄"这个空名儿。丁老发的祖先挑着一担箩筐从河南迁徙来时，落荒而走，不知该在何处落脚。当看到"丁家庄"这个地名时，心头大喜。他们自认是应了地名儿，到了姓丁的该到的地方。但这个丁家庄里除了丁老发这一门姓丁外，再无二丁，他这一门是一个小户人家。

村庄不小，一面大山坡，住着五六十户人家，约有一半姓刘，一半姓宁。姓刘的人家是从安庆迁徙来的，姓宁的却是从河南到此。两个家族同住一个村庄，因为非一个地区风俗，你看不惯我，我看不惯你，互相歧视。两大家族为了田产地界，砍柴割草，水利排灌，房前屋后地盘栽树种瓜等等生产生活纠纷不断，两家族世代为仇，争斗不止。姓丁的单门独户，在这夹缝中生存，不但丝毫没沾到"丁家庄"地名之光，反而被挤兑得难以抬头，混得一代不如一代。

轮到丁老发这一辈，只剩下他光棍一个，家徒四壁，吃了上顿没下顿，饥寒交迫，穷困潦倒。他一年四季赤身裸体钻进人家稻草垛睡觉，混得半辈子没娶老婆。

前几年江苏军阀和浙江军阀大打出手，在南安镇摆战场打仗。这仗倒没打出半斤八两分出高低，可两边的兵丁丢了不少枪支。有的是卖了枪拿了钱做了逃兵。有的是败逃时丢盔弃甲，把枪支丢了。这些枪支散落在南安山区地盘上，从此闹出不少土匪来。

穷得烧雪吃的丁老发机会来了。他破衣烂衫赤手空拳顶了满头草屑翻山越岭赶去，跟着界牌岭的一个"老大"做起了无本的买卖。界牌岭老大是个大金牙，牙板宽，初看那金牙齿仿佛嘴唇咬着晶亮的麻将牌。个子高大，生得虎背熊腰，力大无比。他从前做盗墓的买卖，他把新坟挖了，刨出棺材，打开盖子，把死人扯出来抛尸野外，一个人扛起潮湿带泥厚重的棺材行走，扛二十里不歇息。半夜里出去抢女人，他一个腋窝夹一个跑三十里不歇息。山林里遭遇野猪，别人撒腿就跑，他可是扎住架子猫着腰和野猪面对面，蹲着。一百多斤重的野猪，狂风一般向他冲来，他稳稳扎住架子，只等野猪冲到跟前，他闪电一般出手，薅住猪蹄子高高举起，接着像摔背包一般把野猪摔死，给大家弄到野猪肉的美餐。

丁老发跟着这个老大，赶到浙北县城里和湖州城里去"做生意"，闯进店铺，拿枪顶住人家脑门子，抢了白的黄的，还要扛走一捆捆绸缎锦衣。生意做得挺红火。丁老发也混出了人模狗样，脱掉了一身破衣，穿上了一身光彩照人的绸缎。

本来几个兄弟对那个英雄盖世的老大死心塌地，可那老大太自私，一个一个漂亮女人往回抢，自己弄了五个老婆，可兄弟们至今一个个光棍一条。兄弟们火了，几个人悄悄一合计，乘那老大醉酒，半夜里五个兄弟一齐动手，把那老大的脑袋摁在石臼里拿石锤砸得粉碎，一人分了一个老婆就散伙了。

丁老发有老婆了，上哪儿去呢？回丁家庄？如今今非昔比了，有钱了，有绸缎了，有老婆了，富贵不回故乡，如衣锦夜行，没法炫耀。可是他对回丁家庄犹豫再三。思前想后，最后还是没敢回去。

他初出道的时候，不懂兔子不吃窝边草的规矩，把丁家庄小学校里的宁校长宁青民家里的绫罗绸缎掳了一空。那个校长，本是一个读书的秀才，原本也没什么好怕的。可人家姓宁的为了对付姓刘的，拉起了宁家军，他宁校长就是宁家军的队长，现在腰里也挎上了盒子炮。他丁老发扛着一个漂亮女人，赶回丁家庄在那几十号宁家军面前晃悠，岂不等于羊入狼群，迟早小命不保。

丁老发只得逗了个大圈子，带着女人来到这座庙里。

当初他来庙里的时候，庙里还有十几个和尚，还有一个白髯长老，庙里香火挺旺。丁老发说要住下，庙里的和尚和长老看看他腰里挎着的盒子炮，不敢留他，可也不敢拒绝他。丁老发打扫了一间庙里存放经卷的贮藏室，安放了一张山下抢来的明清家具古式床，把它当洞房了。这事儿实在败坏了庙里的清规戒律。白髯长老无法，就来找他谈，说他弄得庙里乱了序统，清规戒律荒废，庙宇名声大跌身价。说这是佛教清静之地，不能长期住着个女人，还请他另谋高就。

这不分明是赶他走吗？妈拉个巴子！找死！这些年做那行当，杀人无数，还计较多一个少一个！一不做二不休，那天晚上月亮升空，半夜，他把那长老叫醒，用一块棉布缠住嘴巴，拉到山下的松林子里，把那长老做了。连夜又挖了个大坑把那长老埋了。长老失踪了，其他的和尚心知肚明，再也不敢声张。只是慢慢地，慢慢地借着化缘的机会一个个开溜了。庙里只剩下两个少不更事略有懵懂的小和尚，帮他敲钟打更，挑水打柴。

韩震时不时敬着酒，说着奉承话。一句一句把那二傻子的话全套出来。

丁老发摇头晃脑说：乱世，走一步算一步，活一天算一天……活一天算一天……

韩震见他酒多了，急忙叫喊两个小和尚把丁老发扶进房里睡了。

韩震告辞，解开马缰绳下山。

看着雪光中南安镇的山下灯火，韩震笑了笑。

这位丁大哥！几年不见了。他韩震出去时还是个毛孩子，如今已成长为一个雄壮大汉。酒后吐真言，他听出这位丁大哥现在已经变成了一个作恶多端名副其实的土匪。这次从中原回江南的特别行动，将来这个丁大哥或许能派上用场，充当一个角色。

但今天是急务、军务在身，他不能暴露身份，不能相认。

韩震面对山庙，作揖打拱，洒泪而别。

第二章

1930 年早春的这场大雪，下得好大好大。鹅毛大雪。转眼之间，沿途漫山皆白，田野白茫茫一片。

在一条延绵起伏的山岗上，闪出一彪人马。队伍打着一面杏黄旗，写着"金家班马戏团"几个大字。风雪中的几个大字恰似一张张躲躲闪闪的脸颊，颠簸着晃动不停。马蹄奔走，踢碎积雪飞溅。

这可是一个非同寻常的马戏团！

形容金家班马戏团可用"青春年少血气方刚"八个字儿。马戏团里人不多，几个男孩几个女孩。班主年龄最大，名唤金花姑娘，芳龄二十，人生得沉鱼落雁之色，闭月羞花之貌。她有一双目光灼灼的大眼睛，盯人一眼，不禁令人周身寒战。她有一身无与伦比的武功，精通暗器飞镖，会打双枪，一左一右双枪连发，百发百中。还有一个最大的女孩叫铁丫，和金花同岁。其他最大的十七岁，最小的十二岁。他们年龄虽小，可一个个十八般武艺样样精通。

金家班马戏团走南闯北，人过留名雁过留声，耍把子卖艺，其不同寻常的武功，常常令观众目瞪口呆。金家班走南闯北，浪迹天涯，流落到了中原地区。不想中原地区的马戏团比比皆是，摆场子跑场，这碗饭，在行内人众目睽睽之下，不好吃。那得费出压箱底儿的功夫才能不被行内人砸场子。一班人从娃娃练成了少年，从少年练成了青年，一个个炉火纯青，在中原地区也算是呱呱叫。无奈近期中原开战，战区炮火连天，中原百姓民不聊生。无休无止过往的军队，近乎土匪般的骚扰，严重威胁金家班的生存。前半月一个早上，在河南信阳，金家班在无比焦虑中摆开了场子，自然是刀枪剑戟虎虎生风，希望多收几个盘缠，然后千里迁徙，就此离开中原到南方谋生。不想那天早上刚刚开练，只见熙熙攘攘拥来了几个大兵，一个个扛着长枪，横冲直撞。他们来到马戏场子，看到金花和其他几位年岁稍长的姑娘，贼眼放光，很快垂涎出了口水。为首的那位佩带着短枪，歪戴着军帽，腰间扎的皮带斜插着一枝烟枪。他胡子拉碴牙齿熏黄，径直走近金花姑娘面前，嬉皮笑脸要动手动脚。另外几个呵呵起哄，也对另几个女孩子耍二皮脸。不防金花姑娘一把抽出那为首的腰间的烟枪，上下翻飞左右挥舞，打掉了他们军帽不算，还打伤了为首的鼻梁。他们恼羞成怒，扎开架势拉开枪栓要动武。金花眼快手快嗖嗖嗖地放出三只无形飞镖，穿过了那为首的右腕，射穿了另外两大兵的左腕。只听一声声苦苦哀叫，大兵们纷纷连滚带爬。

金家班打伤了大兵，大祸临头，立即开拔。

金家班一路风尘，一路卖艺，走走停停，将近一个月旅程，今天到了皖南地界。天色仓皇，地气苍凉。老天飘起了雪花。

终于快要回到了阔别已久的老家！金花心怦怦直跳。

皖南距离浙北南安镇只有咫尺之遥。金花咬咬牙。几年前，她被逼无奈，逃离南安，身怀血海深仇，浪迹天涯。几年来不忘复仇，梦中多少次报仇雪恨，今天重回故里，她总算快要完成这件耿耿于怀惊天动地的夙愿！

天降大雪，但报仇心切的金花姑娘热血沸腾。在皖南地区的那条长龙般的山岗上，金家班马戏团犹如一枝急切的飞箭，向南安地面飞射。

金花骑着大白马，带着马戏团急匆匆赶路。她披着一袭白披风，在寒风中飘逸飞扬。内穿大红紧身短褂，翠绿裤，透出一股青春冷艳。风雪飘在瓜子脸上。那张脸早已冻得泛出迷人的粉红。倒竖的娥眉，穿透力的目光，机警地瞭望前方。她那发髻上横七竖八插着的九枝钢铮飞镖，坚毅地挺立着，在这一片白茫茫的时空里雄健地标示着复仇的决心。

她抿紧嘴唇，右嘴角下一颗小痣，在这雪光映照时，格外显眼。

天色渐晚，好远的路程没看见客栈。马戏团里的一干人等，一会儿抬头看天，一会儿侧目环顾。金花心里焦急。几个小子和姐子早已疲累。眼前七沟八梁三面坡，茫茫原野，人迹罕无，根本看不到歇脚投宿的驿店。

跨过了一道雪岭，看到前面笼罩着一处朦胧的黑雾。听见了"汪汪"狗叫声。

一盏大马灯高高挂着，灯光里一面黄色三角旗挂在一角屋檐口上，"骆马店"三个大字迎风猎猎。厨房顶上的烟囱腾出彗星一般的火星，撒在房屋瓦片上。屋顶上的积雪在融化，屋檐口啪啪滴着雪水。厨房大土灶里大火熊熊，一股狗肉和辣椒的香气扑鼻而入。

这一定是客栈！金花和小子姑娘们一阵欢呼。

"客来啦！"

一个腰系围裙的男子尖声吆喝。马戏团的男男女女们纷纷下马。

他们嚷嚷着：金花姐，我们要吃狗肉！

金花站在踏乱了雪地黄泥浆的雪窝里，环顾四周一眼，笑了笑。她冲着那前来迎接系着围裙的男子问道：敢问店家，此店可不可以住宿？

那男子一扬头，指着"骆马店"的旗子说：看你说的！这几百年的骆马店，哪里不能住宿？客官可是远道而来的？从湖州城到广德、郎溪、宣城，还没有不知道这骆马店的！不管是武汉的、西安的、新疆的，还是那骑着骆驼过沙漠的……只要是到湖州城贩绸缎的，这里是他们的必经客栈！你们向东边那几个大棚子看看！骆驼，骡子，驴子，马……看看，全住得满当当！

金花打断他问：有没有空房？我们人多。

那男子冲着东边的棚子吆喝道：哎——小三子！你那边还有多少空房？

那左边一排灯火通明的土墙瓦房里就有了一个细声男子回应，喊道：还有四间！

这男子回头对着金花说：你可真是吉人自有天相！还有四间，快去快去，把马拴好了！把大小包裹存放好了！快去快去！

这男子又扯着脖子冲那边吆喝了：那边听着，给这帮小哥们姐们腾两间房！把热水装满！好嘞，你们过去泡泡脚热热身子！

金花把大白马缰绳递给一个男童。男童和众人随着一个伙计把马牵到那边院子角落去卸包裹。

金花拍了拍手，没有马上去找房间。她目光炯炯闪烁，双眉紧蹙地走到房前屋后转转看看。在这七沟八梁孤僻的山丘上，她警惕地环顾四周的远远近近。

兵荒马乱之年，她带着一班年轻后生，责任重大。无论走到何处，她习惯了四处转转看看。她要前前后后看看环境，什么前门后门，前院后院，出路退路，山丘沟壑，树林田地，都要看个仔细。这年头，多一个心眼儿就多一份生存。万一夜里有不测之变，她要保全马戏团里十多个男女的身家性命啊！

站在一丛竹林前，顺着山坡望过去，山道弯弯，积雪早已被各种骡马踏碎。前后左右一道道坡，山丘沟壑，茂密森林，煞是连绵荒原！没有看到一处村庄。

金花紧皱了眉头。这骆马店其实就是坐落在浙皖两省交界之处一道山岗上的孤店！

回到店里，面带忧患的金花放轻脚步屋檐下靠着窗户根走，边走边竖着耳朵听着。房内传出南来北往复杂的各种口音。凭着多年走南闯北的江湖经验，她听得出，住店的客商多是纯商人。

香喷喷热辣辣的狗肉装了满满一大瓦盆，马戏团的男男女女放开胃口，大吃大嚼。一个个辣的嘴里希溜希溜，满头大汗。几个男童手里拿着，嘴里啃着，一边擦着汗，一边眼睛还对瓦盆里盯着。金花笑笑。回头吆喝伙计再夹一盆。

洗漱已罢，金花躺在床上，辗转反侧，珠泪闪烁。爹！娘！韩表叔！韩表婶！憨子哥……几年没有回家乡……几年前的身世历历在目……

……

　　骆马店往东五十里南安镇街郊外的一座半山坡上，有三间年年翻新的茅草房。这就是金花的家。

　　清朝宣统皇帝拱手交出传国玉玺给民国，南安镇人吵闹着剪去长辫子的时候，金花爹还是个单身年轻后生伢子。这伢子人穷志不穷，勤快，一双手能当两双手用。心眼儿好，看到人家挨饿就想送饭，看到人家受冻就要脱衣服。无论春夏秋冬，农忙时他为人作长工，农闲时他上山打樵卖柴，干得不亦乐乎。

　　那一年清明时节，一个算命瞎子说他要时来运转。他兴致勃勃，乐呵了好一阵子。一天早上，他破衣烂衫穿着草鞋大汗淋漓，挑了一担木柴到了南安镇柴米街。他撩起衣襟扇风歇凉等候买主的时候，忽听后巷一阵喧闹，接着传来一个女孩的凄厉哭喊声。救命！救命！金伢子二话不说，机警地抽出挑柴的铳担直冲进了巷子。巷道一个杂乱院子里，一片混乱。他一眼看见镇街上有名的唯一前清老秀才正在和两个少年厮打。老秀才衣衫撕破，头发披散，苍老的脸颊上滚动着凄凉而又无奈的泪珠。两少年摁住老秀才的头，拽住他的长辫子，嚷道：人家都剪了你不剪！外面都说留发不留头，留头不留发！你还在做那秀才梦啊！老秀才睡倒在地上，两手护着辫子嘶哑了嗓子嚷道：要我不留发，干脆不留头！你们割了我的头吧！他女儿——就是后来的金花娘，当时才十六岁，看到如此情景，救父不能，已经心焦如焚，又听见父亲说不留头了，就大声哭着喊救命。金伢子见此情景，不管三七二十一，虎虎生风，操起铳担就打，那尖尖锐利的铳头子简直就是丈八蛇矛，直吓得两个少年后生爬起就跑。老秀才慢慢爬起，拍打拍打灰尘，看了看金伢子救了他的辫子，老泪纵横。他战战兢兢地牵着金伢子，手指着十六岁的女儿道：女儿，你是我的独养女儿，你娘死得早……我、我……为了感谢恩人，你就嫁给他吧！

　　金伢子纳头便拜，从此有了岳父有了媳妇。

　　金伢子结婚后，夫妻俩克勤克俭，种田打土，砍柴捕鱼，积攒了一些麻钱。老秀才蹬脚闭眼的时候用下巴挑了挑墙角，乌黑的墙角里有个米缸，米缸下面有个小坑，坑里有一只小蓝瓦罐，罐里藏着五只银元宝。那是老秀才多年珍藏准备进京赶考博取功名的盘缠钱。清朝完了，这五块银元宝也没派上用场。安葬了老秀才，金伢子夫妻俩成了小财主。乘着一些招病逗灾人家的破败卖田卖地卖儿卖女之机，买了三十几亩平畈水田。眨眼之间，金花娘又十月怀胎生下金花这个丫头，夫妻俩爱如掌上明珠。

金花爹请了一个远房表亲——韩表弟，到金家来帮耕。

韩表弟是个讨饭的乞丐。他祖上也是太平天国后迁徙来南安镇，因为得罪地方官府，被罚没了全部"插草标"得来的田地，只能世代做佃户为生。不想韩表弟的父亲辈租佃财主水田耕种，遭遇天旱水灾，颗粒无收，交不起佃租，被财主的腿子们殴打致残，从此做了乞丐。轮到韩表弟这一辈，已是两代乞丐了。

老实巴交的韩表弟从山边一孔破窑洞里搬到金家来的时候，带着一个浓眉大眼的大脚女人和一个男娃子。

十年前奔走着讨饭，韩表弟在荒野凛冽的寒风中遇见一个破衣烂衫的大脚女人。她灰头土脸，人高马大，不丑也不俊。一口北方口音，说是从北边逃难来的。几天没吃饭，早已饿得奄奄一息。他把她带回窑洞，用讨饭来的二两米熬了点稀粥，救她一命。为感救命之恩，大脚女人和韩表弟做了夫妻。第二年生了个男娃，因虎头虎脑，取名叫憨子。两个大人要饭，自己都常常挨饿，带不回一粒米饭给憨子。憨子饿得哇哇大哭。那大脚女人脾气暴躁时，板着脸擂起拳头就揍男人。男人常常被打得鼻青脸肿。有一天，韩表弟哭丧着脸出现在金家门前。金家给碗饭吃。他和金花爹对视好久，两人都认出来了，原来是表兄弟！虽然远得很，丝瓜藤牵扯南瓜藤，但小时候就那么称呼过。金花爹说，别要饭了，来帮我耕田吧。韩表弟纳头便拜。

金花爹和韩表弟上山砍来了茅草，砍来了毛竹，在茅草房后檐沟搭了两间披房，用土坯码起了一张床，安顿那大脚女人和那憨子儿子住下。

两家六口人种着几十亩水田，吃饱肚子不算，还略有一些积攒。

金花爹还会养母猪，母猪下猪崽可以换钱。一头母猪的收成要抵过好几亩水田。

两家四个大人只要有空闲就上山砍柴，挑到街市去卖。省吃俭用，积积攒攒，两家的小日子过得有滋有味。

逢年过节，金花爹拿钱买来新布给韩表弟全家做新衣。金花爹的善良厚爱感动韩表弟全家，从此那韩表弟把金家就当作自己家，下水田栽插耕耙，上山岗砍柴打樵，开荒种瓜种菜，不遗余力。

那大脚女人有个怪名儿，叫猛丫，一身的横肉，有力气，耕田打柴，挑担车水，干活胜过男人，抽空还帮带教着两个娃。

男娃憨子比女娃金花大五岁，金花把他叫憨哥。金花把那大脚女人叫表婶。表婶时常手拿一根竹竿，迎风扬头地走，看见一棵大桑树，她操起竹竿就打儿子，非逼着儿子爬树，爬不到顶，举着那竹竿就捅屁股。小憨子被练得猴精猴精的。有时候母子三人走着走着，大脚女人突然用棍子把儿子捅到池塘里，儿子扑通扑通眼看要沉水，她把竹竿伸过去救他。金花看憨子哥在水里扑腾那个样子，拍手大笑"好玩好玩"，常央求表婶把她也踢下水去……

金花爹给吓住了。

金老爹做梦没有想到，他韩表弟捡来的这个北方逃难来的大脚女人，她的祖上当过义和团的头目。自义和团垮台后，她全家遭到官府的死命追杀。她祖上虽然没有给子女留下金银细软，但留给子孙一些花拳绣腿的功夫和几十只钢制小飞镖。这么多年，这猛丫从未停顿过拳脚功夫，常常稍有空闲，操起一根大棒就呼呼啦啦地比画。到了金家，依然如故。用她自己的话说，那是冬练三九夏练三伏，闻鸡起舞，从不停懈。

那男娃憨子早学到母亲拳脚套路，常常捋起小衣袖摩拳擦掌也呼呼呼地操练。等金花长到四岁的时候，那男娃九岁，两娃子都学着练，练拳脚，练大棒，练飞镖。嗖嗖嗖的一阵阵风响，小飞镖百发百中。飞镖先在吊着绳儿的南瓜上练，后来在树上"恰恰"叫着的鸟雀身上练。常常是飞鸟路过家门口，两娃子放出飞镖，飞鸟应声坠地。家里的饭桌上常常摆着满盆烧得喷香的麻雀肉。

金花爹担心着。小家小户人家，吃饱穿暖就好。这样比比画画，恐怕将来要招祸！

金老爹和韩表弟两家相处得十分和睦。家运还算顺畅。几年里，翻掉了旧茅草房，又翻新了新茅草房。后来又从几个吸鸦片的破落财主的败家子手里便宜烂贱买了三十多亩水田。两个娃子慢慢长大，便把他们俩送往私塾读书。两家从来没有为了财产发生过争执。两对夫妻四个大人只生了一男一女，从此不再有生育。两下似乎有个不成文的约定。他们所有的一切劳苦都是为了这一男一女两个一天一天长大的娃子。不需要谁捅破那层窗户纸，两家都有那份默契：这两娃将来长大就是一对夫妻——金韩两家其实就是一家。

大家正过着好端端的日子，忽然街上喧哗不宁，镇上一片混乱。小金花和憨子在私塾读书，也突然失踪了。

秋天的一个早上，私塾杨先生脸色愤愤坐着，憋着好大一口气，两道长长浓眉下的两只眼睛压抑着无名怒火，横扫了金花、憨子和十几个学生一眼。他想骂人。但撑着为人师表的面子，没骂出声。

这阵子，有消息说外面大城市到处闹着办新学、砸孔庙，砸他们读书人的老祖宗孔圣人的塑像。听说南安镇这条小街上也跟着起哄，一帮年轻人赶到文昌庙去砸圣人像。听说那个冯家少爷冯大魁是个头目，成天摇头晃脑指手画脚，指使那帮年轻后生乱打乱砸，据说还跑到城隍庙去砸城隍菩萨。听说要不是有人拦阻，他们还要跑到三贞观去砸三清菩萨。

杨先生可恼的是，那些嚷着办新学的人对私塾恨之入骨，大有不砸私塾饭碗决不罢休之势。那个冯大魁是个什么东西！他祖上就是个风吹两面倒的墙头草！长毛造反的时候，他祖上和洪秀全一样，也是考不上举人做不了官，便跟随长毛造反。长毛快要完蛋了，他祖上摇身一变，投降清军，仗着熟悉南安镇地面，给清军带路、协助设卡，带兵在古高桥上阻击长毛溃兵。灭了长毛之后，清政府论功行赏，赏赐姓冯的官职，主宰南安镇官衙。因为曾经当过长毛兵，功过相抵，只给个副总管之职。但副总管也是总管，那时候他姓冯的得势，在南安街上是横行霸道，作威作福。等到宣统皇帝把清朝万里江山"捅"漏了，南安镇官衙经过更新换代，冯家跟着失势。但失势没有多久，又被民国政府起用做了总管。临到冯大魁这一代，成了纨绔子弟。冯大魁读过几年私塾书，但从来不是正经坏子，文不像秀才武不像兵，成了街上混混。外面的世界在搞"新学"，这王八蛋却变着花样砸圣人！可恶！可恼！

杨先生今天没心思讲四书五经。他要告诉这些学生娃子，文昌庙和城隍庙里供奉的菩萨是咋回事儿。听说另一家私塾的一个学生不懂规矩，跟在冯大魁一班人后面起哄。他坚决不能让他杨某人的学生也去做这种伤天害理大逆不道的事！

憨子有点坐不住了。他对私塾杨先生很是尊重。论学识杨先生可谓学富五车，论品行可谓德高望重。但是他又感觉这老夫子讲课实在之乎者也，老是说学而优则仕、万般皆下品唯有读书高、学得文武艺卖与帝王家之类的话。憨子每次听到杨先生说要考秀才、要考举人的话，他幼小的心灵里就嘀咕：杨先生这么好的学问，为什么自己不去考举人做官，却天天坐在这里叽里咕噜念书，还要依靠这帮娃子送米送油来养活呢？

憨子读书很聪明，常受杨先生夸奖。但是他早就不想读书了。他隐隐感觉，这年头读书，哪里有什么考秀才考举人的机会。他之所以天天来读书，是为了陪金花妹子。金花读书也很聪明。憨子觉得金花妹子如果不读书，那实在太可惜了。他和金花读的书不一样。他读《中庸》了，金花还在念《幼学》。杨先生有时候忙不过来，便把教金花《幼学》的任务交给憨子。每逢担当这个差事的时候，憨子心里乐。这种乐趣带来的优越感，可以瞬间颠覆他和父母亲一家三口在金表叔家寄人篱下的自卑。但是他从来不会傲慢，不会让金花有低人一等的感觉。在金花心目中，憨子就是爱她疼她无微不至照顾她的亲哥哥。她和憨子心有灵犀一点通。憨子对杨先生厌烦的时候，她的那双小手就开始闹起了多动症。

"把手笼起来！像我这样笼起来，听我给你们讲我们的圣人！这丫头，就你一天到晚手脚不闲！"杨先生双手笼着袖口，深邃的眼睛盯着金花厉声说。

课堂安静了。

杨先生摇头叹息一回，慢条斯理说：怎么能作出这种伤天害理的事儿呢！砸圣人！你们知道孔圣人为什么被称为圣人吗？圣人是造字的！我们读书的字，就是圣人造的！字是什么？字，就是神明啊！你们听说那王瞎子为什么瞎的吗？他年轻的时候，拿了一张有字的纸擦屁股！他亵渎了神明，他的眼睛就瞎了！瞎了活该！你们要记牢，你这辈子，可以不吃饭，可以不睡觉，但不可以不读书！你们可以不认亲戚，可以不认朋友，但不能不认孔圣人！你说，那圣人像怎么可以去砸呢！

还有，那文昌庙里供奉的三尊菩萨，那是文昌帝君、文曲星和魁星！他们都是我们读书人的祖宗！那魁星，别看他面目凶悍，但他右手拿着朱笔，左手拿着墨斗，他脚踩鳌鱼头！哪一个读书人不去拜他！谁不想考场上独占鳌头啊！那帮畜生却去砸文昌庙，无知！

还有城隍庙，他们也敢去碰！城隍菩萨是什么菩萨？他老人家是阴界的父母官，是我们南安城的主宰，无论谁死了都要上他那儿去报到！班固《两都赋序》云：京师修宫室，浚城隍。几千年来，城隍有历代皇帝嘉封，他可是大家的保护神啊！南安城没有城隍庙，还能算南安城吗？

杨先生越说越激动，脖子上青筋暴绽，口中唾沫飞溅。憨子和金花正听得云里雾里，忽然门外一阵喧哗，门外闯进来几个袒胸露臂的青年人。为首的，就是那冯大魁。杨老先生气不打一处来，吼道：出去！懂不懂无事不登三堂，无事不登学堂的规矩！

冯大魁摇头晃脑，不理睬杨先生，他吩咐跟随他进门的一个黑脸后生说：阿昌，给我找！找到了圣人像就砸！

那个黑脸后生刚要进里屋，杨先生大声喊：刘阿昌，他冯大魁吃屎长大的，你也吃屎长大的！你敢动我家圣人像试试！

正在聆听杨先生教诲的学生们，被这突如其来的骚乱吃了一惊。冯大魁摇摆之间，冲撞了几个胆小的娃子，娃子们哇的一声吓得大哭。小金花，突然一步跳起来，直奔里屋。几个青年人正要闯进里屋搜寻的时候，金花呼地跑出来了。她两手紧紧抱住那个一尺高的圣人雕像，要夺门而逃。

小丫头片子，把这东西给我！冯大魁嚷道。

不给！金花回应道。

刘阿昌包抄着走近金花，伸手去夺。小金花一阵脚踢。

杨先生护着小金花，骂道：你们哪辈子祖坟岔气，生出你这几个畜生！竟敢砸圣人！

冯大魁狰狞着面孔说：老杨头，你那脑筋还是皇帝老子那个年代吧！你懂不懂什么叫"新学"？这些旧的不去，新的永远不来！

你们没有王法了么！杨先生决眦瞪眼嚷道。

老古董，跟你说，我们是民国政府派来的！我们就是王法！

屁话！这南安镇街上，谁不知道你们这几个痞子混混！还民国政府！你们是听说外面人家张罗什么，你们借机在这里兴风作浪！你们把砸圣人当作出风头吗？告诉你们，这是要遭报应的！

杨老先生落伍了。他真的不知道，这冯大魁真是民国政府招来的。

清末民初，在这天高皇帝远的南安镇，新老势力旗鼓相当，南安镇地面很多事儿理不清。那个镇公所的头子想出一招，特聘几个混混出台压压轴。听说外面在搞"新学"，他们也没弄清楚"新学"是啥玩意儿，估计是除旧立新，就组织人马耀武扬威地打砸开了。在他们心里，反正这南安镇天高皇帝远，即使搞错搞坏，上边也不知情。先把地方权力理顺了再说！

说话间，那个叫刘阿昌的已经为了抢夺小金花手中的圣人像厮打起来。杨老先生纠缠其中，夹杂着小金花的阵阵尖叫声，学堂一片混乱。看到小金花这般不服管教，死抱着圣人像，冯大魁火了，几步走上前去，伸出他的肥大的巴掌，呼的一声，排山倒海般地向小金花的头上扇去。

说时迟那时快，突然一个男生跳上前来，嘭！他用脑袋一下撞击了冯大魁，冯大魁打了个闪失，一头栽倒在课桌上。啊啊！冯大魁气得暴叫暴跳。他搬起一张桌子就向那男生砸去。不防那男生早飞来一脚踢向桌子，那桌子偏离了方向，一下砸在刘阿昌的腿上。刘阿昌一阵哀号。乘着混乱之际，那男生拉着小金花，抱着那尊圣人雕像飞一般向外逃去。

追！

冯大魁们紧跟着跑了出去。

身后杨先生大骂：畜生！我要去衙门告你们！

傍晚，杨先生气得没吃饭，一边坐着暗骂那几个畜生，一边担心小金花和那男生憨子，担心这俩娃子会不会把圣人雕像弄丢。忽然金花爹和憨子爹找上门来，说两个娃子没有回家。

啊！杨先生大惊失色。那冯大魁会不会追上了小金花和憨子？他们追上两个娃子把他们怎么样了？杨先生大叫：那赶紧去找啊！

杨先生把今天私塾里冯大魁一班人来砸圣人雕像的事儿说了一遍。金花爹着急了，说：不好！这两个娃子可能招惹祸事了！假如冯大魁他们追上两个娃子，一定抢夺那圣人雕像。两个娃子兜里藏有飞镖。那飞镖毕竟是凶器，不管伤到谁，都是一场大祸啊！

金、韩两人急匆匆走了。杨先生心惊肉跳，赶快带上门，向冯大魁家寻找而去。

冯大魁不在家。家人说冯大魁现在是民国政府南安镇衙门的干将，成天忙得不亦乐乎，不到半夜不回家门。

半夜时分，杨先生已经躺在床上睡觉，忽然听到窗外有人轻声喊：杨先生，杨先生。

杨先生翻身坐起，揉揉眼睛。他听到的仿佛是少年的声音。

杨先生开开门。果然是小金花和憨子。两个娃子满头草屑，憨子的衣服还有污泥。他们手里紧紧捧着圣人雕像。

咋了？你们还没有回家？跑哪去了？杨先生又是怜悯又是紧张，压低声音问。

憨子告诉杨先生，冯大魁他们追到街上，追不上他俩，本来不再追赶。谁知前面来了一班军警。军警看见憨子两个娃子怀抱着什么物件，跑得气喘吁吁，后面还有人追赶，以为是小偷，便包抄过来拦截他们。憨子带着小金花扭头回跑。冯大魁他们又重新追赶起来。前面一道小河拦住去路。小河边有棵大树，树旁有一道围墙。冯大魁们看两个娃子被逼到了死角，一阵大笑，嚷嚷着：看你们往哪里跑！憨子冲着小金花耳朵一阵嘀咕。小金花像猫儿一般嗖地一下爬上了树。憨子像狗一样溜下河坡，蹲在岸边草窝里。

冯大魁们骂骂咧咧，一边摇晃那棵树，一边走近河坡。

哎哎哎，一阵惊叫，最先走近河坡的刘阿昌翻身坠落河里，一阵扑通扑通乱划。

冯大魁看见刘阿昌是被那蹲在草窝子里的男娃扯住脚脖子坠落河里，不禁吃惊得倒退两步。他回身去抄起一段烂木头要打憨子，憨子扑通跳入河里，潜水走了。小金花看见憨子哥抱着圣人像潜水走了，她身轻如燕，在树上像只松鼠一般，从这棵枝头窜到那棵枝丫，接连翻越三棵树，落在那围墙顶上，又攀上围墙那边的一棵树，逃了。

两个娃子在郊外望春桥会合。已是落暮黄昏。他们怕冯大魁找到他们家里。他们踏着夜幕朝相反的方向，向松山跑去。

他们在一片树林里一直躲到半夜。趁夜深人静，这时赶到杨先生家来归还圣人雕像。

杨先生仔细看了看两个娃子。突然问：你们的爹爹说你们兜里带有飞镖，是真的假的？

小金花从兜里掏出一支，递与杨先生手中。略有二寸，尖锐锋利，寒光凛冽。

杨先生又问：随身带它干吗？

放学路上打麻雀，打兔子，卖钱。小金花说。

杨先生回头看看憨子，问：你呢？

憨子也从衣兜里摸出一支。

杨先生把飞镖放进小金花衣兜，摸摸她的头，说：藏好了。可不敢随意伤人哈！

嗯嗯。

两个娃子虽然保护了圣人雕像有功，但狐疑多端的杨先生过于谨小慎微，他害怕两个娃子在他私塾里闯祸，第二天就登门金花家，叫两个娃子不再来杨氏私塾读书。

没多久，杨先生又来到金家，说：民国政府做梦做醒了！不许打砸圣人像了。我也不再办私塾了，民国政府把我请到新学堂去教书了，叫小金花和憨子两个娃子去新学堂读书吧！

金花和憨子就此双双进了新学堂。

新学堂的校长叫汪正清，戴一副黑框眼镜，一脸严肃。他在学校会议上宣讲，在南安镇这个天高皇帝远的地方，学校既要负担起学生教学，又要负担起社会教化，改善社会文明，当是教员的神圣职责。

他那一副黑框眼镜，好像能够洞穿一切。他批评杨老先生看不到社会变革带来的变化，老是读书当官这一套。教育，不单单是培养官僚的。教育，是改变全社会的。他看出憨子和小金花两个娃子，将来一定不同凡响。因此他对两个娃子特别关注，照顾有加。

谁知不到一年，说南安镇要打仗了，学校停课。俩娃子从此离开了学堂。

第三章

　　某日，金花爹要上山砍柴，憨子和小金花要跟着去学砍柴。

　　两个半大娃子的倔强劲儿，金花爹几乎无法阻挡。金花爹想了想，吃得苦中苦，方为人上人嘛。让他们吃点苦也好！

　　一老两少到了山上，金花爹更是吃惊。这两个娃子从来没有砍过柴，怎么会无师自通？只见他们手中的柴刀上下翻飞，金戈铁马，一棵棵杂木迎刃而倒。他们俩练武功练飞镖心灵手巧，可干这砍柴的粗活也得心应手。回家的路上，金花爹看着两个娃子挑柴的背影，仿佛看到了家庭的远景。大家靠运，小家靠勤。这金韩两家未来的日子，将来肯定是芝麻开花节节高！

　　下山半道上，金花爹放下柴担，歇住脚，喊住两个娃子。他叫两个娃子把柴挑回家。听说街上来了大兵，说经常强买强卖。两个娃子年龄尚小，这金韩两家以后还要指靠他们，不能让他们到街上去遭遇不测。金花爹要独自一人挑柴上街碰碰运气。

　　金花爹直接挑到了柴米街，等待买主。

忽然摇摇晃晃来了四个挎枪的大兵。大兵中两人扛了米袋，一人拎着几只鸡鸭，一人拿了油盐罐儿，来到金花爹柴担面前，喊道：卖柴的，把柴火挑到营房去！快点！

金花爹心直跳。从来没跟大兵打过交道，不知是福是祸。大兵不耐烦地催促，他不知营房在哪儿，只得挑柴跟着他们走。走过一条巷道，经过一口池塘，转弯，过了一片菜园子，来到一座缓缓的山坡。眼前一排砖墙瓦房。瓦房旁边还有很多帐篷。只见一块大操场上，一群士兵正在跑步操练。

金花爹大汗淋漓，气喘吁吁，卸下柴担。几个大兵放下手里的米油和鸡鸭，一个个进了帐篷，没人再理睬金花爹。金花爹东张西望，悄悄看一群士兵操练。

嗨！一声大喊，吓了金花爹一跳。

你咋还没走啊！一个大兵一只手里拎着几只鸡鸭，另一只手拿着一把明晃晃的刺刀，瞪着眼厉声问。

钱……钱？……，金花爹怯生生问。

什么钱？大兵侧目问。

卖柴……卖柴钱……

啥啊？那大兵把鸡鸭一扔，拿着刺刀走过来，嚷道：嗨！你这卖柴老头，想死！这一担柴火要钱？跟我们还要钱！

从帐篷角落里走出另一个大兵，手里提着长枪，嚷道：看我们手里的家伙！他把那枪栓拉得哗哗响，吓得金花爹抱头一溜烟逃回家。

金花爹汗涔涔从街上回来，满面愁容，长吁短叹。金花娘问咋啦？金花爹悄悄告诉她，镇街上来军队了，一担柴白送了。金花娘一阵哆嗦。来兵了就要打仗。这世道，莫非是又要兵荒马乱？

正说着，小金花和憨子笑嘻嘻地回来了。只见他们俩手里各拎着一只杀好的鸡。

金花爹吃惊不小。这鸡从哪儿来的？他们从哪儿拿人家东西了！古训道：饿死不做贼，气死不告状。这还了得！他随手拿起一根木棍，要责问两个娃子咋回事儿。

小金花嘴快，自己说了：

爹，你上街去卖柴，我们跟在后面的。我看见那些当兵的不给你钱，我正要冲上去骂他们，憨子哥说不能跟他们来硬的。憨子哥叫我躲在茅草垛里，等他们杀好了鸡鸭，乘他们不注意，我们各拎一只便跑！嘻嘻。

啊！金花娘吓了一跳。这俩娃子胆子太大了！上次为了杨先生的圣人雕像，差点惹出事来。今天竟敢招惹那些当兵的！倘若追上门来，全家岂不遭殃！

金花爹惊愕在那儿，半天合不拢嘴来。

金花娘赶快叫来大脚女人猛丫，叮嘱她：姐啊，不能再让这俩娃子到处乱跑惹是生非了！

大脚女人扔给憨子和小金花一只菜篮子，大声说：到后山岗甩石子打兔子去！

憨子和小金花刚要拎着菜篮子走，又被金花爹喊住。金花爹看着那两只被杀死的鸡，心焦如焚，自言自语说：这鸡可咋办？这鸡可咋办？

大脚女人漫不经心说：烧吃了呗！

啊！金花爹惊呼：这兵营的东西，哪里敢吃啊！

憨子爹回来了。憨子爹浑身灰尘，他刚刚挑着一担稻谷到邻村孙庄主家打米。他看到憨子和小金花两个娃子伫立不动，金花爹满脸焦虑的模样，知道一定又是俩娃子犯了什么错，急忙问话。金花爹一五一十说与他听。憨子爹吓得半天没敢吱声。

金花爹看着憨子爹一样没主意，赶紧问：这鸡到底是送还还是不送还啊？

大脚女人又嚷：烧了吃了！

憨子爹应声嘀咕问：要么烧吃了？

金花娘阻止道：这鸡吃不得！但也送还不得！你想，他们兵营里丢了鸡，一定在瞎猜测是谁这么胆大包天敢偷他们的鸡，你这里正好送还，好！抓贼不到，送上门来了！

那咋又吃不得呢？金花爹问。

他们丢了鸡，可能派人四处寻查，你这里炖上了，那香气还不把人家招来？

正在一家人六神无主的时候，忽然那边山坡上传来吵架声。

孙庄主的胖管家带着几个腿子，吆喝着向那山坡飞跑。

原来是后山坡村的两户人家，为了放牛，打架。说那姓杨的小户人家杨三亩（他家只有三亩田）的放牛娃狗蛋不该把牛放到东沟去。那东沟是大户人家孙庄主的牛专用草场，谁家的牛都不可以窜进偷吃。那小户人家的公水牛威武，一进东沟，就寻找大户人家的水牛挑衅滋事，要骑人家的母牛，可人家的公牛不干。两只公牛就斗起了牛角。小户人家的公牛威武，用牛角顶坏了孙庄主的公牛。

胖管家带着几个腿子，逮住那杨三亩的放牛娃狗蛋一顿暴打，还要人家下跪认错。狗蛋被打得一阵阵嚎叫不止，哭声震天。吵架声、哭喊声，一直传到金花家门口。

金花拉扯着憨子飞一般地跑来。

这金花姑娘经常和那狗蛋一起上山玩耍、打柴、扯猪草、挑野笋。狗蛋的哭喊让她义愤填膺。

金花拉着憨子直冲上山坡。但见胖管家手里还操着一根木棍，两个腿子一前一后拦截着小狗蛋。胖管家挥舞着棍子骂道：你这小王八羔子，下次再把牛赶到东沟去，叫你的牛牵不回，还要打断你的狗腿！狗蛋满脸是泥，嘴角和脖子上血迹斑斑，抽泣不止，鼻涕流淌出来，吹成一个大泡泡。他拿小手糊弄着脸，泡泡随即破灭。

小金花摸到一根棍棒，在胖管家身后一阵乱打。

哎哎！胖管家一阵惊叫。他回转身看见小金花狰狞着脸挥舞棍子打他，看见憨子手里捏着一根更粗的大棒满脸愠怒地准备应战，赶快带着腿子跑了。

小金花望着胖管家落荒而逃的背影，大声喊道：再看见你欺负狗蛋，打断你的腿！

胖管家径直跑到金花家门口，看见金花爹金花娘憨子爹憨子娘齐刷刷地站在那里发愣，他喘着，边跑，边手指着山那边嚷道：你们看看你的娃！你们看看你的娃！有娘养没娘教的！有娘养没娘教的！

　　眼看两个娃子成了野小子，金花爹金花娘憨子爹憨子娘决定要管一管了。全家一致同意由憨子娘来调教两个娃子。

　　大脚女人喊道：你们俩跟我上山甩石子打野兔子！

　　甩石子是一门独门绝技，和放飞镖有异曲同工之妙。猛丫小时候在山东老家，从父辈那儿学得这门功夫，一直操练不休。这门绝技取材方便，操作简单，就地捡起石子，瞄准一个方位甩去，只要功夫深铁棒磨成针，百炼成钢，小小石子被练成铁弹子一般。瞄准了小鸟，那是百发百中。甩石子打兔子，兔子目标更大，只要它稍一露头，必死无疑，一天能收获好几个。

　　小金花和憨子学习甩石子的功夫，兴高采烈。两人常常较劲。有时共同瞄准一个目标比赛，有时比谁打的麻雀多。两人功夫不相上下。

　　大脚女人看着两个娃子，心事重重。他们山东老家，那么多武功超群的百姓，就是因为技高人胆大，在那被鸦片醉迷瘫痪了的乱世之秋，百姓不甘官府和外敌压榨，一个个揭竿而起，赤膊上阵，奋力拼杀，要把外敌赶出中国。可是结局呢？清军先利用他们义和团去杀外敌。当打不过外敌，被八国联军掠夺了北京城后，清廷竟然与外敌合谋，联合绞杀义和团。义和团九死一生。先辈有云：自古民不跟官斗。血的教训历历在目。这俩娃子学得好功夫，该不会重蹈他们先辈覆辙吧？

　　可是，尽管大脚女人这般忧虑，她还是无比要强地锤炼俩娃子的武功。她那义和团后裔的血性在激励。她更不愿意看到俩娃子在不安宁的世道将来任人宰割，备受欺凌。

　　她就这般矛盾着，不断锤炼着两个娃子。她千叮嘱万叮嘱俩娃子，遇事不要抛头露面逞能逞强，不要招惹别人，不要乱发武功；这一身功夫，只须防身之用。

　　松山那边浙皖界牌之处的山岗上传来枪炮声。镇街人心惊肉跳。清朝早就完了，民国好多年了。这已经改朝换代了，世道还是不安宁。南安镇街上驻扎的大兵全部开往界牌，还拉了很多人去修筑工事。

　　金花爹憨子爹被拉到了界牌。几个大兵叫他们挖战壕。

金花娘和憨子娘两个女人在家，带着两个娃子，提心吊胆过日子。

外面传言，南安镇地面上闹匪了。

闹匪的消息一个接一个。

听说安吉那山里一家财主，遭匪了。财主家的白的黄的都被抢了不说，财主的头还像猪头一样被割下，挂在村头大树上，逗得成群的苍蝇嗡嗡乱飞，吓得村里几十户人家不敢走村口。

传言九里外一个名叫六房村的山村里，土匪砸开一个财主家两丈高的院墙，把财物抢个精光，还把几千斤稻米装上牛车拉了个精光。

村邻又传言说：完了完了！土匪抢到南安街来了！昨晚，几个土匪把杨先生家里的古董抢了！

那天，杨先生哭丧着脸，在学校里告诉汪正清校长：三天前晚上半夜时分，他家里来了三个土匪，都用黑布蒙着脸的，只把两只眼睛露在外面。他们指明说，啥都不要，只要他家里珍藏的北魏朝的一尊铁制佛像！这就出了怪了！他们咋知道我家里有这北魏的宝贝？

杨先生说着说着，突然自己得出结论：肯定是熟人干的！

汪正清想了想，点点头。他也判断抢杨先生家东西的是熟人。外地土匪哪里用得着脸上蒙着布呢！土匪还用得着顾面子吗！

汪正清忧虑说：坏了！这世道，白天你看是人，晚上是鬼！倘若是知根知底身边的人干的，防不胜防啊！

金花到小学堂来卖野兔。她听到杨先生和汪校长的谈叙，眨巴眨巴眼睛。她想起有一次路过新学堂路边儿，听到过镇公所的某某念叨杨先生的宝贝。十四岁的她很快对事情有了判断。她突然大声说：我知道是谁干的！

杨先生和汪校长扫了一眼这小丫头片子，没在意。

半夜时分，外面刮风下雨。忽然杨先生听到后窗户一阵敲响。他惊魂不定，开门跑到后窗一看，啊！他的北魏年代的宝贝回来了！那铁制佛像就横放在窗沿根下，完璧归赵。

杨先生在风雨的夜空里肃静了好久。他凝神静听，没听到任何脚步声。他暗自吃惊。这是谁干的？……这是谁给送回来的？……她？不会吧？

杨先生吃惊的不是那个乔扮土匪的人。他吃惊今晚让他完璧归赵的人。奇人啊！

界牌打仗相持了半个月。街人说，浙江兵被安徽兵打败了，跑了。界牌山岗平静下来。南安镇街仿佛遭野猪拥窜，既狼藉，又杂乱。

金花爹和憨子爹回来了。两人破衣烂衫，浑身污泥，一股恶臭。整个肖像枯瘦如柴，瘦得脱了形。看到金花娘和憨子娘，抱头痛哭一场。他们在前线为浙江兵挖战壕，搬运子弹，送粮草，抬伤员。这半个月的日子，吃不好，睡不好，子弹在身边呼啸，炮弹在身旁爆炸，九死一生，两人做梦也没想到还能活着回家。

小金花和憨子伫立门前，肃穆地看着爹娘们大哭。

憨子爹哭诉说：有一天从浙江兵这边逃出去，刚要钻进一片松树林，不想来了三个安徽兵。他们非要说我是从他们兵营里逃出来的，把我绑在树上打。幸亏我说话口音不像安徽口音，不然，这把老骨头还不知在哪儿喂狗了呢！呜呜呜……

金花爹哭诉说：憨子爹逃了，浙江兵非说是我给弄跑的，把我关在一个黑棚里，不给吃不给喝……呜呜……还要把我绑起来抛水塘里去……

千盼万盼两个爹爹回家，可两个爹爹成了惊弓之鸟，胆子越来越小，听到狗叫要打寒战，听到放炮仗几乎吓得要哭。金花娘心急若焚。这年头，外面闹匪，两个娃子还小，指望两个大男人回来撑住这个家，可两个男人的胆子还不如两个娃子。金花娘计划着，准备寻找一个靠山，或者把金花或憨子寄给谁做义子义女。

那年头，为了避灾避祸，很多人家都想法子找靠山。找靠山的噱头之一，就是把子女寄给有头有脸的人家做义子——干儿子。金、韩两家试图走这条道，但经过一番打听，金花是个丫头片子，没人认。憨子爹是个寄人篱下的主，人家都瞧不起，不认。

事情好不顺畅。

一天晚上，金花娘匆忙把金花爹拉到墙角，她指了指里屋的一只蓝色瓦罐。金花爹知道，那罐里装着他们两家六口这么多年勤俭艰辛挣来的六十几个大洋呢。入夜，夫妻俩捧着那蓝瓦罐装在一只粗制咸菜大瓦坛里，再悄悄搬到后院菜地里埋了。

但左思右想，还是睡不着觉。这段日子，镇街上人心惶惶。茶馆里的人纷纷传说，这年头，京城里三天两天换皇帝，全国四分五裂了，十八路反王造反了。人人都想着抢天下。南安地盘的龙山和界牌岭都有土匪了。土匪半夜三更打家劫舍，经常杀人放火。有钱人胆子都吓破了，好多都搬到城里去住了。

有一天，憨子爹带回来一个不好的消息说：街面上都说我们家是财主，是不露富的财主。说你岳父是秀才，他死了留下好多金元宝呢！说我们家买了这么多水田，有货啊！

金花爹听得心里发毛，嘴唇直打哆唆。

大脚女人说话了。她轻易不多说话。她说：几个毛匪毛贼不算啥的，有我在呢！

憨子爹急了，赶快说：你一个妇道人家，懂个啥啊！你这三脚猫的功夫，人家可是有枪！当年你们义和团，那么多人，那么好的拳脚，哇啦哇啦闹了那么大的气候，结果呢？经不起人家洋枪洋炮啊！

金、韩二人也知道这猛丫的武功，还有俩娃子的武功，抵挡几个毛匪不成问题。但是人家有枪。可不能让家人冒这份风险。

找不到给金花和憨子做干爹的人，金韩两家心里总是晃悠。金花爹谋划着，决定去认亲戚，去寻找有头有脸的亲戚做靠山。

金花爹急得热锅上的蚂蚁一般。一个远房亲戚告诉他说：你这样着急莽荒的没用。常言道：大门杠子挡不住门，筷子能挡门的。

金花爹追问：筷子能挡住门？这是啥意思啊？

自己去想。亲戚说，不能做小气鬼。

金老爹想想想，终于悟出道理来：筷子能挡门……对了！请人吃饭！

经过一番打听，金花爹听说他爷爷那辈有个远方亲戚，家住丁家庄，叫丁老发，在南安镇街上是个混混，暗地里和土匪有瓜葛，论辈儿那丁老发还把金花爹叫表叔。金花爹心头一喜，回家和金花娘、韩表弟商量。全家决定：拿了锄头到菜地去，挖出那蓝瓦罐，拿钱买菜，要请这远房亲戚吃饭，以求做个靠山。

丁老发来了。黑衣白裤，油头粉面，龇牙咧嘴地笑，当胸斜挎两把盒子炮来到金家。那天吃饱喝足之后，丁老发抹了抹油嘴，摇头晃脑地转身回头说：表叔，今天下山时从茶馆经过，几个老友说要推牌九，可身上未带分文……

金老爹一愣，这靠山开了口，哪里能让他吃闭门羹呢！他一转身进了里屋，从那蓝瓦罐里拿出五个大洋来，弯着腰笑嘻嘻递在丁老发手上。丁老发愣了愣，喊了声"谢了！"就接在手里。拔头走的时候，他回头向那间里屋扫了一眼。

金花爹以为请了神自然会有神保佑，心里踏实了，出出进进一脸的笑容。上山砍柴时一路上"呀呀哎哎"地唱着南安皮影戏。

第四章

南安镇新学堂来了一位女先生，成了爆炸性新闻。

南安皮影戏第一次在南安镇唱《梁山伯与祝英台》的时候，南安镇大惊小怪，怎么还有女娃跑那么远到杭州城去读书？后来唱多了才慢慢习惯，女的也有读书人。这次说来了个女先生，南安镇再次大惊小怪。

女先生名叫柳叶，年轻，二十多岁；人漂亮，短头发，短裙，姿态端庄，不媚不艳。这女先生可不简单。她一到学堂，就联络了两个年轻男先生，风风火火讲什么大道理。

汪正清校长眉头紧锁。来了个女先生，他倒无可厚非，这世道沧海桑田，什么新鲜事儿都有发生，何况男女都一样，女性要解放呢。柳叶的性格开朗，快人快语，也很得汪校长喜欢。可是，这丫头不单单是给学生上课。她还敢上街抛头露面，在人多势众的地方登上台子讲话。女先生本来就是新奇，在街上登台讲话，那更是一道震惊南安镇的亮丽风景，吸引着大批城乡人前来围观。他们听不懂这女先生说的什么道理，就是来看个新奇。在这茶馆店等公共场所挂着"莫谈国是"的时节，这丫头这样招摇，是否有些太疯狂？汪校长担心这丫头会不会出什么乱子。

憨子和金花上街卖兔子。他们从南门进了城，在文昌阁门前的小广场上，看到人山人海，人群万头攒动。他们俩好奇地挤进人群。只见一位女先生在一个土台子上站着大声讲话，他们一下子就被迷住了。

……我们为什么这么穷？我们耕田种地，为什么没有饭吃？那些地主财主，他们手脚清闲，为什么吃着香喷喷的米饭，吃鱼吃肉，身穿绫罗绸缎？这都是因为剥削！他们霸占了我们的土地！我们要组织农会，跟他们算账，要回我们自己的土地！……

讲话之间，她还散发了许多传单。

金花和憨子好奇地捡回了传单。

金花爹看了看俩娃子捡回的传单。他一字不识，但他紧张地吆喝起来：你们干吗把这东西拿回家！外面说了，捡这东西要招祸的！金花娘，赶快塞灶洞里烧了！

不要不要！金花赶快把传单抢过来。

写的啥啊，你爹要烧它？金花娘问。

金花爹嚷道：这是要造反的东西！留不得！赶快烧了！

啊！要造反的？那是要杀头的！快给我烧了！金花娘也急了，嚷道：这是哪儿来的？怎么又有人要造反了？不是把宣统皇帝弄退位了吗？

金花说：娘，你别听我爹瞎嚷嚷。这可是新学堂来的一个女先生发的。那女先生长得可好看了，我从来没见过那么漂亮的女人！

先生还有女的？跟我瞎扯吧？金花娘问。

真的！金花说，真是女的！娘，不知道咋回事儿，我和憨子哥听到她说的话，怎么那么动听，那么入心，那么有道理呢？她说要办农会，说得我和憨子哥热血沸腾的。

金花！金花爹喊道，你和憨子不能瞎起哄哈！镇街上在查这种传单了！那个女先生迟早要犯事儿的！

我不管！金花说。

金花和憨子甩石子打兔子，奔跑上街越来越勤。他们亲自上街去卖兔子。可有时候卖了一晌午，完全是拥挤在广场上的人群里，听女先生讲话。等人群散了，他们便拎了死兔子回家。每次回家，手里总是拿着传单。他们担心又要挨骂。他们把传单藏在半道上的草丛里，树巅上的鸟巢里。传单上写的"大办农会，打倒封建势力""打倒军阀"等字样，似懂非懂。他们俩合计合计，决定拿着传单去寻找那女先生请教其中的道理。

卖兔子！卖兔子！

两个娃子手臂挎着篮子，走进学堂大院叫卖兔子。

学堂院子里有一口池塘，垂柳成荫。女先生柳叶忽然看见金花手里捏着的传单，疾步走过来问：兔子怎么卖？我买了。

金花把兔子拎起来的时候，那女先生问：小妹妹，传单在哪里捡的？

金花扭头一指，说：那边巷道里。

柳叶问：这传单说要打军阀，你们也敢捡？

咋不敢捡！金花说，我们早就想打军阀了！

憨子瓮声瓮气，说：我们都是学武功的！

柳叶眼神猛的一亮，说：有武功好啊！但光有武功不行，军阀都有枪，我们还要有组织……

金花和憨子成了学校女教师的常客。他们俩今天逮只兔子，明天拎着半篮子野鸟，三天两头到学校，听那女教师谈"农会"的道理。

一日，忽传街上又来了军队，全是清一色的安徽兵。

这些安徽兵从湖州那边开过来，全是孙传芳孙大帅的兵。据说是南安镇地面不稳，有人竟然胆敢闹"农会"，胆敢要打倒军阀，特调动部队来镇局。这两年，时局多变，令人糊涂。在浙江地盘上，浙江人自己的军队不见踪影，大批孙大帅的兵蜂拥进入浙江地区飞扬跋扈，闹得鸡飞狗跳，民不安生。

南安镇学堂的先生们在变幻不定的时局面前，谈论时局，纸上谈兵，意见出现了两大派别。以汪正清校长为首的一派认为，必须要发动平民百姓的力量把大批安徽兵赶走；封建专制的清朝已经被推翻，历史已经进入民主时代，社会的所有问题应该由人民来说了算。

以杨先生为代表的一派说，老百姓只是草芥，这个国家大事平民百姓起不了作用的，还是当官的说了算。杨先生反对"外敌"皖兵入侵，绝不能让安徽兵在浙江地盘上飞扬跋扈为所欲为，应该"浙人治浙"，谁的地盘谁做主嘛。

正在汪、杨两派争论不休的节骨眼上，新来的柳叶"农会"主张振聋发聩。汪正清校长对柳叶这种主张也有赞同。但他感觉柳叶的行为太直太露太冲，太锋芒毕露。孙大帅的部队从湖州调动南安来镇局，或许就是冲着柳叶来的，他感觉或许有一种危险正在向学堂逼近。

话说南安地区土地肥沃，人民勤劳，南安塘两岸河畔上的万亩良田，就是富饶的米粮川。

这年秋收，南安本地大米纷纷上市。各个乡村通往南安镇的大小道路上，羊角车、牛车、马车运粮的队伍，几乎像蚂蚁搬家一般。南安著名的柴米街道稻米拥挤，上百家米店门庭若市，生意火爆。南安河道舟楫往来，纤夫对岸隔河相望，互相询问外面世界的粮米行市。

金家六十亩良田喜获丰收。金花爹娘和韩表弟夫妇满脸挂笑。他们把粮食装上牛车，兴冲冲要运往南安镇码头。

每年的秋季，秋收时节，南安镇码头是最热闹和繁忙的码头。不光是南安镇本地的粮商收购稻米，外地的粮商也纷纷来抢购。尤其是湖州粮米客商，年年如此。河道上舟楫往来的大船，几乎全部是湖州来的客商。在所有粮商给出的稻米价中，湖州客商给出的稻米价是最滋润的价格。只要看见河道有湖州粮商的大船，南安乡亲奔走相告。一时间，挑担的、推着羊角车的、赶着驴骡马车的运粮队伍从南安的山山水水各个角落蜂拥云集南安镇街。消息若传到安吉县北和安徽皖南，外县外省的稻米骡马相送，成群结队鱼贯而来，只见一路风尘滚滚，运送稻米的大军一字长蛇，见首不见尾，全部拥挤到南安码头。

正当大家兴高采烈的时候，忽然一声枪响，打破了所有运粮人的兴致，震惊四方。

孙大帅的部队派兵荷枪实弹前往南安镇街鱼巷口。码头上站满了士兵。一个军官急匆匆找到湖州客商。

湖州客商头戴礼帽，见了军官鞠了一躬。他心直跳。这购粮季节大兵压境的阵仗，他还是第一次见。

军官叽里咕噜一番话，湖州客商惊出一身冷汗。大意是今年非同往年，战事吃紧，兵马未动粮草先行，南安镇地面的秋粮，只能由军队来把持，这叫军粮大计！识时务的请赶快撤出市场。

湖州客商心惊肉跳之余，不敢纠缠，只得准备空船返航回家。

且慢！那军官用巴掌猛拍了湖州客商的肩头，狞笑说：大帅说了，你回去，船留下。部队有军务急用！

湖州客商惊愕之际，那军官拿出五十个大洋给他，说：算你运气好，大帅今天高兴，还派人送来船钱。拿着。

湖州客商脸色惨白，哭丧脸说：五艘船租用一趟，从南安到湖州是三百个大洋啊！

那军官掀起军帽，睐他一眼，漫不经心说：买卖不成仁义在嘛！你回去补偿一下呗。

客商惊叫道：军爷，我们生意没有做成，还要搭上租船钱！这不是要我们的命吗？

妈拉个巴子！那军官火了，掏出枪指着嚷道：你怎么这么啰唆！付几个船钱，你怕要你的命是吧？我现在就能要你的命，你怕吗？你再啰唆试试！

湖州客商颓丧地走了。

蜂拥南安码头卖粮的乡民们得到消息：湖州客商不再收购稻米，走了，但粮米稻谷照常收购下船！

乡民们云集南安码头，一个个惊呆了。

收购稻米的是孙大帅部队。粮价不堪。比湖州客商出价相差大半，不足二十文铜板。其中还要挑三拣四，鸡蛋里择骨头找瘪谷、除水分来压价。几个乡民私下窃窃私语议论：这个价格，安吉、皖南地区的租用骡马车运粮的人家，卖了粮回去不够付骡马车钱。

乡民们焦虑。这稻米到底是卖还是不卖啊？

乡民们拥挤在码头，一个个哭丧着脸，面面相觑。附近的乡民急着用钱的人家，或急着还债的人家，憋不住，将稻米慢慢向码头挪动。

码头上军人开斗量米，后面荷枪实弹的站立了一排。那个歪戴着军帽的军爷一边量斗一边用沙哑的嗓音喊道：那满的一斗算一斗，总共五斗！这小半斗，四舍五入，不计！倒了！

啊！这小半斗不计？被鲸吞了？卖粮的乡民张口要吵吵，但看了看荷枪实弹站立一排的军爷，不敢怒也不敢言，自己的眼泪啪嗒啪嗒掉了一串，两手颤抖抖地拿了几十个铜板回家。

买卖继续。看到卖粮的乡民泪眼婆娑，有些观望的乡民犹豫着是不是驱赶骡马车掉头返回，不卖了。说话之间，部队的大兵越来越多，他们成群结队，几乎包围了所有河岸上卖粮的乡民。他们骂骂咧咧，挥舞枪托砸人，催赶快卖粮。这叫货到低处死！有的军官喊道：今天既然来了，就别指望把稻米弄回家！一时间，强买强卖，码头上哭声一片。

五艘粮船全部装满了。

金花爹憨子爹拉了牛车混迹粮车队伍之中，听到码头上强买强卖，哭声一片，他们判断今天瞎了。金花爹对憨子爹使了个眼色，两人慢慢挪动牛车，掉头，准备悄悄把稻米拉回去。

牛车刚刚出了队伍，来到一条巷道口，突然面前闪出几个大兵。金花爹听到一声叫骂，背上"蓬"地被砸了一枪托。他听到憨子爹一声"哎哟！"随即倒在地上。

滚起来！大兵喝道，你要想死老子成全你们！胆敢把粮食拉走！实话告诉你，今天就是你人没了，你这一车粮食，苍蝇叼不走一颗！

拉走拉走！拉到营房大院去！大兵们如狼似虎，把金花爹憨子爹牛车推的稻谷拉到军营大院子去。

金花爹和憨子爹一瘸一拐，忍着疼痛，赶着牛车走。

憨子爹悄悄问：这是明抢嘛！这不能卖了吧？

金花爹悄悄说：现在说这些有用吗？

到了大院子，沿途都有大兵，卖粮的人出出进进，没有人敢吱声。

在金花爹和其他乡民等候大兵付钱的时候，一个军官从里间蹀步出来，咳嗽两声清清嗓子，说：事情总是这样不巧，那么多稻米上了船，粮款发光了，连军饷都当作粮款发出去了！还请各位乡亲先回去，耐心等待几天，粮款一到，定当奉还！

啊！金花爹和身穿破衣烂衫的乡民听说粮食入库了没钱付款，大有卖飞了的感觉，一个个瞠目结舌地叫苦。

好好，我知道南安乡民厚道，体谅我们当兵的苦衷，没有怨言。好！我一定亲自向孙大帅禀报，南安乡民，体谅我们为他们保家卫国，区区稻谷，不足挂齿！南安人就是这般爽快！好！请回吧，请回吧！

金花爹一班人懵了。金花爹没有完全听懂那军官的话，他斗胆轻声问了一句：

军爷，我们什么时候来取粮款？

妈拉的巴子！那军官一声大吼，真是蹬鼻子上脸！看见淘米箩就要吃饭了，看见母猪就想上圈了！刚说了几句好话，妈拉的巴子，就要天旋地转了！来呀！把这个要粮款的家伙给我拉进去，先用杀威棒给他五十大铜板！

听了这话，有的乡民撒腿就跑，边跑边回头喊：不要了不要了！

诸位等候讨钱的乡民呼地一下作鸟兽散。

金花爹摇摇头，叹息说，走吧。憨子爹忽然脖子一梗，青筋暴绽，扭头说：不走！

金花爹慌了，悄悄拉扯憨子爹说：兄弟，这可不能硬碰硬哈！

憨子爹推了金花爹一把。他自己瞪大了眼睛，厉声嚷嚷着问：

你们是军队，不是土匪，咋也干出这强盗的事体来！一个铜板不打算给啊？你们？

那军官被这突如其来的责问愣住了。憨子爹梗着脖子，大声嚷道：

要钱！我们卖粮要钱！

说时迟那时快，金花爹一个箭步扑上去，一下子抱住了憨子爹。憨子爹还要嚷嚷，金花爹一把捂住他的嘴巴。

憨子爹一阵挣扎，挣脱了金花爹的拥抱。他忽然扑向那军官，伸手揪住了军官的衣领，擂动拳头猛打。

那军官一阵嚎叫，伸手在腰间掏枪。四五个大兵呼啦围了过来。

快跑！金花爹拉了憨子爹就跑。

四五个大兵穷凶极恶地包抄过来。

突然，嗖嗖嗖，不知从哪个角落飞来几颗石子，将那军官手枪被击落在地。四五个大兵哎呀哎呀地双手捂脸，疼痛地哭爹叫娘。

金花爹憨子爹趁着人群的混乱，赶快逃离了现场。

"笃、笃笃！""抓住他！抓住他们！"令人心惊肉跳的口哨声和呼喊声此起彼伏。

砰！砰！枪响了……

金花爹憨子爹两人一瘸一拐地回到家里，金花娘憨子娘一下子愣住了。去卖粮的时候好好的，回来怎么瘸拐了？发生了什么事情？牛车呢？

金花爹脸色苍白，惊魂未定的模样说：闯大祸了！稻谷卖飞了……大兵抢了……不给钱……还要打板子……憨子爹把军官打了……

啊！全家陡然笼罩在一种巨大的恐惧中。

金花娘嚷道：你们快跑吧！你们咋敢打了那些阎王？他们不会善罢甘休的，肯定会追到家里来的！

咋办啦？这事儿……刚才还愤愤不平的憨子爹胆怯了。他害怕大兵会追赶到家，祸连家人。

你呀！金花爹恼火道，平时看你胆小如鼠，见了官儿大气不敢喘。今天咋发了猪头三，咋拦都拦不住！

闻讯奔跑出去望风的憨子娘忽然跑进门，大声说：我看见一群大兵向那山洼里跑了，十几号人呢！

砰！砰！枪声呼啸。

金花爹金花娘跟随着憨子娘跑出来，顺着一棵杨柳树方向望去，只见十几个大兵在追赶两个娃子……金花娘吃惊地问：那两个娃子莫不是金花和憨子？

不会吧？

全家惊恐不安地踮脚伸颈地张望，那两个娃子早已窜进了一片黑松林。

下半晌，金花和憨子出现在小学堂。柳叶正在振振有词地说话。

柳叶说：我没说假话吧？这些军阀强取豪夺，欺压百姓！中国，就是因为这些军阀各自为王，连年征战，乱成了一锅粥！今天他们在南安抢夺农民的粮食，他们要运往前线。我们不能让军阀把南安粮食运走！

那咋办呢？憨子问。

我们的领导说了，南安的粮食填补湖州市场，大家都有一口饭吃，一旦军阀把粮食运走，搞空了市场，这老百姓还不要饿死啊！

那咋办？金花问。

柳叶说：我们要发动乡亲们把粮食抢回来！这阵子我们发出去很多传单，乡亲们应该知道了办农会的道理。办农会，就是农民团结一致，打倒军阀！今天军阀抢粮这件事儿，应该一下子让南安的农民看清了军阀的嘴脸。我们现在上门去，我们要组织一批人，叫大家一起动手，把我们乡亲的粮食抢回来！

三个人说干就干。他们直奔山洼里，第一家就是杨三亩。正好杨三亩和狗蛋都在家。杨三亩正为粮食卖飞而发怒。

柳叶说：人心齐，泰山移。我们赶快去夺回自己的粮食！

杨三亩吓一跳。他做梦也没想过还能去把粮食抢回来。他左右端详着两个半大娃子和女先生，说：千万使不得！他们要开枪打死人的！

金花大声说：干吗使不得！我们就是要打倒军阀，抢回自己的粮食！狗蛋跟我们一起去！

哎哎！杨三亩赶快拦住跃跃欲试的狗蛋，说：金花，要送命的，鸡蛋千万不能碰石头！

柳叶三人走东串西，跑了十几户人家，发动半天，嘴巴都骂军阀，骂今天抢粮，但没有人胆敢跟随他们去把粮食夺回来。他们反而规劝柳叶金花憨子，别不懂事，别去夺了，千万别拿自己小命开玩笑。

柳叶的发动工作没有成效。第二天，他们又走访了几个村庄，煽动乡民夺粮。几乎所有的乡民都把他们当疯子，谁也不敢参加。

柳叶一咬牙，没有人干自己干，连同两个年轻先生和憨子金花，他们五个人也要去干！这五个人有个名字叫"南安农会夺粮队"。走！上船去！

五艘大船露天躺在河里，粮食整整齐齐堆积在船舱。没有任何人看管。"农会夺粮队"顺着河坡上了船。

五个人搬起船上的麻袋，蹲下身姿，可怎么搬也不能把麻袋弄上肩。柳叶说：我们两个人抬一袋！

憨子和金花抬了抬一袋粮食，可是那麻袋岿然不动。那两个先生也是如此。五个人全身大汗，大家累得吭哧吭哧，可搬不动任何一袋。

干什么的？桥上走动着几个巡逻兵。一个大兵冲着船上大喊。

快跑！柳叶喊道。五个人撒腿便跑。他们从河岸向一片草坡飞奔。

小偷！小偷偷粮，抓小偷！大兵喊道。

砰！砰！枪声骤起。

冯大魁带着刘阿昌一班人，腰挎短枪，在南安镇街行走。

自从界牌开战打仗以后，山区冒出许多土匪。土匪时常结队窜进南安镇街骚扰抢劫。民国政府紧急成立了镇公所缉匪队。冯大魁摇身一变，当上了南安镇公所所长，刘阿昌任缉匪队队长。冯大魁和刘阿昌当起了吃官饭拿官钱的公差，从此双肩斜挎了两把快枪，威风凛凛了。小混混变大爷，这是历朝历代常有的混账事儿。南安镇也不例外。起初，这个缉匪队还真像那么回事儿，四处奔走缉拿土匪，耀武扬威一阵子，得到乡亲的赞许，为南安镇公所挣到一些官衙面子。无奈好景不长。南安镇突然开来孙大帅的军队，南安地面事务几乎全部被军队辖制。原来的征税征粮等等公务，军队包揽殆尽，镇公所几乎成了聋子的耳朵，成了摆设。面对大军压境，取代了镇公所的权力，冯大魁刘阿昌敢怒而不敢言。还好，孙大帅军队有令，镇公所和缉匪队依然是地方政府权力机关，但要协助军队维持地方治安，协助军队征税征粮，冯大魁和刘阿昌才不至于失业，才不至于脱下身上的军警服，才有继续耀武扬威的机会。

但冯大魁背地里悄悄吩咐刘阿昌：这铁打的地盘流水的兵。跟我学着点儿。发我们粮饷的是我们的上峰县衙门，我们只能听县衙门的。这部队，孙大帅的部队保不齐能驻扎多久。他们说不定又要被另外哪个部队打败逃之夭夭。

刘阿昌诺诺连声，跟冯大魁学习着阳奉阴违。在大兵面前，高喊口号"要抓土匪！要整治治安！"可一转身，就和地方土匪鬼混一处，打牌九，打麻将，抓六猴，吃饭馆，嫖妓院。警匪一家，盛况空前。

刘阿昌正带着几个镇公所的军警巡街，听见大兵巡逻队喊抓小偷，赶快四处寻找目标。

砰！砰！大兵开枪了。子弹在刘阿昌前面飞。刘阿昌们赶紧抱头躲进了巷道里。

不好！肯定是土匪进镇骚扰抢粮了！刘阿昌喊道。

说话间，一个军警把头探出墙角，冲着刚才开枪的地方"砰！"地放了一枪。

砰！砰砰！那边巡逻的大兵马上回击。子弹打得墙角崩裂，灰尘飞溅。刘阿昌眯眼喊道：再打！

砰！砰砰！

大兵和镇公所的缉匪队双方不见面，打得不可开交。柳叶一班人等早已消失在山洼山梁的松树林里。

第五章

话说金老爹的土匪亲戚丁老发坐在镇街阿强麻将馆里，一张四方桌子围了七八个人，瞪着十几只大眼睛在掷"猴"赌钱。阿强女人喜笑颜开不停地收着"喜钱"（即赢家给的提存钱）。

丁老发对坐在对面的黑脸大个子笑笑。那个黑脸大个子对他会意地眨眨眼。

黑脸大个子就是刘阿昌，和丁老发同是一个丁家庄的人。他爹娘死得早，自小江湖上混，穷困潦倒，靠偷瓜扭枣过日子。天不怕地不怕，一身野气。冯大魁在街上横冲直撞的那两年，他跟着起哄，成了一方祸害。现在摇身一变成了公差，而且是镇公所缉匪队队长。刘阿昌出人头地，敲诈勒索，从吃喝嫖赌场上四路来财，腰缠万贯。他把弄到的钱拿到丁家庄交给他的弟弟刘阿贵，要他在庄上放高利贷。高利贷赚钱快，滚雪球一般暴富。刘家兄弟为富不仁。下秋和年关收钱，倘若有人不还钱或还不起钱，刘阿昌便带着官差团丁去催债。捆、打、绑、吊、关，五毒俱全。

　　土匪丁老发和缉匪队队长刘阿昌坐在一起赌钱，这是民国初期政府的一道亮丽风景。缉匪队缉拿盗匪是头号大事儿。每次抓捕土匪的名单上都有丁老发的名字。抓了两年，真土匪假土匪都进去坐过老虎凳喝过辣椒水，可镇公所就是没动过丁老发。有人猜测说丁老发仁义值千金，好人好报。还有人猜测丁老发和刘阿昌同是一个庄上的人，包庇。这其中的奥秘，丁老发心知肚明。这是镇公所的套路，养着鱼鹰，鱼鹰就要为他们捕鱼呢！这也叫警匪一家。当匪的到外面去弄大洋，七家挣钱八家用，必须要拿出一股填饱了镇公所一班弟兄的腰包，填饱了军警的肚子。

　　何况现在正值孙大帅部队浪风的时代，孙大帅部队迟早要开拔，刘阿昌何不做个顺水人情呢！

　　何况这麻将馆的主人是阿强女人呢。

　　阿强女人美貌如花，胭脂花粉香艳绝伦。她丈夫阿强是个船公，常年在上海运货做买卖。阿强女人为了操持这个藏龙卧虎聚集着三教九流的麻将馆，为了有靠山维持局面，常常向刘阿昌挤眉弄眼。一来二去，刘阿昌神魂颠倒，见缝插针，两人做了姘头。

　　今天丁老发手气瘟，吃鲫鱼吐出了鲤鱼，呵呵，那脸色早就起乌云了！

　　丁老发伸手口袋里抓摸了半天，还剩下两个铜子。他弯曲了肘子拐拐旁边的一个赌客，想要借十个大洋。没等他伸肘，那人先知先觉提前溜走了。丁老发心里窝着火，嘴里喷喷着说：各位可稍等片刻，我去取钱就来。大家齐声赞同。刘阿昌也不反对，只是冷眼坐着喝茶。

　　丁老发一溜烟直奔金老爹家，肩上挎的盒子炮不停地在屁股上晃荡。

　　大脚女人憨子娘正在院子里洗衣服，刚刚晾好在竹竿上。看看院子里空荡荡，只剩下她一个人，忽然一阵感慨。坐在一棵石榴树下磨刀石上，鼻子一酸，悄然落泪。

　　她感到时光飞逝。她和丈夫带着儿子来金家寄人篱下，转眼快十年光景。这些年，她一直隐姓埋名。丈夫只知道她叫猛丫。可谁知道，她原来是北方山东晚清叱咤风云的义和团领袖赵三多的亲侄女儿！她永远忘不了，二十多年前，那次赵三多领导景延宾起义失败后，伯父赵三多阵亡。豺狼虎豹般的清军蜂拥而来，直扑赵家庄，要将赵家庄所有姓赵的斩草除根。她的叔叔赵四浑身上下全是血迹，伤痕累累，带着二十名义和团战士从战场杀开一条血路逃回赵家庄，要携带赵氏所有后生兄妹赶快逃生。不料叔叔赵四前脚刚到，大批清军后脚赶到。赵四依托那个狭窄的村口，与那二十名战士断后，奋力厮杀阻拦清军。赵氏后生兄妹们在一片鸡飞狗跳的纷乱中逃亡。不幸的是清军人多势众，赵四和二十几个战士全部战死，清军追赶赵氏几十个后生姐妹，疯狂屠杀，只逃出了猛丫、猛丫哥、猛丫妹妹兄妹三人。

后来有消息说，那二十名战士寡不敌众精疲力竭，有的被弓箭射成刺猬，有的被大刀剁成肉酱，有的活捉后被大火点了天灯……

赵氏兄妹逃出村庄，一路向南奔逃。他们没有携带任何钱财，只是每人身上暗藏了九根钢制飞镖。猛丫哥哥赵九年龄最长，十六岁。他叮嘱两个妹妹，不管大家会不会逃散，无论走到哪里，都不能说自己姓赵。改姓陈。他改名陈九照。那个照字儿，就算纪念祖宗留下的姓。他当即给大妹子取名叫猛丫，二妹叫歌丫。他再次叮嘱两个妹妹他叫陈九照。话说第二天，兄妹三人来到一个小城，只见城门口拥聚了很多人，围观一张布告。一个书生模样的男子正在念叨：

为清剿义和团余孽，凡本地发现有陌生男女，一律报官有赏……

陈九照立马神色慌张，拉着两个妹妹赶快逃走。不想夹在人群中的清兵看出破绽，一阵猛追。这兄妹三人自此离散。至今杳无音讯。

猛丫一路南奔，沿途乞讨度日。五年后，她身世飘零，自己想方设法丑化成怪样，辗转来到江南浙北南安地面，在一阵纷乱的风霜中，遇见了乞丐韩锁子。也是千里姻缘天注定，她甘愿嫁给乞丐韩锁子为妻，甘愿同他一起住郊外寒窑苦度光阴。也是老天造化，他们这棵苦藤上还结出了苦瓜，居然还生下一个聪明伶俐的儿子。从此这儿子就是她的希望。她看到世道混乱，为了给儿子防身，她把当年在山东老家学到的飞镖绝技和赵家武术神功传授给儿子。她不惜儿子身体，精心苦练儿子，期待他长大以后能够自保。自从金家收留他们三人，她看到金家没有把他们当外人，也看到金表兄的千金爱女小金花和自己儿子一起长大，两娃子相处很好，她仿佛看到了儿子的未来，更是对两个孩子双双传授。她渴望将来能够寻找到自己的哥哥赵九——陈九照，渴望寻找到自己的妹妹歌丫。在那两兄妹身上，都身怀绝技，只要他们没死，他们一定不会忘记赵家神功。只要找到他们，他们一定会给憨子和金花传授赵家神功！寻找哥哥和妹妹，一直是她这么多年的一块心病。

正当他们两家六口期待憨子和金花快快长大，做着安居乐业好梦的时候，世道不由人，这世道就像屋破偏遭连阴雨，处处崩塌。不但她要寻找兄妹的梦想越来越远，而且这两家六口安居乐业的梦想也在摇晃。这外面盛传的土匪乱世，就像黑夜中的惊雷，炸毁了一般平头百姓勤劳养家的好梦。但流着赵家血脉的猛丫没有自叹命苦。她不相信这世界永远暗无天日，一定会有风吹荷花现青天的时候！她相信只要度过匪患的难关，儿子憨子的未来一定会红日高照！

猛丫无端感慨一回，但没流一滴眼泪，她又转开身，迈开一双大脚，去搬来一捆木柴，拿起柴刀劈柴。

蓬蓬蓬……，有人在猛敲院子门。

猛丫开门一看，只见满头大汗的丁老发见面作揖，大声吆喝：表婶，快快借我十个大洋救火！

猛丫吓一跳，赶忙问：哪儿遭火了？快去救啊！

丁老发说：表婶，救赌如救火！拿钱给我救赌！

女人一时脸色茫然。她没钱。金老爹不在家，她不便进屋去翻箱倒柜给他找钱啦。只见丁老发急得火烧猴一般，连声喊着快快快。猛丫犹豫了。那天金老爹如何善待这个亲戚，她两眼看得真切，这可是金家的靠山啊！今天要不借钱给他，岂不烧了香又得罪菩萨？她急得团团转着圈子，探头看着村口大路，期望看到金花爹一家三口的身影。只见客人坐立不安，恨不得要给人磕头求救。她想了想，两个娃子的事儿大家心照不宣，两家其实就是一家，金家的钱其实将来也是她韩家的钱啦。她吩咐丁老发先坐坐，自己就直奔里间去翻柜子找钱了。

这么多年，她了解金老爹的迷魂阵，那上了锁的柜子，一定是装衣服的，肯定没钱。看那放满废品的箱子和麻袋，那一定就有小金库。她捡起一件件破垃圾，捋起袖子在破箱底摸鱼一般地摸，摸出十个大洋，便笑嘻嘻地走出来。

丁老发早已迫不及待站起身，远远地接了，扬长而去。猛丫身上像受了冰寒一样，她不知道自己做的是对还是错。

丁老发拿了钱进了茶馆门，众人齐声站起，高声迎接。刘阿昌竖着大拇指说，好手段！这大白天溜一圈儿，就上手了！

丁老发急了，辩解说：这钱可是干净钱！我可是从我那山边的一个表叔那里借的！

刘阿昌惊讶地问：那山边儿你还有这样家里存钱的表叔？叫啥？

丁老发对金花爹还不是太熟悉，叫不出名字，连说带比画高矮胖瘦，刘阿昌才知道原来是老秀才的女婿经常挑柴卖的金花爹。若从丝瓜藤牵南瓜藤连起来，刘阿昌和金老爹也沾亲带故，只不过分不清辈分，不知道该叫啥。

一声清脆的"猴"跳碟碗响，大家废话少说，鸦雀无声，眼睛又一圈儿地瞪圆了。开赌了。

真的是风水轮流转！一阵阵气咻咻的大骂和喜笑声之后，众人的口袋格局发生了"你腰别在我腰里"的改变。丁老发的手风亮了，只见他眉飞色舞，笑容满面，转眼之间把场上的大洋赢得一干二净。刘阿昌早就两手空空望大亮，和另一位公差——乡公所的林副队长输得身无分文。

刘阿昌两手空空，看着丁老发正拿一只布袋哗啷啷把洋钱灌进去，憋不住，瓮声瓮气说：先借二十个大洋，再赌。

丁老发正仔细听洋钱响，没听清。林副队长声音大了，喊着问：丁老板，借二十个不？

丁老发抬眼看林副队长是对着他喊的，先愣了一下，接着摇摇头，说：相公，不瞒你说，我也是个倒霉人，从来只输不赢，今天难得一回得手，你就眼红了！

刘阿昌站起身，摆出架势，说：你懂不懂江湖规矩？这赢了就走叫割皮刀！你先输了的时候，你没看我们等着你去借钱啦！

丁老发也不答话。他只顾收拾那个小布袋。不时还腾出手把那斜挂着的盒子炮套子往身后抚弄。

林副队长敲了一下桌子，凶相毕露说：丁老发，你不借钱，你走得出这个门吗？

丁老发停止动作。他环顾了四周，一个个输红了眼睛的人紧紧地盯着他的钱袋。久在江边走，常常会湿鞋。他早也预料今天要因福得祸，根据他自己多年来江湖上输打赢要的见识，今天若独吞了这些钱，朋友要变脸了。现在的万全之策，是既要保住钱，不能让煮熟的鸭子再飞了；又要能不伤和气安全脱身。他顿了顿神，说：各位兄弟，我这么多日子输了多少，各位都长眼睛的吧！只看我今天赢了几个，你看看你们！穷极恶相得！还算是朋友吗？以后还见面吗？以后还一起赌么？不会就这样翻脸吧！今天，跟众位说句实话，我一个人有钱，你们大家没钱，这钱能借么？只有众人抬一，没有一人养众吧！今天已经到了这步田地，要么这样，我也不把钱拿走，看在你们刚等我出去借钱的份儿上，我在这儿等你们去借钱；借来钱，我们再赌！

有几个赌友立刻同情地应声说，你们只看见贼吃肉，没看见贼挨打，丁老发也是倒霉人，他也难得赢一回。得饶人处且饶人吧。

刘阿昌猛地转过身，厉声说：我们去借钱，你可要等我们了！

丁老发大声说：不等是王八蛋！

刘阿昌和林副队长两人旋风一般走到门外。林副队长问刘阿昌：到你兄弟家去拿？

刘阿昌眼一瞪说：胡说八道！他那里的钱还要滚雪球，利滚利呢！我们也去找那个金表叔去！他是丁老发亲戚，也是我们亲戚。丁老发能借一回又一回，我们还是头一回呢！

两人望着茅草丛生的山边儿，在一层薄薄的寒雾中辨认着金老爹家的方位，踩着田间小道直奔山边而去。

"蓬蓬"敲门。

叽牙一声门开了，一个手拿柴刀的大脚女人站在面前。

女人看见腰里挎着盒子炮的两个陌生人，一阵紧张得遽然变色，一边问何事，一边手掩门框就要关门。刘阿昌推开门板，几乎是闯了进去。刘阿昌大声问：我表叔呢？

你表叔？谁是你表叔？女人惊愕地问。

我们是来找表叔借钱的。你是我们金表婶吧？

大脚女人赶忙说：我可不是你表婶。我是金家的客人。你要跟你表叔借钱，你表叔不在家，天亮时出门，天黑才回来呢。

刘阿昌把眼一瞪，说：你这来做客的人，竟敢骗我们亲戚？金表叔不在家，那刚才来借钱的丁老发是从鬼那儿拿的钱！你竟敢戏弄我们！

大脚女人看这两人拿出凶相，心怦怦直跳，她无计可施，只得拿下脸说：他们真不在家，你们走吧。

两人也不理，直往里屋闯。不好！大脚女人立刻感觉到这是冒充亲戚的土匪打劫来了。她操了那把柴刀直追上去，厉声喊道：快出去！不出去我可不客气了！

刘阿昌边往里闯，边回头对林副队长说：挡住她！

大脚女人要推开挡路的林副队长，两人撕打起来。女人忽然展开双臂，一伸一缩握紧了拳头，啪的一声把林副队长打倒在地，"蓬！"地一脚踢得他人仰马翻。大脚女人红了眼了，挥舞着柴刀追到里屋去。

刘阿昌刚要进里屋，听到林副队长妈妈娘娘疼痛地叫唤，扭头一看，那大脚女人拎着柴刀紧随其后进来了。她那粗犷的身躯，在喘息中颤动，两眼闪烁的怒火像两盆火炭。看见刘阿昌发愣，大脚女人厉声喊：出去！出去！

刘阿昌心虚，转身出屋。只见林副队长已经爬起身，弯着腰正在揉膝盖。

林副队长看见刘阿昌出屋，龇牙咧嘴问：有了？

刘阿昌站住了，脸上一阵阵发紫。他用手抚了抚斜挎的枪套子，两眼紧盯着大脚女人问：亲戚，今天先借二十个吧，明天来加三个利钱。

大脚女人瞪着眼大声道：没钱没钱！快滚出去！快滚！

刘阿昌使了个眼色，吩咐那林副队长悄悄溜到大脚女人背后，拦腰抱住。他想拿绳子把大脚女人捆了，再进屋去翻箱倒柜。谁知那女人非一般女流之辈。她呼啦一个下蹲，猛一跺脚，把那林副队长痛得杀猪一般嚎叫。林队副抄起一根棍子劈头要打大脚女人，女人一个闪身，那棍子扑空，不防误打到刘阿昌手臂上。女人腾身跳起，一个连环腿，再次把那林副队长踢倒。她一个急转身，抬腿正要踢刘阿昌的时候，只听"砰！"的一声枪响，大脚女人顿时遭了定身术一般，一动不动。

脸色发紫的刘阿昌开枪了。大脚女人的胸口当即开了花，一股鲜血汩汩外涌。她两眼发直，摇晃了摇晃，"轰！"的一声倒在血泊里。

翻倒在地的林队副听到枪响，一个翻身爬起来，跑过来对女人看了看，嚷道：死啦？刘阿昌喊道：莫管她，快找钱！

两人飞快地进屋，在里屋翻箱倒柜。妈的！一个骂道。妈妈的！另一个也骂道。他们忙了满头大汗，砸开了新箱子，摔碎了蓝瓦罐。掀翻了破箱子，滚出了七个大洋。两人捡起大洋，看了看瞪大眼睛死去的大脚女人一眼，两人飞一般地逃去。

两人贼一样出了门，拐了两道弯，越过两口池塘，再撒腿跑了一段路。过了一道慢坡之后，两人放慢脚步，慢悠悠地走。

走到小山坳口，一头撞着山上打柴回来的金花爹娘、韩表弟。两人一阵哆嗦。

金花爹看见这两陌生人慌乱的脸色有些吃惊。金花爹认识他们。知道他们是镇街上乡公所的公差。憨子爹大汗淋漓的脸上挤了挤一丝笑容，算是打过招呼。

几人路遇，互相打量一眼，都没说话。

拐过弯，两人快跑起来。跑过一片丛林，刘阿昌吼道：跑快些！

林队副慌张地问：这……那女人死了……我们往哪儿跑啊？

刘阿昌大声说：往哪儿跑？那赌博场上都在等着我们呢，还能往哪儿跑！

另一个急了，说：这出了人命……那女人死了！

刘阿昌瞪了他一眼说：大惊小怪！你没打死过人啦？你偷杨木匠的女人被捉拿，那杨木匠不是你打死的？什么胆子！

林队副问：他们回去看到人死了，找来了咋办？

刘阿昌大声道：又没有当场逮住是我们打死的！土匪多得很，怎么就一定是我们打死的！笨猪！

两人一口气跑到赌场上，丁老发一班人真的在那里坐等。

气氛有些紧张。刚才赌场上大家好像听到那声枪响。丁老发第一个听到。他问众人可曾听见。有人说听见了，有人摇摇头，说没听见。

刘阿昌两人脸色苍白，一进门，大家无声地审视了他们的枪盒子一眼。

叮的一声"猴"响，刘阿昌脸色铁青，七个大洋放在桌上，火红的眼睛瞪着丁老发，嚷道：快揭碗儿！

丁老发心里有数：他们这一趟只弄了七个子儿。丁老发望着七个子儿想，总不会为了七个子儿，他刘阿昌伤了人命吧……

丁老发想：刘阿昌要是再输了，不知道又会生出什么怪招。丁老发闭了一下眼，心里祷告：千万让刘阿昌赢了吧！

快揭碗儿！刘阿昌又一声吼。

啪的一声揭了碗儿，刘阿昌一跳而起，一把将那只碗碟掷地砸得粉碎。

刘阿昌又输了。

丁老发没伸手去收钱，只坐着慢慢说：这一宝让了你，免了！可你把碗儿砸了，再怎么赌？

刘阿昌抬腿把桌子踢翻，站起身边往外走边骂：操他娘，今天碰到鬼了！

丁老发对林队副使了个眼色，说：把钱拿去。林队副一阵欣喜，连忙收起那七个大洋尾追而出。

丁老发脸色惶恐。他知道那声枪响一定是出大事了。

雪还在下。驿道上的积雪被来来往往的脚步和各种交通工具践踏得稀烂。路面尚未结冰。

韩震看看雪雾中的松山。山体挺拔，险峻莫辨。

在一棵老槐树下的村口，韩震骑在马上兜着圈子。他凝神远望着那黑雾中的南安山，泪水哗哗奔流。

阔别多年的南安老家！被无辜打死的母亲！身为一堂堂男儿，他竟然，他竟然没有为母报仇，却是逃避远走他乡！他的父亲，一样遭受不白冤屈……血海深仇啊！……不报此仇誓不为人……

韩震咬紧牙关，冲着夜空啊——的一声大吼，整个世界几乎都感觉到震动，他几乎听到了身后松山的天崩地裂……

……

几年前初夏的一天，他和金花一起去后山沟甩石子打兔子。那天，他的眼皮一直在跳个不停。

等到下山回到金老爹的院子里，他一眼看见从屋子里流出一条暗红的血路，血色已经发黑，乌紫乌紫的结了块子。一股强烈的血腥味直冲脑门。一个巨大的不祥之感向他袭来。他扔了兔子，大声喊着娘，向屋里冲去。

果然，那血是他娘流出来的。娘已经死了。娘依然睁大着眼睛。她那高大的身材倒在血泊里，俨然像一座山。胸口穿了个洞，一只乳房被子弹掏了个窟窿，早就停止了血流。娘的脸色像白纸一样白。娘的一只手里紧紧握着一把柴刀。

憨子、金花俩趴在死尸上号啕大哭。

金花爹娘、憨子爹砍柴回来了，见状，一声大叫，憨子爹旋即昏倒在地。

几个人又哭着死人，又要赶快救活人。金花娘拿出一根鞋针，对着憨子爹的人中直扎下去……

憨子爹活过来；哦，他赶快跑进里间去摸那箱子底。果然，新箱子旧箱子全部翻得乱七八糟，抛了一地的垃圾，箱子里的十七个大洋一个也不剩。

金花爹冷静地说：这是土匪干的。憨子，你看你妈，手里还拿着柴刀，那可能是要和土匪拼命呢！

韩表弟想了想，说：土匪？刚才遇见那两个……

金老爹急忙说：那不会！刘阿昌他们两个是公差。他们公差是抓土匪的，怎么会做土匪做的事呢？

憨子赶紧问是哪两个。

憨子听说是刘阿昌，突然跳了起来，操起柴刀就往外跑。金花爹憨子爹赶紧抱住他，夺他的柴刀。

憨子跳着说：肯定是他们！我要去杀他们报仇！

一家人摁住憨子。可金花娘说，看他们两个走路鬼头鬼脑的样子，也有些可疑的。

金花嚷道：去镇公所问问他们。

三个大人一合计，根据刘阿昌两人平时的恶习和杀过人的劣迹判断，也不能完全否定他们。全家决定派人找到镇公所去问个明白。

小憨子操起一把柴刀，又往外冲，要去报仇。一家人惊慌失措，拼命把小憨子拦住，夺下那把柴刀。金花爹大声说：憨子，你要去报仇有道理，但我们不能跟他们硬来！现在还不能确定是不是他们干的，不能莽撞！就算真的是他们，他们手里有枪，你娘那一身功夫都斗不过枪，你拿这刀子去还不是去送死！现在你要听我们大人的话！你和金花在家照看你死去的娘，我和你爹找到镇公所去！先问问再说。你听见没！

小憨子气得把刀抛掷到一棵树顶上，咔嚓一声，一棵锄柄粗的树杈哗啦啦断了下来。

金花爹表兄弟俩找到镇公所，满脸横肉的冯所长正火气冲天地呆着一脸横肉，大发雷霆。

孙大帅传下令来，要南安镇公所立即查处闹农会的事儿。

冯大魁一肚子窝火。本来军营的事儿和地方镇公所无关，军营和镇公所是井水不犯河水，各管一摊儿。何况这孙大帅本来就跟Z省无关。不知道哪个黄历本子发了臭霉，轮到他们来南安飞镇扬跋扈。但是他深深知道，在战争年代，军队开到哪儿都是军爷。枪杆子里出政权嘛。驻扎南安的军队，大事小情，全部成了镇公所的义务。

孙大帅的下属几次曾经告诫过南安镇公所，南安有人闹"农会"，其实就是造反，必须严加防范。一旦事情闹大，就在南安镇公所眼皮子底下，到时候南安镇公所面子也不好看。

冯大魁当真去清查了几回。但他发现原来是学堂来的一个女先生在作蝇鸣。他马上松懈下来。常言道，秀才造反，三年不成，何况是个女秀才！没必要去拿鸡毛当令箭。

谁知这事儿竟然惊动孙大帅。并严令要他严办。

冯所长手里拿着公函，派人四处寻找刘阿昌队长回来商量如何应对。半天的功夫，要找的人没找到，去找的也不回，他正急得像个发疯的雄狮气急败坏地在所里跳呢。

这时候，走进来找上门倒霉的金、韩两兄弟。

金花爹喊了声所长。

或许声音太小，冯所长没听见，理都不理地依然在大骂。

韩表弟大声喊所长。冯所长哪里有闲心理睬这两个鼠头鼠脑的家伙。那韩表弟身上穿着砍柴的破衣衫沾满了血迹，一股血腥味儿直冲脑门。冯所长火冒八丈，把手一指，吼道：滚出去！

韩表弟委屈着哭丧脸，说：我们有冤枉，要找你所长大人申冤！

冯所长黑着脸，大声问：什么冤枉？

韩表弟哭着说，我们上山砍柴，单单我那老婆留在家里……

冯所长一声霹雳：什么乱七八糟的！滚滚滚！

韩表弟接着哭说：我那屋里人被人杀了……哇唔……哇……

什么?！冯所长暴怒了，他那大肥脸上的一丛黑胡须根根竖挺，他跳着嚷道：光天化日之下，竟敢有人杀人?！在哪？杀了谁家的人啦？

我家的……

你看你这熊样，你家里的人被杀了你怎么不早说，像个贼一样转来转去转来转去！你家在哪儿？

韩表弟用手指了指金表哥说：在他家里。

冯所长又吼道：你糊涂啦！不会说话还是咋的？你家怎么在他家里?！

真在他家里！

冯所长两眼像闪电一般飞到金老爹脸上，恍然大悟地吼道：在你家里？哦——，我看出来了！我一看你就不是什么好东西！你说，他老婆怎么搞到你家里了？他们上山砍柴，你打他老婆主意了，然后杀人灭口，是不是?！这点小花招还能瞒过我的眼睛！你给我先跪下！

韩表弟一听冤枉了金表哥，脸都吓白了，急忙为金表哥辩解。可他那张笨嘴越说越糊涂。金老爹急得扑通一声跪下。冯所长说：你看你看，不是他杀的他怎么跪下了！

韩表弟赶快拉起金花爹，可冯所长执意不要金花爹起来。

三人正吵嚷一团，只听：哈——咳！外面一声咳嗽，进来三个彪形大汉。

冯所长看见刘阿昌回来了，一拍桌子，喊道：你们来得正好！这里发生了杀人的案子，给我把这个跪着的家伙绑起来！

刘阿昌刚从娴头阿强女人房间出来。

冯所长派出去的公差找遍了南安街所有的茶馆和赌坊，不见刘阿昌踪影，就直奔那娴头家，把正在熟睡的刘阿昌硬拖起来，说：孙大帅来了公函，要查闹"农会"呢，所长正急得猴跳，四处找你，你却在这风流窝里快活。刘阿昌推开赤条条的阿强女人，急忙穿上衣服挎上盒子炮，飞一般赶到乡公所来。

看到乡公所里一站一跪的两位，正是那山边砍柴卖的"远房亲戚"，刘阿昌已经猜度了八九分，估计是来告状的。正焦虑没有主意辩解，所长忽然叫他把那金花爹绑起来，心里大喜。管他三七二十一，先绑起来再说！

不容金、韩二位分说，刘阿昌把金花爹绑了。刘阿昌像拖死狗一样把金花爹拖到后院，一脚踢开一扇黑咕隆咚生了锈的铁门，把金花爹推进去。他掏出一把盒子炮对准金花爹后脑勺说：你们是来告状的？真是找死！这世道杀了人，你们还指望有人抵命？那就先让你给那婆娘抵命吧！

金花爹愤怒道：你们镇公所简直不分青红皂白！

刘阿昌厉声问：我们没去找你们，你们却来找我们了！那天在船上抢粮的几个人，有两个都是你娃子！我看在乡亲的面上，把你们包庇的！嘿，狗咬吕洞宾不识好人心，今天还来告我！我问你，被打死的是你婆娘还是他婆娘？

扑通一声，外面另一位也被推了进来。金花爹用手指了指脸色苍白浑身污泥的韩表弟，说：是他婆娘。

刘阿昌飞起一脚，把韩表弟踢翻在地，依然用枪顶着他脑门说：你死日子到了！胆子倒不小！快说，告我什么了？

韩表弟认出这人就是他砍柴回家时迎头相遇的刘队长。可现在人家快枪顶在脑门上，敢怒而不敢言。刘阿昌飞起一脚，也将他踢倒跪在地上，吼道：你还告我不告？

韩表弟说：这世界难道就没有王法了吗？

刘阿昌又一脚，踢翻憨子爹后再踏上一只脚，用脚板蹭了蹭，咬牙切齿说：王法？要杀你们这样的人还不跟踩死个臭虫一样！

金、韩二人彻底崩溃了，像两把抽了骨架的雨伞瘫痪成了两堆。

哐啷一声响，铁门紧闭，金、韩二人被锁进黑咕隆咚的临时监牢里。

刘阿昌站在冯所长面前，敛声屏息听冯所长说话。所长一句接一句抓闹农会，口沫直流，那表情分明是事关重大。

大家面面相觑。

镇公所里十几个公差全到齐了。

最后，冯所长下命令说：

限令五天之内，查办南安闹农会！查办不力，一个个给我回家砍柴去！滚滚滚！

十几个军警纷纷退下。

刘阿昌坐在冯所长对面，眨巴着眼睛颇有深意地说：听说有两个半大娃子也跟着起哄。那两个半大娃子就是这两个来告状的人家里的娃子！

你又来了！冯所长说，你这一套我还不知道，谁来告你的状，发生的案子就是谁干的！

刘阿昌一跳而起，正儿八经说：冯所长，那两娃子真是他们家里的！据说他们帮着散发传单的。我说假话天打五雷轰！

他这里发誓，冯所长信了。刘阿昌相信赌咒发誓这一套。

刘阿昌问：把这两人交出去不？

冯所长眼睛一瞪，说：不交！孙大帅的兵驻扎在我们南安，看把我们给累得！我们一直在孝敬他们，可落个什么好！我们就跟他们当孙子了！你也是好了伤疤忘了疼了！

冯大魁说刘阿昌"忘了疼"的事儿，是孙传芳的部队刚刚来南安驻扎的时候，南安镇公所好酒好菜伺候他们。部队里的一个营长，在吃饱喝足之后，打着饱嗝问，南安有什么消遣娱乐的地方？刘阿昌为了恭维他，把他带到阿强麻将馆里玩牌赌钱。岂料那营长一看到阿强女人，眼睛放光，不玩牌了，他要玩阿强女人。刘阿昌眼看自己的心爱妍头要被糟蹋，急得跳脚，但又不敢明说，只拿眼睛朝着冯大魁挤眼，要他解释这女人是名花有主。以为凭着镇公所所长的面子可以缓解这事儿，谁知那营长啪的一个耳光扇了冯大魁，还骂道：要你多嘴！滚一边去！幸亏部队团部及时来人传令，团部要召开紧急会议，那营长才气咻咻匆匆而去，不然这刘阿昌肯定赔了夫人又折兵。

冯大魁大骂：他孙大帅的部队哪里是部队，简直都是土匪！一群没有王法的乌合之众！这样的队伍，肯定兔子尾巴长不了的！

刘阿昌点点头。可他想了想，说：刚才还说限令五天查办的。真要查办了，就要牵连着这两死货。不交，这压力顶得住吗？

冯大魁大声说：怕什么！不交就是不交！他又没有说查办了要奖励什么——一个铜板都舍不得的人，光白嘴说白话，破什么案！他又没有说破不了案要怎么怎么惩罚我们！管他呢！再说……

他对土牢斜了一眼，说：人在我这儿关着的，还怕他跑了！一旦孙某人动真格，压力顶不住了，我把他们连同他们的娃子再交上去也不迟！

刘阿昌眼珠一转，问：我们是不是把那两娃子也抓来……

屁话！冯大魁生气了，说，不到一亩三分地的时候，能无凭无证随便抓人吗？

好好好，那你说咋办？

冯所长说：我们关押着他们的父亲不放，他们一定会来打听，来吵架，甚至悄悄来劫狱……

……

我们关押这俩死货，就好比钓鱼！我们日夜派人监守，如果他们悄悄来劫狱，我们布下天罗地网，叫他们插翅难飞！一网打尽！我们抓人也就理由十足了！

呵呵呵……

丁老发额头上冒着蒸汽一样的汗液，手里拎着一捆黄表纸，一步小跑赶往金家，他那腰里挎着的盒子炮不停地拍打着屁股。

憨子娘被土匪打死了的消息，传遍南安街。丁老发心里一阵惭愧。他在赌馆里听到的那声枪响时就心里一跳。莫非是他多嘴多舌说借钱的事儿，给人家招惹大祸了？

山边村子里的邻居大叔大婶们纷纷赶到金家，一个个叹息一回，看见金花爹和韩表弟都不在家，七手八脚地帮忙料理后事。

女人们吆喝男人背转过身去，她们要给这女尸洗这人世间最后一个澡了。没有葬老衣，邻居王大娘赶回家拿来她自己事先做好的，先用了。那老蓝布的颜色和活人穿的蓝布衣服大有差别，金花和憨子从来没看过这样颜色和这种款式的衣服，想必是专给死人穿的。洗好澡，要穿衣服，必须拿下死人手里的柴刀。可那干瘪僵硬惨白的手爪紧紧捏着，任你怎么扳扯都无法扳动。一个中年大婶一用力，只听咔的一声，那死尸的手指骨断了。

死尸抬放在门板上，头向外，脚朝里。身上盖上王大娘抱来的葬老被。

几个男人捡来几张瓦片，给死人垫作当枕头，拿了一张过年时用剩下的黄表纸蒙在死尸脸上。门板下面摆了一只碗，装了菜油，加一撮丝线，拿打火石打着了。这叫长命灯，是给亡人奔往另一个世界照路用的。门板头边放了一只瓦盆，金大娘就叫憨子跪下烧纸钱。金花也扑通一声跪下，一起烧纸。

众人扎了一把稻草铺在瓦盆旁边，邻居们一个个排队跪在草扎上给亡人磕头，嘴里念着大脚女人，说：妹子啊，你活着是人，死了是神，你要保佑我们少病少灾哈。

金花有些奇怪。问她娘：婶娘怎么还有保佑人的本事，先前怎么没有看出来？

金花娘噌道：傻子，人活着的时候是人，死了就是神了。你快给你婶娘多磕几个头，求她保佑你。她这样暴死的，有凶冤在身，一定死不瞑目，要找替死鬼的。

憨子低头一声不吭地烧纸。瓦盆里刚糊的乌黑泥浆在那纸火的烧灼下，颜色慢慢变白，潮湿的泥浆变成干硬的泥巴。没有半点风，纸灰却一阵阵飞扬起来，直窜上屋顶。憨子的眼泪像断了线的珠子扑簌扑簌往下落，像雨点一样浇在火盆子里。

金家的洋钱，不知道金花爹埋在何处。没有安葬费，邻居们东家几斤米，西家几元钱凑着，派人到镇街棺材铺里好歹买来一口拇指厚薄板棺材。

万事俱妥，全村男女老少就等着金花爹和韩表弟回来发丧了。

正在大家翘首期待，丁老发满头大汗跑了来。他扫视了村子里的男女老少一眼，扑通一声跪倒在那稻草扎上给亡人叩头。

他摸了摸憨子头上戴的孝布，眼圈一红，落下泪来。

村邻们纷纷问丁老发，金花爹和憨子爹都去了镇公所，一去不返，是不是镇公所真的破了案，真的要抓住凶手了？

丁老发一惊。他拿出十个大洋给憨子，说：这给你娘办丧事。要不够，再跟我拿。我到镇公所去打听你爹他们，让你爹回来和你娘见最后一面。

不到一个时辰，丁老发火急火燎满头大汗跑回来，摇头叹息，说：金表婶，憨子，两个表叔暂时回不来了，我们大家自己安排安葬吧！

我爹他怎么啦？金花急忙问。

憨子也问：为什么他们不回来？

丁老发没敢说他们俩被镇公所关押的事儿。他怕说了两娃子要去镇公所闹事，耽误这里安葬的大事儿。他说：没事儿的。报案打官司的事儿有些程序要理一理，他们把事儿理顺了，自然会回家。要紧的是阴阳先生算准了出殡的时辰，明天一早卯时出殡，不能耽搁！

憨子和金花一肚子狐疑蹲在棺材头边烧纸钱，挂念着两个父亲的祸福，总算熬过了夜晚，熬到了天明。次日清晨卯时，前来帮忙的乡亲们陆续到齐，憨子被丁老发带到四个肩扛木杠抬棺的壮汉面前，给每人下跪磕头，以示谢恩。然后教他抱起那烧纸钱的瓦盆，"嘭！"的一声摔碎，一股烟雾弥漫在乌烟瘴气的清晨和手忙脚乱人群的脚步四周。

憨子手执一根哭丧棒，头缠孝布，臂上垮着一只篮子，装着四方形的纸钱。他走前出殡队伍的前面，一路挥洒着买路纸钱。

金花娘和金花放声大哭，护送着抬走的棺材。

出殡的队伍走在一面斜坡上。丁老发和几个邻居跟随在棺材后面，有气无力地走着。

时值初夏。天已大亮。四周山野的各个角落在清凉薄寒的空气中升起炊烟。那道绵长的斜坡在淡淡的早雾中若隐若现。在浩大灰白的天幕下面，那斜坡显得特别凄厉而又苍凉。

哇的一声，一只不知名的鸟一声怪叫，众人闻声，一个个不寒而栗。

南安镇学堂女先生柳叶听说憨子娘被打死，两个父亲却被关押在镇公所，非常愤怒。她义愤填膺地向汪正清校长汇报这一消息。汪正清也很愤怒。但他感觉这不是学堂该管的事务。各人自扫门前雪，莫管他人瓦上霜，他表示爱莫能助。他只是不停地叹息：清朝已去，民国已建，可封建专制换汤不换药，中国的民主历程还早着呢！

柳叶不愿听这不痛不痒的话。她带着两个年轻先生噼里啪啦地要赶去镇公所，要声讨冯所长：为什么憨子母亲被土匪打死不去破案缉凶，却反把受害人的家属关押土牢！

柳叶几位正在学堂院子里整装待发，忽然大门外跑进来了十个大兵。

学堂里的气氛顿时紧张。带兵来的一个连副之外，还有乡公所的林队副。他们奉上峰之命，来抓那个女教师柳叶。

两个年轻先生赶快把柳叶护在身后。

汪正清校长几步跑出来，赶快迎接大兵，连声说"有话好说、有话好说"。杨先生一路小跑跑出来，大声喊问："咋啦咋啦？孙大帅竟然不顾学堂秩序了？"杨先生很激动，指责大兵道：

大清完蛋了，各个地方各自为政！你们安徽有你们安徽的地盘，干啥跑到我们浙江来为非作歹！

老东西！说话这么难听，你哪里配当先生！一个大兵挥舞着枪托，把杨先生砸倒在地。

那个连副上前一步说：我们孙大帅到浙江来，可是你们浙江人请咱来的！你们浙江兵没有鸟用，连江苏兵都打不过，要不是我们前来助战，你们早就被江苏兵给灭了！现在帮你们把江山打了，吃了果子忘了树，过河就想拆桥？还搞什么浙人治浙，要赶我们走！没门！你们可晓得，啥叫请神容易送神难啊！哈哈！哈哈哈哈！

不要脸！杨先生躺在地上骂。

不是我们不要脸，是你们浙江的大帅自己没有脑子！浙江这么好的大好河山，遍地黄金，遍地美女，谁不想把手爪子伸进浙江！跟你说实话，我们孙大帅早就在打浙江的主意了！嘿嘿，想吃空心菜来个卖藕的，居然还有浙江人请我们来！哈哈哈！

杨先生慢慢爬起来，说：借兵打仗，从春秋时代、三国时代就有联兵抗敌，但从没听说，来了就赖着不走的道理！

老先生，有道是，大路朝天各走半边，我们走我们的独木桥，当老赖，你们走你们的阳光道啊！你们浙江兵也可以打到安徽去嘛！谅你们屙不出三尺高的尿！废话少说，带人，开拔！

林队副吆喝道：孙大帅来不来，是我们管得了的吗？什么浙人治浙？那都是国家大事！我们就知道来带人的！

柳叶一阵冲动，忽然自己挤到了前面，大声说：国家兴亡，匹夫有责！没什么可怕的！我们就是要打倒封建专制，打倒军阀！

林队副走上前，眼盯着柳叶说：还有要办农会吧？

是啊！柳叶理直气壮地说，我们就是要办农会，我们还要一切权力归农会！我们要把我们工农自己被剥削的东西讨回来！

那连副一招手，两个大兵上前一左一右揪住柳叶，要押走。

汪校长闪身拦阻说：你们怎么能随便打人抓人呢？

林队副衣兜里掏出一张传单抖了抖，说：这传单写的，你戴眼镜的好好看看！要打倒我们孙大帅了！这还叫随便啊！

汪正清校长说：不行！你们没有任何上峰的文书，就要把这样一个女先生带到你们军营，岂不是……

那连副掏出盒子枪，拨开挡住道的汪正清，厉声说：你信不信，你再啰唆，我们把你也带走？

汪正清大声说：把我带走！把柳叶留下！天大的事儿我承担！

柳叶喊道：汪校长，别跟他们废话！这天下不是军阀的天下，天下是我们人民的天下！别怕他们，天下为公！

慢慢爬起的杨先生揉揉膝盖，接腔夸奖说：好！好！好一个天下为公！

柳叶又说：我只要唤醒南安人民知道反对军阀，就达到了我们的心愿！带我走好了！你们军阀总有一天要完蛋的！还有你们镇公所！你们都是披着羊皮的狼！你们号称建立民国，可你们根本就不是为工农着想！你们一样在搞封建专制，一样在做皇帝梦！那憨子的娘被土匪打死，你们镇公所不但不破案缉凶，却把受害人的家属羁押土牢，你们居心何在！你们这样的政府是建立"三民主义"的民国吗？呸！

妈拉个巴子……

突然，林队副举起大巴掌一声大骂，直向柳叶扑来。

话音未落，只听嗖、嗖两声响，接着扑通一声，那林队副咕隆翻个白眼，一头栽倒在地，四脚抽搐，一阵乱抖，很快就死于非命。

现场大乱。

几个大兵发现林队副后颈脖子上一左一右插着两支飞镖。

几个大兵蹦跳着，嚷嚷着，他们把枪栓拉的稀里哗啦响，四处寻找暗箭伤人的奇人。

汪正清乘着混乱之机，拉着柳叶从侧门逃出，穿过一条条巷道，奔跑。

杨先生看着那军官脖子上的飞镖，心里大惊。

这下闹大了！出了命案了！暗器竟飞死镇公所的林队副了！

几个大兵被这神通广大的暗器吓破了胆，一个个眼睛看前面，却担心着后面有暗器。他们也顾不得抓谁骂谁了，林队副已经死了，柳叶也跑了，赶快逃回军营禀报才是大事！

南安街上奔跑着无数的士兵。他们像无头的苍蝇，四处奔跑，寻找和捉拿"刺客"，捉拿柳叶、汪校长……

根据他们的判断，这飞镖一左一右各插一支，肯定是两个人干的！

柳叶和汪正清左拐右拐，进了一条巷道。

长长的巷道足足有半里地。

两人气喘吁吁，在长长的巷道里飞奔。刚刚要跑出巷道口，突然迎面来了一彪人马。

冯所长和刘阿昌带着几个军警迎面拦截住柳叶和汪正清的去路。

冯所长拔出枪来摇了摇，冷冷地看了看汪校长一眼，命令道：带到乡公所去！

刘阿昌轻声对冯大魁嘀咕：要不要送军营去？

不送！冯大魁大声道，先关牢里，静观其变！

南安镇上空乌云翻滚。街道和乡村，到处弥漫着恐怖气息。

孙大帅在南安镇动真格抓人，很多南安人早就有预感。南安闹农会，这在方圆几十里震惊四方。柳叶发传单，写得太刺激孙大帅。这世道虽然推翻了清朝，挂上了青天白日民国旗帜，可枪杆子治天下的规则似乎还没有变。这阵子一番闹腾，一场大地震在所难免。

南安学堂关系重大，牵连甚广。听说汪正清校长和柳叶被抓进镇公所，人人为他们捏了一把汗。

没想到，第二天，汪正清就无罪释放了。走出镇公所的汪正清心里骂：这世道！军阀时代，谁都可以当土皇帝！谁都有生杀大权！民不聊生，民不聊生啊！

镇公所没有把柳叶交给军阀。

汪正清校长多次前来镇公所为柳叶辩解，力图解救她返回学堂继续上课。但冯大魁置之不理。

一天，事情有了明显的转机。冯大魁特别把汪正清请到镇公所，桌上摆上好酒菜，汪正清受宠若惊，不知道冯大魁葫芦里卖什么药。半晌，冯大魁叹息说：汪校长，世事风云多变。上面来了文书，说柳叶小姐是共产主义分子。

不是不是，她不是。汪正清惊掉了筷子，急忙为柳叶辩解。

别怕，汪校长！冯大魁慢条斯理说，我们不会把她怎么样的。上面来文书说，我们国民党要和共产主义分子精密合作，我们要联合起来，团结一致打倒军阀！在广州，国民党和共产党合作办黄埔军校了。现在上面听说我们南安抓了个共产主义分子，没有去交给孙传芳大军阀，也没有虐待她，这是好事，特别表扬了我们，说这为我们在南安镇搞国共合作建立了友谊，打好了基础。现在孙传芳部队在浙北，在南安地面为非作歹，我们国共两党要紧密合作，要手拉手，共同出谋划策，一定要联合打倒孙传芳！

汪正清半信半疑，等冯大魁拿出盖上浙北县国民政府大印的公文，才判断冯大魁没说假话。他今晚吃饭后的任务，就是带上公文，向柳叶传达国共合作的新思想。

冯大魁压低声音说：我们都生活在孙传芳眼皮子底下，我们的行动必须秘密。我们该做的，就是在南安镇，秘密活动，为将来北伐军北伐做内应。

冯大魁很快释放了柳叶。看到柳叶离去的背影，冯大魁再次叮嘱汪正清，说：汪校长，你是一校之长，你可要为北伐军的到来做贡献罗！将来打倒了军阀，国家统一，你我都是南安镇的主心骨啊！

柳叶回到学堂，没有继续留在南安上课。她接到上级命令，火速赶往上海参加重要会议去了。

心怀鬼胎的刘阿昌出了乡公所，一肚子焦躁。

他做贼心虚。为了七个大洋赌资，他开枪打死了憨子娘，他欠了一笔血债。

本来这笔血债是他和林队副两人一起担着的，可现在林队副已经命丧黄泉，以后天塌下来就只有他一个人顶着。把金花爹和憨子爹关押土牢，这是他欠了金韩两家第二笔债。这两笔债，现在已经是秃子头上的虱子，基本已经曝光。在他和憨子之间，就差一层窗户纸。

现在所有情况表明，那憨子不是省油的灯。那娃子跟随柳叶发传单、抢粮；特别是那送林队副命归黄泉的飞镖……这娃子，能文会武，能打能冲；脾性阴蛰，闷声不响，不叫的狗最会咬人……在那次打砸杨先生圣人雕像时，他年龄尚小，但他竟然躲在河坡草窝里把他拉下水。这一次飞镖杀死林队副，也是暗箭伤人！刘阿昌不敢想，想想早已是一身冷汗。

刘阿昌想借冯大魁之手，来个斩草除根，以绝后患。他向冯大魁献言，把他们父子全部交给孙大帅帐下，让孙大帅斩立决。谁知冯大魁不知道他心里的难言之隐，却和孙大帅阳奉阴违，暗地里和孙大帅拗着劲儿，不愿交出憨子父子。

刘阿昌深知，憨子的血海深仇，纸是包不住火的。放憨子在外面游荡，就等于养虎为患。他必须尽快拿出一个除恶务尽的办法。

月光下的街面上，刘阿昌拖着长长的背影，悄悄向军营走去。

他唯一解脱干系的办法，就只能借刀杀人。他要私下去军营告密，指认憨子发传单、反对军阀、抢粮，还有飞镖杀死给大兵带路的镇公所林队副事件。他要借军营的魔爪把憨子爹和憨子一起斩草除根。

半夜时分，金花娘被一阵敲门声震醒。

金表婶金表婶！快快快！快开门！我是丁老发！

咋地啦？金花娘开门后惊慌失措地问。

孙大帅军营里已经探到消息，他们说那飞镖是憨子和金花两个放的！还有他们参与了船上抢粮……不说了，你赶快带着两个娃子走吧！

这半夜三更的，我们去哪儿啊？金花娘懵了。

丁老发说：今晚孙大帅部队派人来抓你全家，说要杀得鸡犬不留，你们快跑吧！

金表婶好像遭了惊天霹雳。憨子娘死后，金花爹和憨子爹至今没有回家。这怎么又飞来横祸，要满门抄斩了。

她看着憨子和金花，问：那飞镖是不是你们放的？

两个娃子默不作声。

金花娘大哭起来。

表婶表婶，你再不能哭了，再哭就来不及了！实话告诉你吧，这憨子娘是镇公所姓刘的打死的，那两位去打听消息的表叔，被姓刘的关押了。姓刘的跑到军营报告，说飞镖是憨子和金花放的！这消息是那军营一个连长告诉我的，绝对可靠！你们快走吧！

金花娘抬头看了看房子。这房子，可是他们金韩两家操劳十几年的财产……

丁老发摸出五十个大洋，递给金花娘说，你们这房子卖给我吧！我刚去借了五十个大洋，你们带着吧！

金花娘问：侄儿，你要这房子有何用啊？

哎呀！再别废话了！这房子，我住我住，我不住我会再卖的！倘若金表叔他们出来了，房子还是给他们住！你们快走吧！

哎哎……夜幕中，金花突然喊道：憨子哥跑了！

丁老发听到夜幕中憨子脚步声向南安街那边奔跑。

憨子！憨子！丁老发大喊，没有回应，他焦急地说，不好！这娃子一定去跟他们硬拼去了！这可是去送死啊！

我也要去！金花突然转身要追憨子哥。

丁老发一把拉住，恳求说：妹子，你快带着你娘跑吧！这个关口，你要丢下你娘，你娘咋办？

夜幕中，那边路口处传来阵阵狗叫声。部队的大兵已经向这边奔跑过来。

丁老发指着北边一团黑黢黢的地方说：你们往那边跑，那边有个太平庙，知道不？

金花娘说知道。

丁老发说：往太平庙跑。你们娘俩儿今晚住一宿。我去找憨子，要是找到了，连夜送到太平庙去，跟你们一起跑！要是找不到，你们娘儿俩明早天不亮赶路，走得越远越好！

金花母女俩哭泣声。

金花娘带着金花跌跌撞撞地消失在夜幕之中。

第六章

夜色和大雪同时笼罩着浙北县城。

这是个怪异多变的世道。一夜之间，或许抬头遭祸山崩地裂，偌大世界瞬间消失；或许怪诞奇遇，一个江湖奇侠登坛拜将，赫然执领将军印。

就在这个风云变幻的时刻，走出风雪南安庙的韩震，快马奔走江南原野。

似曾相识的浙北故里，在风雪中苍凉冷酷。怒火燃烧的一怀悲愤，在胸腔里激情澎湃。马蹄在原野的雪地狂奔。韩震狠狠地憋住。他想冲着原野来一声大喊：

我憨子回来了！我回来了！我要报仇雪恨！刘阿昌！刘阿昌！一定要杀无赦！

……

韩震清楚地记得，那一年……

……

他娘被人开枪打死，他爹和金表叔赶到乡镇公所去问话未归，丁老发气喘吁吁跑步告急：孙大帅的部队派兵来抓他憨子和金花，要杀得鸡犬不留……快跑……快快逃生……

憨子冲冠一怒，操起一把砍柴刀，向南安街奔去。

他听到身后金表婶和丁老发声嘶力竭的呼喊声，但他被这暗无天日的世界重重打击，早已视死如归，不愿回头！

他边跑边想，金表婶，你赶快带金花妹子逃走吧！我不会逃走的！我要杀刘阿昌报仇雪恨！

他一口气冲进南安镇公所，在黑夜中大声喊叫：刘阿昌！出来！今天我来给我娘报仇，你出来！你滚出来！

镇公所里的军警一阵骚乱。冯大魁嚷嚷道：快抓住他！这小子就是飞镖刺客！快抓住他！

三个虎背熊腰的军警向他猛扑过来，他闪展腾挪，左右跳动，三军警阵阵扑空。他挥舞着柴刀飞向迎面冲来的一个军警，只听啊的一声哀叫，柴刀砍进咽喉，那军警来不及叫娘当场毙命。突然听到枪栓响，他闪身躲避在一棵老树后。在这短暂的安静之际，他放出两支飞镖，只听两个军警扑通扑通纷纷扑倒。当！有人开枪了。子弹打在老树干上，当即炸开一个洞。他身轻如燕，像松鼠一般循着树干噌噌噌攀上树枝，落在瓦屋顶上。当！当当当！子弹打得瓦片横飞。他摸到后檐，纵身跳到后院。噌地一下纵身飞上一棵树，黑影一闪，越过高大的围墙，他跳到巷道里，跑了。

镇公所里一片骚乱。

一瞬间三个军警一死两伤，这可是南安镇公所破天荒的弥天大祸！

冯大魁立马飞速遣人赶赴县城上报县衙，一边紧急召集南安镇全体军警应对激变。他浑身冷汗，既为突如其来的大祸惊恐，又为上级追究责任担心，更为脖子后面随时都会飞来的暗器惶恐。他大骂刘阿昌。这万般祸水，都是因为这个盲流招引！

他看到那个闻讯赶来死去的军警的家属在镇公所大院里哭天喊地，心里一阵撕裂。他恨不得立马将刘阿昌碎尸万段。

夜色笼罩南安城。

杨先生在家里忍着伤痛睡觉，忽然听到后窗蓬蓬……轻轻敲窗声。

谁？杨先生显然已经听到镇公所枪响，他的声音打颤。

杨先生，是我，我是憨子。

杨先生开门后，两道长长的眉毛下闪烁着疑问的眼睛，他颤抖着结巴着说：憨子、憨子，那边、那边……我就知道是你干的！

憨子说：我娘被乡公所的人打死了，我要报仇！

憨子，我们都听说了。到底是怎么一回事啊？杨先生问。

憨子含泪把家里这几天发生的事儿说了一遍。杨先生微喘着，嘀咕道：完了！这憨子摊上大事儿了！这娃子已经有家难归！娃子有家难归啊！多好的俊才啊！可惜了！

憨子说：我是来打听柳叶先生和汪校长消息的，他们现在哪里，我要去找他们？

杨先生惊问：你找他们干什么？那天那个林队副也是你弄死的？

憨子说：是的。

杨先生叹息道：憨子，你小小年纪，已经伤了两条人命……，嘻！你这个情况去找他们，你不怕连累他们，他们不也要跟着倒霉吗？

憨子说：柳叶老师说的，这个世界要改变，必须要打倒所有军阀！她说这个世界是人民大众的世界！我要跟着她去干，去改变这个世界！

杨先生气愤了，皱眉道：憨子，你也听她胡说八道了！她说要平民百姓来闹腾，可平民百姓能干出什么名堂？哪个时代不是当官的说了算！我们好端端一个学校，她一来，又发传单又喊口号，穿蓑衣打火惹火上身不是？现在学校搞成这个样子！弄得校长都不知去向，不知道孙大帅的兵有没有抓住他……

憨子急不可耐，打断他又问：你到底知道不知道他们的下落？

杨先生一扭头，说：我这腿都快要被打断了人，我咋知道他们跑哪去啦？都是柳叶，还有你……不说了！事已至此，南安镇已经乌烟瘴气，你将来该何去何从啊？

憨子说：我已是有家难归。先生，我已想好了，我还是去找柳叶。

杨先生问：若找不到柳叶呢？

不知道。憨子摇摇头。

杨先生语重心长说，憨子，你的家境到了如此地步，做先生的爱莫能助。我现在想送你几句话。你要把我当你的先生，你就要听话。你是个人材，将来一定有一番作为的。本来你这个年龄，只能是读书！学得文武艺，卖与帝王家，天经地义嘛！现在读书已经不可能了。我已经把你看了相了，看你的正面相，你天庭饱满地额方圆，你要走正道，将来一定是国家栋梁之才！看你的背面相，有点悬！倘若你要胡闹，你的后果就不堪设想！人生的关键看你是否看准了方向，看你有没有跟对人！有道是，跟着老虎吃肉，跟着狗子吃屎！现在世道混乱，年轻人要睁大眼睛哈！

憨子频频点头。他仿佛朦胧中领悟了杨先生的铮铮教诲。

杨先生又说：憨子，你是好样的，可是你闯大祸了！我们汪校长和柳叶现在都不知是死是活！

外面传来军警哨子声。

憨子半晌没言语。一片寂静。

杨先生悄悄说：憨子，今晚，你就住在我家吧，明天一早，你再去……

不！憨子轻声但坚定地说，我不能连累杨先生！我马上走！先生，后会有期！

憨子眨眼间翻墙越院消失在茫茫夜色之中。

一段日子，他像一只野猫，在南安镇街昼伏夜出，寻找报仇机会，寻机救出两个父亲。

一个月之后，蓬头垢面的憨子两只眼睛放着冷冷的雪光，不知哪儿弄来的青布长褂，戴着一顶破毡帽，踏着山道的积雪，快步直奔南安镇一家茶馆。

仅仅一个月时间，憨子仿佛一下长大成人。不仅是长大成人，而且仿佛成长为一头凶悍的狼。

东门桥头的清风茶馆。煤灰熏黑的茶馆墙壁，在苍茫白雪的镇街一角，正像一张小白脸上描画着一道凌乱不堪的浓眉。门前一条条踩乱的脚印痕迹，像脸上画的几缕胡须。

茶馆里人群熙熙攘攘，三教九流的各色衣着，纷纷见面打躬作揖，然后各自寻找位置就座。

从流落街头的大烟鬼和街巷小商小贩，到各乡村保长甲长，以及镇公所的官僚，常常抽空赶来茶馆听书看戏。大多数人是真看戏。但也有些人，是为了在公共场合露露脸儿。还有的可就心怀叵测了。茶馆其实就是鱼龙混杂之所，是一个信息交易和传播中心。什么人需要什么消息，只要进了茶馆，那就可以八面听风了。

一旦要找一个什么人，茶馆可就是最佳选择。

今天晚上，憨子得到消息，刘阿昌在茶馆听书。

憨子急匆匆换了行头，穿了夜行衣就匆匆前往。

憨子扫了一眼纷繁的茶座，抬步向一张靠窗的座位走去。

一碗香茶在桌上腾腾冒着热气。

一个衣着干净的后生端着黑色漆盘子跑场子，他充满期望也是满怀信心地大声喊道：

说书唱曲为吃饭，千里做官也为钱！在家靠父母，出外靠朋友，请各位朋友高抬贵手，有钱捧个钱场，没钱捧个人场，捧场捧场！

后生站在一个大高个身旁，屈躬着身子等候赏钱。大高个从衣兜里摸出两个铜板，要向盘子里丢去。可他半晌欲丢不丢，看着那小后生问道：小师傅，捧个钱场倒也不难，可捧个人场，意思就是干听不给钱了？

小后生不防这一问，不知该如何回答，只是弯着腰看着那手里的两个大洋傻笑。

大高个呵呵一笑，把两个铜板放在盘子里。

一个后生端着盘子来到憨子身边。

憨子把手一抬，嗖嗖两声响，两个大洋飞镖一般冲向台上的桌子射去，在汽油灯照耀下，恰似两只溯流而上的小鱼，恰到说书台上，随即又稳稳当当地落在桌上。

台上台下，顿然肃静，鸦雀无声。

台上说讲的那位猛然起立，冲着夜行衣的憨子一抱拳，施礼说，这位爷，谢了谢了！

刚才憨子那个飞钱的动作震惊四座。

啪！台上惊堂木一响，说书开场了。台下鸦雀无声。

刘阿昌的脸色一阵发红一阵发紫。他的那颗心咚咚直跳。手在腰间摸了摸，硬邦邦的铁家伙让他惊魂初定。乘着大家凝神听书的时候，他悄悄猫着腰往外溜走。

刘阿昌这段日子，活得够累。自他打死憨子娘，关押憨子爹和金花爹之后，他就没睡过安耽觉，常常半夜被噩梦惊醒。不是那大脚女人浑身血迹拿刀杀他，就是憨子的飞镖射穿他的眼睛。他听说憨子上龙山了（龙山有土匪占山为王）。他时刻提醒自己，憨子随时都会来向他索命。不管在任何场合，只要有一丝风吹草动，他就会迅速离开，以防不测。今晚他猜对了，憨子真的来了！

刘阿昌飞一般地逃啊。雪地里他几次差点滑倒。他一边逃一边不停地扭动脖子。他恐惧背后会飞来一颗子弹，或者一支飞镖打中他的脑袋。

他直奔阿强女人麻将馆。乒乒乓乓地敲门。如花似玉的阿强女人开了门。

女人看到男人脸色青紫，额头上大汗淋漓，心咚咚直跳。她颤抖着问：是不是他找到这里来了？你这个刘队长这么怕他？

刘阿昌也不答话，只拿眼睛惊慌地看看屋顶，又侧着耳朵听听窗户。外面有狗叫声。他一把拉住小女人，提着枪，躲在门后，眯着眼睛向外探望。

狗叫声向另一个方向而去。女人嘘了一口气，急切地问：你说呀，是不是那个憨子找来了？

嘘。刘阿昌轻轻嘘了一下。

安静。没有一丁点声音。

外面的狗又叫起来。两人又一阵慌乱，竖起耳朵听了听。不一会儿复归平静。刘阿昌拍拍胸脯压惊，悄声说：我的妈，这样下去怎么过日子！今天他是真来了！

女人颤抖着说：那咋办咋办？你干吗跑我这儿来啊？吓死我了！

刘阿昌说，此地不能久留。说完，就从后门逃走了。

刘阿昌走了。灯光里瞬间只剩下那女人小小的身影。安静下来的屋子空荡荡，那女人更加心慌，她惶恐不安地捂住胸口。外面的狗又叫起来，而且越叫越近。她急忙过去吹灭了灯。走近窗下，向外听了听，感到那颗心几乎要跳出来。

"通！"的一声响，一个黑影破门而入，直闯卧房。女人"啊！"地一声惊叫。

雪光里进来一个两眼闪烁着寒冷雪光的毛头小伙，盯了那女人一眼，便飞快地四处搜寻。女人不停地颤抖着。

在雪色寒光里搜寻一遍后，那人厉声问：刘阿昌呢？

女人面如土色，不住地摇头，牙齿寒战得咯咯作响。

"问你呢！"那人大声喝道。

那女人把持不住了，结巴着指指外面说：他回家去了……回家去了……

那人二话不说，冲出门飞快地向雪地里追去。

第七章

华夏大地，江南北国，大雪纷飞。

民国十九年春节后某一天的半夜时分，浙皖边境的骆马店沉浸在厚厚积雪的酣梦之中。

金花翻来覆去睡不安稳。

马戏团的十几个男女分睡在两个房间。

临睡前，金花照例吩咐大家人不卸甲，不脱衣服和衣而睡，检查一遍枪弹；告诫说现在是多事之秋，兵荒马乱；这骆马店又是远离村镇的孤店，为了安全，就是睡着了也要睁只眼睛。

金花和一个名叫铁丫的女子相拥合睡。她俩都把快枪藏在枕头下。

骆马店里各个角落鼾声四起。马槽里的马匹、骆驼静静地咀嚼着草料。

铁丫姑娘睡着了，发出轻微的鼾声。她是这个马戏团里的好手，能骑快马打枪打飞鸟百发百中。她和金花同岁。在马戏团里，是金花的得力助手。她的脸蛋儿长得十分好看，大大的眼睛，高高的鼻梁，长长的睫毛，天生两只小酒窝，总是给人一副笑的模样。在外面练摊儿时，她那笑嘻嘻的表情博得过很多观众的青睐，常常多赚几个铜板。有时候遇上动手动脚的恶少们，她一个巴掌打过去，人家手捂着发烫的脸心里怪异地念叨：这丫头片子，打人还笑嘻嘻的……

金花睁大眼睛望着窗户。雪夜的窗户纸格外白亮。

……

几年前那个晚上，金花娘带着金花，根据丁老发的指引，拎着两只包裹，跌跌撞撞逃到了南安镇北太平村那座太平庙里。一路上，金花娘告诫金花见人不要胡说，必须一口咬定自己是要饭的。

荒郊野外。孤零零的太平庙其实是一座尼姑庵。里面住着一个带发修行的白发老尼姑。老尼姑个子不高，但两只眼睛分外有神。

老尼姑开开门，看见来了一母一女两个要饭的来借宿，没多盘问什么，就把她们娘儿俩带进里间，喊道：歌丫姐，今晚上大家挤挤！

里间出来一个四十开外的女人，身材高大，大手大脚。她探头看看金花和她娘，笑着把她们迎进去。里间一张床上，挤着四个少年。墙上挂着马鞭和几把大刀片。

金花娘迟疑着站在门框上。她觉得这些人好像有些面熟。她更觉得这个女人有些像憨子娘。

金花娘想起来了。前几天镇街买盐巴，看见平桥土地庙前有几个孩子在敲锣，骑马，玩大刀。她们是马戏团的。他们白天在南安镇街玩马戏，晚上就住在这尼姑庵里。

那女人给金花娘沏杯热水。问：大姐怎么这般夜里外出赶路？

金花娘肚子里乱七八糟，她想平静一会儿。她只说自己是要饭的。那女人话多，一直叨叨不停，说她是从北方来的，叫歌丫。带着这几个女孩四处闯荡，卖艺为生。问金花娘儿俩从哪儿来，金花娘一口咬定自己是要饭的。

金花娘焦急不安地不时出门看看那条山道。她心里挺乱。她担心憨子这娃，不知道他丁表哥找到他没有？这娃子没闯什么大祸吧？他几时能够赶来呢？等憨子来了，他们这娘儿三个，可又要往哪儿去呢？

歌丫看出金花娘心事重重，没有多问。

下雪了。

半夜的风雪下得更大。积雪已经掩埋了所有山道，庙庵四周的原野一片宁静。枯树枝上的积雪在风中啪嗒啪嗒坠落。

几个娃都脱衣躺下睡了。歌丫要金花也脱衣上床。金花摇摇头。她睁大眼睛看着她娘。她娘不睡，她也不睡。她要和娘一起等憨子哥。

尼姑要金花娘同她一床睡。金花娘摇摇头。尼姑叹息说：施主你就别装你是要饭的了，我早就认出你来了。

金花娘大惊道：师傅认出我？师傅莫是认错人了？

尼姑说：你十几年前到我们这太平庵来烧香求子，还施给我们这小庙一担米呢。你还说你有个亲戚也当尼姑呢。你可早就忘了？

金花娘恍然大悟。

尼姑问：看见你娘儿俩这般神色和打扮，莫非遭遇了什么大事？

金花娘缄口不语。

尼姑说：我一个出家人，跟我说没什么不放心的。但说无妨。

金花娘哭出声来。

半个时辰后，她小声把这几个月家中发生的变故一五一十说了。

正在这时，那边山道树林里有狗叫声。

丁老发单独一人气喘吁吁小跑着直奔太平庵来。

丁老发说：表婶，到处找不着憨子。这娃胆子太大了，听镇公所的人说，他直冲进镇公所，嚷嚷着找他爹和金表叔，三个军警扑着抓他，他飞镖伤了三个人了，还不知是死是活呢！十几个军警包围了他，他猴子上树一般，循着一棵树窜上了房顶，然后跳下去跑了，枪子都打不着！刚才那安徽兵已经带人到你们家那个院子去了。幸亏你们跑得快！你们要被抓去了，这小丫头还不知道要卖到什么地方去！你们到外面去避风头，躲一阵子再说。这边我再打听憨子。你们能逃出一个是一个！

金花娘哭着说：侄儿，憨子不来，我和这女娃能上哪里去啊？

歌丫和尼姑站在面前。

歌丫说：大姐要不嫌弃，就跟着我们马戏团走吧。

对！丁老发接话说，我就是这个意思，所以叫他们娘儿俩直奔太平庙来。

你认识他们？金花娘问。

表婶，这马戏团跟我还有故事呢。我刚刚得了个老婆的时候，骑马带着老婆到处转悠。在皖南那阵子，有一天，老婆被马颠得背过气去，眼看就快没命了。幸亏路遇这马戏团，这位大姐叫歌丫，幸亏她会点穴功，又按又揉，把我老婆救活了。这几天他们白天在南安街卖艺，我看见他们，给了几个大洋。问他们住哪儿，他们说晚上住太平庙里，好人，都是好人！

金花大声嚷：娘，我要去玩马戏！我要去玩马戏！

金花娘没了主意。眼看着丁老发。

丁老发说，现在你们有家难归，你们明天就跟她们去吧。

丁老发转身问歌丫：你们明天要到哪儿去呢？家在哪儿呢？

我们四海为家，天有多大，家就有多大。歌丫说，明天去皖南宣城。

丁老发掏出十个大洋，转脸对歌丫拱拱手说：大姐，现在就叫金花姑娘拜你为师，你可要善待她们娘儿俩，容当后报！

金花当即匍匐下拜，认了师傅。

金花娘儿俩与丁老发洒泪而别。

自从那天跟随歌丫逃出南安镇，已经有两年多了。两年里，金花没有一日不在思念爹爹和韩表叔。她曾经四处打听过爹爹的消息，但音讯犹如石沉大海。偶尔听到的流言蜚语说爹爹和韩表叔一起被枪毙了。也有人说至今还关押在浙北监狱里。

金花在马戏团一边学艺，一边苦练小时候韩表婶猛丫教给她的密宗武功。

一日，她拿出韩表婶留给憨子哥和她的小钢镖练飞。小钢镖寸短铮铮，寒光凌厉，形状奇特，不同于江湖上镖客手中的飞镖。刃把上刻有一个米粒大小的"赵"字。

金花看到一只小鸟飞过，嗖地放出了飞镖。小鸟无声坠地，恰巧坠落在歌丫身旁。歌丫有些奇怪，捡起小鸟，忽然大吃一惊。

她看到了小鸟腹部的飞镖。

这里哪来的这般高手！

她取下飞镖再看，霎时心怦怦直跳。

"赵"氏飞镖！

她环顾四周，几个娃子在一旁谈笑，只有金花一人仿佛拿着什么物件在操练。她顿时心里一阵紧缩。这段日子，从金花和金花娘的言谈举止和泄露的口风，她感觉这娘儿俩一定和她失散多年的兄妹有关联。今天看到"赵"氏飞镖，她今天一定要问个水落石出。

经过一阵盘查细问，她追问金花姑娘是跟谁学的功夫，追问这钢镖是何人所传。

听罢，歌丫不由热泪滚滚，放声大哭。

金花娘向歌丫和盘托出憨子娘猛丫是一个北方女人的故事，说出金、韩两家一起耕田打柴，抚养儿女的经历，又说出因为当地官差抢劫时打死了猛丫，所以才招来她家的祸事外逃的缘由。

歌丫一把抱住金花姑娘痛哭。又拉过金花娘，认亲一般认了姐姐，抱头痛哭。

歌丫说那猛丫就是她失散多年的姐姐。当年义和团失败，她的父辈被清军绞杀，清军带着刀枪包围了她的赵家庄，要斩草除根。她哥哥赵九带着她姐姐和她逃出家乡，一路向南。几年的日子躲避追兵，颠沛流离，后来终于失散分离。清朝完蛋了，现在是民国了，被追杀的危险已经消除，但哥哥姐妹至今失散未聚。这么多年她一直在打听兄姐的下落。现在听说姐姐猛丫已死于非命，但还有一个儿子叫憨子。歌丫激动了，她要重返南安镇去寻找憨子。

为了马戏团大家的安全，歌丫吩咐金花带好马戏团，她只身便服独来独往，要到南安地面打探一回。

清明前夕，歌丫刚刚到了皖南县城，距离南安镇尚有六十里，就听见炮声隆隆，震人心魄。只见大道上战车成阵，尘土飞扬。在前进的战车两侧，一批批从南安方向返回的担架上抬着白纱布缠裹缺胳膊少腿的伤兵正在向后方撤退。

北伐军正在浙北、南安、皖南一线，和孙传芳部队激战。

歌丫去意已决，冒着枪林弹雨，穿过双方战区，从皖南摸到南安地面。

此时的南安，和前次南安街上玩马戏的情景，已是天壤之别。只见废墟遍地，焦土连片，成片的树林被战火烧成焦炭。满地的油菜小麦等庄稼被炮火轰炸成一片狼藉。

根据金花娘讲述的方位，歌丫找到了猛丫的坟地。

一堆黄土，青草依依。歌丫跪地焚烧纸钱，哭诉这些年兄妹失散的思念之情。歌丫发誓一定要为姐姐找到儿子憨子。她咬牙切齿，发誓一定要为死去的姐姐报仇雪恨。

刘阿昌近日忙碌的鸡飞狗跳。

北伐军来到南安镇，同时来了北伐军东路军最高指挥官贺将军。

南安镇上上下下紧张不堪。北伐军部队传令南安镇公所，必须充分保障东路军指挥部的后勤保障。别的不说，单是指挥部食堂伙食供应，就让冯大魁和刘阿昌煞费脑筋。指挥部人数逾百，其他鱼肉小菜不论，单是活鸡活鸭每天需要十几只。兵荒马乱，战火纷飞，镇街上市场关门歇业，镇街居民四处逃散，不见人影。附近乡民几乎也是坚壁清野，根本无处下手。

刘阿昌带着镇公所的人，四处寻找活鸡活鸭。

那天，刘阿昌一班人好不容易弄到十几只鸡鸭，匆忙回赶。

刘阿昌跟在挑着装着鸡鸭箩筐的挑夫后面，走在乡村道上。恰巧路过憨子娘的墓地。

他远远地看见他打死的女人憨子娘墓地里烧纸钱升起的烟雾，他突然站住脚。

那金家的人不是跑光了吗？这从哪儿跑出了一个祭奠人呢？刘阿昌想跑过去看个究竟。

不好了不好了！一个挑夫喊。刘阿昌大吃一惊。只见一只箩筐的两只活鸡噗噜噜跳出来，咯咯叫着，跑了。鸡腿上还飞扬着松散开的缚鸡的草绳。

快追快追！

刘阿昌大喊。他也顾不得去看看是谁在憨子娘坟地烧纸钱，赶快撒腿追鸡。

　　他吓出了一身冷汗。这段日子，活鸡活鸭就是南安镇公所最大的命根子。

　　冯大魁为了解决北伐军的后勤保障，费尽心机。他几次找柳叶洽谈，希望国共两党共同出力，全力拥戴北伐军征战反动军阀。

　　柳叶同意协助南安镇公所为北伐军筹备军粮。上级对此项工作也明确指示的：国共合作，团结一致打倒军阀！

　　柳叶的任务是，在乡间组织农会，发动老百姓为北伐军筹备军粮。柳叶赶赴丁家村，联络了丁家村小学校校长宁青民。

　　宁青民校长是没有公开的共产党员。他的公开身份就是小学校长。

　　为了完成给北伐军筹备军粮的任务，宁青民校长陪伴柳叶奔走四方，按照自然村格局建立个六个农会。丁家村农会成立时，参加农会的多是姓宁的，姓刘的寥寥无几。丁家村很快形成两大阵营。一个是以宁青民校长为首的宁家军参加的农会组织。一个是以刘阿贵为头子的姓刘的民团组织。

　　组织军粮时，两大组织共同协作，全力以赴。

　　柳叶心急若焚。开大会，开小会，高声喊着筹备军粮，可在这贫瘠穷困的山乡，百姓家里拿不出多余的粮食奉献给军粮。巧妇难为无米之炊啊！

　　宁青民想出一个好主意。但风险太大。宁青民找柳叶商量时，不想很快得到柳叶的同意。

　　宁青民画了一张地图。他在地图上用大红箭头标示了浙皖边境的一个小集镇。他悄悄说，那里有孙大帅部队的一个秘密粮库。这段日子忙于打仗，孙大帅部队没来得及运粮，这个粮库依然封存在那小集镇。只有十几个化妆成民团的兵丁把守。

　　为了保密，兵贵神速，宁青民连夜带领宁家军三十几人，出动近百名农会会员赶着牛车，向浙皖边境出发。

　　宁家军从草丛中闪出，干掉了那十几个假民团。牛车队浩浩荡荡拉回几十吨军粮。驻扎在南安镇的北伐军指挥部贺司令大喜过望，传令嘉奖丁家村农会，嘉奖宁家军。

冯大魁和刘阿昌两人闷闷不乐。他们看到柳叶和宁青民校长受到贺司令嘉奖，甚感失落，嫉妒别人抢了功劳。他们嘀咕，这宁家军和农会出兵到那么远的地方去打仗，去运粮，为什么不告知南安镇公所？为什么不带军警和民团参与？傻子也看得出来是抢功！

冯大魁召集柳叶开会。他提出一个柳叶不能接受的要求。

柳叶必须指派六个农会，按照人头来摊派大米、油料、活鸡活鸭鱼肉小菜等等，按时送往北伐军南安镇镇公所。不得以任何借口搪塞和敷衍。

柳叶当即识破冯所长不怀好意，借机榨取乡民。柳叶反驳说，要农会出面说服乡民贡献钱物可以，但不能榨取乡民，活鸡活鸭要明码给价。打倒军阀虽然是人人有责，但老百姓也要过日子活命。

柳叶还提出打倒军阀赶走军阀以后，在南安地面，那些军阀的爪牙们占据的土地，必须分给农民。

冯大魁坚决反对。他的理由是，这些被军阀爪牙们占据的土地原本是南安地主财主的土地，应该归还地主老财。因为镇公所秋后征粮，只要拎住地主老财这根绳子就行；倘若分田地到各个佃户手中，秋后征粮岂不是一家一家讨芝麻狗肉账。

冯大魁一招不行，又出新招。

在战争期间，南安镇河运码头停航歇业。歇业的船主都很富有，多有油水，冯大魁和刘阿昌指派民团和军警阴谋诡计采用蒙面人的办法，化妆成匪，图谋登船打劫。他们要在这兵荒马乱之际大发不义之财。

道高一尺魔高一丈。柳叶竟然串联船主和码头工人组成了一支"南安水上联防队"。

冯大魁恼羞成怒。他向上级汇报说，柳叶他们成立"南安水上联防队"，名义说是为了防止乱军骚扰，其实是笼络人心，为战后准备自己的力量。

最不能让冯大魁容忍的是，柳叶多次三番要镇公所释放金花爹、憨子爹。这抓人、关押和放人，是镇公所的权力，岂能让他人说三道四！

柳叶的理由是，孙大帅是反动军阀，北伐军都已经打过来了，反动军阀就要完蛋了，金花爹和憨子爹本来就无罪，为什么要关押他们不放呢？释放他们出来，也可以为北伐战争作出一点贡献。

柳叶有柳叶的想法。镇公所一旦释放了金花爹憨子爹，就等于他们无罪，逃亡在外的金花和憨子就可以理直气壮回乡。北伐胜利后，南安镇地面发展农会肯定需要大量人才的。

柳叶蒙在鼓里。她根本不知道冯大魁和他的上级还有更大的如意算盘。这个算盘随着国共两党合作时的磕磕碰碰，也一步一步暴露出来。

金花爹憨子爹无限期关押，有罪无罪不论，他们的子女金花和憨子逃亡在外，金韩两家已经无人。他们家的六十多亩水田早已被冯大魁和刘阿昌各分一半。这是其一。还有其二，这是柳叶几乎做梦没有想到的。

浙北县党部暗地已经晓谕南安镇公所，北伐一过，国家统一后，国共合作会随即瓦解，国民党随后会全力清党。他们早就拟定的"党务案"必须执行。一国难容二主，这是起码的常识。必须清除共产党！哪能让共产党共同参合国政呢！

国共两党一边合作一边暗自较劲，在金花爹憨子爹的问题上，冯大魁甩给柳叶一句话：

你可别忘了，他们的娃子可是杀了我镇公所林队副，杀了我们军警的凶犯！

宁青民暗自提醒柳叶，南安镇公所的冯大魁和刘阿昌，他们的所作所为暴露出很多心机。这很有可能是国民党觊觎共产党的一些信号。要提高警惕！在关键时刻，我们农会是不是建立起自己的武装，以防突然来临的不速之变。

柳叶严厉地批评宁青民。在这国共合作期间，虽然有些针锋相对，但上级有明确指示："把一切权力交给国民党！"我们万不可有私心杂念，破坏了两党合作的大好形势。

冯大魁要借北伐军征战军阀之机敲诈百姓，无奈柳叶火眼金睛识破诡计，多方阻拦。冯大魁内火旺盛，可眼下当务之急不是清党，而是北伐军东路军指挥部的后勤保障。他指望柳叶的农会不成，他只有强制命令刘阿昌带着镇公所军警走乡串户，寻找鱼肉和活鸡活鸭。

刘阿昌亲耳听到冯大魁恶骂柳叶一句：

这 × 丫头！迟早弄不死你！

刘阿昌为了活鸡活鸭绞尽脑汁，苦不堪言。走到贫瘠乡村，强买强卖，甚至明偷暗抢，无处不争吵，无处不挨骂。刘阿昌那个气！现在大战之际，高官上将坐镇南安，又不敢轻易发作，只能忍气吞声。

这一天，他带着七八个军警到赵家村弄到了二十几只鸡鸭，在半道上打死一只活狗，急忙忙送往北伐军指挥部，然后赶回镇公所向冯所长复命。

刘阿昌正在街上走着，迎面来了一个军官。此人相貌堂堂，方面大耳，鼻直口方，可说话不怎么洪亮。他是东路军指挥部警卫团的一个连长，叫杭毅。刘阿昌连忙迎上去打招呼。

刘阿昌自我感觉，他至今欠了杭连长一个人情。

曾经在指挥部刚来的时候，这杭连长乘着忙碌的空隙，找到镇公所，私自请刘阿昌在小饭馆喝酒，要刘阿昌带他寻找娱乐之处，刘阿昌支支吾吾半天没有反应。他想起上次带孙传芳部队军官去阿强女人麻将馆，差点赔了女人的情景。这一次，他引以为鉴，再也不做引狼入室的傻事。但这杭连长很是坚定，他看出这姓刘的有门道，稍有空隙就来镇公所找刘阿昌，要他去帮忙找乐子。刘阿昌喝了人家酒，这笔人情债一直未还。今天杭连长再次登门，刘阿昌面子上挂不住。

果然，杭连长朝他挤挤眼，问的还是那个事儿。

刘阿昌眨巴眨巴眼睛，悄悄说：人倒是有一个上等佳品，就怕连长您不敢造次。

杭毅慌了，一阵赌咒发誓拍胸脯，连说：敢敢敢！

刘阿昌说：新学堂里有一个年轻女先生，黄花大闺女，那人长得！跟您说，这南安街上没有这样的女人！

真的！杭毅惊叫出来，超响的分贝把刘阿昌吓一跳。

只是……刘阿昌吞吞吐吐。

只是什么？杭毅脸都憋得通红，急不可耐地追问。

只是我们镇公所的冯所长都敬她三分……

你们冯所长！你们冯所长算个屁呀！

人家身份特殊！

怎么特殊啊？

说出来你别害怕。

说啊！

人家是共产党！

啥？

害怕了吧。这可是要影响两党团结的大事儿！

哈哈！哈哈哈哈！你以为我害怕了。实话告诉你，你知道军法处处长是谁？那是我姐夫！别说她一个教书的，就是在我们指挥部任职，我把她当菜尝了，军法处照样不能把我怎么样！我问你，她住在哪儿？

她住新学堂啊！

那你就看我的！今晚你别走，晚上你等我的好消息！

杭毅眉飞色舞走出镇公所，直奔新学堂。

杭毅自认这事儿一定手到擒来。前几年在学校读书的时候，他就是闻名全校的白马王子，今天还怕拿不下这南安小镇的一个丫头！

他有他的高招。他正儿八经走进校门，装模作样背着手温文尔雅彬彬有礼地兜着圈子。乍一看，好像是来了一个军官在学堂视察。

在这烽火连天的岁月，学堂已经停课，就几个先生留校守卫校园。

汪正清校长看到进来了一个军官，立马迎接。他觉得北伐军是正义之师。不能怠慢了这英俊潇洒的年轻军官。一阵寒暄过后，杭毅伸出大拇指夸奖汪正清，夸他冒着生命危险坚守校园，可敬可佩。他问学堂里现在有几位先生。说大家都是自家人，可叫出来见识见识。

汪正清把大伙吆喝出来，排成半圆，欢迎长官来校视察。杭毅煞有介事，跟大家一一握手相见。但见五六个先生中独有一个女先生年轻貌美煞是出众，杭毅几乎招架不住，差点显了原形。他极力控制着，说：这么年轻的女先生，在这北伐开战的地方，不顾危险，坚守校园，真是巾帼不让须眉！

柳叶微笑说：北伐军前方将士奋勇杀敌，我们在后方护卫校园，是应该的。

杭毅拍了拍手，说：说得好！今天我们就此别过。我还要到其他地方去巡视巡视！再见！

再见再见！

杭毅离开校园，没有直接返回指挥部。当年的北伐军革命气质很强，具有铁的纪律，像杭毅这样开小差违反军纪的行为一旦泄露，必将受到严肃处理。他直奔一家桥头客栈，急匆匆开了一间单房，然后跑到指挥部叫出他的一名文书，如此这般吩咐一番。

入夜，那文书前往新学堂，交给汪校长一份部队长官手谕，要学堂里指派一名共产党员，跟随文书到军部办事处洽谈下一步合作事宜。

新学堂里只有柳叶是中共党员。汪正清校长赶快把她叫出来。柳叶也毫不迟疑地跟随文书而去。

刘阿昌今晚不能入睡。

他将信将疑地坐在乡公所里，幸灾乐祸地等待杭连长即将要带来的喜讯。今晚，那女先生柳叶，哈哈，如果杭连长真有神通享乐艳福，看她该是如何下场！看她还能不能处处跟镇公所叫板，能不能处处阻拦他刘某人和冯所长的既得利益！

花开两朵，各表一枝。话说那歌丫在墓地擦干眼泪，奔下山来。

她经人指点来到南安镇街上，躲躲闪闪，顺着墙根向镇公所走去。

她想探探镇公所的土牢，看看能不能救出金花爹憨子爹，能不能探听到憨子的下落。

她使出飞檐走壁、倒挂金钟、松鼠攀枝的功夫翻墙越院，避开街上的巡逻兵和乘夜鬼混的行人，翻过了镇公所的围墙。

歌丫看见一个房间亮着灯光。她双手抚墙慢慢向灯光移动过去。

再说那柳叶跟随在文书后面走。可走着走着，她发觉文书把她带着朝着北伐军指挥部相反的方向去，心里有些忐忑。不是要到军部办事处洽谈合作事宜吗？这葫芦里卖的什么药啊？

当她看见"高桥客栈"牌子时，她忽然警觉起来。

白天学堂造访的不速之客，那军官正儿八经地的外表难以掩盖的油猾相，让柳叶有所防备。这夜晚来到客栈……军部办事处难道在这儿？即使军部办事处设在客栈，在这大战在即之际，大门外面肯定设有岗哨。可大门两边悄无人影。

文书进了门，柳叶在大门处站着不动。

进来啊！文书回头叫她。

柳叶左看右看，不动声色。她忽然看到高桥下面停泊的船只上有人影晃动。

柳叶赶快凝神张望。这阵子，为了保护停泊的船只不被打劫，她组织起的"南安水上联防队"发挥了很好的作用，曾成功抓获盗贼案件五起，拦截三五成群的团伙打劫七次。今天晚上，那船上是谁在走动？

船上忽然传来阿强的说话声。听阿强的意思，是在讨债。

柳叶对阿强女人放高利贷的事儿，早有所知。有的船家经营货船，向阿强借钱，利息极高。常常有还不起债的船家，货船寄居在外，不敢回南安镇。柳叶曾劝慰阿强女人，现在是战乱之秋，南安百姓过生活度日如年，水深火热，等北伐军消灭了反动军阀，稍稍有了太平日子，再跟人追债不迟。阿强女人也曾答应过柳叶宽限债期，可今天这阿强夜半三更来到这刚刚返回家乡的船主船上逼债，又为何故呢？

柳叶想要前去规劝阿强。她刚刚抬脚走，文书和杭连长出现在面前。

他们俩嬉着笑脸一边一个，要搀着柳叶进屋。

柳叶看见杭连长，恍然大悟。这一定是个局！她立马拔脚要走。

柳叶先生！柳叶先生！杭毅急切地阻拦着，说，柳小姐，我们真得有重要事情相商……

正当杭毅想要强拉的时候，只听乡公所那边"当！当"两声枪响。

这突如其来的枪声，顿时，在南安镇街上，一下子炸了锅，全城震动。霎时间，满城都是哨子声、呐喊声和士兵奔跑声。

杭毅慌了，丢下柳叶，装着啥事没有敬了个军礼，赶快带着文书向指挥部飞奔。

街上到处是奔跑的官兵。

话说刘阿昌坐在乡公所里，突然想起一件大事。

近日因为战火纷飞，常年在外搞船运的阿强停航了，一直歇业在家。麻将馆里生意萧条，连丁老发这样泥鳅般的赌客都很少上门。刘阿昌又忙于活鸡活鸭等公务，无暇顾及到麻将馆去，引来阿强女人多次责怪。刘阿昌好久没有与阿强女人鬼混，心里也有颓丧。今天他白天偷着送两只活鸡到麻将馆去的功夫，阿强女人透露给他一个喜讯。去年春天一个借刘阿昌高利贷的船主回来了！刘阿昌喜出望外。那船主由于船运不佳，河道税收又无限增加，无钱交税，跟刘阿昌借了高利贷五十个大洋。但这笔钱债刘阿昌自己只有三十个大洋，另有二十个大洋是阿强女人凑的。两人期盼那船主年底回来连本带利还钱，谁知此人无钱还债，躲避湖州，到年底杳无音讯。这次战火烧遍四方，很多船主无处藏身，只能回老家避难。今天得此音讯，刘阿昌当即与阿强约定，先由阿强到那船主家去讨钱。半个时辰后，刘阿昌一定亲自前往。

刘阿昌一拍脑门，懊恼起来。这桩大事不去办，却猴在这里等那杭连长馋猫采花的音讯！他自言自语骂了自己一句，霎地立起身往外走。

刚刚从屋檐顺溜下来的歌丫听到有人走动的声音，急转身瞄了一眼。

刘阿昌一下子和伸脖探颈察看的歌丫撞了个满怀。

啊！有鬼！有鬼啊！

刘阿昌掉头就跑，边跑边拼命地拔枪。谁知越是慌张，枪套越是解不开。刘阿昌更加恐惧地大喊：有鬼！有鬼啊！

歌丫和猛丫颇有些相像。

刘阿昌看见歌丫，错以为是他开枪打死的猛丫的冤魂来寻他复仇了。

歌丫看见刘阿昌如此情状，吃了一惊，早已飞檐走壁上了房顶。她抽出瓦片，向刘阿昌砸去。啪！瓦片粉碎。惊恐万状的刘阿昌再回头看时，不见人影，却是瓦片横飞，他更加证实自己的判断：有鬼！一时慌乱中拔出枪来，失去理智的"当！当！"开了两枪。

冯大魁气咻咻地站在刘阿昌的身旁时，刘阿昌依然发疯般地叫喊"有鬼有鬼！"，冯大魁上前给他两个耳光，将他打醒了。

东路军指挥部的警卫部队如临大敌，搜寻全城，捕风捉影，忙碌了大半夜，终于查明开枪的是镇公所的刘队长。警备团团长大怒，狠狠地扇了冯大魁几个耳光，还掏出枪来对准刘阿昌的脑袋。

刘阿昌脸色苍白，一个劲儿地在念叨：真的有鬼……真的有鬼……

警备团长收回枪来，咬牙喊道：把他关起来！关禁闭三天！

冯大魁怒冲冲走进镇公所。他气恼刘阿昌竟然胡乱开枪，惊动东路军指挥部，让他挨了一顿冤枉揍。他怀疑这阵子阿强回家寸步不离，刘阿昌好久不去麻将馆鬼混，精神有些失常了。他正想大骂一通发泄郁闷，可突然之间，他发现挂在墙壁上的两把快枪不翼而飞。

当他看见房顶上一只大洞之后，妈的一声惊叫，大喊："来人啊！来人啊！"随即一下瘫软在地上。

尚未离开的警备团长闻声走进镇公所，大骂："你们镇公所的人死了爹还是死了娘！一个都不消停！"

枪枪枪……枪！

听冯大魁结结巴巴说丢了两把快枪，警备团长也吓了一跳。此事非同小可，他立即下令包围镇公所大院，仔细搜查每一个角落。

歌丫拿了两把快枪，上树、上房，哧溜哧溜，在镇公所大院里寻找土牢。

刚到土牢门前，她的眼睛突然跳动。

院墙角落里，三个人影正在鬼鬼祟祟挪动。看见歌丫的身影，那三个人影一阵惊慌得不知所措。

爹，今天走不了了，你们快进去！

一个半大娃子的声音。

那两个大人飞快地转身跑回土牢。

只见那个半大娃子腾地一个纵身，跳上了黑黢黢的围墙。

憨子！歌丫刚要叫喊，忽然那围墙头上嗖地飞来一张瓦片，歌丫躲闪不及，砸在肩头上。墙头的黑影眨眼不见，歌丫急忙纵身跳跃追赶。她猜测这半大娃子或许就是憨子。她又惊又喜。倘若真是憨子，那刚才掉头跑进土牢的两位，就一定是金花爹和憨子爹了！这娃子今晚救爹……这娃子神龙再现……这说明，憨子和他爹金花爹都还活着！

憨子！歌丫喊道。

前面的黑影一个纵身接一个纵身，闪展腾挪翻墙越院，后面的歌丫也是一个纵身接一个纵身，苦苦追赶。前面的显得慌张不堪，惊恐不定，时不时抽到瓦片捡起石块掷击后面的追赶人。

大院里里外外灯笼火把，无数官兵在吆喝搜查。

那个黑影无路可逃，一下跳进了一个死胡同。

歌丫刚刚跳上一个高台，嗖地一声，一只什么物件拖着凄厉的尖声，直向歌丫射来。歌丫一个下蹲，伸出两只兰花指，一下夹住那个暗器。她刚要冲着放暗器的人叫喊"憨子"，突然有人喊："看那墙头上！有人！"当！当！子弹横着飞，与歌丫擦肩而过。随即灯笼火把蜂拥而来，顿时把那个角落团团围住。

嗨哎！歌丫一声大喊，"当！"地对官兵开了一枪。

她平步青云跃上一座房顶，故意明晃晃地让官兵看见她的身影。当！当！官兵一阵排枪打得瓦片飞溅，树梢断枝。歌丫敏捷地平躺、翻滚，跳到另一座房屋顶上，"当！"她又回头打了一枪，再纵身逃窜。所有官兵全部掉头追赶而去。

她故意在官兵面前翻滚再翻滚，吸引他们专注于她这个焦点。她要把所有官兵从那个死胡同引开。她不能让那些官兵发现那个半大娃子。

第八章

金花娘在马戏团里做饭。

金花娘心情沮丧到了极点。常常在悄无声息的时候，她独自一人辛酸落泪。家道不幸，真是人在屋里坐，祸从天上来！好端端的一个家庭，金、韩两家胜似一家，依靠耕樵相依为命，抚养着一男一女两个娃子，指望这样与世无争地过自己的小日子。谁知树欲静而风不止，飞来的横祸竟接二连三，致使她母女俩有家难归逃亡在外颠沛流离。现在不知道金花爹憨子爹是什么结果，也不知道憨子现在何处。憨子这娃子脾性虽然不是暴烈，但单枪匹马混迹在虎狼窝里，恐怕是凶多吉少……

这祸事究竟是从何而来呢？金花娘想不通。

这几天，歌丫独来独往前往南安镇去寻找憨子，可否得到消息？歌丫可否能够平安归来？

晚上，星光满天。马戏团里的丫头小子们脱衣睡觉之后，金花娘依然坐在床铺苦思冥想。

二十年前，金花娘的亲属里有一女子，因父母包办婚姻一怒而铰尽青丝，遁入空门到吉安县深山老林里的一座破庙里当了尼姑。金花娘受此感染，每当逢事不顺的时候，惦念空缘，总是想到这位当尼姑的亲戚，自己也产生出家的念头。原先没有生养的时候，觉得做女人失败没意思，她几次三番都想离开金花爹，去寻找那位亲戚青灯作伴。后来身怀六甲得了金花这个女子，精神有了寄托，才渐渐放弃虚幻之想。

她怀孕将要临盆的头几天，一天晚上突然做了个怪梦。她梦见屋梁上飞下一条巨大的红蛇，一头钻进她的怀里。她一声惊叫，像火烫了一样跳了起来，把金花爹也惊吓醒了，连声呼喊"咋啦咋啦？"她一身冷汗，抱紧了男人战战兢兢地说了那梦境。

金花爹惊异地坐起来，看着黑暗中的房屋，看着黑暗中的房梁，一切寂静如常；看着浑身冷汗的女人，不由用手摸摸她的肚皮，又皱着眉趴下贴着耳朵听了听。金花爹说，这个梦是凶是吉，明天得找个看麻衣相或算命的问问。

第二天，金花爹赶到镇街找了算命的盲人，如实请解怪梦。瞎子慢条斯理地拱手道喜说：梦见大蛇入怀，必生贵子。

金花爹大喜。赶忙多给了一个铜钱，起身要走。那瞎子又补充一句：倘若生个女子……

咋讲？

说的不好听，你可不要不高兴。

不会不会！

你和那女子将来都有牢狱之灾。

啊？先生，这是为何啊？

福则祸所伏，祸则福所伏。

先生快快指教，这究竟是为何啊？

天机不可泄露。

先生，那可有解脱？

要解脱，有八个字。

快快请讲！

少见官府，吃光用光。

此话怎讲？

慢慢去领悟吧。

金花爹接着无论如何缠着问，那瞎子不再肯说半个字。赶回家里说与老婆听，自然又是一连串的惊惶和恐惧。就这样提心吊胆等孩子生下地，果然是个女子，夫妻俩脸上挂着疑云，哭丧着脸，看那女娃仿佛看一个女妖。直到小金花长到六七岁，家里一切平安无事，夫妻俩才放下思想包袱，放开了胆子过日子。权当那瞎子说了瞎话。

憨子的娘猛丫之死，给了金花娘沉重的一棍，这一棍既打破了心里的平静，又把她埋藏在心底多年的疑惑给打了出来。

她想起那瞎子说的八个字：少见官府，吃光用光。这可是谶语啊！全灵验了！家中可是因财招祸啊！如果他们家把挣来的钱全部花光，无论世界上如何闹匪，他们也不用担心土匪来抢，更不会还有几块大洋招惹土匪上门，拿枪打死了憨子娘；更不会金花爹和憨子爹找到镇公所去，去见官府，招来她爹牢狱之灾。金花爹厄运，那瞎子的谶语应验了。这种应验给金花娘带来更大的恐怖。那瞎子还说过后半句：金花这娃将来也有牢狱之灾！这……这恐怕也非空穴来风。她越想越痛苦，越想越害怕，越觉得自己的命苦。这庙里烧香换来的生育，原来不是一只喜鹊，送子娘娘原来给她送来一个讨债鬼！一生艰辛奔波，原来换来的是一场又一场大祸！

金花娘越想越觉得人世苍凉，渐渐看破红尘。

这阵子，她跟随着马戏团走南闯北，把那丁老发给的几十块大洋大手大脚地花销，只求马戏团的一班老少不冻不饿。

这阵子，她内心陷入矛盾，不能自拔。她自己多年来隐藏的念头再一次汹涌萌发。她要出家。但她又舍不得自己亲自养大的女儿金花姑娘。虽然金花遇见了憨子的亲姨歌丫，自有照应，但自己做亲娘的弃而远离，实在不忍啊！

左想右想，她想出一个主意。为了不薄她生育金花的母女之情，她想在她离开马戏团前办一件大事。也算是给金花一班人将来添置一个安全保障。

一日中午，马戏团在街市打马卖艺。金花娘洗碗洗锅之后，到市面去买晚饭用的盐巴。

忽见十字街口，风尘仆仆中，当街跪倒一个五旬男子，蓬头垢面，破衣烂衫，胸前挂了一块牌子。牌子上歪歪扭扭写了几个大字。金花娘凭着小时候父亲老秀才教的书文，认得那牌子写的是：卖身葬父。金花娘一惊。寻思这个男子这般岁数还要卖身葬父，甚是可怜。她便绕过一个茶摊，径直走到五旬男子面前，看了看那只乞讨装钱的瓦罐，空空如也。她向那只装钱币的瓦罐里投了两只铜板。只见他跪倒的双膝旁边，还有一块牌子，写着：我就是那"父"。讨钱就是葬我。

金花娘正在惊讶、狐疑，那人翻过那块牌子，牌子反面还有一行字：本人曾经营盗墓，有古兵器买卖。金花娘蹲下身，环顾四周，悄声问：你有什么兵器，我想看看。那人轻声说：姐姐，我父亲是孙传芳部队的兵，打不过北伐军，逃回家了。他的战友都死于非命，他带回六把短枪。我们原本是厚道人家，拿着这枪也只能是一块废铁。父亲临终遗嘱，把枪卖了，算是他这辈子留给家中的遗产。金花娘喜出望外。那人缓缓爬起，带着金花娘走进一条狭窄巷道，穿过枯败落叶的白杨树林。树林外有三间茅草破屋。那人走进黑咕隆咚的茅屋，金花娘站在门外等他。那人在里间抠索半天，抱出一只棱角分明的麻袋来。

打开麻袋，拿出六枝短枪。

金花娘眼睛放光，抚摸着枪问：这要多少大洋一把？

那人忽然哭哭啼啼，泪流满面说：我就是那父，那父就是我。我卖钱葬我自己。让我早点死，来安抚我这辈子犯罪之心。姐姐，我就是那父！当兵的就是我！我半辈子杀人放火作孽无数，唯有以死谢罪。只是平生有一桩夙愿不曾了结，恐怕死不瞑目。孙大帅兵败如山倒，我们也就树倒猴狲散。我偷了六把短枪回家，这半辈子没有半点积蓄，下半辈子不知如何安度。回家之后，藏着这几把枪，心虚，担惊受怕。原来想能卖钱过今后光阴。但在这乱世，又不敢轻易出手。担心撞见不三不四的人，恐怕会遭抢，甚至会丢了性命。现在世道越来越乱，我更不敢做这买卖。从此，我就沿街乞讨为生。暗自寻找有缘之人。要是有缘遇见善主，我便把这枪械卖与他。倘若遇见……倘若遇见……

金花娘问：遇见什么？

那人忸怩道：这话，真有些说不出口……

说吧，大哥，都是患难之人，没什么说不出口的。

那人沉默好一阵，凄凉道：

不瞒大姐说，我这辈子是枉度一生，从来未碰过女人。倘若我遇见的善主是个女性，倘若她能给我尝到半点女人滋味，我就把这些枪械奉送与她。

金花娘惊慌地站起身，一步一步向外退去。

那人扑通跪倒，说：大姐，我早看出你是好人，我知道你会可怜我！只要你可怜我，让我做一回男人，我死也瞑目，我这些枪械和弹药全部奉送给你，分文不取……

金花娘迟疑站定。她早就要告别马戏团，去做她的青灯尼姑，至今犹豫不决。她不放心。她要为女儿金花置办安全保障，才能离开。

如果女儿有了枪弹……

金花娘含着泪，蹲下身子，牵起那男子。她低下头，绯红了脸颊，顺手解开自己衣襟纽扣……

金花娘站起身，系好一颗颗纽扣，迈着沉重的脚步，飞着泪雨拎着麻袋向外走去……

刚走到门外，只听一声嘭的重重撞击声，金花娘急转身回头去看，只见那男子一头撞在石墙柱子，倒在血泊里……

金花娘呆了。他这辈子，就这样知足了，知足而死了。

安排妥当，在一个乱霞飞渡的傍晚，金花娘不辞而别，消失了踪影。六把短枪陈列在金花睡觉的被褥里，同时塞了一张纸条，写着：

金花我儿，娘要苦度我的青灯日月，你好自为之。切记：此枪只许防身，不可杀生；只许保命，不可伤命；只许救人，不可杀人！

金花已经十六岁了。一手拿枪一手拿着纸条，泪流满面，疑惑不解地问：娘啊娘，你明明给女儿留下了杀人、杀生、伤命之物，可为什么总是要我保命和救人啊？

翻过背面，又有一行小字：女子乃天下至弱。娘留此物，望我儿图强。

西方夕阳的余晖作最后的沉沦。大地一步一步加重了黑暗。

金花沉思：娘用心良苦。娘用这种方式跟女儿告别。娘的心情真是百般矛盾，她是以此昭示她的伟大母爱啊！苍天啊！母亲告别，越来越黑暗的大地何处是我女儿身的出路啊！

后来有人在某地尼姑庵里认出金花娘来，喊她。她装聋作哑，不愿相认，表示了真正的尘缘已尽。

歌丫回来了，她带回两把快枪。马戏团很快成为快枪团。

歌丫心里翻腾着走南安的疑惑。

那天晚上，那个半大娃子冲着她的身影放出一只暗器，被她一把接住。

她拿出那天晚上用手夹住的暗器一看，当时惊愕得说不出话来。

她仔细辨认那只暗器。那竟然是镌刻着"赵"字的赵氏飞镖！

金花看在眼里，一声惊叫：憨子哥！这是憨子哥的！二姨，你在哪儿遇上憨子哥了？

歌丫把在南安镇公所的奇遇，和疑惑那半大娃子是憨子，故意开枪把官兵引开的事儿说了一遍。

是他！一定是他！二姨，你怎么没有喊他？怎么没有把他带回来？金花埋怨道。

那么多官兵包围了我们……俺真后悔！憨子已经救出你爹和他爹出了牢门，要不是俺闯进镇公所引得人家开枪，憨子就把他们俩救出来了！嗨！金花，你二姨是不是成事不足败事有余啊？

二姨，快别这样说话。金花含泪说，你去南安这段日子，我娘……我娘走了。从此以后，你就是金花的亲娘！

金花！歌丫哭泣着。

娘！金花大哭着喊道。

不哭了，金花，我们应该高兴才是。那天憨子肯定是救他爹和你爹！那两人肯定是你爹他们！这说明你爹和憨子爹没有死，他们还在土牢里呢！

憨子哥也没死！憨子哥也没死！金花连声嚷道。

对！他们都没死！金花，别怕，留得青山在不愁没柴烧。只要他们还活着，我们就能想办法找到憨子，救出你爹和憨子爹！

半个月后的一个晚上，夜深人静。

歌丫来到金花床前，慢慢坐下。看到金花熟睡的样子，唏嘘着流泪。她伸手牵了牵金花身上盖的被子。金花醒了，翻身坐起。

金花，歌丫说，二姨想了好久，俺……

二姨……

金花，二姨决定了一件大事，你可要帮二姨啊。

啥事儿？二姨？

金花，你也长大了，在马戏团也练就了骑马打枪一些武功，二姨要把马戏团托付给你！

二姨你……

二姨要离开马戏团！

你要去哪？

俺要去寻找俺哥，憨子的舅舅！

憨子哥的舅舅？他在哪儿？

二姨这次外出，收获不小。她除了探知到憨子们的消息，还听说在浙北皖南太湖这一带，有大刀会在活动。据说这大刀会就是当年从山东来的义和团的余党。

金花，自从二姨和憨子娘、憨子舅舅离散，一别就是二十年。我们失散至今，各自天涯一方。俺凭着祖传武功，沿途捡到这些孤儿，凑了这个马戏团。俺可是一边玩马戏一边寻找俺的哥哥姐姐啊！俺带着马戏团奔走长江两岸大小码头，望眼欲穿，找遍了大街小巷耍把子卖艺的，谁知茫茫人海，大海捞针，至今杳无音讯。俺以为姐姐哥哥都不在人世了。就在俺灰心丧气的时候，谁知道遇见你，让俺知道了憨子娘的消息。姐姐虽然已经作古，可她还有一个儿子憨子！你说俺还能在马戏团里平静地待下去吗？俺必须去找俺的亲哥哥，找俺的亲外甥，俺的亲外甥！这一去，没找到憨子，但俺相信那天那个后生一定是憨子！你说，俺能不去接着找吗？外面传言大刀会的事情，俺相信，那里一定有俺的亲哥哥赵九！

赵九？

赵九是俺哥在山东老家的名字。清兵追捕的时候，我们不得不改名换姓。俺哥就改姓陈，易名陈九照。这个照字，隐含俺家赵姓之意。

你去找舅舅，有方向吗？

没有。不过，俺相信一定越来越近了，一定就在皖南浙北太湖这一带。放心吧，这么小的范围，俺不算是浪迹天涯。

二姨，你走了，这马戏团咋办啊？

马戏团就交给你了！你已经可以独当一面了！

二姨，咱就不能一边玩马戏一边寻找吗？

不行！这么一大帮人，拖拖拉拉，行动不方便。金花，你要心疼二姨一番苦心，你就答应二姨带好这个马戏团吧！

二姨……

别废话！二姨告辞了！一有憨子和哥哥的消息，二姨就马上归队！

……

天亮了。东方显出鱼肚白了。

歌丫和起床的金花握手道别，提着一个包裹直奔茫茫世界而去……

第九章

韩震的快马在古老的南安驿道上向东奔驰……

……

那一年，昼伏夜出的憨子几次刺杀刘阿昌都没有成功。

饥饿的憨子走在一面山坡上，看见一户茅草屋，准备前去讨饭吃。

忽然山坡上闪出一彪人马。走在前列的那位士兵，高高地举着青天白日旗帜。

憨子躲在树林里，揉了揉眼睛。这是他第一次看到青天白日旗。看到军队行军齐刷刷的整齐样儿，他猜测着这肯定不是军阀的军队。莫非……莫非这就是柳叶常说的北伐军？

憨子忽然预感到，真正打倒军阀的时代已经到来。柳叶说的道理可能就要实现了！

他想走出树林，去追赶这支军队，他要参军打军阀。

正在他犹豫不决的时候，忽然大路上远远跑来冯大魁一班军警。冯大魁迎接着这支部队，脸上挂着笑容，兴奋不已。

看到冯大魁和那部队长官握手相见，憨子想去参军的念头顿时烟消云散。

这一定是南安镇公所的一路货色！

果然，一天夜里，潜入南安街的憨子看到北伐军指挥部真得高挂着青天白日旗，南安镇公所也高高挂上了青天白日旗。

那天晚上，憨子正想去找杨先生探听消息，忽然听到镇街上一片骚乱。

他灵机一动。机会来了！他急忙向镇公所奔跑。他要借着骚乱之机，救出他的两个父亲。

他绕开奔跑巡逻搜寻的军警和部队官兵，翻墙越院到土牢。恰巧土牢没有一个看管。他砸开土牢门，喊：爹！

憨子爹和金花爹披散着凌乱的头发，一身恶臭。黑暗中借着星光看见破门而入的憨子，大惊。

快跑！憨子拉住两个爹的手跑出土牢。只听镇公所前院喧哗吵闹。憨子直奔后门。后门挂了一把大锁。他找到一段木头，刚要砸后门，忽然跑来一个人影。完了！

憨子救父的计划彻底被这个人搅黄了。他怒气冲天，掏出飞镖一定要废了此人。谁知他遇上高手，不但不能废了人家，还遇到人家急迫猛追。

憨子逃进了死胡同。眼看一帮官兵快要追进死胡同的一刻，那人忽然开枪，把官兵全部吸引过去……那天晚上，逃出镇公所的憨子百思不得其解。那个出手相救的人到底是谁？

几年后的韩震，至今不知道那天晚上的救命恩人是谁。

逃出后的憨子茫然走在街上角落里，徘徊不定。该去哪儿呢？

前面迎面走来一个人影。

柳叶？

柳先生！憨子轻声喊道。

憨子！柳叶喜出望外，她一把将憨子拉进一条胡同，钻进一个角落，问长问短。

憨子眼泪飞流，他像见到了亲人，哽咽得说不出话来。

　　憨子，你是一个好男儿，应该志在四方。南安这地方，你闹大了，出了人命，肯定是待不住了。现在这情况，即使北伐军部队，你也难以接近。我劝你到上海。你到上海某某路某某号，去找一个姓陈的先生。陈先生一定会给你指出一条出路的。这先生可是目前中国社会发展前进的导向！等我完成配合北伐军打军阀的任务之后，我到上海去找你。柳叶说。

　　憨子此时才明白，他成了一只孤雁，偌大世界没有他的栖息之地。他打死的人不是军阀的人，都是国民政府的军警，即使打倒了军阀，国民政府重掌天下，国民政府一定还会找他算账，一样没有他的容身之地。他的父亲和金花爹，也一样永远受到他的牵连坐穿牢底。最最令他不安的是，他和柳叶一起闹腾的农会，现在柳叶已经不再提起。她说这是上面的意见，特别是陈先生的意见。北伐在即，国共合作，所有权力必须遵循国民党。

　　憨子心灰意冷。他嘴里答应着柳叶指给他到上海谋生的出路，心里却是茫然不知所措。他接过柳叶递给他十块大洋中的三块大洋（因为几天没有吃饭，肚子饥肠辘辘），默默走开。

　　憨子！柳叶喊他。柳叶手里捏着另七块大洋。她知道，倘若憨子要到上海去，那三块大洋是远远不够的。但这胡同里的夜空伸手不见五指。憨子的身影很快匆匆而去。

　　听到柳叶的喊声，憨子没有回头，向黑暗夜空的世界一步一步走去。

　　他想再去看看杨先生，或者是再一次问问杨先生。他该怎么办？

　　憨子！巷道里有人轻声唤他。

　　汪校长？憨子在夜色中辨认出，叫他的人真是汪校长！

　　两人相见时，憨子依然沉浸在走投无路的沮丧中。汪校长早就知道那次飞镖飞死林队副的刺客就是憨子和金花。他敬佩这娃子的武艺和胆量。但他也为这娃子过激的冲动而担心。一日为师终生为父，他希望憨子有一个好的未来。他断定中国的形势，中国正在因为北伐战争而改变。打倒了反动军阀，所有的所有将会有一个新的开端。像憨子这样的才俊，中国一定有他的用武之地。他和杨先生一样，认为这个半大娃子需要引路人。人生的成败关键在于道路的选择。汪校长奉劝憨子，携带一身武功，到广州去，去找黄埔军校读书，在那儿读书，将来一定前途无量。

不！我要到上海去！憨子说。

憨子，汪校长说，柳叶不在上海，她在南安，你到上海太渺茫了。那可是大都市，茫茫人海，我担心那里没有你的谋生之地啊！虽说好男儿志在四方，但像你这样的武艺才俊，在这乱世之秋，只有到军营才是你的用武之地啊！我给你二十个大洋，你还是到广州去吧！

憨子肚子饥肠辘辘，叽里咕噜叫得山响。汪校长拉住他说，你肯定没吃饭，快去我那儿弄点吃的吧！

憨子不是没吃饭。他可是两天没吃东西了。汪校长家的两碗蛋炒饭，他三口两口吃了下去。再来一碗，好像依然意犹未尽，半饱。

汪校长告诉他去广州怎么走，只要往西到了四十里外的浙皖边境的骆马店，那里一定能打听到消息。

憨子连夜出发，第二天赶到骆马店天已大亮。

憨子疲累地全身瘫痪。当他看见骆马店是个旅店，在大厅里倒头便睡。

他一觉醒来，天色已是黑夜。他摸了摸口袋，二十三块大洋一个不剩。

他遭贼偷了！

一个商人模样的人，用一碗饭收他做了徒弟。那师傅并没有带他到广东，也没有带他到上海。而是带他过了长江。

那"商人师傅"径直把他带到西北军大营去了。

北伐胜利了。

南安镇的北伐大军早已奔赴北国。南安镇军阀控制的局面，已全部解放。南安镇公所根据浙北县衙的指示，在南安镇街举行了一场声势浩大的庆祝大会。

南安镇万人空巷。会场上人头攒动。

南安镇公所所长冯大魁特别邀请了镇学堂校长汪正清，丁家村小学堂校长宁青民，一同参加庆祝大会。镇公所要表达的意思是：北伐成功了，中华民国已是真正的民国！国家即将进入真正的治理时代！

冯大魁另外发了一道特别函，邀请女先生柳叶参加庆典。柳叶身穿崭新的秋装，奔赴南安镇庆典会场。她庄严素洁，代表了浙北县共产主义小组的胜利风采。她要表达的意思是，北伐战争，是国共两党的共同奋战取得的战果，南安镇赶走了军阀形成的惠风和畅，不是单方面轻易取得。任何人不要过河拆桥！

她目不斜视，尽量避开宁青民校长的目光。

宁青民校长至今没有公开共产党员的身份，是上级机关精密的安排。柳叶不能破坏了党的纪律，暴露了地下党的身份。

冯大魁笑容满面地邀请柳叶坐到主席台上。

庆祝大会开始。冯大魁咳嗽两声，清了清嗓子，随后就在大会上代表国民政府南安镇公所讲话。他传达了浙北县衙对打倒军阀后开启新时代治理地方的文件；表彰了宁青民校长和宁家军为北伐军筹备军粮之功；还表彰了刘阿昌为四处寻找活鸡活鸭的劳苦功高。

冯大魁两个时辰的讲话，一字不提柳叶和农会为北伐军所做的艰辛努力。

冯大魁宣布散会的时刻，柳叶突然起立，她要在会场上说几句话。

柳叶扫视了一下会场，斜了冯大魁一眼。她大声呼吁，要求释放憨子爹金花爹。这突如其来的提议，让冯大魁和刘阿昌瞠目结舌。

柳叶义正词严地说：北伐胜利了，军阀打倒了，所有被军阀反对的东西，都应该矫正过来！只有反动的东西得到矫正，才能说明真正打倒了反动军阀！

柳叶的讲话获得了在场所有人的同意和支持。冯大魁招架不住，他把刘阿昌叫上台去，轻声嘀咕一阵。

正在柳叶焦虑地期待冯大魁和刘阿昌宣布释放金花爹和憨子爹的时候，冯大魁忽然起身宣布：今天的大会是庆祝北伐军消灭南安镇军阀，庆祝北伐胜利的大会，其他和大会毫不相干的事宜，就不在这次大会上作出决定。散会！

柳叶心情郁闷。在学校里，很少看到她的笑脸。

汪正清校长劝慰道：释放金花爹和憨子爹，不能硬来，可以从长计议的。现在北伐军胜利了，世界归于太平，大家应该高兴才是。

柳叶叹息道：北伐胜利了，可我们没有看到胜利的成果在哪里。北伐只是打跑了反动军阀，归还了南安镇公所的权力，可丝毫没有我们所期待的打倒军阀分田地的希望！金花爹和憨子爹没有得到释放，甚至他们自己的田地都被镇公所的官差霸占着！这革命究竟算不算成功啊！

汪校长也叹息道：人家才刚刚胜利，还没来得及处理这事儿……

柳叶横眉打断汪校长的话，说：啥叫人家才刚刚胜利？北伐是国共两党共同努力的，胜利也应该是各有功劳！那天冯大魁只字不提我们农会的功劳，这叫什么？这叫只能共患难不能同富贵！我不能同意他们这样独霸乾坤的做法！

汪校长觉得柳叶说得在理，但他早已感觉到时事里隐藏着什么玄机，也就不便敞开心扉说与柳叶。

柳叶找来了几个农会的干部，要他们召集一些人，大家一起到镇公所请愿。大有不释放金花爹和憨子爹决不罢休之势。

汪校长为柳叶暗地里捏了一把汗。

清明节后，一个月明星稀的夜晚，南安镇街上突然响起急促的狗叫声。

杨先生突然闯进校园，脸色苍白，他叫醒汪正清校长，催促柳叶赶快逃走。

他说他亲眼看见刘阿昌带着一班军警抓捕了那几个农会的干部。

半夜时分，刘阿昌带领镇公所的军警冲进学校校园，直闯柳叶房间。

刘阿昌一班人扑了个空。他们气急败坏训斥汪正清校长：

上面有令，抓捕共党分子！一定是谁走漏了风声！柳叶一旦出现在南安镇，必须马上报告！知情不报者，一律当共党分子论处！

柳叶拿出三个大洋，乘坐着南安塘里捕鱼的小船，连夜逃出南安镇。她直奔丁家庄寻找宁青民校长。宁校长迅速安排一辆马车把柳叶送往浙北县城，柳叶秘密辗转到了上海。

柳叶现在看到的上海已经面目全非。昔日的接头联络站全部捣毁，"四一二"大屠杀，已经把上海的共产党人杀得尸横遍野，血流成河……

冯大魁气咻咻地带着军警在街道奔走。

那天晚上大抓捕行动，走漏了风声，只抓了几个农会小干部，但逃走了农会头子柳叶。这个死丫头临走时还在南安镇撒下大把大把的传单，大骂国民党过河拆桥。国共两党共同合作打军阀，打败了军阀国民党竟然掉头清党，这只能是无耻的卑鄙小人才能干出的勾当！

逃走了共党头子柳叶，浙北县党部大发雷霆。这段日子接二连三发来指示，声称活要见人死要见尸。

冯大魁无法完成县党部的任务，被勒令要予以处罚。怎么处罚？冯大魁手拿县党部的文书，啼笑皆非。

县党部明确给南安镇公所下达了抓捕数字。上次抓捕的农会干部不算，还要增加五个共党分子的名额，以便彻底消除共党余孽。

冯大魁紧急召集刘阿昌一帮人，开会商议。军警们听说又增加五个共党名额，一个个面面相觑，不知所措。

冯大魁说：这事儿不是小事儿，我看要承包到人了！我有个设想，你们两人包一个，正好你们十个人，抓五个！

军警们哗地炸开了锅，说：这事怎么承包啊！共产党影子都看不到，怎么抓，抓谁啊？不行不行！

冯大魁虎着脸说：你们左一个不行右一个不行，这事儿就算黄了是吧？你们要把我这个当所长的往火坑里推是吧？我是这里的头，要负责任，要倒霉，上面追究那是我的事儿，你们看笑话是不是？！还真看不出来，平时大哥长大哥短，关键时候撂挑子给我好看！可你们要知道，我是这里的头，你们就要听我的！我说话不管用，我就把你们身上的黑皮扒了！

他看到下面的人被他一阵炮轰，一个个吓得耷拉下脑袋没有了主意，赶快换个口气说：

我说你们死脑筋，就不能把那街上要饭的抓两个抵数字？就不能到四村八寨转转，看看有不顺眼的，做事戆头一根筋的，和镇公所对着干的……这不多的很嘛！办法是人想的嘛！

一语惊醒梦中人。刘阿昌后悔的差点哭出声来。前几天北安镇那边抓共产党时，为了完成名额，暗地里四处花钱买要饭的乞丐，三个大洋一个。刘阿昌悄悄把南安镇街上四个乞丐骗到一个破庙里，拿酒肉灌醉，枪逼着拿绳绑了，半夜装上马车，送到北安镇去卖了。当时就听说北安那边上报到县府，按人头每人领取了十个大洋的赏金。他们赚傻了！那几天，刘阿昌还在纳闷，怎么北安那边要办共产党，南安这边咋文风不动。现在真的轮到南安镇了，市面上的乞丐早已闻风而逃了，现在去抓谁啊！

冯所长一声咳嗽，"蓬"地吐出一口老痰，那痰在墙脚上震撼得掉了一块墙渣。他撂下一句：你们自己想办法去！南安镇公所抓不到五个共产党，你们都给我回家砍柴去！

刘阿昌刚回过神来，冯所长又回头来补一句说：

实话告诉你们，这一次县府可是给了高价，一个共产党二十个大洋。兄弟们，这数字是省里定的——县府也在为数字不够发愁呢！

次日吃过晚饭，刘阿昌鬼鬼祟祟溜进镇公所，凑过脑袋低声告诉冯大魁：

土牢里现成有两个呢……

冯大魁大惊。他知道这刘阿昌说的土牢里的两个，是金花爹和憨子爹。

黑夜深沉，夜色寂静。刘阿昌忽闪忽闪着鬼眼睛，盯着冯大魁，期待他尽快拿主意。

冯大魁不是不敢拿主意。他担心，他怕县太爷认出这金花爹和憨子爹是滥竽充数。他们的模样就不像共产党。

刘阿昌说，你放心，我已打探好了，今晚乘夜色送县城去，那边天不亮就要处决……

天不亮就处决？

对！省里来人了，他们监督县太爷天不亮就把人拉到太湖边绑了沉湖……省里的大员也要急于回省交差啊！

哎，我是所长，这消息，我不知道，你是怎么知道的？

嘿嘿，北安那边来人告诉我的。他们还想跟我做笔交易呢！

……

那天晚上，南安镇公所给金花爹和憨子爹吃了许多好酒好菜，骗他们说，你们总算熬出头了！今晚可以送你们回家了。关押多年已经麻木的两位，多年没吃过好酒好菜，一顿胡吃，很快就醉倒在地。

他们连夜绑了醉瘫了的金花爹和憨子爹，连夜装上马车，连夜送浙北县党部。黑夜里，无需验明正身。

据说，县党部真的在天亮前把他们当作共党分子在太湖边绑了沉湖……

那一夜，冯大魁心慌得一夜未眠。虽然搞这种调包的黑事儿没有少干，但这两位老头儿的子女，金花和憨子，他们那身功夫，想想都毛骨悚然。那两娃子越是多年不露面，就越像披了隐身草，不知道啥时候就会突然出现……

刘阿昌们的马车返回时，天刚亮，辉映了半边天的东方朝霞血红血红。这种血红，好像预兆着什么灾祸，让冯大魁心有余悸……

第十章

当！半夜里一声枪响，打破骆马店风雪中的沉静。

金花一脚踢醒了被窝里的铁丫，两手操起了枕头下的两把快枪，一跃而起。

骆马店的大院子里火把通明，人声嘈杂。客房里一片骚乱。

各个客房里一片混乱，马棚里的马匹受惊地发出嘶鸣。

当！当！当！三声枪响，凄厉而穿越。院子里一个声音粗野的男人在大声说话：

大家别怕！我们是南安镇公所的公差！大家放心，半夜惊扰各位南来北往的客商，我们一不是土匪二不是强盗，半点不会侵害各位的钱财和货物！我们是执行公务！请大家赶快穿好衣服出来，我们要进去搜查！

金花捅破窗户纸望望窗外，看到一个身穿黑衣的大个子站在雪地里，转着身子朝向各个窗户喊话。还有几个黑衣人已经分散走向各个窗户蓬蓬蓬地敲打窗户。

男童金笛子急切地敲打金花房间的内门，大声问：金花姐，咋办，出去不？

等一等！金花戛然制止道。

院子里人多起来。白天腰系围裙的那个店主穿好了衣服，打着寒战，躬身站在那个黑大汉身边点头哈腰了一番，转着身子对各个客房说：大家别……别怕，这是我们南安镇公所刘队……队长。他们为了执行公务，不会对各位有任何伤害！出来吧，大家都出来吧！

院子里挤满了人，一个个蜷缩着身子冻得直打哆嗦着问：出了啥事儿？

蓬、蓬、蓬！客官，起来起来！店主边敲窗户边喊。

金花怒目圆睁。

这是她外出几年后第一次看到南安镇公所的人。她敛声屏息，睁大眼睛看着那个姓刘的。这个姓刘的？是不是那个毁灭了金韩两家的刘阿昌？她手里紧紧捏着的快枪，发出格叽的声响。

她悄悄探出枪口，瞄准了那个黑衣刘队长的一只眼睛。

院子里身穿黑衣的军警越来越多。几个军警挡住了那个刘队长的身影。

姐姐！铁丫拉了金花一把，把金花从遥远的深仇大恨思绪里拉回到现实中来。

姐姐，我们该咋办？出去不出去？铁丫瞪大眼睛问。

她飞快地扫了一眼已经站成一排听候待命的马戏团全部人马。金笛子几个童男童女矮小的身躯和紧张的表情，让她急切地收回快枪。

金花牙齿咬得格格响。克制！为了这些小兄弟姐妹，必须克制！

金花拉近金笛子和铁丫几个人，耳语一番。

院子里人越来越多。客商们从各个房间走出来，先骂骂咧咧，当看到院子里如临大敌的军警，很快就敛声屏息。

七八个黑衣人手拿短枪，在夜幕中喘着白气，警惕地看着众人。

刘阿昌站在院子雪地里，手里拿着一把红丝带，横眉瞪眼地吆喝大家排队。他用他的三角眼环顾了院子里一张张陌生面孔。一个个裹紧衣服惊恐不安的神情，让他倍感权威而神态十足。他喊话的声音在粗野中沾合着蛮横：

各位，我们是无事不登三宝殿！这么大雪天，我们不在家暖被窝睡觉，跑到这荒凉得鬼不下蛋的地方，肯定是紧急公务！可你们半天磨磨蹭蹭不出来！我告诉你们，耽误军情你们有几个脑袋？现在大家听我号令：排队，一个一个进屋，到那灯光下，登记报告你们是从哪儿来，到哪儿去。有马的人，拿着红丝带进马棚去，把你自己的马——知道吗，把你自己的马，别动别人的马！在马尾巴上系上一根红丝带。

他朝向人群举手扬了扬，喊道：丝带从我这儿拿！

人群蠕动起来。有人嘀咕这葫芦里卖什么药。人群慢慢向屋里一盏灯光下移动。那边有人大声问：

你家住哪里？从哪里来？到哪里去？做什么生意……

刘阿昌忙不停地向众人发着红丝带，还时不时踢人，来声大骂：见你妈的大头鬼呀，自己动手扯！等不及啦？我发给你！

金花遏制着心头的怒火，走向刘阿昌，拿了一根丝带时用力抽了一下。

刘阿昌瞪着眼，想要发作，可后面人伸过来的手让他忙碌得顾不上。

人群从马棚里鱼贯而入鱼贯而出。刘阿昌发完红丝带，呼啦一挥手，七八个黑衣人走进马棚。刘阿昌铁青着脸，手拎快枪，扫视着每一个人的脸庞。

七八个黑衣人相继而出，一个个接着说：那些马都系有红丝带……都系有红丝带……

三四个黑衣人从院墙外咔咔踏着雪进来，向刘阿昌报告：没有。没有发现可疑情况。

……

刘阿昌倒退一步，拿枪顶了顶礼帽帽檐，大声说：那就开始对骆马店所有房间所有人，一个一个搜查！

客商们一个个被弄得丈二和尚摸不着头脑，疑惑地私下里嘀咕骂道：神经病！冰天雪地深更半夜的，不让睡觉，这样折腾人！

院子里留了三个人警戒，其余人分两班逐个房间盘查。

铁丫和盘查人员大声吵嚷起来。

在店主手里拎着的马灯亮光下，两个盘查人员看到铁丫没有出去，一直藏在屋子里，立刻狰狞着一副怪相，问铁丫：从哪儿来的？上哪儿去？

铁丫看不惯那副德性，没好气地说：来的地方来，到去的地方去！

盘查人员大声喝问：说话这么冲?! 你们为什么不出去？你们是什么人？

铁丫板着脸，没好气回答：我们是马戏团的！这么冷的天，几个娃子干吗要出去？

嗨！一个军警喝道，你们不配合我们执行公务，还要顶嘴！来呀！把这愣头青给我绑起来！

呼啦几个军警如狼似虎冲上前来，一下子扭住铁丫，将她反剪着双臂，一下子推到墙壁面前，勒令她"站好！"。

铁丫拼命扭动身体抵抗，一下子扭掉了帽子，修长的头发呼啦披散下来，一下子暴露出铁丫原是一个漂亮女子。

两个盘查人员先是一愣。但很快嬉皮笑脸动手动脚了。

啪！一个巴掌扇在一个公差脸上。

那公差拉下脸来，抡起枪杆子要砸人。

金花横眉怒目站在公差面前，厉声说：你们办差就办差，不许动手动脚的！

看出金花也是一个女子，两个公差更加兴奋了，嬉笑着来纠缠金花。

"滚你妈的蛋！"金花"啪！"地一个飞脚，那公差顿时哭爹叫娘地蹲在地上。金花大声骂道："你们镇公所的公差就这么没教养！这么臭不要脸？简直就像土匪！"

刘阿昌闻声赶到，大声问：怎么回事儿？抓住奸细没有？

闻声赶到的店主站在中间，急忙打躬作揖劝道：刘队长，这都是我店里的客官，没有那个奸细，没有奸细。

那两个被打的公差一个捂着脸，一个捂着大腿，斜了金花一眼，边往外走边对刘阿昌说：这两位，不配合检查还打人！

刘阿昌带着军警已经进了门。他瞅了瞅金花和铁丫是两个女子，没说话。屋子里气氛立刻紧张起来。他眼盯着她们绕着转了几圈，瓮声瓮气地问：你们是干什么的？

金花一扭头不理他。铁丫顶撞说：你们查也查了，看也看了，干吗这么啰唆，干吗不让人睡觉？

刘阿昌火了。今晚出来就是抓探子的，没提防遇上这么几个对他们镇公所的人如此大不敬，而且两个女子也胆敢顶撞他刘队长！他板着面孔，看了看紧贴在墙壁上不许动弹的铁丫，忽然狞笑一声，喝道：给我搜身！

几个公差听说命令要搜查女子身体，兴奋得颠仆着伸出双手，要向铁丫身上摸去。

啪！一根马鞭抽在了铁丫身边的空档，把地面打出一条深深的槽沟。公差们伸出的手触电一般缩了回去。

金花手拎着马鞭，大声说：谁敢搜身，我打断他的狗爪！

刘阿昌瞪眼道：你想造反啊！告诉你们，从江北过来了一个骑马的西北军奸细！我们今晚就是抓探子！你们谁要抵抗检查，我们立即法办！你们谁要是知情不报，让奸细溜之大吉，就把你们一律当作奸细论处！说，你们到底从哪儿来的？

几个男孩女孩慢慢溜出门外。他们根据金花耳语的嘱咐，一个个溜进马棚，悄悄牵出了马匹。

你们牵马干啥？院子里有人喊：刘队长，有人要跑！

刘阿昌闻声就要夺门而出。不防正在里面搜查的军警，在检查包裹时，突然发现了一把短枪。他大声喊：刘队长，这里有枪！

说时迟那时快，只听一声鞭子响，啪地打灭了汽油灯。屋子里顿时一片黑暗。屋子里立刻混乱一团。公差们纷纷夺门而逃。

几个牵马的孩童们乘着混乱纷纷上马。院子里警戒的几个军警刚要阻拦，却忽然一个个无声地噗噗倒地。

当！当！有人开枪了。

混乱中，刘阿昌枪声中忙于躲藏逃命。

几个小子的马匹飞奔起来，在雪地里像跳舞的蝙蝠一般闪动。金花和几个女子纵身飞上了马。驾！马戏团的人马眨眼间窜出大院，穿越了丛林，穿越白茫茫雪地，闪电般翻过了一道坡……

刘阿昌慌里慌张地来到院子里，掀起三个倒地的军警，大吃一惊。两个已经没气儿了，一个还在动弹扭抽。拎起马灯一照，突然看见他们脖子上横插着的飞镖。

刘阿昌魂飞魄散，额头上嘘出淋漓的冷汗。

这飞镖，实在眼熟！他忽然想起来，几年前在南安镇学堂里飞镖飞死林队副的飞镖，和这个飞镖是一模一样！

几年前逃离南安镇的金花和憨子，至今没有消息。这飞镖……难道……难道……是那两个娃子回来了？

当！当当当！军警枪声四起。

快追！快追马戏团！

刘阿昌冲着雪夜的夜空歇斯底里地叫喊。

第十一章

1930 年，暗暗长夜。中国大地炮声隆隆。漫天星光下，人鬼混杂，人和鬼都在急于寻求出路。

三月某一个入夜时分，昏黄的路灯下，韩震带着硝烟风尘的身影潜入了人海茫茫的大上海。

走进一条长长的巷子，到了一家大别墅。

吉凡江的家。昏暗的路灯在凄凉的夜色中瑟瑟无光。突如其来夜间造访的不速之客，惊醒了吉家的下人。几个下人在隐蔽的墙角窟窿里悄悄伸出了枪口。不太平的世界，加上不平静的上海，和非同寻常的落魄人物，将这条深巷中的豪华私邸笼罩了一层神秘气氛。多年练就充满敌意的警戒已经是家常便饭。一个清瘦、全身武装短打、两眼炯炯有神的副官接待了一身夜行衣的韩震。在充满疑惑的目光审视和一番盘问后，那副官接过韩震的机密文件。看罢文件，副官深感事关重大，急忙赶去禀报主人。

巷子口灌进一股震撼的怪风。整个巷子的墙壁微微颤动。江南地区的一场风浪，一场震惊全国，打乱南京政府中原大战军事部署的风浪，即将开始在上海这个角落暗地里酝酿。

韩震站在深宫一般的百年老屋门前等候。听到里面一声老气横秋和愤愤的咳嗽过后，房门开了。

吉凡江架着浑圆而又干瘪的身躯，那憔悴的面容明显起了沧桑的皱痕。他一言不发，两只颇富深度的鹰眼仔细打量了来人。

他看完文件，霍地站起身来，踱了几圈。又沉重地坐下，戴上一副老花镜，拿起那份文件再看。看完，他一声长叹，万分苍凉地朝红木椅子上丢下那份文件。

韩震两眼怔怔地殷切地看着这位落泊枭雄，也一言不发。

远处传来轮船的汽笛声。

良久，吉凡江嘘叹一声，打破屋里的沉静，说：计划倒是好计划！冯司令和阎长官果然胜人一筹。

吉凡江激愤地微喘一阵，接着叹息道：只是，难啊！巧妇难为无米之炊啊！

韩震试探地问：军座此话怎讲？

吉凡江鼓着圆眼紧盯着韩震说：

冯司令乘着中原大战之机，要在南京后方打他一仗，此举实在是一着高招！我和南京共事多年，知道南京用兵盛气凌人，从来不考虑会被别人家掏了老窝。若真的能出其不意让他后院起火，肯定会把南京方面吓得尿裤裆。可是盘算得这么高明，可不能像古书里的神仙那样撒豆成兵吧？兵呢？没有兵怎么打仗？你们以为我吉某人这么多年在上海当寓公，不问世事，就这么对南京方面俯首帖耳，任人宰割？我早就想轰他个王八蛋！他老蒋除了他的黄埔学生，谁会把他当个球？他自己以为自己是个了不起的东西，他不就是他妈的"娘希匹"的货！跟你们说实话，像他这样的人做领袖，实在是中国悲哀，这叫山中无老虎，他猴子称大王！只要有人登高一呼推翻他，立马就山呼海啸群起响应！西北军冯司令和阎主席、桂系李、白几位将军，从来是心明如镜，几次发动反蒋战争，实乃快民心顺民意一大壮举！我早就憋不住了！可是，说得这么热闹，光杆司令没有兵，心高手低，只能……只能养光韬晦，望洋兴叹啊！

韩震适机进言说：我们冯司令说了，只要军座能下决心，一百万大洋随后就到，用于招兵买马，积草屯粮。

吉凡江大手一挥说：这话说得轻巧！这边的南京又要打江西红军，又要打中原，他把十六岁以上的男童都抓去当兵了，我们上哪儿招兵去！

那个一直侍立一旁不言语的副官插话说：主公，听说太湖周边地区几个县都在闹大刀会呢。他们也是反对南京的。

吉凡江抬眼看着那个副官说：江翼，我还不知道太湖大刀会？他们不就是晚清时山东义和团的余孽吗！可是，现在这年头，天下大乱，群雄四起，十八处烟尘，各人有各人的山头，各有各的规矩。大刀会也有大刀会的规矩！现在的人当兵打仗就是为了吃粮和军饷，谁给钱给谁卖命，他们才不管谁是真龙天子谁是国家元首呢！真要把大刀会拉进来，别说一百万大洋，就是再加二百万，我看也是免谈。

江翼连忙应声道：是是是。有钱能使鬼推磨，没钱，啥也干不了。

韩震也频频点头。他连夜借用吉家的发报机向中原冯司令发报请示。

冯司令为人爽快，当即答应吉凡江四百万现大洋，用于招兵买马。但他要求吉凡江必须要组织一支番号叫作"江南人民自卫军"的临时武装。吉凡江为江南人民自卫军总司令。江翼为副官，韩震为参谋长和军队筹备处处长。韩震从今夜开始，就为吉司令所节制。

三人被四百万大洋的魔力点化，霎时同仇敌忾。

三个光杆司令，你看看我我看看你。现在手上尚无一兵一卒一杆枪。吉凡江发指示：韩震要尽快赶回浙北县老家，在太湖之滨去寻找大刀会，务必在清明节前组织和训练好"江南人民自卫军"。

吉凡江交给韩震一封密信。指示他到浙北县后，得便找到县衙，把信交给黄县长。组织江南人民自卫军，需要武器枪械，黄县长或许可以从中暗自帮助。

韩震喜出望外。吉司令到底是吉司令！他的人脉关系非一般人所能比。怪不得冯司令如此舍得一掷万金呢！

可偌大世界，那大刀会又在哪里呢？

韩震告别时，副官江翼出来送行。他告诉韩震，此去可在南安镇浙皖边境丁家庄寻找一个叫宁青民的小学校长。那校长或许知道大刀会的下落。

韩震回头审视般看着江翼。他想说：这年头，办这件惊天动地的大事儿，不是什么人都可以告诉的。弄不好就是尚未办成事儿，脑袋先落地。

江翼拍了拍韩震肩头说：放心，他可是我昔日同学！

湖州城昨晚不知哪个角落失火，上空依稀飘荡着淡淡烟雾。

韩震赶往浙北的路上，经过湖州城郊区。接近湖州城区，几乎所有道路建筑所有墙壁到处涂写和张贴了"夷平中原，活捉军阀头子！""打倒新军阀，巩固新民国！""要和平，必须战争，用战争换和平！""誓死保卫南京政府！"等等标语。在标语夹道中向北开拔的部队连绵百里，踏碎了行军路上凝固坚韧的冰雪。韩震机警地躲闪着枪炮林立的队伍视线，绕着圈子进了湖州城。

近日来因为中原战事，政府四处抓丁派钱派粮，闹得鸡飞狗跳，整个湖州城市面萧条，人迹罕至。湖州城的上空流动着清冽而凄寒的空气。微风过处，凄寒中还夹杂着一丝刚刚萌芽的春意，使沉睡的大地酝酿着苏醒的气息。空闲了很久的海岛广场，残雪和堆雪夹缝中，堆满了从四面八方飘飞来的垃圾和草屑。

这两天，来了一帮马戏团，说是"金家班"。他们动手打扫垃圾，清理场地，划拉出一块两亩多的空地来，安营扎寨，牵挂起一幅大白旗，上书："金家班马戏团"几个大字。马戏团的金笛子抄起一面铜锣"咣！咣！咣！"地敲打吆喝：

马戏，马戏，看马戏！看马戏罗！咣——

观看马戏团表演的人群向海岛广场涌来。

几个小子奔跑着，在广场一侧，树立起三根竹竿，再用两根竹竿横绑着，把三根竹竿连成一个竹架。在那横竹竿上悬挂了二十几颗拳头大小的红纸团。红纸团在早春的寒风中无声地晃动不停。

中间开阔处，有人牵出一匹白马来。马脖子上挂着的铜铃，哗啷啷一阵响，白马一声长嘶，凄厉且有穿透力，马萧萧声直上蓝天。

锣声越来越急切，咣咣咣……敲打不停。

从四面八方各个角落走来了各色人等，男人女人富人穷人城里人乡下人经商人打杂干粗活人，不到一餐饭的工夫，广场上已是人山人海。

韩震头戴礼帽，身穿长衫，一身商人打扮，裹进人群。他两眼盯着旗子上"金家班"三个大字，兴致勃勃，径直挤到人群最前边。

随着"咣咣咣"的锣声，几个小男童穿着齐整的红裤和黄衬衣，头上扎着红巾，腰里系着一条宽大的黑带；他们排着队连翻几个跟头，在围观的众人面前打了个过场。因为跟头翻得高，翻得快，就像一溜子小孙悟空，招来人们一阵阵兴奋的喝彩。

忽然，操场上哗啷啷一阵铃铛响起。人群正惊讶之间，那匹拴在一旁的白马在空旷的场地上飞奔起来。众人急忙抬头观看。白马渐渐加速，马蹄得得。只见马背上坐着一位披着白袍、身穿红装的姑娘，扬鞭策马，纵情飞奔着转圈子。一圈，两圈……众人正猜度不出这是何等节目，只听"砰！"的一声枪响，那竹架上高挂的一只红纸团，应声破碎。好枪法！所有观众几乎同时叫好。"砰！"又是一枪，一只纸团瞬间化作尘埃，"砰！砰！砰！……"那匹白马飞奔着转圈子，马背上的姑娘上下翻飞着打枪，一排纸团接二连三像片片玉碎彩蝶，灰飞烟灭。

在一片喝彩声中，唯独韩震不动声色。众人纷纷掏钱砸钱捧场的时候，他两臂拢在衣袖里纹丝不动，连一个铜板都不给。

那马背上的姑娘眼角的余光看在眼里，十分气愤。当她策马飞奔到了韩震面前时，她突然翻身躲在马肚子下，只见她手指一弹，放出一只飞镖来，不偏不倚，打飞了韩震戴着的商人礼帽，礼帽在空中扑腾翻飞。引得众人哈哈大笑。

韩震岿然不动声色。只是斜了翻飞的礼帽一眼。

曲终人散，锣声已停。人们一边赞不绝口，一边四处走散。唯独韩震捡起礼帽轻弹尘灰。

韩震吃了一惊。那只扎在礼帽上的飞镖让他惊愕万状。他愣住了。他吃惊地看着那个姑娘，手捧礼帽，款款向那位姑娘走去。

姑娘脱去了白袍，身上的红衣早已汗得湿漉，脸上熏蒸着腾腾热气。她眼角的余光专注地看着向她走来的韩震，神情充满了鄙视。

抓住他们！快抓马戏团！

忽然一声大喊。尚未离散走远的人群惊慌起来，四散奔逃。广场上奔跑着三十几个军警，在向马戏团逼近。

当！一声枪响。一颗子弹打倒了马戏团的旗杆。

当！当当！子弹漫天飞。广场上人群大乱。金花和马戏团的丫头小子们飞奔上马，迎头向军警冲撞过去。不等军警瞄准射击，马匹四散飞奔。有两个军警被高扬的马蹄踢掉了军帽，一头栽倒在地。

韩震夹裹在慌乱的人群中奔逃。他捏了捏腰间别着的硬邦邦的家伙。他看到那个骑马打枪的姑娘不停地回头吆喝同伴：铁丫！快跑！快跑！

广场上人喊马叫，一片骚乱。惊慌失措的人群中夹杂着妇女的哭喊声。

韩震避开惊慌逃窜的人群，跨上自己的战马，向那位姑娘追去。

真是太好了！韩震脑子里飞快地闪念着：那天晚上，在上海吉司令家里，他接受了"江南人民自卫军"参谋长之职，当务之急就是招兵买马。真没想到，今天竟遇上这个马戏团！这个马戏团班底人员年轻，会打枪，那个姑娘还会打双枪！他万万没有想到的是，这个班底竟然还是被当局军警追捕追杀的反叛！这真是太好了！只要"江南人民自卫军"登高一呼，这个班底一定会自上梁山的！

尤其让韩震兴奋的是，他竟意外发现这个马戏团的人，竟然持有他的亲娘猛丫传授的"赵氏飞镖"！那姑娘到底是什么人啊？难道她是金花妹子？韩震必须要马上搞清这个马戏团的来龙去脉！

嘭！一声枪响，韩震大吃一惊。这种枪声，好像打到人了。

片刻的犹豫，前面的那个姑娘早已不见踪影。可韩震眼前惊现的一幕，让他更加吃惊。另一个姑娘的棕红色马匹一头栽倒在地，那姑娘从马上一个骨碌翻滚在地。那姑娘接连翻滚，滚进了一片草丛。几个军警狼群一般蜂拥而去。

韩震从腰间拔出短枪。

那几个军警扑进草丛，一个个傻眼而立。

草丛空无一人。草丛之侧一条溪塘蜿蜒向东而去，没看见纹丝的波浪。军警们骂骂咧咧。回头之间，他们一眼看见身穿商人模样的韩震悠闲地骑在马上就地打圈圈。

韩震吆喝道：我是观众，是瞧把戏的！

军警们面面相觑。他们出发时，没有得到任何抓捕商人的命令。上面的命令就是抓马戏团的姑娘和孩子们。

韩震掉转马头，策马扬鞭，向另一个方向飞奔。看到韩震娴熟威武骑马飞奔军人风范的身影，等军警反应过来，韩震早已经消失得无影无踪。

铁丫从溪塘里爬上岸，攀上几十级台阶，钻进一条巷道。就在前面不远处的街道上此起彼伏响起军警们奔跑追捕的吆喝声。浑身湿透的铁丫紧贴着墙壁，警惕地望了望狭长的巷道。

快点快点！

几个军警冲进了巷道。铁丫懊悔不迭。她的短枪藏在包裹里，现在由团里的男孩金笛子骑马带走了。

军警抓住了铁丫。他们押着铁丫走上了混乱的大街。

军警押着铁丫，快到骆驼桥的时候，突然从树林里窜出一个黑衣人。只听嗖嗖嗖蝗虫般的飞响，那几个军警一个个扑倒在地。

歌丫姐！铁丫又惊又喜地喊道。

我知道就是你们，快跟我来！歌丫拉住铁丫便走，顺着河道奔跑，拐过一道弯，向树林纵深跑去。

在湖州城稀里哗啦的枪声中，韩震在一条宽阔的马路上和那个广场上玩打枪马戏的姑娘迎头相遇。

两匹马对面立定，好像相互认识一般晃晃悠悠摇晃着尾巴。姑娘认出这位商人，他就是光看戏不掏钱，让她鄙视，让她飞镖打飞礼帽的奸商！

怎么？想挡道啊？姑娘厉声问。她手里摇晃着一把装满子弹的快枪。

韩震笑道：这大路朝天，各走半边。没有敢挡道啊！

让开！

哎，姑娘，想问问你们玩马戏的怎么还会有枪？

别废话！让开！

你们玩马戏的怎么得罪军警的？

让开！

姑娘，别不识好人心，那边已经有大队人马在等候，他们正在准备包围这个湖州城来搜查湖州城呢！赶快掉头吧！

掉头？我就不管我的那些兄弟姐妹啦？姑娘眼睛瞪圆道。

听我的！快跟我来！我一定帮你找到那些姐妹兄弟！快！

韩震的战马风驰电掣擦肩而过，那姑娘的战马没有经过主人的同意，竟神奇地掉头跟随在后，向郊外奔去。那姑娘拼命地抽打马匹，拼命地勒紧缰绳，可那匹马却是毫不理睬，紧紧跟随着韩震的战马并驾齐驱……

残雪消融后的湖州城，潮湿的水乡和富饶的土地迎来早春复杂变迁的万千气象。湿润温暖的春意和残冬的余寒掺和着，交融着，博弈着，蕴含勃勃生机的各种花草在那枯枝败叶的茎梗里激情奔流而又畏首畏尾，悄然萎缩。然而，随着润物无声的季节推移，湖州一千多年前独有的菰草，经过这许多年的生物进化，特别敏感了种子的胚芽，尽情地从腐烂的枯草里和坚硬的石缝中探出生命的触角，用顽强的毅力顶破冰雪尘封的大地，在凛冽的寒风中傲雪斗霜。它们既然已经来到了这个世界，唯有坚挺，不可逆败。

湖州城春的气息暗流涌动，无形中赋予了所有生命一个孕育和挣扎的力量。

湖州城郊一座破败的凉亭，被一片柳林所包围。依依垂柳尚未发芽。那一丝丝的柳条正如一幅懒惰画家胡乱涂抹的墨迹。柳条的晃动仿佛在提醒人的视角，人生环境的凋零和风霜的险恶，不是一幅迷人的画。

韩震和金花两人坐在凉亭石凳上。

金花用不敢相信的眼睛久久打量着久别重逢的憨子哥。

那一年憨子哥怒火满腔地冲出家门，要为父母亲报仇，从此一别，再无消息。后来这些年发生了什么事，这几年的日子憨子哥又隐身在哪里，今天又如何突然现身在湖州城蹊跷相遇……这一连串大大的谜团，仿佛这早春萦绕在湖州城上空的氤氲之气，扑朔迷离。

韩震沾沾自喜，大有塞翁失马失而复得，得到加倍回报的神色。呵呵，这丫头片子几年不见，女大十八变，出落得这么漂亮的大姑娘不说，还学会打双枪，还带着一个武功超群的马戏团！要不是在这凉亭下马时看见她嘴角下面的那颗小痣引起怀疑步步盘问，要不是还拿出赵氏飞镖亮亮家门，无论如何今天也不能彼此相认。

韩震左看右看，引得金花一阵嚷嚷：

憨子哥，你倒是说啊，你快说啊，你这些年都在哪儿混啊？你现在又在做啥？我还要去寻找铁丫，去寻找我的马戏团呢！

金花，现在情况紧急，我们没有时间说那么多的事儿。我们还是先去找马戏团吧！

不要！我们马戏团有个约定的，要是遇到不测，大家各自逃散，然后……然后到郊外白雀庙会合。你快说你的！

韩震突然换了脸色，一脸冷漠，两眼放着冰雪寒光。

这双眼睛，这些年一直在变幻莫测。

在变幻雪光之前，这双眼睛曾经也燃烧着愤怒的通红火焰。那火焰随着主人的成长时而闪烁，时而跳跃，时而变幻。最后，突然火焰烟消灰灭。这种冰冷的、仇恨的雪光从此定格。

韩震记得小时候，他和父母一直住在金表叔家。起初他感到陌生。饥饿让他对金表叔俯首帖耳。特别是他们家的一个小女孩——金花，他感觉到了金表叔表婶的亲切，感觉到了两家之间的相互和谐如水乳交融，令人消失了寄人篱下的感觉。他深深地懂得勤劳而又善良的金表叔眼里放出的爱怜和期待的光芒。随着他身个儿越来越高，岁数越来越大，金表叔眼中的光芒愈加亲切和急迫。金、韩两家早已没有了家的隔膜，俨然就是一个情同手足的大家庭。他理解两对父母的勤俭持家，起早贪黑。茅草房变成新瓦房，买田买地，供两个孩子读书，都是为了他和金花妹妹将来的家庭生活铺平道路。四个老人常说：大户靠运，小户靠勤，小人物没什么别的乞求，衣食饱暖就好；将来结婚以后，生儿育女就好。父母背后悄悄说过无数遍的话：等憨子和金花完婚了，那好日子就是锦上添花了。从听到第一遍起，憨子眼睛里就开始升腾起了小火苗子。

江浙战争带来的一声枪响，打破了憨子淳朴的梦境。南安镇从那时候起越来越不太平。经常发生东边村子遭匪，西边岗子杀人暴尸被狗抢成碎片的传闻。两对父母脸上出现了越来越多的惊恐。南安镇上瞬息万变的时局，换来换去的政府大旗，提醒自己亲生母亲猛丫加倍教练他和金花妹妹的拳脚棍棒和刀械。他那颗忐忑不安的心，敏感到生存危机，敏感到这两对父母艰辛挣来的家业朝不保夕。他眼睛里疑惑地闪烁着的火光开始变幻闪烁。

多年来打来打去的枪声渐渐寂静下来。南安镇街上悬挂的青天白日旗终于不再变换。时局似乎初步稳定。

就在大地回春世道还阳全家满心欢喜的时候，像黄鼠狼暗地里叼鸡的土匪却一天比一天猖獗，只要晚上听到狗叫声，接着就会传来"砰！"的枪响声，第二天就耸人听闻地传说土匪杀人的事儿。高挂的青天白日旗下的镇公所只管收税、纳粮。百姓盼望着政府剿匪，可土匪天天和政府的人一起吃、一起玩、一起赌。两对父母惊恐万状。他们凭直觉，这世道乱了！

认识了女先生柳叶，憨子发现这世界还有一种神奇的思想。一个人活在世上，不单单是为了自己的生存和幸福，还要为别人创造幸福。当他亦步亦趋参与了柳叶的行动，他仿佛感受到了人生的意义。南安镇创办农会，行侠仗义，打富济贫，除暴安良等等壮举，更加锤炼了他要脱离狭隘个人主义的雄心。他感觉自己真正快要成为柳叶说起的一名战士。

可是，没等他完全弄懂柳叶宣扬的思想意义，世事在急促裂变。

当他的父母们没有丧身在土匪的枪口下，却被政府公差滥杀无辜。在他要坚决寻找那些公差报仇雪恨的时候，柳叶突然和南安镇公所合作，说是要团结一致打倒军阀。憨子眼睛的赤色火光渐渐熄灭转化为水的苍白。

他不敢相信柳叶的理论说教。

他不停地思考，这个世界上哪里有平民百姓的保障？世界上谁是救世主？

他所看到的这个政府已经不是保障，而是一种公害！是一个罪孽！他不敢相信还会有新型的什么政府能够为平民说话。

憨子固定了自己的想法。他不相信任何人。他要凭借自己的飞镖去消灭罪孽！

可事实却真的一步步逼人太甚！爹爹和金表叔去镇公所，不但不能为母亲猛丫的死讨回公道，反而被诬冤坐牢，悉被杀害。他们指鹿为马，信口雌黄，口口声声要保护民众，却对民众滥杀无辜，丧尽天良！憨子的眼睛苍白的水色渐渐冷却，渐渐形成一种凌厉的冰雪寒光。他那自小练习的武功，在青春勃发的身体里膨胀、发酵、咆哮、迸裂。他要和镇公所斗，和冯大魁和刘阿昌斗到底！他要以血还血以牙还牙！不报此仇誓不为人！

自打逃到北方以后，在西北军大营当了兵，憨子就咬紧牙关，刻苦训练搏击本事，一边在战场冲锋陷阵建功立业，一边惦念着何日能返回故乡，为父母报仇。几年的军旅生涯，报仇雪恨的念头好像越来越遥远。他常常为不能报仇禁不住躲在被窝里号啕大哭。他曾无数次研究时局，期盼时局变化给他带来回家报仇的机遇。

中原大战的一声枪响，给他带来无限希望。他多次梦见中原大战胜利，然后挟胜利之余威，带兵杀回江南，攻占了南安镇，活捉了冯大魁和刘阿昌，把他们押到父母亲的坟前，用他们的血祭奠父母的亡灵。这次王司令指派他千里奔江南，寻找吉凡江司令共谋大计，他喜不自禁，乐开了花。一路上，他欣喜这是上苍所赐的机遇，他终于等来了为父母报仇的机会。

他曾经在路上胡思乱想过，如果能寻找到金花妹妹，两人一起报仇，共诛仇人，那该是多么快乐的幸事啊！

今天站在金花面前，他有千言万语要对眼前这个小时候的青梅竹马诉说。这个时候，他两眼的雪光慢慢升温，很快复活了两团炽烈的火焰。

他这次江南之行的目的，他没有急于告诉和他同仇敌忾练就一身武功的金花妹子。他只是咬牙切齿，用手指着浙北方向，说：走吧！我们去浙北！

金花哭了。恰是黄河之水天上来，她几年前伤痛的心灵血迹横流。

几年的生离死别，几年的苦苦寻觅，几年的朝思暮想，几年的望眼欲穿……

憨子说：妹子，你哭吧！深仇大恨，不是不报，只是时辰未到。中原大战，给我们送来了报仇的军队。江南人民自卫军，这支从天而降的神兵，很快就要听从我们的号令，冲锋陷阵！那刘阿昌冯大魁，他们兔子尾巴长不了了！

金花喜极而泣。挥泪如雨。

小山坡那边"砰！"的一声枪响，一群小鸟轰然飞出树林，哗地向苍黄的天空飞去。

上马！韩震喊道。两匹战马奋蹄振鬃，精神抖擞，斗志昂扬。韩震说：金花，别怕！我们就从街上的大道冲过去！

好勒！驾！

两匹战马犹如离弦之箭，飞奔而去。

两匹战马很快成为目标，吸引了大批军警紧紧追赶。

憨子和金花骑在马上，左右开弓，一阵射击，一群军警纷纷扑地。

"我又打死人了！"金花惊慌地喊道："我又打死人了！憨子哥，我又打死人啦！"

"你没打死人！放心，你打死的不是人，他们是狗！"

两匹闪电般的战马，从警笛和军警的呼喊声浪中，所向无敌地冲向郊外的黑暗。

整个湖州城里乱成一锅粥。

一个师的部队从杭州方向开来，正以急行军往中原地区开拔。途经湖州城，恰逢城里枪声大作。部队立即停止前进，观察动向。

师长陈安坤接通各团电话，查询军情。各团都说没有发现大部队，好像是小股土匪在城里骚扰。那几个团长也是从四处奔窜的百姓口中听到土匪的消息，以讹传讹。

陈师长侧耳听了听枪声。稀稀拉拉，松松垮垮，不密集。他判定这一定是地方骚乱的小股土匪，不会是大股针对他们开拔中原前来阻击的什么反政府武装。

部队停止了前进。各个团部驻扎在马路边上的民宅。各个连队升起炊烟，埋锅造饭。

陈师长带着师部机关，住进了湖州城。

吃饭的时候，陈师长灵机一动，计上心来。他见缝插针，看到了向南京索取的大好机会！他一声大喊，赶快给南京发报！

他对着副官念道：我部急行军到了湖州地界，遭遇可疑大股土匪袭击。我师顽强抵抗，双方均有较大伤亡，具体数目统计后再报。卑职怀疑，这帮土匪有组织有计划之顽强，恐怕非一般土匪之所为。

电报发出，很快得到南京回电：部队立即停止前进，休整待命。

陈师长暗笑。眼下正是江西闹"赤匪"之际，南京看了这个电报一定不无震撼。呵呵，让他们猜疑和遐想去吧！

为了虚张声势，假戏真做，他下令全体出动，把湖州城围他个三圈，扬言不要让匪徒跑了！

韩震和金花们早早逃出湖州城。枪声早已消失殆尽。

陈安坤欣喜地等待南京给他的答复。

果然奏效！第二天一早接到南京急电：

湖州乃南京后方之重镇，对攻城之匪务必要坚决清剿，务必保证南京后方之平安！陈安坤部队可在湖州逗留三日，帮助地方剿匪。待大局已定，继续北上。并下拨十万大洋军费，补充损耗兵员。另补充五百枝长短枪……云云。

陈安坤大喜过望。哈哈哈哈……这肥额吃的！天下大乱之际，他竟能大发国难财！聪明的脑袋就是财富啊！

三天里，陈安坤部队无匪可剿，只在湖州大吃大喝，几乎每人都长出半斤肉来。第四天吃饱喝足，打点行装准备向北进发。突然南京又来急电：

电令陈师留下二团镇守湖州，一团和三团日夜兼程向中原开进！

妈妈的！陈安坤狠狠地自己抽了自己两个嘴巴。他哭笑不得。怪不得南京这么大方，又给钱又给枪，他妈的原来要挖我的本钱！他懊悔不迭自己搬石头砸自己的脚。但军令如山，对于南京之命，他也奈何不得。他哭丧着脸，召来二团团长杭毅，斜着眼睛哽咽着嗓子向他颁布了南京的电令。

正值中年阳刚充沛的杭毅心花怒放。听说不要自己的部队上前线，要他镇守后方，几乎不敢相信自己的耳朵。他喜不堪言，但在懊恼的陈师长面前不敢明喜，只能偷着乐。他早就听说过湖州的东吴美人。在这逗留的三天里，大街小巷，他到处转悠，看到湖州美女，真是馋涎欲滴。他几次想方设法下手，可是一直没有机会。他几次想派兵强拉硬拽，只是碍于堂堂一个国军的团长，不敢违法乱纪。他只恨三天时间太短，做梦希望能在湖州多住几天日子，时间长了可能就会有转机。正感叹时光飞逝，陈师长给他下了驻守湖州的命令，他几乎兴奋得晕了过去。

陈师长快速地踱了几步，挥舞着手大声说：杭团长，这可是老子给你在南京讨来的差使，你小子可不要忘恩负义！有了什么好处可要饮水思源！

那是，那是！杭团长俯首帖耳地回答。

"我在中原等着，"陈师长收住脚步，放低声音说，"老子至今还没有一个小妾。你住在这美女如云的湖州……你看着办吧！"

杭毅"啪！"地一个立正，没等陈师长说完，大声地表着忠心：保证完成任务！一定给师长找小妾！一个不够，仨！不够再添！

行了行了！这事儿以后再说。不过我可要提醒你，太湖周边地区流窜着大刀会的势力。杭团长，这你可要小心谨慎啦！大刀会在太湖沿岸闹得沸沸扬扬，虽然没有不法之举和大的骚乱，但这可是不祥不明之组织啊。现在江西"赤匪"泛滥成灾，要警惕大刀会被人利用！你可听说，大刀会的人会一种魔法，喝了什么圣水，打仗可以刀枪不入？

听说了。他们那叫"披发功"！

陈师长大声说：杭团长，你可要给我听好了！二团虽然留下，暂时不归我指挥，可依然属我师编制！你可不要在湖州花天酒地，见了女人忘了祖宗，把我这个团给我弄丢了！关于大刀会的蛛丝马迹，你万不可掉以轻心！还有，北边现在正是缺人之际，上峰却把你这个团留下镇守，你可知道后方之举足轻重，可不要给老子丢脸哦！

是！感谢师长教诲！

陈安坤师长慢慢踱着方步，若有所思。他突然以犀利的目光上上下下审视了杭团长一番。他放低声音柔和地问：杭团长，这些年，我陈安坤对你如何？

杭毅脸色唰地紧张，啪地一个立正，大声说：生我者父母，知我疼我者师长！师长于我有知遇之恩，是我的再生爹娘……

行了！陈安坤摆摆手，说：杭团长，我陈安坤从来爱兵如子，我们一向以兄弟相待。这些年，你从贺司令那儿调到我跟前，跟随我走南闯北，从一个连长一步一步提拔，现在已经是一团之长。这一次，留守湖州，又是我给你从南京那儿讨来的美差，你可不要辜负大哥对你的深切期望。

大哥，你的事就是兄弟我的事，你有话就直接指示吧！

陈师长拍了拍杭毅肩膀，拿出两根金条塞进他的口袋。杭毅受宠若惊，坚辞不受。怎奈陈师长赠意已定不可违抗，只得勉强收于囊中。陈师长说：这一次，我们在湖州协助地方剿匪，上报损失兵丁和武器装备，南京犒劳我五百枝长短枪。可是，我们瞒上不瞒下，兄弟你我之间没有隐情，我们剿匪秋毫无犯毛发未损，这批枪械派不上用场……

杭团长已经会意陈师长的意思。他附耳对陈师长说：大哥，兄弟我在湖州一带给你寻找买主，把枪械换成大洋，如数交给大哥！

好！陈安坤再次用力拍了一下杭毅的肩膀，说：这才是知我的亲兄弟！事成之后，大哥我不会忘了兄弟出力，不但给你一部分大洋，还会提携你更好的前程！

谢大哥！大洋，兄弟我就不要了，只要大哥有好处别忘了兄弟就行！

那是自然的！哈哈哈哈……

哈哈哈哈……

两匹战马逃出了湖州城郊地界。枪声全部被抛至脑后。

马放慢了速度，慢慢踢踏着马蹄，循着残枝枯柳的河道向北而去。拐了几道弯，过了几座桥，前面出现了一座庙。

白雀庙。

金花飞快地跳下马。她迫不及待。她现在最最迫切的是要赶快见到马戏团的铁丫、金笛子和小弟小妹们。

马戏团的娃子们齐刷刷站立在庙檐下，一个个蓬头垢面，惊魂未定，看见金花的到来，眼泪如暴雨飞溅。

这么大的变故，大批军警真刀真枪指名道姓地要抓捕马戏团，这还是他们遇见的第一次。他们这些娃娃，平生只知道演出，今天真的不知道为什么军警要抓捕马戏团。他们互相猜测，议论，马戏团自从那天晚上被骆马店的军警搜查，发生争执，夺门而逃后，一路东行，过浙北，来湖州，总是被军警追赶，突袭。今天突如其来的抓捕和飞蝗般的子弹，让他们怀疑，那天晚上在骆马店一定发生了什么重大事件。他们那天晚上，好像是听到有人喊杀人了，后来军警便开枪了。他们猜测是不是军警被杀了？然后军警怀疑是马戏团干的？

可是，如果南安镇军警被杀，那杀南安军警的又是谁呢？铁丫和金花多次茫然摇头，她们猜测不到究竟是谁干的。

金花几乎崩溃了。她扫了一眼庙檐下的人群，没有看见铁丫姑娘。

金笛子拿出铁丫的短枪，含泪说：金花姐，有人看见铁丫被抓了！

金花接过铁丫的短枪，抚摸了又抚摸，眼泪哗哗奔流，咬牙说：不会的！铁丫不会被抓的！

韩震早已看懂了这个马戏团近期发生的一切。他按顺序一个个看着大小演员们，有的丢盔卸甲衣衫不整，有的依然裹缠着白天演出的戏装，浑身泥脏。他端详着孩子们的脸颊、面容、眼神，他在努力寻找这个小小团队里金花的元素。这，这个马戏团，就是离别这么多年的金花所有的一切！金花不简单！她居然有了自己的队伍！而且这个队伍那么生龙活虎！

韩震心花怒放。他觉得自己太运气。他感觉这是天公作美！这次下江南，一定会实现冯总司令的预期！他韩震遇见这几个娃娃，就已经事半功倍了！

韩震掏出衣兜里的绸帕，给金花擦拭泪水。他悄声问：铁丫没来？要不要我去找她？

金花点点头。金花扫了一眼眼前的兄弟姐妹们，说：我要重返湖州城去寻找铁丫。这里离湖州城太近了，不是久留之地。你们带好所有的物件，赶快离开这里。你们去龙山老虎洞。明天或者后天，我们在老虎洞会合。

娃子们面面相觑。他们不知道老虎洞在哪。

韩震说：金花，还是你带他们去龙山老虎洞吧！我去寻找铁丫！

不行！金花说，憨子哥，你不认识铁丫，即使你们相遇了，她不会跟陌生人走的！这些小弟弟小妹妹们，也需要照顾。你早点带他们去老虎洞吧！

金花骑上马，回头补充说：另外，憨子哥，你们去老虎洞，不能走大道。我们马戏团那天晚上一定遭遇了不测。那天在骆马店，我们好像听到嚷嚷说打死人了。后来我们所到之处，都要受到军警的袭扰。

金花姐！

那边树林里忽然传来铁丫的喊声。

铁丫来了！金花含着眼泪，无比兴奋地抽了她一鞭子。

铁丫看到韩震，她已经认出这人就是那个站在海岛广场上，光看马戏不肯掏半个铜板的商人。她拧着眉疙瘩侧目问道：

你是什么人？怎么跟我们在一起？

金花笑道：铁丫妹子，快叫憨子哥！

什么憨子哥？铁丫反问。

他就是我常常跟你讲的憨子哥！快叫啊！

铁丫一下子绽开了笑容，叫道：憨子哥！憨子哥就是你啊？这真是太好了！

怎么啦？什么太好了？金花不解地问。

铁丫赶快把湖州城里遇见歌丫相救的事儿说了一遍。金花急忙追问：那歌丫人呢？她怎么不跟你一起来？

铁丫说：歌丫这些年离开我们，一个人漂泊四方，就是为了寻找两个人，一个是她的亲外甥憨子哥，一个是她自己的亲哥哥。她说什么时候找到这两个人，她就会重归马戏团。

金花面带忧虑，告诉韩震说：这歌丫是你娘的亲妹妹。她为了寻找你，离开了我们马戏团。

韩震点点头。他心里一阵热乎。他隐约觉得，他要组建"江南人民自卫军"的神圣使命，仿佛越来越距离目标不远。他有预感，那个没有露面的亲姨娘，还有那个没有谋面的亲舅舅，一定会神龙现世，而且一定能够为他的使命贡献力量！

韩震带着马戏团匆匆奔赴浙北县界龙山老虎洞。

一路上，铁丫悄悄告诉金花，歌丫虽然离开马戏团，但她距离马戏团没有太远。她随时都会出现在马戏团的面前。上次在浙皖边境骆马店，就是她暗地里放的飞镖杀死三个军警，马戏团才有逃脱骆马店机会……

小说至此，故事应该初见分晓。金花和韩震久别重逢。此时的重逢，比从前是个大超越。两个孤零零的人出去，带回来的可不再是孤零零。金花带着一个马戏团队，而韩震带的是一个千军万马主帅的军令，和一个使命，一个未来的军队。

后事如何？他们时刻带着报仇雪恨的梦想，要干一番惊天动地的大事业。这番事业该是怎样的一个结局呢？且看下面继续分解。

第十二章

龙山老虎洞，怪石嶙峋，苍松翠柏，云遮雾罩，气象万千。

韩震和金花下了马，把马拴在一棵老松树上。一群自由飞鸟在山岭上空任意飞翔。

金花环顾四周，崇山峻岭，荒无人烟，树林间残留着积雪。山脚下，有一条宽敞的大道，从山脚下绕了绕，便通往一片冬季的原野。

这儿，恐怕就是我们的家了！金花感慨着说。

韩震挥挥手，放眼远望无边的旷野，说：这家好啊！谁的家有这么大！那一圈山峰，就是我们家的围墙；那一马平川，就是我们家的花园！我们的千军万马，很快就要到此，在那一马平川上练兵呢！

练兵？千军万马？憨子哥，你可不是要我们这班人在这里当土匪吧？金花眯缝着两只美丽的大眼睛问。

你看你在想什么呢！小丫头片子！

你说什么！你再说一遍！

我说你想哪儿去了！

不是这句，后面那句！你说我是小丫头片子！

哎，这可是你自己说的，哈哈哈哈。

看你坏！金花突然拔出枪来。

哎哎，这可不是玩儿的啊，小心走火啊！

金花当的一枪，空中一只飞鸟应声坠地。

韩震严肃起面孔来，嗔怪说：你可不能乱打枪，这山上倘若真有土匪，听到枪响，他们要赶来了，你又长这么漂亮，我们可就麻烦了。

我看你就是土匪！

韩震认真地说：金花，那一年，为了给父母报仇，我真在这儿呆过。

你真在这儿当过土匪？

韩震摇摇头。那一年，他在没地可去的时候，晚上曾经跑到这里来睡觉。下雨时就钻老虎洞，晴天晚上就躺在大地上，天当房，地当床，吃着野果，想着报仇雪恨的法子。

憨子哥，你说你的枪法很厉害，我们可否在这里比试比试？金花突然眨巴着眼睛提议。

怎么比？韩震平静地问。

憨子哥，你看那树上有两只鸟巢。我们一人一个。我们三枪之内，看谁能不能打下鸟巢。

韩震也不答话，便动手要摸枪。

慢！我先来！金花喊道。看到憨子缩回了手，她脸上露出得意而又调皮的笑容。

当！当！当！三声枪响，树枝飞溅，一只鸟窝哗啦坠地。山谷里回声震耳。金花吹了吹冒烟的枪管，得意洋洋地回头看他。

好啊好啊！铁丫和金笛子们一阵叫好。

当、当！两声连发，树枝飞溅，另一只鸟窝也摇摇晃晃，哗啦落地。当！又一枪，刚从树林里惊窜而过的一只野羊应声倒地。

金笛子一班小子欢快地跳了起来，纷纷跑去争抢那只野羊。

金花舒展开了愉悦的笑容。

当她看到十几岁一脸童稚气的金笛子们抬着死野羊欢蹦乱跳时，她的脸上渐渐拧起了眉疙瘩。

憨子哥，这些弟弟妹妹他们这么小，我忍心让他们住在这里吗？

韩震把枪插入枪套，手搭在金笛子肩上，问：小兄弟，几岁了？

十三岁！

拿枪敢打仗吗？

敢啊！

哈哈哈哈。韩震大笑着说：好样儿的！练过枪吗？

练过！我打死过兔子！

好！韩震走了几步，站在一个小土包子上，两眼扫视了众人一眼说：小兄弟们，小妹妹们，你们马戏团打死了南安镇公所的人，官府正四处追捕你们，你们已经不能在街市上打把式卖艺为生了。今天把你们带到这儿来，不是要你们到龙山当土匪。我们是要借一块宝地，用来练兵！我们要当兵，加入"江南人民自卫军"！这可是一个正规军，绝不是土匪！

他回头看着金花继续说：金花，这就是为我们爹娘报仇的部队！

金花认真地点点头。她含着泪花，面对全部人马大声说：兄弟姐妹们，这位就是与我同甘共苦一起长大的憨子哥哥！他是从中原地区冯将军那边来的，他就是那天晚上在骆马店南安镇公所要抓的探子！这么多年，大家有目共睹，现在的官府根本不是什么官府，简直连土匪都不如！我韩表叔韩表婶和我爹都是死在这种官府的枪口下。冯将军就是反对现在这个官府的将军！他要组建一支军队，就是"江南人民自卫军"，就是要推翻这个官府，为我们父母亲报仇！弟弟妹妹们，我们这几年大家在一起从来就是有福同享有难同当，从来就是视如亲生姐妹兄弟。现在我金花要跟着我憨子哥干，你们说，你们愿不愿意？

愿意！大家异口同声喊道。

好！金花面向韩震大声说：憨子哥，你就带我们进山吧！

早春的龙山，空气凛冽，百草凋敝，原野枯败荒凉。一处处原始的黑色马尾松汇成的密林停止了松涛的咆哮，仿佛在静默地沉吟它的神秘。大山深处，在两边相向而座雄狮般的山峰峡谷里，一片旷野平地，竖着一块门板那么高磨盘那么厚的巨石，石上深邃镌刻着"龙山"两个大字。

金花吃惊地看到，石头的侧面弹痕累累，石片崩裂。山林里一座足有二十亩方圆的山寨早已成了一片废墟。大火焚烧未尽的木料东倒西歪在一片覆盖重霜落尽枯叶的灌木丛中。瓦砾遍地。打破的水缸，坛坛罐罐，碎碗，还有腐烂不堪的毡帽和破烂的衣服碎片，石头倒塌的残垣断壁，仿佛在静静回忆这里曾经遭遇官府围剿镇压的烽火。

这里曾经是山匪的山寨。

韩震愣怔半晌。回头看了看表情惊讶的金花和马戏团的男男女女。

金花目光坚定地看着废墟，说：憨子哥，我们无家可归，世界之大没有我们的容身之地，我们是逼上梁山！这么多年。我跟随马戏团在外闯荡，一直不敢回来。就是怕回南安一定要杀人！这回好了！两手真的沾血了！我真的杀人了！这命运既然把我送回南安地界，把我们逼上龙山，我们什么都不怕！

韩震未置可否的微笑着。一只野鹰从蓝色的天际一角斜着翅膀滑了过来。金花伸手拔枪，被韩震制止。那只鹰或许没有找到它的猎物，在山岚雾气中滑了一会儿，就再次昂扬而起，在蓝天下茫茫山区上空盘旋一阵，向西北方向飞去。韩震看着那只手依然搭在枪把子上昂首看鹰的金花，说：龙山是我们暂时的栖息地。这些少年就像那只鹰，天高任鸟飞，他们有不可估量的人生未来，他们绝不会永远落魄在这荒郊野林。等江南人民自卫军成立，我们大功告成，随即就出山，带着他们去享受我们的美好前景！

韩震望了沉浸在他刚才描绘的人生梦想中的金花和铁丫们一眼说：我们马上动工，请工匠造房子，暂时驻扎。

金花斜着韩震一眼，问：那我们将来还会去哪儿？

一块经历无数岁月风雨洗礼的大石头，忽然辉映了一朵绚丽斜阳。韩震坐在大石头上，面向西北，神情肃穆，轻叹说：将来，有很多种可能啊！

金花不解地在他对面席地而坐。

韩震说：如果我们这次中原大战不成功，西北军被南京打败了，此地我们不能久留；如果成功了，我们把南京打败了，这儿，就是我们西北军的天下了！

金花忽然问：倘若是不胜不败呢？

你说南京和西北军会谈和？

金花点点头，又摇摇头。

韩震忽地一个激灵。他神情越来越严肃，脸色越来越发青。半晌，他脸色渐渐转回红润，坚定地摇摇头说：

不会的！不会的！

铁丫和金笛子一班人忽然一阵嚷嚷，纷纷簇拥过来。他们手里都拿着从草丛中采来的一朵朵野蘑菇，五颜六色。

韩震和金花根据小时候的经验，分辨着这些采来的野蘑菇。

野蘑菇，被采用时，食之有味，可谓佳品。但不被采用，它的命运就是自生自灭于山野！

马戏团的小子们拾来杂柴，生火煮食。漫山飘逸着野蘑菇的阵阵香味。

松山庙昏黄的油灯下，丁老发兴奋地不停拍打自己的大腿，兴奋地俯身去牵拉正在对自己匍匐下拜的一男一女。

一红一白两匹战马拴在庙里的老柏树下，不停地踢动马蹄。韩震和金花一同来到松山庙，认这位曾经救他们于末路的“丁大哥”。

已经是深夜四更天，松山庙里里外外鸦雀无声。

丁老发仔细打量了站在两旁的两个年轻人。他回忆着这两位前几年的模样。他吃惊，这才几年时间，南安镇街风貌依旧，松山庙破败如初，世界仿佛停止了运转，可这闯荡在外面世界的两位变化竟如此之大！俗话说“人挪活，树挪死”，年轻人还是在外面闯荡好啊！金花出落得这般亭亭玉立，憨子英俊魁梧！那天晚上，他留憨子在松山庙里喝酒吃饭，只当是结识了一个陌生的江湖朋友，他丝毫没有认出韩震就是憨子。

两位满怀深仇大恨年轻人的不速而至，感觉敏锐的老江湖丁老发，心里陡起波澜。他判断，在这兵荒马乱的乱世，不安宁的南安地面，可能要平地惊雷，要发生一场惊天动地的大事。

丁老发问：两位可是回家为父母亲报仇雪恨的？

金花重重地点了点头。韩震未置可否，不动声色地站着，双目注视着丁老发。

丁老发看着韩震，皱了眉头说：可惜你们的两位爹啊！可恨啊！竟不明不白被他们当作共产党杀了！连尸首也没有。你们现在回来了，唯一能去祭拜的是你们的母亲。那坟地你们还记得不？

韩震、金花含泪点点头。

丁老发说：不过我有一句相劝，要报仇，先不要盲动。不要在外面声张你们回来的消息。你们就在暗地里待着。就像一条蛇，先盘着，看他来个什么机会就呼地咬死他！千万别屎没拉碾死一片草，让人家看出破绽自己先丢了小命！记住了没？

韩震、金花点点头。

丁老发又说：在丁家庄，他们刘家这些年和宁家斗得天红地黑，两家都拉起了一班家丁。他们刘家人多势众，还有枪。再加上刘阿昌是镇公所的队长，手下有几十号人，你们可要小心。明白我的意思吗？

韩震、金花点点头。

金花忽然问：丁大哥，我家那房子现在还在吗？我想回家去看看屋子。

丁老发叹气说：你们走了以后，我走了背运，赌博是天天输钱，后来我就打算卖你们家房子。刘阿昌这小子知道了这个消息，派了他镇公所的人来说要买房，我不知那人帮谁买，我还以为他自己买呢！也是饥不择食，谁给钱就卖给谁。嗨！后来才知道，那小子原来是帮刘阿昌的兄弟刘阿贵买的。我要是知道这事儿，一把火烧了也不卖给他们刘家！

屋子里呈现短暂的宁静。

煤油灯下的金花出现了短暂的木呆。这几年，世道变迁和人生颠簸，尽管有了一些世事成熟，但她对于梦中常常情景再现的自家房屋，如今是几易其主，最后辗转到了仇家姓刘的家人手中，未免情结疙瘩，甚至愤愤不平。她不便责怪丁大哥乱作主张。丁大哥是好人。当年他拿出五十块大洋买房子，其实是救济资助她母女死里逃生，母亲常说那房子不值二十块大洋的。那年家里遭遇不测，两个父亲双双入狱，家里没有了大人，没有了主心骨，全是丁大哥一手操办。别人骂丁大哥是土匪，但在她金花和金花娘眼里，丁大哥不但不是土匪，而是特别慈祥特别关爱的长者、亲人。可是他却把房子卖给了姓刘的！金花心里曾经的梦幻，仿佛一个若有若无的彩球被一脚踢出老远老远，直至深不可测的天际尽头……

韩震问：丁大哥，刘阿昌这些年坏事做得不少吧？

丁老发接连哼了两声，说：快别提他姓刘的！不光是他刘阿昌坏事做绝，就连他的刘家兄弟们狗仗人势也是红胡子绿眼睛，在村子里人见人怕！放高利贷，利滚利……你想，那阎王债，要人命啊！谁要借了他家的钱还不起，那些家丁，还有刘阿昌带的镇公所官差，他们就去捆人打人杀人的！

韩震正色说：兔子尾巴，没几天好猖狂了。江南人民自卫军大军一到，到时候一锅焖了，给南安的百姓出口气！

丁老发急忙拦住话头，说：别别！我知道你们俩这次回南安是来收拾姓刘的。但不分青红皂白一锅焖，错了！他们刘家请的那个教头倒是个心地善良的人，他经常劝说姓刘的得饶人处且饶人。那人是北方来的大汉。姓陈。传说拳脚功夫十分了得，还会几套披发功，可以刀枪不入！

韩震惊喜地睁大眼睛，脱口而出说：他是大刀会？

丁老发点点头说：对！那陈教头就是大刀会的。

韩震急问：南安镇也有大刀会？

丁老发说：南安镇没有。大刀会在江苏苏南那边，还没有传到我们浙北。那姓陈的教头单枪匹马来南安，一边做教头，一边要传播大刀会。他看不惯刘家耀武扬威飞扬跋扈的样子，虽然做了他们刘家的教头，但不想把刘家人拉扯进大刀会。他身在曹营心在汉，和刘家的对头人——宁家人，和那个宁校长暗地里有交情。

韩震想起上海吉公馆的副官江翼，曾经告诉他宁校长和江翼是同学。要结识大刀会的陈教头，必须先去拜见宁校长。

丁老发神情肃穆地看着韩震。他预感到这娃子不是前几年的毛头愣小子，现在回南安镇也绝非孤家寡人，一定背后有强大的后盾。这后盾究竟是何方神仙呢？刘阿昌的主子是南京政府，这普天之下都是南京的天下。和刘阿昌厮杀，就是和南京政权厮杀。这后生娃子的后盾有多大威力敢和南京政府的腿子刘阿昌厮杀？这方圆几十里地界，恐怕没有这样的力量吧？前几年，龙山山寨之主有胆量，敢和浙北县衙，和南安镇公所针尖对麦芒地干，可是后来县衙带着湖州官军并集合全县的镇公所力量包围了龙山，一夜之间，将龙山夷为平地。没有了对手，从此刘阿昌们更加猖狂凶狠。老百姓提起刘阿昌的名字，晚上吓唬小孩，小孩大气不敢喘半夜不敢尿炕，比虎狼比鬼都恐怖。这憨子……没听说这方圆几十里附近有什么杆子武装……现在唯一敢和南京叫板的是中原地区的西北军和江西红军……难道这憨子是……上次传言要抓江北来的探子，难道这憨子真的是西北军探子？

丁老发愈发感觉事态紧张。倘若憨子的后盾真的是西北军，憨子回家报仇的事儿就有些悬。因为那西北军虽然是威震天下的虎狼之师，但毕竟距离这江南地区天遥地远，鞭长莫及啊！一旦事情败露，或者处事不当一脚踏空，打蛇不死必定反被蛇咬啊！

丁老发不想看到这憨子和金花失败的惨局。他们是一对苦命儿。当初他们父母双亲纷纷遭遇不测，他丁老发有罪责，现在他们俩倘若再有三长两短……

韩震察觉出丁老发的狐疑不定。他干脆竹筒倒豆子，把自己如何到西北军，如何在西北军当参谋的事儿和盘托出。为了打消丁大哥的顾虑，鼓舞他的士气，韩震掏出一张军用地图，铺展在丁老发面前。手掌煤油灯，指点着地图上一道道弯弯曲曲的红杠杠和蓝杠杠，说：丁大哥，你看这是长江，这是黄河。黄河地区就是中原地区。自古道，得中原者得天下。如今的中原地区就是西北军的地盘。老蒋虽然打遍天下，表面统一中国，但他占据南京为国都。丁大哥，历史上在南京建都的哪一个都是短命王朝，区区几十年光阴！何况他老蒋是窃取国器，不得人心。这一次冯将军联络南方桂系，甚至东北张少帅，还有那江西红军，十八路反王一齐造反，老蒋早已焦头烂额应接不暇了。你看看，这一大片土地都是反蒋势力的地盘，而老蒋的势力范围仅仅就是这江南一隅！别看老蒋黄埔学生嫡系部队拥护他纷纷开拔中原地区要扫荡西北军，可是他们远道征战，冯将军是以逸待劳，这就像苏东坡赤壁怀古所吟唱的"谈笑间，樯橹灰飞烟灭"！

韩震拿出军中参谋的派头，说得头头是道出神入化，丁老发听得精神大振。他拉动韩震的袖子催促他继续说下去。韩震接着说：

我这次回江南的目的，不是单单针对一个小小的刘阿昌。不是要报这区区私仇。我是奉王将军之命，到上海联络吉凡江将军……

丁老发打断着问：哪个吉凡江？就是前几年做Z省主席，还当什么军长的那个？

对！正是这个的吉主席吉军长！

丁老发说：听说这人很不着调，被南京一撸到底了？

韩震说：我们不管他着不着调。只要他反对南京，就是我们的朋友。我已经和吉主席联络上了，冯将军已经启动四百万大洋，相约吉将军组织番号为"江南人民自卫军"的部队，在江南地区寻找一个军事重镇，干它一仗！

丁老发突然发怔，迟迟合不拢嘴。半晌，他一拍巴掌，兴奋地喊道：这是一着高棋啊！这是要南京后院起火啊！

韩震拍了拍丁大哥的肩膀，说：大哥，英雄所见略同啊！丁大哥到底不是等闲之辈。这明人不要细说，一点就透嘛！

丁老发又问：你们原来不是回来报仇的，那仇难道就不报了？

金花忽然插嘴说：报啊！憨子哥，让我明天就去找那狗贼吧？

韩震略一停顿，说：江南人民自卫军倘若选择攻打南安镇，覆巢之下无完卵，那刘阿昌还能长翅膀飞了！

丁大哥闭嘴想了想，频频点头。

当问及江南人民自卫军现在可有着落时，金花又接话说：丁大哥，我和憨子哥找你，就是打听大刀会的下落。找到大刀会之时，就是江南人民自卫军成立之日！

丁老发想了想，说：这样说来，非得要接触宁校长不可了。他知道那陈教头的大刀会的事儿。

事不宜迟。主意已定。明天二月初八，韩震和金花兵分两路。韩震公务在身情况紧急另有他事，由金花前去母亲坟地祭奠，为母亲烧纸钱。

后天韩震就动身去丁家庄拜见宁校长宁青民。

当晚，老天再降大雪。

第十三章

这几天，宁校长宁青民正忧心忡忡，心急如焚。

在浙皖边境的南安地区，杂居着河南人、温州人、江苏人、安庆人、湖北人、台州人等等不同地区的群落。

晚清咸丰年间，江南大地爆发了汹涌澎湃的太平天国，人称"长毛造反"。战事所到之处，铁血伴瘟疫，人口大批锐减。单是浙北一个县，原来乾隆年间人口数就有三十余万，经过咸丰年间长达四年的战争风火，江南大地一片焦土，人口死的死，逃的逃，只剩下两万人。到处是田无主、室无人的凄凉景象。

江南地区是晚清政府的米粮仓，太平天国灰飞烟灭后，必须尽快恢复生产。于是，晚清政府布告四方，招募天下各地荒民迁移江南，复垦农桑。于是，河南人、温州人、湖北人、安庆人、台州人……从四面八方纷至沓来，填补南安地区的无人区。新南安人成了晚清时期的移民。晚清政府经过多年鸦片战争的失败和国内战争，积贫积弱，只有空口号召之气，却没有采取措施组织迁移之力，这些移民们几乎全是自发性。他们大都是先从老家派来一两位眼力见好的看看情况，然后回去通报所见所闻，说南安这边到处有山有水，万顷良田肥沃。这里的人口死的死逃的逃，空留下的房屋多是瓦房大院。经过家族集体讨论商议分析，觉得江南确实是富足之地。然后组织本姓氏族大规模迁移。初来乍到时大家两眼都向好田好地好房屋看齐，手快打手慢，抢夺成风，秩序一片混乱。尤其是不同地区不同省份的陌生人同迁一个村落，抢夺打斗愈加严重。

丁家庄里的河南人和安庆人混居同一个村庄，耕耘同一条山沟，可河南人的风俗习惯和安庆人的风俗习惯迥然不同。两个群落的移民经常为了一些生活琐事农业生产打闹不休。他们不同的各种观念、各种习俗在这新的生活环境里发生大碰撞，大斗争。再加上为了良田和农业水利的争斗，抗旱时为了抢同一口池塘的水，汛期上口田为了向下口田排水，那是纠纷不断，打架斗殴不断，甚至氏族之间群打群斗，水火不能相容。

丁家庄是沿袭了以往的村名，但这里没有一户姓丁的人家。"长毛"时期姓丁的死的死了逃的逃了。后来的丁老发这一家也是外迁所至。

丁老发的爷爷从河南光山来。老丁家世代单传，人口不繁。丁老发爷爷挑着箩筐担子，带着丁老发奶奶和儿子，走一路看一路，在一个半山区路口看到一块石碑上镌刻"丁家庄"几个字。丁老发爷爷放下担子，想：我姓丁，此地名丁家庄，活该这就是我们全家的安身立命之处。于是歇脚驻扎。

谁知这丁家庄，早就有姓宁的河南人和姓刘的安庆人捷足先登了，既没有房屋又没有田地，只能在荒野山岗搭棚暂住，开荒拓土，种植兼砍柴打樵为生。

丁家庄上姓刘的和姓宁的两大家族争斗不断，姓丁的孤门独户，没有力量与人争斗，只能在两大家族的夹缝中两面对付过日子。好在姓丁的单门独户，人少，人家也不计较。风风雨雨的十年之后，丁老发爷爷才推倒了草棚盖起了三间土坯墙茅草屋。丁老发的爷爷给丁老发父亲娶了媳妇，生下了丁老发。

第一个来丁家庄的安庆人是刘阿昌刘阿贵兄弟的爷爷辈。他们刘家兄弟多，是大户，叔侄辈几十户，男女老少上百口。

最早来丁家庄的河南人是宁青民的爷爷辈，也是几十户，但女人多，男壮丁少。宁家经常受到刘家的欺凌。

刘宁两大家族发生争斗，宁家总是吃亏，刘家总是盛气凌人，大占上风。两家打得死去活来，常常是刘家人打得宁家人鼻青脸肿，甚至打死人。

宁姓人家里有一位读书人，就是宁青民，在小学校里当校长。

宁青民有文化，读过"十年长学"。不但在村上读过私塾，还到县城读过学堂。出过远门，有见识。宁姓家族里的大小事都要找他定夺拿主意。

有一天，家族里又被刘家人欺负了，找到宁校长那儿申冤。宁校长不声不响。

晚上，宁校长通知家族开大会，十六岁以上的男丁都要参加。

一个老者问大家，我们宁家老这么被刘家人欺负，我们大家得商量一个办法。不能再被人这样欺负了！

众人好半天一言不发。宁校长不紧不慢地说：

我提议：我们筹钱买枪！

他的一句话，像一声闷雷，炸得大家半天不敢声张。

那位老者一拍巴掌，颤抖着白花花的胡须说：到底读书人有眼见！我们买枪，手上有家伙，看谁还敢欺负咱！

大家突然都开了窍，七口八舌议论起来。你一言我一语，决定所有姓宁的人家集体筹钱买枪。

第二天，宁家就开始张罗，筹钱。不久就在外面打听了枪源，真买了十多枝长枪。

宁家另有一对父子，叫宁大祥和宁正全。爷儿俩双双赌棍，一门心思扑在赌博上，把筹钱买枪的事儿置之不理。父子俩无形中脱离了宁家的势力范围。

宁青民找到他父子俩几次，谈筹款的事儿，宁大祥不停地摇头，不愿出钱。宁青民说，叔，不要老鼠眼睛，鼠目寸光，要看远点儿。今天叫你家出钱，你们只顾赌钱，不肯出，将来要被人欺负了你们咋办？宁大祥说：在家不打人，出外无人打。我们不欺负人家，人家不会欺负我们。不要你们管！

宁青民忍住懊恼，还是不停劝说道：

叔啊，不是侄儿冲撞你老，你看你把正全兄弟带成什么样儿了！这叫上梁不正下梁歪！他一个大小伙子，成天和你泡在赌场上，干啥啥不会。你老了倒好，两脚一蹬两眼一闭完事儿。可他日子还长着呢，将来如何生存下去？

宁大祥依然头摇得拨浪鼓一般，不信这一套。

宁青民又说：

叔，我跟你们算了一笔账。你们一年四季向刘阿昌刘阿贵两兄弟借贷十担稻谷，就算当年还清，也加倍还他十担利息。你想，你们和刘阿贵的高利贷纠缠几年了？至少五年！五十担！五十担啦！可以买多少支枪啊！这家族里筹点钱你吝啬，那成车成船的打水漂你乐意！我们族里买枪可是为了族里防备欺凌！这世道，只有抱成团，才有活路啊！

宁大祥被侄儿说的惭愧不已。但对筹钱依然置之不理。

宁青民责备说：外面说你父子的闲话——那简直不能听！你们还雄得像美猴王似的！

宁大祥的脸红了，急忙面红耳赤地辩解。宁青民挥了挥手，感觉有些事儿羞于启口，说：算了算了，莫狡辩了！若要人不知，除非己不为！

民国十九年的春节。又到了刘阿昌刘阿贵兄弟催逼高利贷的时候了。春节后，宁大祥父子俩忙碌着磨刀霍霍。

春节前，宁大祥父子又输得精光，没钱归还高利贷。刘家人给他们一顿好揍。

刘阿昌的小兄弟刘阿贵已经三十几岁了，至今打着光棍。人家嫌弃他刘家放高利贷罪孽深重，不愿意和刘家结亲。好不容易打听松山脚下山坳里一户穷人家，家徒四壁，衣食不保，生有一个二八女子。刘家便千求万告请媒婆说亲。拿出重金作聘礼，好说歹说，总算定了这门亲事。两下择日在腊八完婚。

刘家要筹办婚事了，钱财要派用场，催逼借债如狼似虎。借债的纷纷上门还债。偏偏一个整腊月，宁大祥父子躲债不回，不见踪影。

腊月二十八，宁家父子悄悄跑回家。父亲宁大祥刚一露头，刘阿昌就派人去捆了来，吊在树上。传话说，只等他儿子宁正全拿钱来赎人。

　　为了不把人吊死，吊几个时辰，放下。过半个时辰再吊。再放。接连几个时辰，其间还拿扁担抽打，只打得伤痕累累，奄奄一息。

　　儿子宁正全逃在外面，好不容易在赌场赢了几担米，连夜送到刘家，求饶，要刘家放人。

　　刘阿贵看到宁正全送来的五担米，说，还差一担，咋办？

　　宁家父子央求说：年内真得没法；过了年，一定奉还。

　　刘阿贵咳嗽一声，说：年内还，一担够了。倘若宽限到年外，那要还两担！

　　宁家父子只得答应年外还两担。

　　宁家父子回到家里，阵阵悔恨。悔当初没有听宁青民的话，脱离了宁家，现在势单力孤，被人欺负，也是活该。看着宁大祥浑身上下累累伤痕，父子俩感到穷途末路，遂起杀机。父子俩咬牙切齿，只待过了年后，杀了刘阿贵，以报吊打之仇……

　　磨好了刀，宁大祥和儿子宁正全各挑了一担米，往安庆人刘阿贵家高一脚低一脚地走去。

　　宁大祥对儿子说：你嘴上无毛，做事不牢。我前面走，你后面跟着。

　　大，我们惹出事，我怕我们刀子见红后，跑不出这丁家庄。

　　宁大祥忍着伤痛，大声说，前怕狼后怕虎，如何成事？

　　父子俩把磨得锋利的尖刀用破布卷了藏在腰间，各挑了一担米假装刘家还米，上了路。儿子宁正全有些恐慌，腿发软，迈不开步，落在了后面。

　　宁大祥一身疼痛，累得浑身是汗，跑到了前边。他回头看看儿子，不见身影。他在小树林旁转了个弯，突然往小寡妇家挑去。

　　小寡妇刚刚起床，正在梳洗。

　　宁大祥给小寡妇留下了一木盆米。小寡妇给他抱住亲了两口。他还想说什么话，小寡妇把他一推，跑到池塘去洗衣裳了。

　　看见父亲挑着担子走远，宁正全放下担子歇息。他想了想，走进一块菜地。他蹲下身子，在菜地里刨出一堆土来。他把衣服脱了，灌了一袖筒米，藏在草窝里；然后把那米箩挖个坑，把菜地里的泥土捧到箩里，又用米盖上。

他看了看那把寒光闪闪的尖刀，心里害怕，哆嗦着把刀藏进草窝里。

刘阿贵穿着绸缎，站在院子当央，一手拿竹签剔牙，一手拿着一把纸扇，正在龇牙咧嘴地看扇子背面的女人像。听到扁担"叽呀叽呀"响，往大门一看，宁正全挑米来了。他忙收了扇面，喊道，正全，放这儿放这儿。怎么你一个人挑米来了？说好还两担的？你大呢？

正全说：你莫急，我大就来了。

刘阿贵歪着头，眯缝着眼睛仔细打量米箩的深浅，说：正全，怎么一箩满一箩浅，不是说好还满箩的吗？

刘叔，差不多了。正全说。

刘阿贵拿纸扇砰砰敲着一只箩口，说：这一箩至少浅五碗米。

正全挑得浑身是汗，边脱棉袄边没好气地说：你还不黑心！差你一担才几天，你就要还两担，稍稍浅了点还说这说那！我和我大输得像个血人一样，就昨夜赢了这两担米，我们自己也要吃点儿，总不能都喝西北风吧？

刘阿贵脸上加重了颜色，也加重了口气，说：哎哎，当初话就是这么说的——说好还满箩的！怎么你们老宁家做事怎么这么塌煞！

正全的脖子筋条条直暴，吼道：你嘴放干净点！谁家做事塌煞！？

刘阿贵也火了，正脸对着正全说：你们宁家欺负我刘家还是咋的？十年前大年三十晚上背财神，我爹把你爷错当财神背到我家里，你爷撒赖皮，一住就是大半个月，吃喝拉撒睡不算，临走还讨十个大洋！那十个大洋拿去，你们就有福气消受？还不是赌铜宝去输了！你那爷有好报么？砍柴被老八子（老虎）吃了！小子，告诉你，不是你的，莫强求！今天还米，又差几碗，说话还这么难听，还对我凶，我打你一个耳刮子……我……

刘阿贵刚举起手来，不防正全一把推过来，把他推倒在米箩上翻了个仰八叉，雪白的大米泼了一地。

刘阿贵爬起来就嚷：这米我不要了！泼在地上全是泥沙！你挑回去，还我干净米！

正全回头看他老子还没到，一时没了主意，抄起扁担就往外走，回头说：你不要拿去喂猪！

看见正全走过那片毛竹园去的背影，刘阿贵才跺着脚骂道：我操你祖宗十八代！

骂归骂，大米总归是大米。刘阿贵赶快拿出小木斗，扫把，把米扫起来。他边扫边又骂道：这么多泥巴！啊！——这存心掺土的！

刘阿贵正在恼火，宁大祥挑的米担一只箩先进了院子门，停住了脚，东张西望。当他看到一担米泼翻在地，刘阿贵手拿扫帚一脸疑惑地站在院子当间，却不见了他儿子宁正全，一时懵住了。

进来进来！刘阿贵火爆爆地连声喊道。

他迟疑不决地走进院子，放下担子。

你说你儿子咋回事儿？刘阿贵问。

"啊？他咋啦？"宁大祥慌了。儿子挑来的那担米翻泼在地上，人却不见了，是不是拿刀要杀刘阿贵未遂，被他刘家人揪住捆绑起来了？"他咋啦？"

他咋啦！宁大祥，我实话告诉你，你那宝贝儿子现在越来越狂了！还我的米少半箩不说，还掺了那么多的泥土！你看看，这米是给人吃的吗？

瞧你刘叔说的。哪会少半箩呢！

我说的！你也不是什么好东西！你这不也是少半箩吗！

路上……摔了一跤，泼了点儿……

那你这也算够数！两担只能算一担！

刘叔……你也太狠了吧……

叫刘爷！今天跟你说，今天这两担米，只能算一担！你还欠我一担米！明天就要送来，不然又要加！我让你那不开眼的儿子跟我扯皮！

刘叔……

废话少说！快去想米的办法。

刘阿贵说罢就急切地转过身去，不愿理睬他了。就在他一转身的一瞬间，一把锋利的尖刀从他身后"嗖"地直刺过来，刘阿贵一声惨叫。那把刀"嗖"地拔出来，又"嗖"地刺进去，一股鲜红的血浆像喷泉一样直射到宁大祥的身上、脸上、衣服上。只听"嗖、嗖、嗖"连声响着，那刘阿贵摇摇晃晃了颤巍巍的身子，倒在血泊里。倒地一瞬间还回过脸来，睁大恐怖的眼睛望着血人一般的宁大祥。

宁大祥撒蹄飞奔。

刘阿贵的家人跑出来大呼小叫，看到刘阿贵那张惨白的脸上痉挛地直抽，全身寒战着嘴巴抖动着说：宁……宁大祥……杀人……，说完就咽了气。

院子里很快挤满了刘家户头几十个男男女女。

义愤填膺的刘家族人，一片混乱，他们吵吵嚷嚷，呼喊着要去抓宁大祥报仇。

一位白髯飘飘的刘家老者——族长，把手一挥，全场立刻鸦雀无声，看着族长。族长说：且不要慌张！这宁大祥虽然跟姓宁的不沾边，但他毕竟是姓宁的人。我们这些年吃尽了宁家军的苦头，乘这个机会，我们要出口气。

那我们咋办？你说这口气咋出？众人异口同声地问。

族长压低声音说：第一件大事，把那祠堂的棺材抬出来，准备办丧事……再马上派人去南安镇公所报官！说宁家军要造反，怂恿本家宁大祥杀人！

宁正全气呼呼地走过一片毛竹林。

现在他已经不是为刘阿贵生气，他生他老子宁大祥的气。

他明明看见他老子挑着担子走在他的前面，却反而落在了他的后边。这老不死的，一定又是跑到那小寡妇家去了！他已经多次三番跟小寡妇说过，她既然跟他睡了，就不能再跟他老子混在一起，哪有爷儿父子同睡一个女人的道理！他也跟他老子说过，他和小寡妇已经睡过了，不管他们从前怎么乱搞过，现在小寡妇是儿子的了，老子不能再去沾边儿了，哪有爷儿父子同睡一个女人的道理！当时老子很生气，破口大骂说：你小畜牲简直是明抢！总有个先来后到吧！我和小寡妇睡的时候你……你还在吃奶呢！宁正全也不示弱，暴眼暴睛地说：那小寡妇又不是你老婆，你抢前一步，头道露水你沾了，我只不过是吃点残汤剩水，你还不知足！父子俩骂了半天，可最后当老子的还是作了让步。他理屈。他没有本事给儿子娶媳妇，活该要作出让步。小寡妇给他抢了就抢了吧，常言说得好，大人不记小人过，吃亏是福。

可今天老不死的又无法无天了！真是狗改不了吃屎！

宁正全快步跑到那个菜园子，从草窝里捡起那把刀和那件衣服。袖筒里的米鼓囊囊的。他把米筒往肩上一搭，迈开大步，就往小寡妇家跑去。

小寡妇坐在门槛上择菜，几只芦花鸡在一旁叨着菜叶。

芦花鸡们忽然嘎嘎叫着作鸟兽散。小寡妇正在吃惊，宁正全一阵风闯进来了。

他把米袖筒往地上一扔，上前就把小寡妇抱住往里间搂。小寡妇嗔怒道：你要死！土匪！

宁正全大气小喘把女人放倒在床上，又扯又拉，小寡妇掐了他一把，说：你作死，大白天门也不关！

宁正全几步蹦过去"乒！"地关了门。

宁正全问：我那老不正经的大来过么？

小寡妇摇摇头。

宁正全贼眉鼠眼地东张西望，突然看见一只木盆装满着雪白的大米。他一愣。问：你撒谎！那是什么？

小寡妇侧过脸去，说：他放在这里就走了。

你骗人！他会放下就走了？他丢了米不偷鸡就会走？

……我不会让他咋样的……

我今天再提醒你一次，你是我的！下次再和那老不死的勾勾搭搭，藕断丝连，我就对你们不客气！今天那把刀没派上用场，我迟早要叫它见血！

你不要老是怪我。我一个寡妇，先又和他睡过，他一个大男人，我怎么拗得过他。你要把你那死老子管管好才是正事儿。

我一个个管！光管他不管你，一个母狗成天把狗尾巴翘给公狗看，哪个公狗不想上！

两人正在说话，毛竹园那边的一户人家，刘阿贵的侄儿和侄媳妇突然放声大哭着向刘阿贵家奔去。

正诧异间，听见那刘阿贵的侄儿号叫着和别人说话：我阿贵叔被宁大祥杀了！哇啊……

宁正全和小寡妇大吃一惊。小寡妇一阵哆嗦，突然两眼直瞪着宁正全说：

你大杀人了，你大杀人了！

宁正全仿佛从梦中苏醒过来，可又变成一个傻子一样两眼呆滞，说：我大真杀人了？他真杀人啦？

宁正全说着说着流下眼泪来。他拿起那把磨得锃亮的尖刀看了看，说：我们昨天磨了一天刀，我们说要杀了那刘阿贵，可我没敢动手，我把刀藏在菜地里。可我大真的把刘阿贵杀了？我大说话真算数！

你们干吗要杀刘阿贵？小寡妇脸色惨白地问。

他太气人了！

你大不知道逃没逃掉？还有你，他们姓刘的一定要找你算账！你怎么跑到我家里来啊？我要被你们牵连了啊！小寡妇哭丧着脸说。

别嚷嚷！我大说的，要是出了大事，我得赶快去找我宁大哥。

找你大哥？

找宁校长。我大说的，出了大事儿得找我宁大哥。

不行！小寡妇说，你现在不能出去。这一圈儿都住着姓刘的，他们要看见你从我这里跑出去，我那是跳进黄河也洗不清了。

我怎么办？

你先躲着，等天黑再走。你躲着，我把门锁着，我去菜地打猪草，顺便看看那边刘家的动静。

小寡妇不由分说，把宁正全往里一推，转身出门，随手就把门锁上了。她突然紧急站住脚，拿手拢了拢凌乱的头发，扯了扯不整的衣衫，慌慌张张地取下屋檐挂钩上一只大柳条篮子，急匆匆往外走。身后听到宁正全在哭着说：我的大哎，这下你该怎么办啦？她又疾步赶回敲了敲门悄声喊道：你作死啊！躲在里面还在哭，还怕人家听不见？！

宁正全不哭了，改成泣不成声了。此刻，他想起了小时候他大一把屎一把尿抚养他的一些事儿。

小寡妇装模作样在菜地和野外转悠了大半天。她远远地看到姓刘的人家哭的哭嚎的嚎，跑来跑去。直到太阳快要下山了，她提着柳条篮子装的半篮子猪草，还没摸清宁大祥是死是活是被抓还是逃跑的下落。她正想壮着胆子往刘阿贵家靠靠近，突然那边松树林里一阵呼呼噜噜响，跌跌撞撞跑出一个人来。她定睛一看，多年不见的丁老发从天上掉下来了，跑得气喘吁吁。

丁老发也看见了她，喘着气，想上前搭讪又有些犹豫。

小寡妇今天一直憋得难受，赶快喊丁老发，问他从哪儿跑来的？这么拼命跑有啥急事？

丁老发知道她是姓宁人家的寡妇，也不废话了，拱了拱手，喘着说：你……赶快去告诉……告诉你们宁家的那个宁青民、宁校长……南安镇公所刘阿昌带人来了，要抓他们宁家军……

小寡妇一惊，问：为么事？

今天宁大祥杀了人，有这事儿？

小寡妇赶快点点头。

他们说宁大祥是他们宁家军指使的，说是宁校长指使的……我和刘阿昌正在一家小酒馆喝酒，刘家报信来了。刘阿昌暴跳如雷，嚷道：打狗也看看主人！那可是我的亲兄弟！杀了我兄弟，他们断了我的财路了！……不废话了，你快去跟宁校长说……

大哥，你真是好人啦！

别废话了，事不宜迟！叫他们快跑！往山里面跑！跟他们说，刘阿昌知道你们宁家有枪，来了就要动武的，子弹可不长眼睛的！

小寡妇也慌了，连声哦哦应着，丢了猪草篮子撒腿跑起来。

她径直一口气跑到学校。学校院子里一片混乱。

宁青民早听说了宁大祥杀人的事件。也听说了刘家人借宁大祥杀人事件打他们宁家军的主意，要嫁祸于人。宁家军的几十号人带着十几杆枪，正围着宁青民，七口八舌问该怎么办？

有人大骂宁大祥：早知道这父子俩要为宁家惹是生非！

天天赌啊赌，借高利贷赌！输红了眼了动手杀人！还牵连我们！

……

五短身材的宁青民一声不吭，脸色肃穆而又凝重，倒竖着双眉在想心思。

他今天不穿长衫，换了一件纽扣黑得发亮的蓝短装。那斜挎着盒子枪的装扮，小寡妇还是第一次看到。

小寡妇大气小喘，把丁老发托付她的话说了。众人看她跑得面色苍白，不像说假话。纷纷把目光投向宁青民。气氛十分紧张。

宁青民终于发话了，说：情况已经千真万确。丁老发带来的消息和陈教头送来的消息一模一样。

那你说我们该咋办？众人几乎异口同声地问。

宁青民说：我们宁家军不能和刘家人相冲撞。宁大祥杀人，跟我们宁家军无关。事情总归要水落石出的。

可刘阿昌的人马一到，不问青红皂白要动武的……

宁青民想了想，说：先进山里躲躲风头再说。

小寡妇跑回家开了门，天已大黑。可是两扇柴门被下了，歪在一旁。宁正全不知去向。

小寡妇喊了几声，没人应声。宁正全早下门跑了。

小寡妇走后，宁正全坐卧不宁，一会儿侧耳听听外面的动静，一会儿哼哧响着摇门。他害怕，躲在这里等于等死，等人来抓他。他蹲下身子，把两寸厚的木门板往上一掂，门板脱离了门枢纽窝。宁正全赶快回身去摸那把尖刀。他看了看身上的那身粗布男装，感觉太显眼，哗啦一下脱了，往床踏板上一丢，顺手把床上的一件寡妇的花格子女装穿上，找了块破布把尖刀卷了，斜插在腰里。他重新蹲下身子，托住厚厚的门板把门下了。他猫着腰探头探脑地看看四周，跨过菜园的木槿篱笆墙，飞一般地向一道慢坡上的松树林奔去。

宁正全钻山穿林，落尽了枯叶的荆棘刺划破了他的衣裤，手背上流淌着一道道血溪。

登上一道山梁，他的目光越过一片开阔的旷野，看到一片灰蒙蒙的寒流雾嶂笼罩的崇山峻岭。那就是他和父亲有事无事经常谈起经常向往也经常恐惧的龙山。在惨白的夕阳余晖里，他对丁家庄作一次悲壮的最后一回头。不看则已，但见枯霜凋散惨黄的茅草和枯木林里，他家的茅草房升起了滚滚浓烟。噼噼啪啪的大火正在吞噬和毁灭他爷爷那辈置下的黑灰洞一般的茅草房。

宁正全突然两条腿猛地一挺，周身泛起了一股强劲的力量。大火那种强力的声响仿佛大声催赶：你就此向龙山走吧！这里已经没有你的立锥之地了！

宁正全扫了一眼漫山遍野的苍松野林，没有看见爹的踪影。他心里一阵酸楚，再一次为他爹落了几颗泪珠。

小寡妇家的方向依然平静。他摸了摸身上的花格子女装，飞快地构思了不久挎着短枪乘着夜色来敲门的幻境。

站着，莫动！

一声大喊，把宁正全从虚幻中拉出来。一个两手持枪的黑衣白脸汉子，脚蹬麻鞋，油光着头发，像看怪物一般看着这个假女人。

"丁老发！"宁正全喊道。

那人也认出了宁正全，立即收了枪，笑着打趣说：正全兄弟，你从哪儿弄了这身打扮？我还以为是个打劫了女人的土匪。你爹杀人了，你这是往哪儿去啊？

宁正全扑通跪倒在地，说：丁大哥，你要救我。

丁老发急忙牵起他，问：这是演的哪一出啊！

宁正全回头指了指那大火熊熊的地方，说：刘家把我的房子烧了。我无地可去了。

丁老发看了看那冲天大火和滚滚浓烟，再看看宁正全。他弯腰牵起正全，说：跟我走吧！

丁老发带着宁正全向松山庙而去的身影消失在早春的南安原野上。

小寡妇弯着腰，咬着牙去搬那厚门板上门。又拿钥匙开了锁。口里骂着"挨千刀的！"，跑出跑进地整理家什。一群人蜂拥而来，把寡妇门前围上了。

刘阿昌狰狞着脸厉声问：宁大祥和他儿子呢？

小寡妇吓得连连倒退，脸上一阵灰一阵白，说：我一个寡妇家，怎么知道他们爷儿俩的事啊？

刘阿昌说：你要不是寡妇，你还真不知道他们爷儿父子！人家都说你小寡妇是个双料，父子俩老少通吃。你快不要装了，直接说他们去哪儿了吧！

小寡妇一阵羞怯，做出一副要哭的模样，求告说：刘大叔，我真不知道他们去哪了！

呼啦一声响，一个后生把一件男装衣服扔在刘阿昌面前，说：这是房间里床踏板上找到的。

刘阿昌两眼睁得溜圆，一道犀利的光芒几乎要把小寡妇的胸膛射穿。小寡妇打了个寒战。刘阿昌把手一摆，喊道：绑了！两个后生上前一把揪住小寡妇按倒在地，七手八脚地拿绳子捆了。又把长长的绳索抛上房梁，猛地一拉，小寡妇直窜而起吊在半空。刘阿昌喝道：给我打这个不要脸的！

啪啪！棍子重重落在小寡妇身上，她一声声惨叫着，陡然之间惊醒了一般，哭着喊道：我想起来了，那宁正全说要投奔龙山去……龙山……龙山去……

龙山？什么时候走的？刘阿昌厉声问。

走半天了……

还打！棍子棒子又噼噼啪啪响了。

小寡妇号哭着说：狗日的正全，你把我害苦了……你们家杀了人跑到我家来害我……

还打！

突然小寡妇喊道：刘大叔别打了，我跟你说个事儿，那个丁老发跑来跟我说：说你要带人来抓宁家军……

刘阿昌把手一挥，棍棒陡然停下。场面静得像深夜。刘阿昌问：你说哪个丁老发？

小寡妇说：就是挎双枪，那年抢了宁青民家丝绸的丁楞子……

刘阿昌脸上露出一丝冷笑。他命令把小寡妇放下来，问：你说丁老发来向宁青民报信，说我要来抓他？

面如土色站立不稳瘫坐在地的小寡妇奄奄一息地点点头。

刘阿昌脸上扯出一丝阴笑，也点点头说：好啊！丁楞子，丁老发，狗日的！人五人六的！人前一套背后一套哈！

松山庙里。韩震坐在丁老发对面，听丁老发手舞足蹈数落宁正全。

宁正全像只瘟鸡一样耷拉着头，听丁老发说话，时不时斜着眼睛瞅瞅帅气十足夹着一股冷酷杀气的陌生人韩震。

丁老发说到气头上，几次要跳起来踢宁正全，但都没有踢下去，不停地把脚拎起来悬着，让宁正全提心吊胆。

丁老发说：宁青民这一次算是倒霉了！唉！摊上你们这样的本家！父子两个啥都不干，不是赌就是嫖不是嫖就是赌！老的不像老的小的不像小的！常言道，坐吃山崩！没有财路你们不但坐吃，还一担一担地往外送！你们胆子真不是人胆，实在是老虎胆，那刘阿贵的米和钱也敢借着赌！刘阿贵，谁啊？刘阿昌的兄弟！南安街上的混混见了他都弯得远远的，你们倒好，自己往人家枪口上撞。你们是小扁鱼追鸭子——找死啊！谁不晓得他们刘家是老虎凳、辣椒水啊！人家说天底下就没有王法吗？有啊！人家镇公所里当队长呢，那就是王法！斗不过人家，玩不过人家了吧？嘿，想起拿刀子杀人家了！你们这才是真正的下作人！你们这样红刀子进白刀子出，可能是爽快了，可你们把人家当校长的害死了，把宁家军害死了，把宁家人害死了！人家不管你们平时和不和，反正是你们宁家的人啰！他那校长带着一班宁家军，整天舞枪弄棒的，人家早就忌讳着呢，人家早就恨死了！凭什么你们宁家占了文的还要占武的！再说你在谁家门前玩大刀？还不是玩给刘家看的吗！人家这么多年找不到借口，找到借口早就要除了宁家军！好！现在你们宁家人杀了人，还杀了他们刘家的人，总算逮着口实逮着把柄了，那宁青民，他现在是十八张嘴也说不清了！不是宁家军撑腰，那撒尿撒不到三尺高的爷儿俩敢杀人？还敢杀他刘家的人！鬼都不信。

丁老发停了停，又接着指着自己鼻子说：我，我这个人，我想化解我和宁青民的恩怨，冤家宜解不宜结，懂不！我听说刘阿昌要带兵去抓宁青民，要缴宁家军的枪，我一口气，跑去报信！只要宁青民带着宁家军躲进山林，刘阿昌就不敢妄动！镇公所的人在明处，宁家军在暗处，都操着家伙呢！刘阿昌只能是英雄跑白路！这次我救了宁家军，他宁青民是个知书达理的人，我们从前那点小过节估计他也会一笔把它勾了！我丁老发也不再欠谁的了！

丁老发停了停，吞了口唾沫，说：我要回丁家庄，会会那宁校长。

宁正全眨巴眨巴眼睛，说：二叔，不能啊！那宁青民的枪法准得不得了！他打靶子，靶子上只有一个小洞，打十枪，打二十枪，从来没有第二个洞的！

丁老发看了看宁正全，脸色暴怒，上前一步，咬牙说：你耳朵打苍蝇去了，我说这么多你当耳边风了！我和他扯平了，我不亏欠他的了，他宁青民会开枪打我？

韩震站起身插在两位中间，劝说道：不会的！丁大哥，那宁青民也是有血性的汉子，不会以德报怨！丁大哥，什么时候去，我陪你去见识见识这位文武双全的人？

好！丁老发果断答应，说：择日不如撞日，咱今天就去！

好！韩震应道。

啪！丁老发踢了宁正全一脚，说：你去陪两个小和尚敲钟，不要乱跑！你只有蹲在这山上没人敢动你，你下了山，人家逮住就剥了你的皮！听到没？

听到了。宁正全使劲儿揉着踢痛了的屁股龇牙咧嘴答应道。

第十四章

一黑一红两匹骏马，扬起一路烟尘，向丁家庄飞奔。

宁正全家的茅草房燃烧的火光刚刚熄灭，扑了空的刘阿昌怒火冲天，愤愤地点火烧了几个草垛。草垛连绵着一片荒山，大火连绵烧了整整一天。余烬依然腾起滚滚浓烟，像一条巨大的黑色苍龙在尚未泛青的茅草山岗上空翻滚。银色的灰烬散落在村庄、老松林、毛竹园，顺着一条山沟向北纵深飘落，浓烟尾追着往山凹里灌。

黑红两匹奔马伴着浓烟向山凹奔腾。

马蹄声惊动了整个山凹。

宁青民和二十几个宁家军隐蔽在山凹里，静观其变。

宁家军一班人走到一块大岩石旁，拨开茅草和枯败的灌木，看着山下那条怪石嶙峋的山道。他们面色紧张，一个个脸上被烧房子的灰烟和山野的枯柴沾染了黑渍。他们穿着破旧的衣服，颜色混搭得五颜六色，山野里摸爬滚钻划拉出了一条条破巾片。山风过处，那破巾片不停地颤抖摆动。宁青民头戴一顶褐色毡帽。他的表情明显比其他人警觉非常。刘阿昌要带镇公所的官兵来抓捕宁家军，他不能眼睁睁看着宁家军被人抓走。虽然杀人的人和宁家军没有关系，可这道理……谁去给你讲道理啊！

一黑一白两匹马闯进了他们的视线。哗啦一声响，一个小伙子拉动了枪栓。宁青民压抑的声音吼道：不许啊！没看清青红皂白不能胡来！

两匹马慢了下来。两个男人骑马在山道上打圈子。

丁老发扯着嗓子喊道：宁青民校长！宁青民校长！我是丁老发！你要是气量大的君子，你要能原谅我从前的过错你就出来！

宁青民按住一个想站起身的小伙子，悄悄说：等会儿，莫急！

丁老发又喊道：倘若宁校长小肚鸡肠，那就算我看走眼了，我在明处，你在暗处，听说你枪法如神，一天只打一个洞，你该咋地就咋地吧！兄弟我来世再来结交你！

宁青民啪、啪拍了拍手掌，慢慢站起身来。

刚要往下走了两步，看到大家都哗啦啦站起来跟着走，他马上横了两臂，说：我一个人下去，你们四处散开。我没有叫你们下来千万别下来！多盯着，警惕点！

看见有人下山了，丁老发和韩震一齐下马。

宁青民向丁老发作揖说：多谢兄弟送信，救了宁家军，我们将没齿不忘！

小事儿，小事儿！我还要向你大校长请罪呢，当年我……

哎！宁青民急忙打断丁老发的话题，说：快莫提快莫提，过了，过了！

丁老发兴奋说：我们那是偷鸡摸狗偷瓜摘枣的玩意儿。

他一把拉过韩震说：这位是我的兄弟，他才是干大事的人呢！你宁校长结交他，一定能有一番大出息！

韩震上前施礼作揖说：久仰宁校长大名，今日一会，果然相貌堂堂，八面威风，名不虚传啊！

哎呀！丁老发打断说：兄弟，你就别客气了！真人面前不说假话，我虽然跑的路没你远，可我吃的盐比你多！今天当作宁校长的面，你也别遮遮掩掩了，人家识文断字，一点就透。今天这种场景，他宁校长也算落难，急需要人帮衬。你赶快说你的大事儿吧！来！拉拉手，英雄不打不相识，患难见真情！

韩震被丁老发的直爽弄得一阵一阵揪心，不过心里特爽快，觉得还是这样竹筒倒豆子好，免得半天撩不开那层纸。

宁青民肃穆了。他感觉今天不单是丁老发在他危难之时来和解请罪帮衬他，一定还有更大遮掩在后面。他拉住韩震的手，嘴里夸着：好一条壮汉！威武！有大将之风！心里可在想：这或许是吃枪杆子饭的。骑马的那神态！剽悍！不会是想找宁家军拉杆子的吧？

三人找了块大石头席地而坐。

宁青民先从侧面打听江西那边的情况，探听韩震是从哪个方面来的人，结果韩震一问三不知。再谈北方战事，韩震似乎来了精神。宁青民觉得有些懵。北方中原地区那么遥远，这韩震倘若要打他宁家军的主意，好像也牵扯不上。他干脆不提那些破事儿，只聊韩震原来是南安人的来历。

这个话题给韩震带来了警觉。他紧盯着丁老发和宁校长说：以后无论见谁，切莫再提我是南安人！只说我是经商。事关重大，拜托拜托！

丁老发指指天，拍拍地，指指宁青民，指指自己说：好！南安人，你是南安人，天知地知！

韩震表情肃穆说：宁校长，你是知书达理的人，你对现在国家局势怎么看？

宁青民故作不谙世事之态，挠挠后脑勺。

韩震神采飞扬，把中原大战极力夸张了一番。他表情焕发出一种快意，说：两虎相争，必有一伤！天下大势，还不一定是蒋某人的！鹿死谁手，尚未可知！我今天来就是寻找大刀会的。要在军阀混战的夹缝中干出一番大事。将来不一定是谁的天下。将来谁是功臣，就看谁的作为了！

尽管宁青民未置可否，但他的表情已经说明他对这个年轻的威武汉子刮目相看了。

韩震又掏出一封信来，递给宁青民。宁青民拆开信一看，只见几行熟悉的笔迹写道：

青民台鉴：

我是老同学江翼。久别未重逢，问兄全家可好？

韩先生来自中原冯将军帐下。现在我们吉凡江将军要在太湖沿岸地区组建江南人民自卫军反蒋，韩先生任该军参谋长。可帮他寻找大刀会。反蒋已是天下大势，望同学三思。

江南人民自卫军副总司令　江翼

宁青民愣住了。这位多日不见的江翼同学，在落魄的Z省党部主席吉凡江那儿办差呢。难道西北军冯将军和吉凡江已经接触了？

韩震心里一阵欣喜。果然不出他的所料，"反蒋"这两个字，已经给宁青民脸上罩上了一层神奇的灿烂光彩。

韩震说：江翼特别提起，我到浙北以后，一定要结识你宁校长。要组建江南人民自卫军，没有宁校长不成啊！

宁青民爽快答应了韩震。两人约定，不日，他要带大刀会首领陈教头和韩震相见。

看着韩震裹着烟尘纵马而去的背影，宁青民再次拿出那张来自上海的信笺，注视着"江翼"两个字细看。一张英俊尚武却又迷茫的脸庞在宁青民脑海闪现出来。

五年前，杭州学堂。广州那边开始掀起了大革命浪潮，杭州震动。学校更是牵系着世界的敏感神经。宁青民和江翼因为一个家乡在南安镇，一个家乡在吉安镇，相距不远，他们自称为同乡，所以在同学群里两人交谊最厚。上课同坐一桌。下课两人在那树荫下畅谈理想和前程。晚上同居一室。在那大革命的年代，学校里一片欢腾，树欲静而风不止，同学们一个个群情激奋，纷纷加入各个团体。宁青民和江翼同样血气方刚，汹涌澎湃地追逐大革命的风浪。但在团体的选择上，同学们之间出现了分歧。

宁青民选择了共产党。江翼则选择了国民党。

选择何种党派，当时是怎么样的心理背景，一方面取决于各人习惯读书接触的党派书刊潜移默化，一方面取决于接触老师。这些各个党派的老师们对某党某党认知的倾向，以及这些教师联系某学生的家境给予的引导。同学之间并没有产生什么严格分歧。江翼家境是地主。他认为家产是应该得到保护的。当时社会上流行说共产党要"共产"，江翼对共产党似乎没有好感。宁青民出身小富农之家，家业也只仅仅能够供奉他这个学生读书吃饭，其余并不富余。他赞同天下大同，天下人同甘共苦。虽然他们内心里彼此都占据着这些朦胧的政党意识，宁青民信誓旦旦要为共产主义奋斗终生。但不会因此影响彼此不同党派之间的同学感情。友谊在继续。

国民党和共产党第一次合作，同学之间更有亲上加亲之感，一团和气。

毕业了，同学们要纷纷告别，同学之间的命运和前途急剧变化。

江翼分配在 Z 省政府做职员，受到了省政府官员的重用和提拔。

宁青民则回到老家，做了小学教师，官职莫大于一个小学校长。

然而两人依然保持着纯洁的同学关系。江翼每次回吉安镇老家，一定前来南安镇拜谒宁青民这位老同学。

然而天有不测之风云。民国十六年，国民党大开杀戒。吉凡江是上海四一二政变的参与者。因为清党有功，吉凡江立即被南京提拔为 Z 省省主席兼军长。吉凡江是浙北县人，与江翼的家乡吉安镇不远，两人堪称老乡。很快，江翼被省政府提拔到吉凡江身边工作。

江翼并没有认为自己走上了飞黄腾达。他那颗纯洁的心灵反而感觉到了莫大耻辱和愤恨。国民党大开杀戒，杀戮的血流让他擦亮了眼睛。他恨自己，当初真的不该加入党派。党派原来不是"好玩"，原来却是这般血腥残酷！他恨国民党。为什么要大举屠刀！为什么要向自己的国人大举屠刀！

那一年，他特别赶回老家，特别赶来看看老同学宁青民。当他看到宁青民还活着，他当时涕泪滂沱。他为这个共产党员的老同学成了"宁可错杀一千不可放掉一个"的漏网之鱼而庆幸。他大骂国民党不是东西，惨无人道。他嘱咐宁青民不要再去冒生命危险讲什么主义了。好好和家人过日子吧！

在那个恐怖的日子里，宁青民只以同学的情谊和江翼一起吃喝、说话。共产党为了自保纷纷转入地下。他不再和江翼谈党派。

　　无奈刚刚抱残守缺怀着痛心要施展个人抱负和理想的江翼，竟意想不到输倒在起跑线上了。政治斗争断送了江翼的大好前程。Z省主席兼军长的吉凡江忽然倒台了，忽然在一夜之间被南京政府一撸到底，变成了一个白丁。几乎所有省政府的职员和官员都受到了牵连。江翼也一落千丈，茫然不知所措。他将往何处去？他痛恨自己报国无门。他更加深层次地痛恨党派纷争了。这党派的残酷不单单是党与党之间，原来党内也是那么残酷无情，杀戮惨重。他看着一个个从省政府里耷拉着脑袋卷铺盖走人的同事们，他不知道自己往何处去。此时的吉凡江已经不是国民党员了。站在政府大门前，他对江翼招了招手。好！他吉凡江不是什么党了！他江翼也不愿意做什么党员了！跟他走！跟吉凡江走！

　　宁青民知道这个消息，立马奔赴杭州。他想以一个共产党的身份，把这个同学拉到自己阵营里来，和自己并肩作战。

　　西湖边的垂柳树下，两人对视良久。看到江翼不停地长气短叹，宁青民鼓励他换个思维方式，换换脑子。古人云：此地不留爷，自有留爷处。他劝告江翼，像南京这样不讲道义小肚鸡肠的人管理中国，中国根本没有出路。中华民国建国许多年了，却依然战乱不休，人民大众依然水深火热，饥寒交迫。中国的出路在哪里？只有共产党才能救中国！如今南京把你这个一心一意要报效国家的人驱逐掉，你又何苦只认一棵歪脖子树而不见一片大森林呢？现在正是你投暗的明珠回归光明的大好时机！共产党已经在江西建立了苏维埃共和国红色政权。共产党才是一个具有博大胸襟海纳百川的政党，才是指引中国起死回生走向光明的一杆红旗。共产党正是用人之际，不但招兵买马，同时招贤纳士，像你这样的读书人到了江西绝对英雄有用武之地。

　　江翼只是一味地摇头。他心目中崇敬共产党，崇敬他们大公无私两袖清风，不像国民党人那样追逐名利两手铜臭。可是，他对于什么主义早已心灰意冷。民国十六年的清党绞杀，让他心惊肉跳。他害怕党和党的争端竟是如此残酷。他想起三国时代的七步诗：煮豆燃豆萁，豆在釜中泣；本是同根生，相煎何太急。当时读这首诗他是半信半疑。他不相信这亲兄弟会这般歹毒和残酷。他曾一度认为诗人写诗只是耸人听闻哗众取宠。可自从"宁可错杀一千不可放掉一个"之后，他如梦初醒。他真正认识到"相煎太急"了。他后悔不该加入国民党。他发誓从今往后，将来他娶妻生子，他坚决不允许他的子女加入任何党派。他无论如何想不通：人类为什么如此复杂？其实一个人只要安心读书安心劳动安心成家立业，任何一个国家都会从穷困走向富强，任何一个国家都会善良充满人性人道，怎么可能杀来杀去？同一个国度同一个民族的人生活在共同的蓝天下，干吗要建立这个党那个党？

江翼的那颗残破的心，早已扭曲。他已经脱离国民党了。他想劝告别人也不要再加入任何党。他调头劝告宁青民。要他不要再纠结在什么党派里，去过那种提心吊胆的日子。安心做一个读书人，或者做一个生意人，或者……

宁青民发觉江翼崩溃了。他的苏维埃已经不能唤醒这个起起落落的失落者。

江翼补充说：他感到了人类的毁灭，人类的不可救药——人类，其实就是讲着文明使用文明去干那些动物喜欢干不文明的野蛮事情的动物！他已经对人类不抱任何希望。

西湖的晚风荡漾着浓浓的时代血腥气息。宁青民长叹一声。二人晚上再次同居一室。晚上两人喝了一夜的酒。翌晨，匆匆作别，互道保重。

江翼随吉凡江到了上海，曾几次来过丁家庄看望宁青民。

当他看到宁青民热衷于教书育人，并没有其他野心，他很欢欣告别。

……

宁青民拿着韩震给来的信笺，沉思良久，感觉早已沉沦前途无望的江翼忽然苏醒了。这封遥远的上海带来的信笺，仿佛是江翼又一次脱胎换骨。那次奔赴杭州西湖湖畔的劝说，江翼大声喊：江翼已死！可今天，江翼复活了！这就是时代造英雄！人，只要不是生活在真空，岂能一个人纯洁到底？

江翼一定是看到了反南京的大旗在全国飘扬了。他虽然痛恨各个党派，但他更加痛恨葬送他大好前程的南京。一个人可以不谈党派，但不可能不谈前程。他今天的挺身而出，与其说是为反南京，还不如说是为了他的前程。呵呵。

果然，宁青民猜中了江翼的心思。后来的信笺往来，宁青民知道了江翼的转变根由：

　　天下风云大事不断变幻。突然造访的不速之客——从西北军江北大营赶来的韩震打破了吉公馆的平静，唤起了吉凡江东山再起之野心。痛恨南京追随吉凡江的江翼不可避免地也要登高一呼。他成为"江南人民自卫军"的副官和副司令。让江翼感到快慰的是，吉凡江立下雄心壮志：他坚决不为任何党派而战！他只是为了反南京！

　　事情竟然如此不凑巧。正在刘、宁两家为宁大祥杀死刘阿贵闹起了家族纷争，双方争斗的手段超过了任何以往，要相互抄家伙火并之际，丁家村忽然来了一位不速之客。

　　刘家人火速前往南安镇公所报信，说宁青民家来了一个女客人。说这女客人神情严谨，举止端庄，绝非一般世俗女子。那宁青民一定是做贼心虚，闻讯后亲自下山接走了女客。

　　冯大魁狐疑不定。这女客来得真是时候！宁家人杀死刘阿贵的案子尚未破解，两家争斗尚未协调，突然冒出的这个女客，而且跟着宁青民上了山……这女客身份实在蹊跷。冯大魁心知肚明，宁家军绝对不会支持宁大祥父子杀人，所谓的宁家军为宁大祥撑腰，只是刘家人嫁祸于人的诬陷而已。但为了刘阿昌的面子，冯大魁不便戳穿刘阿昌。冯大魁打算派个探子前往宁家军躲避的山谷里探个虚实。

　　派谁呢？

　　冯大魁想起了丁老发。

　　他把他的想法告诉刘阿昌，刘阿昌大摇其头，叱骂道：

　　丁老发这狗日的和宁青民近来眉来眼去，还亲自去通风报信！派他去，那才是遂了那狗日的宁青民的心愿呢！

　　冯大魁决定自己亲自前往。他要一箭双雕，既劝解刘宁两家的死结，又去看看那个神秘女客究竟是何方神仙。他相信宁青民不会不给他镇公所所长的面子，不会带人抄家伙造反。

　　冯大魁带了刘家人的武教头陈九照一同前往。

　　冯大魁在树林里见到了宁青民。冯大魁劝解宁家军下山。躲避解决不了问题。他说南安镇公所相信宁家军不会怂恿宁大祥杀人的。但宁大祥毕竟是姓宁的人。宁大祥父子俩畏罪潜逃，官方正在全力抓捕。在抓捕凶手归案之前，冤家宜解不宜结，宁家军可否做个姿态，补偿给刘家一些安葬费，然后顺坡下驴，带着宁家军回家，该教书的教书，该种地的种地。云云。

　　冯大魁扫视了宁家军躲避的山林周围。他没有看见有什么女客的踪影。

　　陈教头一边劝慰宁青民带人下山，一边大骂刘家人诬陷好人。

　　冯大魁大声说：宁校长不要过虑了！他刘阿昌虽然是镇公所的队长，但国有国法，不是他开口说谁就是谁之罪！起码他还要听从我这个当所长的！

　　宁青民频频点头称是。他答应冯大魁带人下山。但他一人还不能完全做主，还必须与族人商量商量，再作答复。

　　冯大魁走了。临行时，冯大魁留下陈教头，要他帮助宁校长说服族人。

　　宁校长送走了冯大魁，轻吁了一口气。

　　他带领宁家军躲避山林，族人和外人都以为他是躲避刘家栽赃嫁祸。其实，谁也不懂他的内心。

　　就在宁大祥父子杀人的前一天，宁青民得到可靠情报，离开南安镇数载的柳叶将要神龙再现。可这是个危机四伏的时候。在这刘阿贵被杀的乱糟糟之际，刘阿昌一定会在丁家村来来往往。倘若刘阿昌发现柳叶的踪影，岂不玩完。为了隐蔽柳叶，宁青民干脆以躲避灾祸为名，带人隐蔽山野，柳叶自然不会被镇公所发现。

　　今天冯大魁亲自上山劝解，宁青民知道来者不善。冯大魁左顾右盼，东张西望的神情，宁青民知道冯大魁肯定风闻了柳叶的风声。只得与他巧于周旋。

　　柳叶隐蔽在丛林深处。她是来传达上级指示。南京和西北军拉开中原大战，西北军已经派人来联络江南反蒋势力，准备在敌后发动袭击，以扰乱南京的军事部署。上级决定，必须充分利用这次江南袭击行动，发展自己的势力，在浙北地区开展武装斗争。

　　宁青民校长认真分析了目前的局势。西北军和吉凡江组成江南人民自卫军，这对于南安镇发展红色势力，也是大好时机。

他火速派人寻找丁老发，要他找来韩震，拜见陈教头。

韩震欣喜若狂。陈教头五十上下，国字脸，表情肃穆，老成持重。生得人高马大。一口山东腔调说话。禀性耿直，不会拐弯抹角。他就是大刀会江南地区总首领陈九照。

陈教头在南安地盘，在刘家当教头，原本计划把江苏苏南地区的大刀会引入南安镇，发展他大刀会势力。但他的所见所闻，他自认倒霉。刘家是丁家村众人一致公认罪孽深重的家族。他做了刘家师傅，自卑自己为虎作伥。

他开始转移目光寻找新的目标。丁家庄的宁家军，在宁校长的带领下纪律严明，从不在乡间为非作歹，方圆几十里有口皆碑。陈教头寻找接近宁校长的机会。但是他发现南安地面各种势力复杂，宁家和他所服务的刘家又恰是死敌，他不便公开接触宁家军，一直都是暗地里和宁校长来往。经多次洽谈，他凭着多年江湖经验感觉宁青民并非一般读书人，也并非一般校长。此人另有心胸另有天地。当时国难之际，各种山头林立，各种势力纷争。他断定宁校长脑有大志。尽管他判断大刀会和宁家军无缘，但他敬重宁青民的人格和品德，敬重他的渊博知识文化。两人一直暗地里保持良好的朋友至交关系。

宁青民引见韩震，大大出于陈教头的意料。这个自有主张另有图谋的宁校长难道也会参与江湖纷争？直到韩震把成立"江南人民自卫军"攻打江南某军事重镇的意图娓娓道来，陈教头沉思了。他终于明白宁青民是要借力打力，要借这次"江南人民自卫军"的战事发展他自己。陈教头受到启发，开始盘算自己大刀会的方略。他也想借力打力，借鸡下蛋，借这次战事发展大刀会。

陈教头和韩震行走在僻静的山岗上，不提防草丛中窜出一只兔子。兔子惊慌失措，纵身一跃，希图跳过一块一张床大小的空地逃之夭夭。说时迟那时快，在这短暂的一瞬间，陈教头"嗖"地放出一支暗器，射穿了兔子的咽喉，翻倒在地。

韩震惊奇地走上前去，拎起兔子。兔子还在抽搐，挣扎着最后一口气。他好奇地拔出扎在兔子咽喉中间的一根二寸钢镖。

韩震眼睛一亮。钢镖的后柄精细地雕刻着"赵"字。韩震仔细端详着陈教头的脸庞，凝望着其间的亲属成色。

一棵树上有两只鸟雀正在叽叽喳喳。韩震手指轻弹，钢镖"嗖"地飞了出去。

一只鸟雀噗地坠落在地。

陈教头一愣。但他很快向韩震拱了拱手，说：独门绝技，不知韩将军师出何门？

我的生身母亲叫猛丫，她是山东赵氏后裔……

陈教头一把抱住韩震，从头到脚仔细端详着韩震，问：你再说一遍！你亲娘叫什么？

猛丫！

外甥！陈教头大声道，外甥！我可是你的亲舅舅啊！

陈教头一直苦苦寻觅跑散了的两个姐姐的下落，至今一直杳无音讯。今天，韩震，他嫡亲嫡亲的外甥竟神使鬼差站在他的面前！他的眼泪哗哗奔涌。

陈教头和韩震两人抱头痛哭。

两人一拍即合，苏南大刀会即将择日开拔到龙山，改编为"江南人民自卫军"。

好一个江南人民自卫军！

一个女子的声音，令两人大吃一惊。

两人正在相互认亲的时候，一位女子忽然轻盈飘逸地出现在眼前。

柳叶隐蔽在丛林中，偷听这外甥和舅舅的谈叙良久了。

韩震忽然拔出枪来，直指柳叶。陈教头暗藏的"赵氏"飞镖已经初露锋芒，蓄势待发。

柳叶先生？韩震嘀咕道。

柳叶大吃一惊。她惊问韩震：你是？

韩震问：柳叶先生，你可还记得金花？

柳叶一阵大喜，大声喊道：你是憨子？

对！我是憨子！

……

　　这次韩震和陈教头相会，和柳叶相会，大大提高了韩震的信心。

　　惊天动地的壮举即将有序运作起来。为了不暴露宁青民校长的真实身份，柳叶和陈教头离开丁家庄。韩震立即邀请陈教头和柳叶一起前往龙山。

第十五章

南安镇地区农历的二月初八，是南安地区倒春寒最最寒冷的日子。南安地方有句俗话：老牛老马难过二月初八。

传说南安的本土神仙——祠山爷，他的生日是二月初八。祠山爷有风姑娘、雨姑娘、雪姑娘三个闺女。三个闺女嫁人以后，每逢老父亲的生日都要齐刷刷回娘家孝敬。就像铁打的规矩，每年的二月初八，风姑娘、雨姑娘、雪姑娘回南安老家，所以必定要刮风下雨下雪。

今年的二月初八，风雪特别大。南安外郊松山之麓弯弯曲曲的山道上，一前一后，走着两个头戴斗笠的姑娘。山道两旁的枯萎茅草和灌木丛，深深被积雪掩埋。她们步履蹒跚，时不时站立在一个交叉路口，左顾右盼，仿佛在寻找辨认什么方向。

山道上迎面来了一队穿着花花绿绿吹吹打打的队伍。两个姑娘纳闷。在路旁站着。

金花姐，是迎亲的轿子！铁丫惊讶地喊道。金花掀了掀斗笠，仔细打量了前方的队伍，便伸手拉了铁丫闪在积雪覆盖的灌木丛里站着让道。

告别憨子娘——韩表婶的墓地，金花带着铁丫去寻找自己的老屋住宅。

那住宅已经转手卖给了仇人刘阿昌的兄弟，金花计划只是站在路边远远看看，以化解她几年来的思乡情结。

一顶大红轿子闪着趔趄，尾随着七八个吹鼓手，晃晃悠悠来到面前。轿子顶棚上已有巴掌厚的积雪。

轿子路过面前，好奇的金花盯了轿子窗帘里看了看。抖动的帘子闪露出一张娇美的姑娘脸，擦得彤红的胭脂粉，泪飞如雨。

听说过姑娘嫁人时会哭，可没见过竟然哭得如此伤心悲戚。金花好奇地想着。

轿子在一个路口拐了弯。金花扬了扬眉毛，拉了铁丫紧跟着轿子的队伍向一道慢坡走去。

前面是个住户不多的小村庄。嗯？这么巧？轿子要去的村庄和金花寻家的路是同一个方向。

金花眼巴巴望着慢坡下那座生她养她十几年的小院子。院子里热闹非凡的气氛迫使她拉着铁丫停住脚步。院子门上挂着大红彩带，在白色的雪景里分外夺目；院子里走动着各色人等，有的一步小跑着嚷嚷：新娘子来了来了！放炮仗放炮仗了！屋子里很快潮水一般涌出一群男女，翘首眺望山道的轿子队伍。那积雪的屋顶上竖立的烟囱炊烟滚滚，正对着门外的灶头闪烁着旺旺的火光。满山坡散发着浓郁的油香。

金花眼睛发直。那院子曾经就是她的家。现在，这里住着她的大仇人的兄弟。

一路踏碎积雪，轿子往那院子而去。啊？那姑娘竟然是嫁给姓刘的？

通通！啪啪！炮仗声此起彼伏。满坡的鱼肉油香里掺和着硝烟味儿。

轿子抬进了院子。院子门随即关闭。

闷闷不乐的金花和铁丫一步三回头地望着自家老屋。老屋的旁边，盖了一幢崭新的砖墙黑瓦房。金花怒目圆睁。她注视老屋的大门，窗户，院子，房前屋后的大树小树……都会引起无限的回忆。门前那棵高大的樟树，当年憨子哥愤怒抛刀劈断的枝丫，已经枝繁叶茂，在厚厚的积雪沉压下，摇摇欲断。

金花满腹心思地走下一道山坡。她原本饶有兴致地给铁丫讲述她和憨子哥在这个院子小时候的故事，如何练武如何读书如何打架哭闹，但全被这怪异的风雪婚嫁和自家房屋被占的失落所打断。她一会儿横眉瞪目站立不动回头看那充满喜庆的院子，一会儿咬牙切齿看着南安镇街镇公所方向。

拐了弯，上了一道坡，又下了一道坡，再转弯，在一片密林的拐角处，有几间破败飘摇的茅草房，门前站立着一些破衣烂衫的亲戚，看着一个妇人在雪地里滚爬哭嚷。妇人躺在雪地里，身体已经融化了积雪，浑身黄泥污垢，头发成了一卷金发，几个亲戚拉也拉不起。金花忍不住上前去牵拉那妇人。但那妇人声音嘶哑，泣不成声，两手紧紧抠在雪地里的一棵树桩。金花和铁丫好不容易听清楚她的哭诉，两人都大吃一惊。

原来，刚刚那个花轿抬去的新娘是这妇人的女儿。人家那刘家的儿子前几天在丁家庄收高利贷被人杀死，一命呜呼了。但是，这小户人家拿了人家的聘礼，活是人家人，死是人家鬼。人家姓刘的有钱有势，那镇公所的队长就是死新郎的哥。那队长传话来说，男人死了也要嫁——今天那新娘子原来是要抱着死男人的灵牌子拜堂成亲的！

金花和铁丫惊愕地瞪大了眼睛。

龙山的早春之夜，在白雪皑皑的料峭丛林氛围中显得异常静寂。没有风。一直喧嚣不停似乎要破坏这个世界的松涛声在大雪封山的情景下，被厚重的冰雪所禁锢。山谷山梁此起彼伏地响起松枝承受不住积雪压力的断裂声。这种声音不亚于一种反抗！

憨子哥的嫡亲舅舅带领苏南大刀会人马来到龙山，龙山开创了一个全新的时代。为了不引起官方注意，一千多名大刀会员分十批在夜间秘密赶路，神不知鬼不觉，江南人民自卫军在龙山成立了。

柳叶来到龙山，金花喜出望外。二人一见如故，彼此问长问短。金花告诉柳叶，自己一定要杀了刘阿昌，为父母亲们报仇雪恨。她以为柳叶一定会鼓励她，帮助她。谁知柳叶不但不鼓励她报仇，反而要她沉住气，要她冷静，不要把个人的仇恨放在第一位。她要金花学习着时刻把普天下所有劳苦大众的仇恨放在第一位。

金花感觉到柳叶变了。自家的仇恨不报,那些素不相识的人,他们有仇恨跟我无关,我为什么要为他们去报仇呢!

柳叶的主张似乎没有得到憨子的回应。柳叶看到大刀会这么雄厚的力量,她拼命游说,希望能把他们拉到她的革命队伍中去。憨子总是那句话:等打完仗再说,等打完仗再说。

金花睡不着。她脑子里不停地浮现翻腾着自己曾经的老屋,那顶迎亲的花轿,那雪地打滚心痛欲裂哭号妇人的一连串画面。

这几年的世间闯荡,她看惯了世界上人欺负人的种种现象。人类,原来就是人类的最大敌人。正在成长发育期的她内心里波澜起伏,激起一种飘忽不定的豪侠之气。世界好比一座庞大的林子,什么样的鸟都有。一些人有钱有势,在人世间飞扬跋扈横行霸道鱼肉乡里。一些人,吃糠咽菜破衣烂衫,百无聊赖的承受着另一些人的欺压,不敢声张,不敢反抗。她不明白为什么都是人,生存的差距竟然如此之大,朱门酒肉臭,路有冻死骨,难道这是千古不变的生存法则?她知道自己属于被欺压的一类,属于被逼得有家难归,不得不沿街乞讨,依靠卖艺沿街乞讨获得衣食饱暖的一类。但在风风雨雨的世界上,即使希望获得这么一点点需求也是十分艰难。她忍耐着,承受着。他们马戏团艰辛劳顿,走街串巷,在这混乱世界,人们没有闲心接近娱乐,生意清淡,常常风餐露宿,衣不蔽体食不果腹。还常常遭遇官军和江湖恶霸的纠缠。小时候,憨子娘传授的那些武术和二寸钢镖,她无数次拿出来要向邪恶对抗,但毕竟只是保全自己,见好就收,打跑了人家,自己该卖艺还是卖艺,该挣钱吃饭还是挣钱吃饭。母亲不辞而别,给她留下防身保命的武器,她操练得得心应手百发百中,但只是威慑他人而不敢伤人性命。她自知在这浩瀚的人生海洋里,一个十几人的小小马戏团恰如几只泥尘中爬行的蝼蚁,根本无力和庞大的社会相对抗。她希望他们就像石缝中的蕨草,在悲凉的角落悄然悲凉地生长。岂知越是忍耐越是承受,内心里越是激荡起强烈的火山般熔岩。她每长大一分,积累的熔岩越膨胀,每长高一寸,她越看见世界不公平。她像一头发怒而不会张口的凶猛狮子，跳跃着咆哮着，不知道哪一天会一口咬死谁。

时局动荡，战火不息，马戏团的生存使命迫使她向江南转移，命运的阵风携带她回到了家乡南安。内心里看似熄灭的复仇火焰死灰复燃。多年不敢回忆不敢缅怀的南安情仇，像一把炽烈的火炬一下点燃了她的熔岩。仇人刘阿昌的出现，更是打破了克制熔岩的忍耐，凶猛的烈火终于冲天而起，迅速蔓延而一发不可收拾。她不敢忘怀自己接替歌丫的重大责任，她一边要带领马戏团的兄弟姐妹一起行走世界谋生，一边谋划择日赶回南安打死刘阿昌为父母亲报仇。那天晚上在骆马店，为了保护马戏团众多的兄弟姐妹，她克制，忍耐，不敢贸然行复仇事。可惜的是让刘阿昌逃之夭夭。天地轮回，否尽泰来。命运之神把憨子哥送到她的身边，把江南人民自卫军送到她的身边。她那已经蔓延的熔岩泛滥了。她那积蕴多年的豪侠之气仿佛生长了翅膀，直冲云霄搅动电闪雷鸣发起强烈的霹雳。

她的老屋，她不能忘记那里有血海深仇；抱着灵牌拜堂的新娘，而且是姓刘的灵牌……这倚强凌弱的悲剧，像无形的锋利的凄厉寒风，触动了她豪侠的神经。她睡不着，盘算着如何赶到自己的老屋去，去救出那抱着灵牌丈夫睡觉的可悲新娘……

第十六章

民国十九年四月夜色笼罩下的浙北县城，显得异常昏暗和宁静。偶尔天空乌云裂缝中闪烁几颗光芒黯淡的寒星。

浙北县城从战国时代吴王夫差的弟弟夫概来建城以来，好像都没有这样沉寂怪诞过。由于这是扼守苏浙皖三省之通道，在战争年代从来这里都是各方抢占的最热闹之所在。这叫兵家必争之地。在三国孙吴建都南京以后，沿袭东晋宋齐梁陈六朝时代，国都外围之浙北从来就是与京城一荣俱荣一损俱损，唇亡齿寒相互犄角。南京成为众矢之的，浙北同时是飞箭必经。南京明朝大将耿炳文在县衙内建造元帅府，为国都南京镇守一方。晚清时长毛造反，一样的定都南京，浙北同样是国都后花园，只是太平天国没一日停息过战火，这后花园俨然就是炽火后院，清军和太平军拉锯一般你来我往，浙北城终日火炮纷飞，坚固城墙几成废墟。世事巧合，眼下民国政府再次定都南京，只是天下尚未太平，浙北城荣幸之余战兢兢做了南京后方。这次中原大战，兵发江北，大军在浙北驿道川流不息。这几天，或许中原军队饱和了，不见军队行军踪影，驿道上尘埃清净。高度的繁闹过后，沉寂的浙北城变得冷清静默，令人生疑。

明将耿炳文建造的元帅府，后来历代县衙官员都住在那元帅府里办公、生息；帅府四周种植了几圈的苍松翠柏。几百年岁月沧桑，如今的高墙深院内都是参天大木；在阴森森的树林里，这种一九三〇年式的异常昏暗和宁静还是第一次遇见。

韩震骑着枣红马，在特别许可的情况下，心情复杂地深夜造访县衙黄县长。

县衙的警卫兵开了门。院子里异常祥和的氛围让韩震觉得毛骨悚然。

大圆脸黄县长坐在灯光下，疲惫而又紧张地看着这位半夜造访的汉子。

黄县长这阵子忙碌得焦头烂额。前方打仗，从江南后方拉到前线去的部队几乎都要从浙北经过，来了个师长军长，哪个都比他官大，他们要吃要喝要女人，一个都怠慢不得。前方战事，后方粮饷，他忙碌着筹钱筹粮。湖州城里发生的事儿，说是那马戏团的人逃往浙北方向来了，他心惊肉跳，如临大敌，吩咐县警队的五十个兵丁一个不可以回家，都在街道巡逻、县衙大院子里轮流值班放哨。他躺在床上时，把一把快枪塞在枕头下，提心吊胆地睁着眼睡觉。

今晚说有贵客临门，黄县长一直坐在灯光下，焦虑地等待着。

黄县长笑容可掬，躬身迎接贵客。

韩震拿出一封吉凡江给黄县长的亲笔密信和一张银票。

黄县长阁下：吉某自离杭州去上海，无官一身轻，心无旁骛，偕友从商，无暇拜会父母官至今，甚憾！今来函本意欲与县长叙谈国事。今天下大势，表面虽南京控制，实乃天下大乱，不减当年军阀四分五裂之状。江西红军，桂系李白，东北张少帅，一概虎视眈眈。今中原又重燃战火，并非偶然。其实天下不满蒋贼窃国器耳。国势如此，有目共睹。有志之士纷纷投身革命，要与蒋贼反革命血战到底。吉虽不才，但深明大义，今有意东山再起，挟当年项王江东八千子弟，与天下义士，共讨蒋贼。吉某如今与西北军总司令冯将军达成默契，已成立"江南人民自卫军"。万事开头难。当下本军还需要一些帮助。念我与黄县长多年至交，吉某今委派我"江南人民自卫军"第一参谋长韩震，前来贵县接洽。我军不日前来借道，还望县长阁下给予方便。另敦请县长，贵县四通八达之地，消息灵通，交通便利，何处武器弹药有售，敬请暗告。今小谢大洋十万，今后事成，容当厚报！

黄县长看完信，面不改色，但心口咚咚直跳。

那个从浙北走出去的吉凡江，曾经的Z省主席和军长，一直是他黄某人的老上司。自被南京将权卸任，这位老上司跑到上海，一直在上海做寓公，据说三不问。一不问国事，二不问党事，三不问家事。他们老吉家一个刚刚在浙南从政的县级小官儿，带去许多财物请求这位长辈，希望通过他从前的政路帮忙抬举一程，碰了大闭门钉。很多原来这吉老夫子的亲信就像断了线的风筝，在这风云突变的政坛上空飘摇挣扎，险乎坠落。他一个小小县长，因为是这老夫子的家乡父母官，从前走得近，巴结紧，在这次断线厄运当头时，惶惶不可终日，多次受到新上司的猜疑。这段日子，中原战事爆发，他黄县长以出色地奉献和拥戴，改变了新上司的看法，好不容易稳住时运，可今天这老夫子竟突然从地缝里冒出来，半路杀出个程咬金，竟要拉起"江南人民自卫军"的大旗，要乘这中原大战南京捉襟见肘之际，来他个东山再起，要报他那一箭之仇。而且，来联络他参与协助。

手里拿着这封信，就像拿着一块滚烫的山芋，更像一只随时就会爆响的炸弹。黄县长惊疑不定而又装作他乡遇故知的喜悦，强装笑脸说：吉主席养光韬晦终于神龙再现！可喜可贺！在下不才，只要能为吉主席出山尽一份微薄之力，实是应该，应该！

韩震不失时机拱了拱手说：吉主席说了，受黄县长滴水之恩，必当涌泉相报！

黄县长赶快挡住韩震的话，说：快别如此说话！我和吉主席的交情，非同一日。我们曾经患难与共，同生共死。客套反而见外。只是在下一事不明：这江南人民自卫军，可是何方神仙？是我们吉主席亲自拉起的部队？

韩震点点头说：正是。吉主席恨蒋，这么多年并没有沉沦，他一直苦心经营，积累了这份本钱。

黄县长抬眼看了看韩震，问：你们现在这"江南人民自卫军"有多少人啦？

韩震笑着回答说：大约五千人马。

黄县长微微一颤，稍一停顿，故意咳嗽一声，说：好！这五千人马，一人吐一口唾沫都能把一个县城，甚至湖州城淹死。现在正是城市空虚之际。还望吉主席大功告成之后，别忘了卑职黄某。

黄县长今晚从来没想过要得罪老上司吉老夫子。毕竟他不知道这"江南人民自卫军"是什么来头，到底有多大能量。

关于帮江南人民自卫军买枪的问题，黄县长沉吟良久，额头上沁出细密的汗珠。屋子里宁静得鸦雀无声。屋子外苍松翠柏树上的鸟一定受到了惊扰，浓浓夜色中扑刺刺地欲飞不能。半晌，他说要考虑三天再给话。

韩震站起身，彬彬有礼地告辞。他说军机大事夜长梦多，江南人民自卫军早已万事俱备只欠东风，还望黄县长早办！

黄县长打了个寒噤。他站起身送客。他嘴里答应"是是是"，但他深知一个政府官员如此暗通部曲，剑走偏锋，吃里扒外，绝对是掉脑袋的事！看看这位年轻的韩参谋长竟然如此咄咄逼人，看来这江南人民自卫军的确是大有来头。

送客到门外，黄县长只能两不得罪，轻轻说：

此事天知地知……后天韩参谋长等候回话。

时光飞快。两天转眼就到了，韩震如期半夜悄悄来到黄家，黄县长告诉他一个惊喜的消息：刚刚往北开拔而去的陈安坤师，从湖州而过，路经浙北。他有一个二团留守湖州。湖州团部存放有五百枝长短枪，要卖。要现大洋！

黄县长喜形于色地格外提醒：这可是秘密交易，天知地知哦！

韩震欣喜若狂，一拍大腿，当即要赶到上海向吉司令报喜，要及时把买枪银洋办到。黄县长伸手拦住了韩震。韩震一愣。黄县长慢条斯理地说：我和吉主席多年来就是一条绳子上的蚂蚱，从来相互提携，荣辱与共。我帮你们江南人民自卫军秘密买下这五百枝长短枪，你们不能直接在浙北城里交易。你附耳上来……

韩震霎地立起身，聆听黄县长密语。

黄县长约见刘阿昌那天，县衙里空无一人。他把机关里所有的职员全部指派到全县各个征粮站去紧急催粮。上峰的指令势如风火，耽搁了军粮一样会掉脑袋。

刘阿昌受宠若惊，穿戴整齐得像个公子哥儿，正色走进县府大院。南安镇狠抓猛打了几次异党，颇受黄县长嘉奖。几次送共产党人到县城都是刘阿昌送的。黄县长曾经拍过刘阿昌的肩膀，一再叮咛他好好干，刘阿昌兴奋得好久没睡好觉，总感觉那肩膀被县长大人拍过，已经脱胎换骨，是扛重担的骨架。看相的经常说他天庭饱满，印堂发亮，要升官发财。今天这县长亲自约见或许有什么提拔。

大院里寂静如磬，迟迟不见黄县长身影，刘阿昌忽然一阵心跳。他想起青山乡公所的所长，说是涉嫌共产党地下组织，被黄县长不声不响召见到县府开会，可他去了就没再回来。很多人都说那所长冤枉。但在上司面前，从来就是"欲加之罪何患无辞"，什么冤枉不冤枉！今天这黄县长葫芦里不知卖的什么药啊？

真的见到黄县长，刘阿昌所有疑虑全部烟消灰灭。黄县长的大圆脸堆满了笑，穿着便装，悠闲地摇着一把苏州纸扇，唤勤杂人员沏好茶。刘阿昌尽最大弯度给县长作揖打躬。黄县长关心地问了问南安镇公所最近催粮情况，又问了问刘阿昌手气输赢如何。刘阿昌一一作答，无意间叹了一口气。黄县长立即追问有何不尽人意和烦恼，说出来大家帮帮。刘阿昌羞愧地说出他弟弟被宁家人杀死，断了他的财路。黄县长一阵惊讶，但很快说话宽慰他，表示了他和刘阿昌莫逆至交。最后，县长问他，那个从江北来的西北军的探子可曾抓到？刘阿昌实话实说：没有；可能那探子没有走南安那条道。黄县长摇着纸扇，慢条斯理地说：不急！上面不催，管他走哪条道！我们无非就是执行公务。

黄县长低声问他：你们那边可有人和江湖上的大刀会有来往？

刘阿昌从黄县长神秘兮兮的话音里，感觉到这是县长今天找他谈话的实质性问题。他点了点了头，又摇了摇头。

县长急了，问：这是有啊还是没有啊？

刘阿昌窘迫着，说：县长有话请直说，在下不知您何意图？

黄县长转身从书柜里拿出一根金条，递给刘阿昌。刘阿昌哪里敢受，拒绝再三，黄县长把眼一瞪说：你还跟我见外不是？

刘阿昌战战兢兢拿了金条，塞进褂子口袋里。

黄县长挺直了身板，拿腔拿调说，一旦发现大刀会的踪影必须马上报告。中原战事吃紧，后方不能出乱子。刘阿昌虽然不停地点头称是，但他分明感觉黄县长这话是官话，不是今天召见他的实质问题所在。

可当他听到黄县长接下来吩咐的耳语之后，更大的战战兢兢让他寒气透骨：

……这是一件大事！我黄某人托付与你，你可要用心办理！……那五百支长短枪，不能在浙北县城闹市做买卖，由湖州团部派人秘密送到南安地盘，秘密交给大刀会，这一切活动由你刘队长秘密调停、运作。

刘阿昌全身大汗淋漓，脸吓白了。

刘阿昌刚回到南安镇，黄县长就派来一辆汽车，关心备至地把他的儿子接到县城学校，说是供养读书。刘阿昌不是傻蛋。他清楚，儿子被县长当作人质了。他若不尽心办理好这件事，或者走漏风声，那后果……

平素宁静乌云笼罩的上海吉公馆，这段日子拨云见日，异常热闹。白天人来人往，夜晚灯火通明。

江南人民自卫军总司令吉凡江凭着自己多年的政坛资本、军界首领和反蒋经历，利用中原大战的混乱时机，在西北军冯将军金钱和声援的大力支持下，重新恢复了拉杆子创大业的勃勃野心。他坐镇上海，由得力干将韩震和江翼的奔波、斡旋和计划，由从前的老部下、家乡父母官黄县长暗度陈仓军械，成功收编了太湖沿岸周边地区蓬勃发展的大刀会势力，并获取了一批从南京亲自发运，国军陈安坤部队交付湖州团部暗地买卖的一批军火。他在上海吉公馆整天乐滋滋地捧着浙北县送来的紫砂壶，壶里泡着中国茶圣陆羽亲自品尝并在《茶经》里首要推崇的浙北名茶紫笋茶叶，津津有味地算计着这批军火多达五百枝长短枪。

他的心腹助手江翼细心地看到，这段日子吉司令虽然绞尽脑汁和苦于期待，日夜不停地运筹帷幄，但他更加脸色红润，圆球一般的身体更加发福。

一天清晨，朝雾蒙蒙。南安山货商贩林谦装运山货的船舶在上海码头徐徐靠岸。林谦头戴一顶灰色毡帽，走下湿漉漉的商船，兜了几个圈子，走进了长巷中的吉公馆。

江翼喜出望外。这林谦是他吉安镇同学，也是宁青民的老朋友。他用船舶经商，常年在上海、苏州、杭州等地装运货物。吉凡江下野，江翼跟随吉凡江来到上海以后，林谦时常从家乡带来一些茶叶板栗等山货特产来看望他，患难见真情，交情甚笃。

这段日子，江翼正在为浙北县境内购买的五百枝枪械的运输发愁。

浙北黄县长那边早就交代韩震，这批军火是秘密买卖，天机不可泄露。取货地点选择在比较偏僻的南安镇河段。但从湖州运输到南安，绵绵近百里的弯弯河道，不但要绝对保证运输的安全，还要绝对保证运输的船老大绝对保密，不可走漏半点风声。昨晚，吉司令和他商议了半夜，都觉得林谦是最佳人选。这想到曹操，曹操就到了！

江翼给林谦沏了一杯好茶，一阵沁人心脾的清香弥漫开来。江翼询问林谦的生意情况。林谦面有难色，叹息道：眼下世道愈发不如从前了。中原开战，到处征兵征粮。各种巧立名目的苛捐杂税简直就是明抢。各种土匪多如牛毛，他贩运的山货生意常常在半道被人打劫。

江翼满怀信心地告诉他：要不了多久，世界就要太平了！

林谦还是摇头叹息说：这场中原大战的序幕刚刚拉开，谁知要等到驴年马月啊！再说，老蒋还不知道能不能打赢这一仗。

江翼微笑了一下。站起身拉了他起来，两人走出去，走进街道一家小酒馆。

江翼端着酒杯，劝慰林谦不要灰心。世事无常，船运生意很快就要兴隆起来。

　　林谦叹息道：我这次来，就是要托亲靠友，为船运谋个生路。还指望江翼能在上海多指教给他一些生意门路。

　　江翼问他现在有几艘船。林谦又开五指，笑笑。江翼当即与他订购了五万斤大米的生意。

　　林谦大喜。但他不解地问：你们吉公馆里要买这么多大米做什么？

　　江翼环顾四周，压低声音说：天机不可泄露。但我们老朋友的情面，你只管帮我做好这笔买卖就行了！

　　林谦晃了晃一只手掌，问：这五万斤大米全部送到上海码头？

　　江翼摇摇头，扭头看了看外面，压低声音神秘地说：五万斤大米全部运往浙北县管安塘河岸。

　　林谦忧虑地说：咋运到浙北去了呢？

　　江翼说：这你就别问了。

　　林谦皱眉道：沿途土匪多如牛毛……

　　江翼拦住话头，说：不怕！你把货运到南安塘，一旦遇上土匪打劫，你问那土匪是哪路神仙，他们喊："要买清明节吃的青蒿团子"，——这是接头暗号。你就立即停桨靠岸。

　　林谦感觉此事非同小可，神情紧张起来。

　　两人很快促膝谈心，咬着耳朵悄悄草拟了一个运粮计划。江翼特别叮嘱，五万斤大米之外，还有十只大木箱子。必须混在大米袋子一起，同时运往南安塘管安河岸。

　　林谦问：十只大木箱子？

　　江翼马上扭过脸去，阻止林谦道：别多问了！运输就是了。千万别外面宣扬！

　　二人分手告别后，林谦怀里揣好江翼给他的船运钱和买大米的银票，不解地走出吉公馆。

　　这江翼深居沪城，远离浙北南安镇。可他要购买五万斤大米运往南安去干嘛？还有，那十只大木箱子，里面究竟装的什么货呢？

他不知不觉走到了一个校园门口。

上海的早春二月，气温比乡野略显提前，春意来早，马路边已经绽开了很多不知名的花蕾。

在一个拐角处，去年寒冬凋零了枯叶的杂木丛中，一簇红梅一花独秀，清香四溢。林谦不由驻足向前，仔细品味这城市马路边难得一见的风景。只见傲雪斗霜坚挺的红梅树铁骨铮铮，鲜红的细小的一朵朵花蕾含苞怒放。

林谦！

一个女人的声音在叫他。林谦赶紧扭头寻找，只见校园门口另一丛红梅树下，一个妙龄女郎在向他招手。

柳叶?! 林谦大吃一惊，寻思：这南安镇的女先生怎么会在上海呢？

林谦带着感激的心情，赶快迎了上去。他认识柳叶，还是当年北伐军驻扎在南安镇上的时候。南安镇外出跑运输的货船，在北伐战争时全部停航，返航后停泊在南安镇大桥下。当时冯大魁刘阿昌们的镇公所秘密遣人充当暗匪，打劫船老板。林谦心急若焚。他眼看自家的船舶要被暗匪打劫。正在这时，南安镇学堂的女先生柳叶组织了所有船夫，建立了一支自卫性质的"南安护船纠察队"，保护自家航船。林谦，那一年半点没有破财。

当时林谦根本不知道柳叶什么身份。他不明白一个学堂的女先生为什么不在学堂好好教书，却为别人管这种闲事儿。他对柳叶的唯一想法就是感激。他时刻想着该如何报答这个管闲事的女先生。可没多久，不等他酬谢上门，柳叶忽然从南安镇消失了。当时的传说纷纭复杂。有人说柳叶被人绑架了，被绑成了一个团长的姨太太。有人说柳叶被镇公所的人暗杀了。也有人说柳叶是共产党，浙北县党部清党的时候，她已经安全转移。去哪了？很多人都说她去了茫茫大上海。

几年不见柳叶，林谦问长问短。林谦望了望吉公馆的方向，猜测着柳叶在此地转悠的意图。

柳叶没有正面回答林谦的问话。她问及南安镇学堂汪正清校长的情况，还问及南安镇地面是不是太平？问及丁家庄的刘宁两家因为宁大祥杀人，有没有解除误会？

　　林谦猜测柳叶近日肯定去过南安镇。他预感到一件非同寻常的大事即将发生。柳叶虽然不是南安镇人，但她早就和南安镇不可分割。只要南安发生大事件，一定会出现柳叶的身影。也可以这样说，只要柳叶的身影在南安镇出现，南安镇就会风起云涌，风雷激荡。江翼要运往南安镇五万斤大米……柳叶近日去过南安镇……柳叶今天在吉公馆附近转悠……林谦忽然一阵兴奋。他急忙问及柳叶，南安镇是不是要发生什么事？

　　柳叶当然不会告诉林谦自己从南安镇到了龙山，在龙山看到江南人民自卫军的消息。也不会告诉他韩震即憨子和金花回到南安镇的消息，更不会告诉他，她已经知道了不久就要在南安镇风起云涌的台风中心，总指挥部，远在天边近在眼前，就在这不甘寂寞的吉公馆。她和她的上级同时推断，要掌握浙北南安镇的风向，就必须在上海暗地里侦察吉公馆的动静。

　　其实，柳叶早就认识吉公馆的副官江翼。

　　几年前，柳叶和宁青民江翼都在湖州中学读书。

　　当宁青民和江翼双双考入杭州省立示范学院以后，他们俩各自追求各自的人生理想，一个追求三民主义一个追求共产主义的时候，柳叶和一位女同学也在追逐自己的人生理想。柳叶十分崇拜心目中的英雄宁青民，自己悄悄接近中共地下党组织。而另一位女同学，却在日夜思念心中的白马王子江翼。她叫钦梅玉。是湖州城里丝绸富商的千金女儿。

　　钦梅玉追求爱情，爱的悲悲戚戚。江翼虽然也是吉安镇财主家的公子哥，但在极其务实经商的钦梅玉父亲眼里，这娃子太务虚。他心中自有天高云淡的崇高理想，没有脚踏实地的务实本领。钦梅玉的父亲早就给女儿相中了苏州富商家的公子哥，坚决反对女儿自作主张的自由恋爱。钦家有两个女儿，钦梅玉是长女，必须要给小女儿做表率做榜样。如果长女胆敢违背父母之命，那将来该如何节制小女儿的终身大事？

　　钦梅玉被迫出嫁苏州富商公子哥，江翼心理受到重创。宁青民多次带给柳叶的消息，说江翼几乎一蹶不振，几乎沉沦。更可悲的是，钦梅玉出嫁苏州那天，因婚嫁船舶通过大运河的时候，遭到太湖湖匪打劫，钦梅玉被劫走，从此杳无音讯。江翼闻讯痛不欲生。

　　宁青民和柳叶看到江翼悲伤至极，只能扼腕叹息，爱莫能助。宁青民曾经劝慰江翼从那个毫无结果的爱情阴影中走出来，但都遭到江翼拒绝。江翼至今没有寻觅女朋友，至今孑然一身，足见其专情不二。

　　江翼虽然和宁青民政见不一，但他感念同学之情。在四一二反革命政变时，他的上司吉军长是反共杀手。江翼身在曹营心在汉，他极其痛恨国民党大开杀戒。他曾经给宁青民和柳叶提供很多情报，拯救了很多中共地下党安全转移。南安镇地面的地下党组织没有被杀戮，江翼自有一份功劳。

　　前天，江翼在吉公馆附近见到柳叶，他悄悄透露一个绝密消息。湖州保安团部要贩卖五百枝枪械军火到南安地面。他相信这个消息很快就会到达南安镇宁青民的耳朵里。

　　果然，今天林谦的到来，柳叶递给他一封绝密信笺，要他火速交给宁青民。

　　林谦吩咐船队到湖州码头接洽装货，他自己骑上一匹快马向南安飞奔。

　　林谦刚刚返回浙北南安镇，就直奔丁家庄小学校，寻找宁青民校长。

　　林谦和盘托出江翼的五万斤大米运往南安塘管安河段的事儿。

　　宁青民拆开柳叶的绝密信笺，微微一笑。五万斤大米，他不感兴趣。兵马未动粮草先行，陈教头带来苏南大刀会上了龙山，要吃粮的。在一千多号人面前，区区五万斤大米不算充裕。

　　宁青民校长感兴趣的是林谦告诉他十只大木箱子的情报。江南人民自卫军打仗需要武器。宁青民摩拳擦掌，喃喃说：不能白白丢了这块肥肉！

　　柳叶指示：要发展壮大南安镇红色势力，必须有武器。得想方设法把这批军火弄到手！

　　宁青民皱眉沉思：处理这批军火，有点棘手啊！

　　江南人民自卫军要打仗，自然需要武器。倘若半道劫了这批军火，这对于陈教头，对于韩震都不仗义。一旦得罪他们，闹不好其他头领一怒之下会调转枪口的。但是……千载难逢的机会，而且是在用林谦的船运，倘若连一根木棒没有劫到，未免也太对不起自己了……

　　在宁青民还在犹豫之际，上级来了新指示：半道抢船。但不能把十箱军火全部抢走。抢他个三至四箱！留下的军火，用在江南人民军手上，人家是准备和老蒋决一死战的，一样是反蒋，不亏！

宁青民回到丁家庄，立即找来宁家军骨干，部署劫枪。

韩震和刘阿昌见面，那是民国史上的一大趣事。刘阿昌四处要抓的探子，现在成了他的座上宾。

刘阿昌坐在南安桥头小饭馆角落包间里，静静地等待那个黄县长的神秘客人。时节接近清明，外面的阳光既饱满又清澈明亮，从那花格木窗穿进来，恰像一道木杠，斜倚在包间桌沿。刘阿昌额头上沁出细密的汗珠，倦意的两眼闪烁着焦盼又惶恐的目光。昨晚一夜难眠。他翻来覆去思索那五百条长短枪的买卖。

他这半辈子，只喜欢吃、喝、嫖、赌，放高利贷，拿绳子捆人，垫老虎凳打人，杀人，样样都干过，可从来没做过军火买卖。私贩军火，像他这样的公差，知法犯法罪加一等，没有轻重之分，只有枪毙之罪。黄县长把这秘密交易放在南安，是因为南安偏僻遮人耳目，更加凸显这军火交易事关重大机密异常，不能走漏半点风声。黄县长把这件事托付与他，并把自己的儿子拽走作了人质，一旦有半点疏漏，自己的身家性命全押在这件事儿上。

昨晚，他女人半夜起床尿尿，听他一声接一声长气短叹，问：你不常说儿子到了县城学校，有县长关照着，今后肯定有前程。这两天怎么老是掉了魂一样，垂头丧气的？刘阿昌不理她。她又问：不会又是哪个女人到镇公所去闹你吧？刘阿昌嗵地踹了女人一脚，说：什么时候了，还嚼牙巴骨！

他女人指的是上个月，他弟弟刘阿贵被宁大祥杀了，外面传说刘阿昌放的高利贷烂了摊子，弄不好连本带利都要漂了。麻将馆阿强的女人，一身的珠光宝气，一步三摇到了镇公所，伸手向刘阿昌拿钱。刘阿昌放出去的高利贷都是弟弟经手，人死了，一时正在为清理那些单据和借约头昏脑涨。他不耐烦说：你那几个大洋先莫急！谁知那女人一把拉住他的袖子就骂：你刘阿昌吃我的，睡我的，还拿我的！我早说过那一百个大洋是我爹的命根子，千闪失万闪失这一百个大洋不能闪失！你……你真学着拔屌无情是吧？

镇公所的所有人都围过来看着笑。冯所长在隔壁用手指头敲着桌面警示大家说：瞧啊，搞，乱搞，有好戏你们看！

刘阿昌想发火，可那小女人的眉眼里已经湿润一片，恰是梨花一枝春带雨的模样，早软了心肠，赶忙立起身扶着那乖乖，温言好话相劝，说：你先回去，这不是在清理账吗？那些借钱的人还敢少了我的钱，他不认识马王爷长了几只眼啦？放心，放心。阿强呢？

小女人努着嘴，娇声说：他到上海去贩山货去了。你几天不上我那去，这阵子不见鬼影，他们说你老是往你那抱着你弟弟灵牌子睡觉的弟媳妇家跑，可是真的？我爹那养老钱至今没有着落，我不闹你闹谁啊？

刘阿昌把眼一瞪说：谁在那里嚼我舌头，看我把他舌头给绞了喂狗！你耳朵根子也是软，也不想想，我爱你爱得含在嘴里怕化了，我还会有外心？这几天真的在清账！上面又说从北方来了个探子，这探子路过南安，我们不吃饭不睡觉去抓捕呢，哪有工夫去搞别的啊！放心放心！你那爹也是我的爹，他的钱我还不用心？放心放心！

小女人给哄走了，可这件事却满城风雨了。

刘阿昌正在心神不定，一个头戴呢子礼帽，身穿黑呢子长大衣的汉子推开门走了进来。刘阿昌惶恐地立起身。他吃惊来人的眼睛放着冷光，眼珠就像隐藏深洞一脚半爪往外撩着的小老虎。站在那道阳光杠子中间，光亮分明突现出那腰里随身带鼓囊囊的家伙。他料定这位一定是大刀会来接洽枪械买卖的人了。

韩震注视着刘阿昌，外表拱手作揖，内心里风雷激荡。这位可是黄县长亲自拟定的大刀会需要五百支枪的接洽人。是他目前行动的重要帮手。他是代表了浙北县县长和吉凡江司令之间的友谊桥梁。可是，就是他，是他韩震，也是金花朝思暮想要报仇血债血还的头号仇人。他韩震最近所有的行动计划全部奉告给金花知道，唯独隐瞒了今天来南安和刘阿昌接洽的事。他担心金花那个火爆性子，倘若一定要跟踪到南安，她控制不住报仇的冲动，一定会拔枪相向，必将把事情搅黄了。此事成败，关乎江南人民自卫军的一场战斗之成败，关乎西北军冯总司令造成南京"后院起火计划"之成败。韩震强烈压抑着内心里的情绪，并给自己那双燃烧着火光的眼睛蒙上一层友好的伪装。没办法！智者取其胜！

两人一阵寒暄，彼此亲热的一见如故。

上酒，上菜，两人吃喝着，压低声音谈着大事。没几分钟工夫，两人就说到一个共同点子上了。枪的问题，如何交接。如何运输。如何保密。

刘阿昌说：我已向黄县长提出，我刘阿昌只和你韩参谋长一人交接。这件事我不接触第二个人。人家湖州方向来的供货方，用船舶沿南安塘运抵管安码头。接头暗号：清明团子！

韩震点头称是说：你刘队长必须亲自到场验货，我们一起清点数目。

……

第十七章

　　龙山可谓江南第一山也。

　　江南天目山脉，庞然之奇秀，清丽之怪崇也。林林总总，巍然，蔚然，跨苏浙皖三省之境，好大一副摊子！进此山区，俨然一座庞大的迷宫，出左入右，旁斜侧拐，虽无北方梁山水泊之险峻，却有化解百般刚猛之阴柔。朝霞烘日，满山尽开青春秀美之笑脸；云起云飞，混沌暗藏兵锋之肃杀。枭雄气概，弥漫刚劲山川；儿女情长，奔放涓丽泉涧。

　　龙山是天目山脉的一个侧支。且不说这里算得上是个世外桃源，不知有汉；山清水秀，鸟语花香，虽非险恶，但地理位置居于要冲。它正像一支离奇的扼腕，恰恰是苏浙皖三省的一个纽带。它的触角就像一支奇剑，直刺湖州。进则达太湖周边，退则可回旋天目腹地。混乱时局，险峻之地，从来藏龙卧虎。

　　早晨。龙山练兵。

　　啪！一声鞭响。战马长嘶。金花响亮地甩了马鞭，骑着一匹白马飞奔。

她的身后是江南人民自卫军的几十驾骑兵，欢呼着纵马冲向一片开阔地。

马群窜进了一条十几里长的山沟。紧贴着山壁开凿的盘山道，像一条长长的大蛇蜿蜒曲折向纵深延伸。马队踏踏踏踏飞逝而过。盘山道忽而仰面望天，直入云层，忽而直下山涧，如飞龙入海。冲进涓涓流淌的山涧，飞溅起雪白的水花，劈头盖脸泼向两侧的黑乎乎的青松林。好一个清晨雨林景象！

许久没有尽情潇洒奔腾的骏马，今天喜欢得近乎疯狂。金花姑娘更是鞭声阵阵，哈哈大笑。铁丫呼喊着追赶那笑声。众人又欢笑着呼喊着铁丫。山谷回应，笑声响彻云霄。当！当！当！金花边飞奔边左右开弓打老松树上的松果，弹无虚发。铁丫狂笑着，拿枪打惊飞的野鸟。

回到山寨，早已是艳阳高照。一个个浑身湿透，糊得像一群泥塘里爬起的泥鳅。满山寨的人们看得乐得哈哈大笑。

陈教头带着他的八百大刀会，正在战前操练。

陈教头敞开着上衣的前襟，袒露着北方大汉宽厚黄色的胸脯，满脸汗涔涔地四处走动，指教着大刀会一招一式。早晨的阳光晃动在他那古铜色的国字脸上，焕发出格外清俊爽朗的神采。

他每天的军事功课是带领大刀会的大小头目，脱光膀子，腰扎红带，站在龙山特有的怪异老松树下，沐浴着阴影斑驳的清晨阳光，一个个猛吸一口气，屏气；呼的一声风响，大刀片白光一闪，瞬间向袒露的肚皮砍去，嘭的一声响，肚皮上刀砍无痕；再砍，一样秋毫无犯。

韩震第一次开眼界时，急问这是不是传说中的披发功？陈教头摇摇头。陈教头拿起一支朱红大笔，在一只灌满红汤的瓦盆里蘸了蘸，鲜红的液体在饱满的笔毫上滴落，陈教头挥舞右臂，在一张铺就的大白纸上龙飞凤舞。看是在写，又像是画。一条一条弯弯曲曲的线条，非龙非蛇，粗如巨蟒，细似蚯蚓，红彤彤的。陈教头敛声屏息，紫涨着脸，一气呵成，将那张大白纸画得一塌糊涂。有人在一旁窃窃私语：鬼画符。有人立即叫他闭嘴，说：这才是画神符！陈教头拿出已经打磨得坑坑洼洼的打火石，嚓、嚓、嚓打火。火星闪烁着。那张纸忽然被烧着，浓烟骤起，一股强烈的硫黄味道直刺鼻腔。火光在陈教头脸上怪异神秘地闪烁。那张画着神秘符号的纸很快化为灰烬。另一只大瓦盆在下面承接着银灰色的纸灰。拿酒来！陈教头一声喊。几个粗壮的男人很快搬来酒坛，哗哗倒酒，香气扑鼻的酒水冲在那只瓦盆里。陈教头挥舞一把宝剑，在那瓦盆里搅拌、再搅拌。那灰烬转眼全部融化在旋转着漩涡的酒水里。来吧！陈教头又一声大喊。上百人围聚过来。陈教头手拿一只大葫芦水瓢，在酒盆里搅了搅，哗地舀起满满一瓢酒水。接着！陈教头冲着身旁的一位壮汉大声喊。那壮汉竖起双眉瞪着两眼双手毕恭毕敬地接过酒瓢，一仰脖子咕咚咕咚咕咚喝了三口，擦了擦嘴角流着的酒液，随手递给站在身旁的一位。那位一样的毕恭毕敬接过咕咚咕咚咕咚三口，也传递给身旁的一位。转眼一百多位全部喝过了。有的意犹未尽，眼馋地看着酒盆；有的脸上泛着酒红，心潮澎湃着微喘；有的酒力渐渐发作，浑身作胀，两个膀子挥舞起来了。去吧！陈教头一挥手大声喊道。嚯嚯嚯！嚯嚯嚯！喝了酒的男人们跳跃着奔跑了。他们像骏马一般奔跑在弯弯山道，像猛虎一般跳跃在山谷沟壑，像兔子一般灵巧穿梭在密集丛林。酒力和那道神符烧灰参合的神力在他们粗壮的体内发作，他们跨越的步伐超过平时的三倍，他们就像吃了鸦片一样带来的反常灵巧。闪展腾挪，翻滚坐打，恰是一只只充满灵性的金猴子。他们跑到各个训练场所，脱光膀子，大声呐喊着"披发功，刀枪不入！披发功，刀枪不入！"便一个个在呐喊声中挥枪弄棒了。

金花姑娘带着铁丫哼哒哼哒回了山寨。她头发凌乱，满脸汗渍，神色紧张。刚刚骑马带着骑兵翻山过岭穿云钻雾，几十里的弯弯山道，颠沛的汗流浃背，浑身湿透。这些日子，她乐此不疲。她咬紧了钢牙，认准了韩震——憨子哥。憨子哥现在是她的唯一指路明灯。憨子哥带来的是中原司令部的命令，他是有组织有计划有后台的正规军人，足以赋予重托，足以寄予重望。早也盼晚也盼，报仇雪恨近在咫尺。

憨子哥和她青梅竹马，自小一起长大，不是兄妹，胜似亲兄妹。韩、金两家没有协议的默契，她简直就是憨子哥的那个——。

特别有一次她亲自听到爹和娘说的悄悄话。

那天晚上斗转星移，弯月西下。夜色中山岗上的农户全都熄灭了灯火，大地黑暗得没一丝缝隙。在秋意的蟋蟀鸣叫声中，爹说：等金花这女娃长大了，嫁给了憨子，我们做爹娘的就真正放心了。当时她不懂什么叫嫁不嫁的。她只是感觉爹娘说话的语气非同往常，一定是一件非常严肃的事情。后来慢慢长大，父母亲和韩表叔夫妻看他们俩的目光越来越不一样，她开始慌了。她感觉她和憨子哥这辈子是躲不开了。小时候的两小无猜和小打小闹，一次次增添两人之间的默契和爱慕，恰是含苞待放只等春光。世道的变故突如其来，仿佛晴空霹雳沉重地打折了他们幼稚的绚丽翅膀。这些年和憨子哥天涯陌路，虽然天各一方，但她的心里无时无刻不在思念憨子哥，无时无刻不在思念着他们的那个家，无时无刻不在谋划着他们的血海深仇。同时无时无刻不在回忆父母亲那天的悄悄话。渴望何时何地能和憨子哥生死重逢，再续前缘。她闯荡世界，风里雨里，练就了一双冷酷的美丽双眼，只要看到任何和憨子形象相仿的男人，她都会眼睛放光。她会急匆匆赶过去看一眼。多少次满怀希望而追，又有多少次失望而归。她曾暗地里骂过憨子哥：猪猡！你这算啥本事！躲得够深！就算你钻地三尺，不可能这辈子不现世！等你地缝里冒出来那一天，看我一枪打你满地找牙！湖州城里意外相遇，那次生死相逢，所有对憨子哥积累的怨恨，全部冰消雪化。她终于在这风急浪高的人世苍茫大海上，遇见了可以避风的港湾，遇见了梦中常常祈祷的大救星。她的怨怒，她自己的主见顿然崩溃了，晕头转向了。她失去了所有主见。她唯命是从了。她，就是他憨子哥的。

这阵子，她和憨子哥忙碌着江南人民自卫军的成立事宜。这山寨近千号人的吃喝拉撒睡，事无巨细，需要她给憨子哥做帮手。她和憨子哥一样，瘦了一圈，但心里却是别样的满足和快乐。任何人做他喜欢干的事情，再苦再累也是值得的。为父母报仇的日子快了，快了！她可以告慰她和憨子父母地下的灵魂了！

金花换好了衣服，有件事找铁丫说话。近日，憨子哥为了那五百支枪械四处奔走，好几日未回山寨。

她心里着急。她和铁丫商议。她想下山去看看憨子哥。

铁丫讷讷半晌说不出话。她没法回答金花姐的问题。龙山自从来了近千人的大刀会，虽然人口爆满练兵喧闹，韩震大哥又常常不在山寨，但在韩震的亲舅舅陈教头的精心安排下有条不紊。金花姐轮番到各个训练场地教大刀会打枪。韩震大哥不在家，陈教头凡事都要和金花姐商议再办。今天金花姐说要下山，她不敢苟同。

但是金花姐的脾气，说干就干说走就走，她也不便阻拦金花姐。

金花悄悄对铁丫说：这两天可能不会有事。等我下山之后，你再告诉我舅舅。不然，他要拦我。嗯？

铁丫既没点头也没摇头。她噘着嘴叮嘱一句：你可要早点回山。你可不要节外生枝想那营救新媳妇的事儿。等打完了这一仗，多少新媳妇也能救出来！

嗯！

金花点头称是，傍晚时分，轻装夜行衣便服步行而去。

金花前脚刚走，韩震后脚回了山寨。

韩震已经各方安排妥帖，五百支枪械从湖州出发沿南安塘船运到管安码头，由刘阿昌接货验货，然后转交给他韩震的事，就在今宵后半夜凌晨时分。

龙山迅速召集紧急会议，组织精锐人马，今晚下山取货。金花不在。韩震皱起了眉头。但情况紧急时间急迫，只能缺席召开。

金花到了南安地界的松山脚下，天色已经漆黑。

寻找憨子哥有好多地方。松山庙。丁家庄。镇街总管庙附近的鱼巷口饭馆。他还曾经去过阿强麻将馆，装模作样赌了几个回合。他为了在不知情的人面前不暴露身份，人前装人，鬼前扮鬼，百般应酬，直把自己装成一个纯商人。

越走近镇街，金花有些迟疑不决。她忽然想起这已经是黑夜。她一个年轻女子，这一带风俗，已经到了女子回家蜗居的时候。这么黑夜一个陌生女人在镇街抛头露面，一定会引人生疑。

她后悔自己不该如此任性私自下山。憨子哥苦心运作的这些日子，已越来越接近那个日子。不能因为自己的胡来而将憨子哥运作的大好计划毁于一旦。

金花有些埋怨铁丫，怪铁丫不极力劝阻她。忽然铁丫临别的一句话让她心机一动。“营救新媳妇”的声音在她耳边嗡嗡作响。

自从二月初八看见那新媳妇母亲地上打滚的哭诉，新媳妇的事儿一直像鱼刺梗喉，隐隐刺痛。那新媳妇抱着刘阿昌的弟弟刘阿贵的灵牌拜堂，几乎是活活关进了人间地狱。一个姑娘家，婚姻是她人生的千百年好事，是她开始幸福人生的起点。可是，这个不知姓名的姑娘，却被婚姻带进了人间地狱。姓刘的，一向无恶不作，在南安地面无人不知他们兄弟心毒蛇蝎。可谁还能想得到他们还竟然如此伤天害理。

自那天看到花轿进刘家门那天起，金花就在盘算如何想办法救出那新媳妇，把她带到龙山去。让她摆脱刘家死鬼的纠缠，能像铁丫这些姑娘一样，过上正常人的日子。现在大刀会里有许多年轻后生，一个个威武英俊，龙山上缺少女性，那新媳妇或许看上谁。她要和韩震做红媒，让新媳妇重新结婚，真正享受人间天伦之乐。

今晚，正巧她孤身一人，行动方便，她要先去打探情况，或可和新媳妇见面攀谈一阵，问她可有逃出刘家的意愿。

金花抬腿向自己从前的老屋——新媳妇家赶去。

刘阿昌今天特别心跳、眼皮跳，比要赤膊上阵打仗还紧张。

湖州那批军火和大刀会的秘密交易，就在今宵。担惊受怕的日子突然到来，仿佛一个死囚犯吃饱了断头酒肉之前的那阵恐惧，精神几乎崩溃。更可怕的是前几天，越是逼近这个日子，越是心慌意乱，在家坐卧不宁，吃喝不香，总是闷着脸发呆不说话。早上洗脸时脸盆里不盛水，拿着一块干布一边在脸上胡擦，一边在干盆里搓水，让一旁扫地的黄脸老婆看在眼里，愤愤地把扫帚扔在角落发出重重的声响。女人最近看出这男人魂不守舍，在外赌博天天输钱，总是跟她拿钱。她怀疑又是那个阿强女人找他闹，让他心神不定。在杀人如麻的丈夫面前，女人不敢在家吵闹。她突然提出想去浙北县城看看儿子。为了看儿子，女人哭女人闹，应该是合情合理不算过分。刘阿昌禁受不住女人提儿子。这儿子被黄县长接走的事儿，一直堵在心里恐慌不安。女人哭闹着想儿子，恰在他那惶恐不安上火上加油。他终于把儿子当人质的真心话说出来，但害怕女人嘴上不把关，绝对没有提起军火半个字。女人发疯一样，想骂他不敢骂想打他不敢打，就在家里满地打滚骂自己命苦。他一阵懊恼，飞起一脚，踢在女人身上，女人当即哑然无声。她忍着伤痛躲在角落里泣不成声。刘阿昌良心过不去，临走时给女人留下一句安慰话：过了今天就好了！

白天，他和那个姓韩的大刀会代表秘密接洽了今宵半夜到管安码头接货的具体事宜之后，就一头钻进了阿强的麻将馆里。不是打麻将。他想压抑内心里的惶恐，抱着阿强女人要睡觉。皮肤白嫩的阿强女人脱了裤子，从裤裆里拿出一块血红的棉布来，一股血腥味儿直冲鼻息，令人作呕。刘阿昌气急败坏，想伸手扇这女人几个耳光。今天的日子是他刘阿昌要决定人生命运的日子，本想讨个好兆头，找这女人爽快一下，偏偏不巧这女人身上来这个，简直是凭空给他添了晦气。刘阿昌无奈于这小女人雪白的肚皮和娇滴滴的说话，想打打不下手。

傍晚时分，刘阿昌心里双重内火煎熬，他急匆匆跑出镇街，往山边死去了的弟弟刘阿贵家赶去。

死了的刘阿贵灵牌子娶媳妇，完全是刘阿昌的别有用心。

刘阿贵被宁大祥杀了以后，一件重大事宜摆在了刘家的面前，刘家人几个晚上团聚一堆开会商议。刘阿贵三十多岁至今未娶，好不容易在松山花大钱重聘礼三媒六证了一个姑娘叫三丫头，十六岁，但不等他洞房花烛夜，就被宁大祥白刀子进红刀子出一命呜呼。三丫头在她娘家吃糠野菜的日子里，身子骨尽管没有蓓蕾盛开，但那张小脸蛋儿却是明媚姣好怜爱可人。刘阿贵无福，刘家原想赶到三丫头家去把聘礼钱讨回来，可那些钱全部给三丫头身患重病的父亲熬药煎汤花费一空。刘家无计可施，刘阿昌提议：不是说女人生是男家人，死是男家鬼吗？把那三丫头娶到家来就是了！

当时有人问：阿贵死了，怎么娶啊？

刘阿昌打断说：这你就不懂了吧！和人活着一样，一样选择黄道吉日，一样坐花轿三媒六证，一样办喜酒办喜事拜堂。就是那个不一样。

有人问：啥不一样？

刘阿昌说：人死了，灵牌子还在，新娘子抱着灵牌子拜堂。

当时全场哑然无声。虽然没人反对刘阿昌的提议，但众人感觉这件事未免太损，太伤天害理。

刘阿昌站起身，大声宣布说：这件事就这么定了！我们刘家既然花了钱，不能人财两空！要把人娶到家。你们就开始张罗吧！

众人只得唯命是从，按他说的去办。

后来选择良辰吉日是二月初八。就是那个金花遇见的下雪天。

三丫头下了花轿，迎面过来两个老女人，搀扶着她，勒令她换了新鞋，沿着她们指定的麻袋铺成的"喜路"走。两个刘家请来服侍的老女人看见三丫头没有缠好放大了的两只脚，脸上露出鄙夷的笑容。她们一边牵着新娘子，一边吆喝两个刘家后生：快！传袋！两个后生飞快地弯腰捡起身后的麻袋铺在前面，这样一块一块往前面传——寓意是传代，传宗接代。两个后生仰着脸，想偷看新娘子大红盖头遮盖的脸，两个老妇人轻声警告他们说：别馋猫一样！当心你们家刘老爷（指刘阿昌）打你们耳刮子！提起刘老爷，两个后生赶快收敛了心思，专心传他们的麻袋。

三丫头虽然小，只有十六岁，但心里比什么都明白，今天要她和死人拜堂，她这辈子已经玩完。今天的新房其实就是她的牢笼，就是她的人间地狱。她悄悄躲在盖头里泪飞如雨。周围围观的刘家亲戚，有的在嬉笑，但更多的则是在唏嘘慨叹这新娘子的命苦。当两个老妇人把一只硬邦邦冰冷的木牌递在她的手上说：接着！这是你丈夫！接好！她偷偷在盖头下的缝隙里看了一眼，只见木牌上写着她不认识的"刘阿贵"几个字，她的心理承受力已经轰然倒塌，她放声大哭起来。一个十六岁的女孩尽管已经到了结婚年龄并且已经举行了婚礼，但毕竟伤心大哭时还是一个女孩样，哭起来没完。拜堂没法进行下去。两个老妇人也伤心了，站在一旁抹眼泪。周围有人轻叹说"作孽！"。刘阿昌远远地看见，对一个妇人耳语一番，那妇人颠着小脚跑来跟两个老妇人耳语。两个老妇人一边一个，架着三丫头的两臂，强硬地按着她的脊背弯腰拜堂。啪！那块灵牌子从三丫头手上坠落。老妇人赶紧捡起来，再次塞在三丫头手中，再弯腰再拜。好了好了！有人劝告说。老妇人也早已不堪这种非人的婚礼，赶快结束了对三丫头的架持，把她送进了红光流彩的洞房里。

刘家亲友喝罢喜酒，但大多数人脸上罩着阴云，全场气氛多是感伤。很多人没见过这种花样的拜堂，不懂接下来的洞房花烛夜那新娘子该是如何度过。

有人窃窃私语，关心探问。两个老妇人一边送客出门，一边像发言人一般通报讯息说：我们陪她！我们陪她！

当夜，客散屋空。整个刘家院子屋子里只剩下两个老妇人和三丫头。刘阿昌突然斜挎着双枪，酒醉醺醺趔趄着回头走进院子。他吩咐两个老妇人晚上机灵点儿，听到动静到隔壁厢房叫他。他挥舞着一只短枪说：这世道土匪多……有动静就赶快叫我……

婚礼之后的日子，刘阿昌时常过来，关心问问新娘子如何如何。两个老妇人一一作答。三丫头自从那天的婚礼过后，好像已经忘却了自己的遭遇，和老妇人三个人过日子，天天展开快乐无忧的笑容。

忽然一天半夜时分，刘阿昌翻墙越院，敲响了房门，两个老妇人披着衣服打着寒战开了门。刘阿昌也不说话，把嘴往隔壁房间努了努，两个老妇人很快会意，赶快躲了过去。刘阿昌直闯进三丫头的新房，走进三丫头的新床，轻轻掀开棉被一角，看看熟睡中侧躺着的三丫头。他像水蛇蜕皮一般，慢慢拉开棉被。三丫头光着的肩膀，光着的脊背，裹着红布的胸围和尚未完全隆起的奶子，白晃晃滑腻的肚皮，穿着红底白花的短裤，弯曲白皙的两条年轻女性的长腿……刘阿昌一下子伸出了大手……

啊！——三丫头一声惊叫，她惊恐地坐起，两只手本能地扑打着身上的危险。在晃动的灯火里，她认出骚扰她的是她死丈夫的兄长。她呼叫着两个老妇人。刘阿昌被这突然的惊慌吓得站起身一旁傻立。

两个老妇人闻声进屋。

其中一个胆大的老妇人招手，叫刘阿昌外面说话。

老妇人告诉刘阿昌，三丫头这几天病了……刘大娘（指刘阿昌老婆）今天给她抓药的……

刘阿昌悻悻地张望了一番。屋里暗淡晃动的煤油灯光，外面漆黑的寒夜。一丝风吹进门，煤油灯扑闪扑闪几近熄灭。刘阿昌板着脸告诫两个老妇人：

别给我声张出去！流出去半点消息就别想活！

说完拔腿就走了。

两个老妇人面面相觑。

其实，早在二月初八举行婚礼的头一天，刘阿昌的老婆遵照刘阿昌的意思请来两个老妇人，要她们服侍三丫头。刘阿昌不在，他那黄脸女人悄悄吩咐两个老妇人一番。她特别叮嘱，一旦她们俩看管不严，三丫头出了半点问题，就让她们俩吃不了兜着走。

刘阿昌隔三岔五来看三丫头，两个老妇人不敢露出半点消息，倒是他自己酒醉醺醺抱着阿强女人时胡说八道了。他忘乎所以地故意在阿强女人耳边显摆，口口声声夸那三丫头年轻，说两个小奶子拳头那么大，像酒杯一般硬邦邦；屁股蛋子比丝绸缎子还光滑……阿强女人气得咬着牙胳膊肘猛可捣他的胸肋，疼得他咧开大嘴边叫边笑，直笑得肠子纠紧肚子疼大气小喘。阿强女人翻身坐起，狠命推他，嚷道：快去快去！快去你那死兄弟媳妇那儿去！

刘阿昌被推得不停晃动，也坐起身，说：不去！我只是说说，从来没有弄过她！

阿强女人狰狞着面孔嚷：还不弄！不弄怎么知道她屁股和奶子！

刘阿昌大笑说：我那是瞎说的！看看你急不急！

哼！阿强女人哼道：不要脸！你兄弟死了，还要把那女人娶进门，这是秃子头上的虱子明摆着的！傻子都猜得到你肚子的弯弯肠子！

刘阿昌喜欢看阿强女人吃醋发火的样子。但他受不了他自家里的那个黄脸婆闷着脸跟他憋气的样子。他从来不敢在自家提起三丫头。黄脸女人不知道他时常去串门，常常问起那三丫头日子过得咋样。刘阿昌总是眼一瞪，喝道：你要不放心自己去看！问我！

那边三丫头仿佛一块香肉吊着，刘阿昌馋猫一般日子难熬。这段日子为了那批军火心神不定，在阿强女人那边更是撞见红灯高挂，今晚，他不想再拖延下去，他要拿出狠劲让那三丫头服服帖帖地依从了他。

刘阿昌的身影飞快地穿梭在山坡的夜空里。事不宜迟，今晚半夜还要赶到管安码头，迎接湖州来的货船，清点枪械。

金花像一条蛇匍匐在院子墙头，一动不动。

三间房屋，就在她小时候睡觉的那间房屋的窗户，亮着灯光，两个老妇人身影晃动一阵，开门哗啦倒了洗脚水之后，哐啷关上了门。院子里寂静如磐。金花疑惑不解，乡村里像刘家有钱人家大都养狗。可这院子里好像没养狗。她伸手在墙头抠了一张瓦片，抛到另一个角落投石问路。瓦片清脆的响声没有得到半点回声。她便像一个影子轻悄悄地从墙头闪下来。

原来的院子结构基本没变，最大的变化是原来的三间茅草房翻新，成了三间瓦房。原来憨子一家住的披房，改造成了堆积柴草的库房。

金花鼻子一酸。几年前的往事历历在目。韩表婶躺在血泊里……她父亲和韩表叔告别家人要去南安镇公所的叮嘱……娘抹着眼泪收拾包裹，牵拉着她走在雪地里，步履艰难地向太平村的太平庙赶去……

记忆犹在，物是人非。祸害一方的刘家人不仅祸害她金家和韩家，至今还在坑害三丫头这样的良家妇女。金花摸了摸腰里的短枪。她执意今晚要救走刘家死人的新媳妇三丫头。谁要是挡住道，不管他（她）是谁，她今晚一定开枪。就是不打死他，她也要打伤他，解解这么多年积累的心头之恨。

她蹑手蹑脚走到门前，拔出一把明晃晃的匕首，拨动门闩，轻轻开了门。

金花伸手敲敲西厢房的房门。

谁啊？一个老妇人的声音从东厢房传出来。

金花打开了枪机。

是刘大爷吗？东厢房又在问。

金花警惕地闪过身子。她不知道东厢房说的刘大爷现在何处。

刘大爷，刘大娘今天又抓药送过的……你早点回吧！东厢房又在吆喝，但一直没有人开门出来。

院子里扑嗒一声响，跳下一条大汉，闷重的脚步声直奔屋里来。金花急忙闪身，在一个角落蹲下。

刘阿昌一抬手，抠动了一个门框上的机关，咿呀一声，房门开了。三丫头惊慌失措地发出惊叫……

龙山。暮色徐徐降临。西边原野尽头松山之巅的那轮红日尚未完全沉没，东边的世界几乎全然笼罩在无边的暗夜之中。星光依稀，暗淡清寒。它们在遥远的苍穹俯视大地，尤其是注视今晚的龙山一角。它们期待一个非同凡响的时辰快快到来。

韩震伫立山头，不停地东张西望。

他是一个行伍几个年头的军人，一肚子的纪律规范。在龙山这短短的半个月日子，他起早贪黑训练大刀会，重中之重强制训练"一切行动听指挥"，强调组织性纪律性，强调执行命令。他训练大家时常常提醒大家，打仗是要死人的。执行命令的纪律约束就是为了少死人，不死人。私自开小差，不听指挥不执行命令各自为战，是军人是军队的大敌。不听指挥的人，不执行命令的人，往往不是被敌人打死的，其实是自己葬送了自己。他特别强调军纪的第一条，不听指挥开小差者，军纪不容……云云。

金花私自去南安镇街，到现在还没有回山寨。韩震叮嘱万分焦虑的铁丫不要声张出去。整个山寨包括陈教头，都不知道金花私自下山未归。

陈教头早已集合好了大刀会八百多号人，在餐厅吃好了饭。整理了绳子、扁担、麻袋等器物。他们每个人捆好了绑腿，扎好了腰带，一律在右臂上缠上一块白布做标记。每人只许脊背上插一把大刀片，不许携带任何有重量的东西。只等韩震一声号令，下山向管安码头出发。

时值二更天，黑夜越来越浓。不见金花归来的韩震，很生气。他直奔餐厅，立即集合今晚准备下山的八百多号人。他简单训了几句话：

今晚的行动是搬运枪械、大米，从管安码头搬运回山。半夜时分到达管安，只许隐蔽在河堤上的丛林中，命令蹲下就蹲下，不可四处走动，不可说话，一切行动听指挥。去的时候走左边的田间路，回山走右边的河堤。四更天的时候，由刘阿昌在管安河堤清点湖州货船上的集装箱，交付韩震。韩震拆开稻草裹紧的木箱子，分发给大家。一人扛三支长枪，两人扛一箱子弹和手榴弹，一人一袋大米。大家只许辨认各人手臂上的白布标记，一个一个跟着走，不需辨认谁是谁。去的时候走路可以慢，大家一起慢，前面带头的慢就慢，前面带路的快就快，一个跟一个不掉队。回来的速度要快！尽量放轻脚步，尽量不要招惹路上村庄的狗叫声。这次行动就是搬运。但一旦遭遇有人打劫，或追兵追赶，由韩震带领铁丫十几个人在距离河道不远的曹家村开枪阻击。其他人只管径直赶回龙山。身上携带的大刀片，只许在面对面被人拦截时才可拔刀出击，动作要快，清扫了阻碍见好就收，搬运和赶路是第一要务……

大刀会下山了。韩震带着铁丫十几个佩枪的称为一纵队，走在前面。陈教头带着八百多号人脊背插大刀片的称为二纵队，走在后面。陈教头问起金花时，韩震对舅舅耳语说：把她留在山寨守山。

部队到了距离管安街码头半里路的河湾处。韩震吩咐所有人在河堤上的丛林中蹲下隐蔽。他和铁丫先去管安街码头，寻找刘阿昌。码头上有了消息，他在河堤上举起一把火，以火光为号，看见火光后部队就要行动，向东移动。

管安街家家关门闭户，漆黑一片。码头上空无一人。韩震急切而又愤愤地转着圈子。他怀疑刘阿昌会不会临事生变，不配合这次军火交易。但想起黄县长这段日子对这笔交易的特别重视，多次面对面提醒刘阿昌不可掉以轻心，还特别提起他儿子做人质，他谅刘阿昌也不敢临事变卦。

韩震焦躁不安地等待着刘阿昌。转眼到了三更天，河堤两岸的村庄里此起彼伏地响起雄鸡打鸣声，偶尔传来远处的狗叫声，声音清空悠远，令人心生焦虑。四更天到了。码头上依然不见刘阿昌的身影。韩震愤愤地骂道：狗日的！有他的好日子过！

河道上依稀暗淡的河水白光中，朦朦胧胧来了船的影子……

刘阿昌闯进三丫头房间，直扑三丫头的新床。抱住被窝里的三丫头一阵狂扯，惊叫着泥鳅一般滚动着的三丫头一下子被扒光，两只奶子和屁股蛋子全部暴露在刘阿昌疯狂的目光中。刘阿昌扔掉了毡帽，解开了上衣的纽扣，袒露出毛茸茸的胸膛。他狰狞着一副鄙视但又充满欲望的笑脸，说：又不是不认识大哥！大呼小叫个啥啊！三丫头抄起衣被遮住自己，瑟瑟发抖，自言自语说：我怕！我怕！刘阿昌松弛了脸上的狰狞，换上怜香惜玉的模样，轻轻拍打三丫头的脊背说：大哥可怜你呢！大哥就是担心你才来看看你……别这个样子……别怕！三丫头战兢兢说：大哥，你饶了我吧！你要和我那样，我肚子会大的，我不会生娃子……生不出娃子我会死的……

刘阿昌坐在床帮上，嘴里咕隆说"傻丫头"，就直扑上去。

呼的一声响，一条黑影闯了进来。刘阿昌以为是老妇人进来了，大吼了一声：死出去！

金花一身夜行衣，一头乌发全身黑衣，愈加衬托白皙的脸和闪烁着怒火的眼睛。她手里高举着打开枪机子弹上膛的快枪，一步一步逼近刘阿昌。

惊魂落魄的刘阿昌被这突如其来的黑衣侠女吓得一扭身子，赶快拉起三丫头挡住了金花咄咄逼人黑洞洞的枪口。一直惊叫着的三丫头裸露着全身，被这螳螂捕蝉黄雀在后的局面吓得噤若寒蝉面色发青，突然摇晃不定一下昏倒。刘阿昌飞快地抛下三丫头，掉头转向床后。当！当！金花愤怒地开枪，子弹穿过床幔飞向刘阿昌。只听床后吱呀一响，开了一扇后门。金花正要举枪打去，听到枪声受惊醒来的三丫头突然挺身坐了起来。当当！金花慌乱中斜着方向避开三丫头向床后的后门打去。三丫头再次被这响若霹雳的枪声惊恐昏倒。金花赶到床后一看，后门大开，刘阿昌不见踪影。金花冲出后门，当！一枪打来，打炸了金花身旁的一只木桶。金花急忙闪身躲避在一棵碗口粗细的大树后面。

后门门槛外地面上斑斑血迹。金花大喜。刚才为了避开三丫头，枪子斜着飞，但还是打伤了刘阿昌。金花冲着黑咕隆咚的夜空喊道：狗日的！有种你出来！

院子的夜空寂静如磐。枪声惊动外面四周村庄捕风捉影的狗叫声，一阵紧似一阵。

金花回头张望了屋内，三丫头胡乱地穿衣，一只脚拖着鞋一只赤脚惊慌地向隔壁厢房逃去。

金花闪身进屋，关上后门，但是没找到门闩。她不知道刘阿昌秘密特制的门闩枢纽机关在哪儿。金花飞快地跑到隔壁厢房。两个老妇人闻声磕头求饶：好汉饶命！女好汉饶命！

金花两眼紧盯着脸色苍白的三丫头，说道：我是来救你的！跟我走吧！

三丫头瞪大惊恐的眼睛看着她，拼命地摇头。

金花加大声音喊道：跟我走吧！他们会害死你的！

两个老妇人跪倒在地，连连求饶说：女好汉饶了她吧……她还小，不懂事……

金花气得猛踢一只竹篮。真是狗咬吕洞宾不识好人心！她冒着生命危险来救三丫头，好心全当作驴肝肺了！

金花忽然想起，这种场面之下，人家已经魂不附体，她们又不知道她何等来历，怎么会跟着她这个陌生的穿着夜行衣强盗一般的人走呢！

嗨！金花愤愤慨叹一声，拔脚走出房间。她回头眼盯着两个老妇人说：

你们可要把她看好了！我还会来救她的，谁要再欺负她，我手里的枪不是吃素的！

金花纵身跳出院墙，消失在深不可测的茫茫夜空之中。

百年松柏荫蔽的浙北县衙后院。黄县长气急败坏，暴跳如雷。

韩震派人快马送来书信一封。说黄县长不讲信义。说黄县长背后阴谋。说黄县长耍花招蒙蔽吉凡江吉司令。说黄县长用人不当。说刘阿昌中途变卦。说刘阿昌没有去管安码头。说湖州来的货船少了两条船。说洽谈好的五百枝长短枪，竟然短少了两百枝枪械。说江南人民自卫军只拿到三百枝枪械……云云。

黄县长像泄了气的皮球，瘫坐在深褐色油漆的明清家具椅子上。

人算不如天算！人算不如天算！

黄县长怒目圆瞪。他咬牙恨恨地心里骂道：不管如何人算不如天算，一定要治治那狗日的刘阿昌！叫他到浙北城来，叫他亲眼看看他黄县长是如何把刘阿昌的儿子从学校里接出来，叫他父子俩并排站在县衙里，叫刘阿昌狗日的自己说：该如何重重惩罚……

可是，受了伤的刘阿昌来不了县城。

刘阿昌拄着拐杖，步履艰难地向南安镇公所走去。

黄县长亲自赶到南安镇公所来，咆哮如雷地查问向百姓加征军粮之事。黄县长大骂冯所长，南安是个米粮仓，区区一万斤大米竟如此难征！冯所长满脸通红，百般辩解。黄县长火了，骂道：穷山恶水出刁民！告诉那些刁民，现在国家正在打仗，这个时候要和国家搞对抗，就有他的好日子过！谁要是认不清形势，竟敢轻视政府，就把他们当作共产党论处！黄县长给冯所长最后期限是：清明后三天，完成征粮指标。否则，不管你什么所长队长，全部他妈的卷铺盖走人！

黄县长勒令冯所长快滚出去想征粮的办法。他要在镇公所等待刘阿昌进来训话。这才是他来南安镇公所的真正主题。

满头大汗的冯所长走出镇公所时，看见刘阿昌两臂用力夹紧拐杖，使劲挂撑一把，像竹篙撑船一般从台阶上一步跨入镇公所。他已经听到了黄县长的咆哮声。

刘阿昌怯生生地弯腰向黄县长鞠了一躬。

黄县长瞪圆了眼睛，黑沉着脸压低了声音逼视着他，说：刘队长！这腿怎么伤成这样？莫不是半夜偷鸡摸狗嫖女人被人家男人打成这样？！

刘阿昌不敢回答，两眼看地，只是不停地说"不敢不敢"。

黄县长站起身，抬腿向刘阿昌捆绑着白纱布的伤处踢了一脚，对龇牙咧嘴姆妈娘娘叫唤的刘阿昌问：这是真痛还是假痛啊？看样子是真痛啊！不痛哪能这么大声叫唤呢？

刘阿昌满头大汗，摸索着靠拢一张椅子想坐下。黄县长眼快，一把拉过那张椅子说：

站着！还想坐啊！做你的大头梦哦！

刘阿昌两臂夹紧拐杖站着，额头上汗流如雨。

黄县长转了几个圈子，压抑着愤怒的声音说：我看你小子是活腻了！你狗胆不小，儿子明明押在我那边做人质，你还竟敢偷天换日，瞒天过海！

刘阿昌几乎倒退两步。他不敢相信自己的耳朵，使劲儿摇晃了一阵脑袋，睁大眼睛看了看黄县长。

你说，那天晚上你没有去管安塘河岸，你去哪儿了？

刘阿昌嘴唇哆嗦着，但不敢说出一个字。

你不去清点枪械，少了两百枝枪……我问你，那两百支枪丢哪儿去了？

刘阿昌面如土色，浑身颤抖，一个劲儿地摇头。

黄县长再次打量了打量刘阿昌的伤腿，颇有深意地说：刘队长，你没有去管安码头，你是不是半道上拦截了货船，拦截了两百枝枪械私自买卖了，然后再用苦肉计打伤自己的腿……

不不不……不不不……黄县长老爷……县长老爷！刘阿昌忠心耿耿，打死我也不敢……打死我也不敢……

黄县长不理他这一套，两眼紧盯着他吼道：五百多支枪变成三百枝，还有两百枝呢？你卖给谁了？说！

刘阿昌吓得一个趔趄，险些跌倒在地。他已经彻底听清楚现在黄县长的严厉态度，绝对不是开玩笑。他感觉自己偌大的身躯现在就像一只蚊子，还有他儿子的小命，被紧紧攥在人家手心里，倘若真的少了两百支枪，人家把手心猛地一捏，他和儿子转眼之间就会被捏成粉末。

黄县长说：不跟你废话了！跟我到县城走一趟吧！

不不不……县长老爷……好好好……我去我去……不不不！不去不去……

你到底是去还是不去啊？这样个熊样！你就不想去看看你儿子？

刘阿昌彻底崩溃了。他什么也不敢争执了。

黄县长沉默着。外面传来冯所长训斥公差的叫骂声：

一万斤军粮！就是去老百姓家抢，也要把一万斤军粮抢够数！

黄县长坐下喘息一阵。他挥挥手，要刘阿昌坐下。他换了一副嘴脸腔调对刘阿昌说：阿昌，我料定你也没那贼胆私盗枪械。你赶快回忆，一定是谁走漏了消息，让其他人钻了空子，半道打劫了。你想想，在南安这一带，能劫走两百多支枪的绝对不是个别人干的，一定是个什么团伙。

团伙？刘阿昌懵了。

你想想，两百枝枪械，要多少人才能扛走啊！人家买方说了，湖州发出五条船，到达管安码头的只有三条船。另外两条船根本没有到。人家买方派人向东追查了半里地，只看见河道上漂着两条船，枪械早就被搬运一空！不是一个团伙，哪有这么快的神速！

刘阿昌点头称是。

黄县长站起身，拍拍刘阿昌的肩膀说：刘队长，给你一个将功赎罪的机会。你快快去打听这批枪械的消息，这批枪械一定还在南安地区什么秘密地点藏着的，不可能运走这么快！你快去寻找！派人去寻找。时间紧迫，不能等你腿伤好了再去找！

刘阿昌急忙点头答应"遵命遵命！"

黄县长跨步欲出门时，回头望刘阿昌一眼，说：刘队长，早点完成任务早点把儿子接回来……外面世道乱，儿子还是放在自家里靠谱！

刘阿昌魂不附体地点点头。

刘阿昌这几天连续做噩梦。

白天，请郎中到家里来拿纱布包扎受伤的腿，晚上躲在家里闭门不出，常常在睡梦中连声惊叫：别杀我！别杀我！啊啊啊啊……把老婆惊吓得惊恐不安地坐起来，看他蜷缩一团拼命发抖咬紧牙关扯歪了脸牙缝里唔唔唔唔地挣扎着发出令人毛骨悚然的声音，狠命地推他摇他。直到刘阿昌止住了颤抖睁开了眼睛看见了自家女人的脸，才停止了那种可怕的唔唔声。他一动不动，拼命回忆梦境中那个披发女鬼张开血盆大口伸出钢叉般的魔爪掐住他的喉咙的情景。

那天晚上，在三丫头家里，那个黑衣女侠从天而降，虽然陌生，但他看清了分明是个真人，不是鬼怪。这半路杀出的不知何方来历的女侠，让他百思不得其解。那女侠为什么来此南安，从何处来此南安，为什么要追杀他？自此晚上做梦，跳跃性的梦境出现了几年前他为了借钱打死的憨子娘。只见那女人披头散发，七窍流血，两眼闪烁着炽亮的绿光。她那已经生长出白毛的粗壮臂腕挥舞着一把砍柴刀，凶狠地砍向他的脖子……他开枪……那妇人倒在血泊里，忽的一个鲤鱼打挺跳起来……两手空空，挥舞着鲜血滴沥的魔爪向他扑来……

每天晚上的梦境都有那憨子娘。刘阿昌纳闷了。莫非，那女人的阴魂不散，那女人要向他索命？他想想极有可能。三丫头现在就住在那被他打死的憨子娘家里。原来只顾为弟弟刘阿贵买房子，可没想到这一层。冤家路窄啊！

心惊肉跳的刘阿昌瘦了一圈。那女鬼阴魂不散倒是其次。重要的是那天晚上被黑衣女侠打伤了腿，耽误他前往管安码头接货的大事。他叫苦连天。自己打成腿伤倒是其次。那天晚上湖州来的货船枪械交易出现了闪失！这次出了事，那黄县长岂能轻易放过他，自己的儿子还在那黄县长手里呢。这乱哄哄的世道，一个县长要想弄死他和他儿子，还不是像捏死两只蚂蚁一样悄无声息，甚至连尸首都没有下落。这真是水干了还不知道到底哪儿锅漏了。

半夜噩梦闹鬼，来自黄县长那边的危险，就像两把利剑，日夜不息生吞活剥他。躲过不是祸，是祸躲不过啊！

那天晚上的枪械交易真的少了两百枝长短枪！尽管是帮黄县长犯法悄悄进行的地下交易，但这失职之罪，足够他死一百次。

黄县长毕竟宽厚仁慈，放过了他的小命，而且天高地厚，至今没有把他的儿子怎么样。他还给刘阿昌一个机会，要他想办法打探那批枪械的下落。

刘阿昌绞尽脑汁。虽说南安地面不大，可是这追查暗地里东西，几乎也是大海捞针的。谁有这种可能干这亡命之徒的大事？他论资排辈，把南安地面上混的几多势力和人一一比对。他一一比对，一一摇头。最后，他把思绪集中锁定在宁家军身上。

宁青民——宁家军，有最大嫌疑！

宁青民的身世他很清楚。他念过私塾，念过学堂。在家乡念，还出过远门，到过湖州杭州念书。黄县长说过，这年头，异党分子的危险，莫大于读书人。他们有知识，有见识，接触过各种主义，那些要发展势力的主义政客也特别关注读书人。宁青民回乡后，在南安镇第一家小学校——丁家庄小学当校长。可他一个教书秀才，为了保护族人，却想起家族筹钱买枪拉杆子。他也当上了宁家军的队长，还佩挎双枪。多年来，南安镇公所搞清党运动，一直把宁青民列为嫌疑。但是对付知书达理的秀才可不是对付前几年的那些平头百姓可以马虎凑合，得讲证据。这些年一直没有拿到证据。

这一次倘若拿到宁青民打劫军火的证据，那他想摆脱自己是异党分子的罪名，就是跳进黄河也洗不清了！

前天，在恼火的黄县长面前，刘阿昌不敢说谁谁是共产党。黄县长三令五申要抓干净共产党，他刘阿昌和冯所长早就信誓旦旦，在县衙里拍过胸脯，保证南安地面不会残留共产党势力。他们在南安地面逢赤必清露头就打，如今南安依然是朗朗乾坤太平世界。倘若他再说出南安有共产党嫌疑，岂不是自砸招牌授人以柄，又要遭到黄县长加倍的严厉申斥。

这几天刘阿昌丢魂失魄，睁大贼一样的眼睛，忍住腿痛，像耗子一样四处探查。

大街上，他忽然遇见一个熟人。他一把拉住穿着破袄腰系一根草绳贼眉鼠眼的杨小狗。他像捞到一根救命稻草，急忙叫住杨小狗，问：小狗子，吃饭了不？杨小狗已经饿了三天了，听到"吃饭"两个字那个胃就疼得难受。他睁大求救的眼睛局促不安地摇摇头。

刘阿昌把他带到一家饭馆里，喊了一盆牛肉，一条鱼，叫来热腾腾的大米饭，杨小狗一口气吃了四大碗。

刘阿昌问杨小狗：问你个事儿。最近你们丁家庄上的宁青民有什么动静吗？

杨小狗想了想，摇摇头。几天来他一直在外晃荡讨饭，不知道宁青民的消息。

刘阿昌心里骂道：这餐饭给狗吃了！但他极力忍住气，抚慰小狗说：小狗子，你以后饿了，只管来南安，找到我就有饭吃！

杨小狗嗯嗯连声。他忽然眼珠一转，说：有动静，有动静。

刘阿昌从口袋里摸出两枚铜板来，交与杨小狗手里。杨小狗捏紧了铜板说：那个宁校长前几天好像来了个客人……大胡子……我去他家要饭，不不不，不是要饭，是要吃的……看见他家来了个客人……

刘阿昌赶紧问清那人长得什么样。杨小狗说，可能是个船老板……

刘阿昌大喜。可疑！那船老板绝对可疑！宁青民绝对可疑！

刘阿昌赶紧凑近杨狗子身边，跟杨狗子耳语一番。然后，从口袋里摸出十个铜板给他。杨狗子感激涕零，起身便走，连声说刘老爷放心放心，一定照办照办！然后磕头作揖地离别，向丁家庄奔去。

丁家庄上空星光满天。宁正全摸索着树林中的羊肠小道，悄悄奔向丁家庄。

小寡妇睡得迷迷糊糊，听到一阵敲门声，心里一阵乱跳。自从上次经受了刘阿昌那一场饱打，浑身上下疼痛难忍。她发狠再也不敢招惹男人。她每天每夜都是日头高挂就栓了大门。晚上有男人敲门敲窗户，救命一般唤她开门，她坚决不理睬。她找来一根饭碗粗的大门杠抵门，又把四方桌子拖来抵门，桌上还压着一块石头。几个时辰过去，往往鸡叫三遍月亮下山后，房后的大水坑里还有人失身落水的声音。小寡妇胆战心惊地裹紧被子，半点不敢动弹。

　　宁正全轻轻喊了几声不见答应，就熟门熟路伸手去下门。那门早用拇指粗细的铁钉钉死。推门，有那么多的抵挡，纹丝不动。宁正全急得浑身发胀，内火烧得五脏俱焚。他溜到窗前，轻轻拍打着窗户。换了几茬的窗户纸早已不用，牢牢地钉上了厚木板。

　　正在焦渴万分之际，那边木槿篱笆墙"沙沙"作响，好像一个人影跨了过来。宁正全赶忙蹑手蹑脚躲到后墙暗处隐藏起来。

　　借着星光，那个黑影循着宁正全的路子先敲门，后下门，再敲窗户，一样的一无所获。那人不由一时恼怒起来，用浓重的河南话开口骂道：你个死婊子睡死了！老子来了三个晚上都不给开门！明天早上你去看看你的麦田，老子拿刀把你砍个一根不留，你搬石头砸天去！瞧啊！门抵着不开，好啊！看谁比谁狠！

　　果然，屋里小寡妇急了，喊道：杨大哥，求求你饶了我吧！我那一亩田的麦子，早就在等着还债了。我在床上给你下跪了，你饶了我吧！前一阵子打我那一身伤都是借高利贷治的，就等麦子黄了还那高利贷的！

　　外面那男人加大音量说：这也好说！那你赶快来开门吧！

　　小寡妇道：我这身上的伤还没好，等过几天好了伤你再来吧！

　　那男人不依不饶说：听你的鬼话。骗我！等过几天你的麦子黄了收了，我就没招了哈！你不开门吧，你躺着吧，明天早上去看你的麦田吧！

　　那人真的气呼呼地跑走了。

　　宁正全已经听出那人是他家原来隔壁的杨小狗。这杨小狗也是河南人，爹娘死得早，要饭长大。家里穷得三天吃两餐饭，有一餐还是在村邻的菜园地里偷南瓜夹豆熬的稀粥。这人受惯了人家的欺负，从来是敢怒而不敢言，你打他一个巴掌，他只是皱皱眉皱皱鼻子，一声不吭。到了晚上，弄不好打他那人的菜园里的瓜啊豆啊全部被拔个精光。第二天一早，你猜准了是他杨小狗干的好事，怒冲冲赶去找他，他那扇破得一碰就散的木柴门早早用一根草绳栓了——他到外村讨饭去了。等他再次在村上露面，你重新播种的瓜啊豆啊已经挂上果了。

　　宁正全知道这杨小狗难缠。但今晚撞在他宁正全面前，算他倒了八辈子霉了。宁正全扛了根木棍向小寡妇麦田溜过去。

杨小狗说到做到。只听麦田里响起了愤怒的镰刀嚓嚓声。

宁正全悄悄溜到杨小狗身后，猛地一棍砸在他腿上。只听哎呀一声，杨小狗麦田里滚作一团。

宁正全夺了他的镰刀，一把拎起他的衣领，啪啪又是几个响亮的耳光。宁正全问：认识你爷爷不？

杨小狗听出了宁正全的声音，连忙跪地求饶。宁正全厉声说：看你也是个可怜人，却专门干这种见不得人的勾当！我问你，你知道不知道小寡妇是我的马子？

杨小狗刚要说知道，感觉不对，赶快改口说不知道。宁正全说那好，今天你总该知道了吧？从今往后，我再遇上你去喊小寡妇门，我的刀子可不认人！吓得杨小狗跪地叩头求饶。

宁正全说：老子今晚去找我校长叔叔有事，没空收拾你！以后你给老子放乖点！

是是是。杨小狗连串地答应着。

宁正全今晚去找校长叔叔有事，恰是为了那批枪械。韩震告诉丁老发，那批枪械弄丢了两百枝，不知哪路好汉给半道打劫了。丁老发看韩震心急如焚，暗地里帮助查找打探。他悄悄吩咐宁正全半夜去丁家庄瞅瞅，假如那批枪械是宁家军所为，他们要转移枪械，一定是在半夜。

杨小狗揉了揉腿伤，连夜赶到南安刘阿昌家去，汇报宁正全半夜去宁青民家，不知何故。刘阿昌只恨自己腿伤不能立即亲自赶到丁家庄去把那个杀弟仇人的儿子给活捉了来。

刘阿昌丢给杨小狗五个铜板，看着他的腿伤问：你也遭枪打了？瘸？

杨小狗说：丁家庄的狗咬的……

这次丢枪引起的各方暗自寻找枪械的事，后来因为江南人民自卫军迫不及待要打仗了，此事就此搁浅，停止了明察暗访。黄县长为了不暴露自己的违法买卖，只能暗地求告卖方——湖州保安团部，要他们赶快给江南人民自卫军补缺。很快，湖州保安团部凑齐添补了两百支枪械。此事就此不了了之。

第十八章

上海发话了：打南安！

江南人民自卫军选择南京后方军事重镇打一仗的目标，定在南安镇。

吉凡江和韩震选南安为目标，有以下五个道理：

一、南安是华东地区，也是苏杭沪嘉地区的米粮仓，特别是皖南地区的稻米要通过南安塘东运。一旦打起仗来，在一定程度上能够影响华东长江三角洲各大城市的正常生活。造成民众的心理恐慌。

二、南安起了战事，参加中原大战的部队购买军粮就不那么顺畅，造成中原地区一定程度的后勤保障困难。俗话说，兵马未动，粮草先行。粮草不稳，定乱军心。

三、南安自古就是军事重镇，是四通八达的战略要地。南安距离南京城区区几百里，这南安一旦燃起战火，直接威胁南京安危。此处后院起火，南京一定惊慌失措。在尚未弄清"江南人民自卫军"是个什么番号的玩意儿之前，南京政府必定如临大敌，自乱阵脚。

四、龙山大刀会组织就在以南安为中心的山区活动，以大刀会为核心的"江南人民自卫军"无需长途跋涉，即可直取。若舍近求远，近千人的运动既容易暴露目标，又耗尽体力，难以战斗。

五、南安乃苏浙皖三省交界之地，天高皇帝远，防务空虚。是地区最高指挥官防务盲点的角落。

大战在即。龙山磨刀霍霍。

湖州府保安团——原陈安坤师二团，团长杭毅，乘坐着洋车，带着一个排的卫兵向湖州海岛中学开去。

自留在湖州搞防务以来，湖州局面基本稳定。仿佛天气变化，中原大战狂风骤起，乌云滚滚而向北国，其他地区风卷残云，天空呈现暂时的晴朗一般，湖州和太湖地区呈现一派祥和，俨然是太平盛世。杭团长走马观花，游山玩水，几乎走遍湖州辖区的各个城镇，巡视了无数个乡公所。去得最多的是莫干山，用他的话说是寻找远古干将莫邪的踪迹，用怀古之情来激励今天的雄心壮志。但他这阵子就是没有到过特别边远的小小南安镇。

他不想去南安镇。几年前北伐时期，他在南安镇留下一段心灵阵痛。

他自吹稳操胜券拿下女先生柳叶的事，一直让他自卑汗颜。

当年跟随北伐军贺司令时，听到贺司令大夸南安镇的军事价值。但他在国家绘制的地图上，没看出南安的轻重。或许是那些地理学家轻描淡写，杭团长几乎没有找到南安镇的具体位置。后来在浙江和安徽两省的夹缝中看到了，呵呵，区区一个弹丸之地，甚至还谈不上弹丸，只不过油菜籽那么一介地方！当年贺司令未免小题大做。来自杭州城里，来自省党部下派到陈安坤师锻炼镀金的杭毅根本不会把南安放在眼里。他心目中，只要守好湖州城就是尽心尽职。

有件事，杭团长十分闹心。

陈安坤师长临行前多次提到要纳小姜。为了完成这项讨好上司的任务，杭团长焦头烂额疲于奔命。他给自己制定的一项中心任务，就是在湖州城里马不停蹄四处寻找美女。

这一天，他突发奇想，驱车赶到湖州海岛中学。

校长带着一班教师毕恭毕敬地迎接杭团长和他的卫队。

杭团长一身笔挺戎装，一副目空一切的派头，一脸严肃地对校长说：现在正是中原大战之际，为了保证前方将士英勇杀敌，后方各界要做好充分准备，全力以赴为前方创造条件。学校是学习圣地，理当以读书为至重。但是，在战争年代，非常时期，国家兴亡，匹夫有责，何况学生是国家后备之栋梁，必须有加强宣传前方战事之义务。只有万众一心，方能众志成城。今天，请校长召集全体师生到操场上来，本团长要紧急训话，号召学生为中原大战尽一分力量。

校长不知底里，用五分钟时间紧急召开了个教师队伍会议，接着又用五分钟时间把全体师生集合到大操场上。

操场上千名师生黑压压一片，各自寻找做早操原有的方位。

主席台上，杭团长悄悄对校长耳语：叫女学生坐在前边，男同学坐在后边。

秩序有些乱。突如其来的调整方位，教师们费了九牛二虎之力才把男同学、女同学的两大方阵划裁框定。奇怪的是，大龄女同学坐最前边，小龄女同学坐中间，男同学不论大小坐在最后边。

大会开始了。同学们在奇怪的安排阵容中鸦雀无声。纷纷用奇怪的目光审视着校长和轻易不到学校一身戎装的军官和士兵们。

杭团长站在主席台上，咳嗽了两声，彬彬有礼地向大家鞠了一躬，并且飞快地扫视了全场一眼。然后兴致勃勃地开讲中原大战的大道理：

……北伐战争消灭了旧军阀，统一了国家。北伐战争的胜利只是我们胜利的第一步。我们的国家权力还没有完全集中在蒋委员长手中，我们国家依然存在着相当一批新军阀。中原大战，是我们蒋委员长在北伐战争胜利之后，又一次打击军阀的战争，是一次打击新军阀的战争。不消灭新军阀，中国永远不能真正统一，也永远不能励精图治，不能建设国家……作为后方，我们无论男女老少，无论公职人员还是社会各界，都有义务为前方作出应有的贡献……我们作为学生，作为国家的后备人才力量，理当冲锋在前，尽自己所能，为国家效力……

他一边讲，一边眼睛不停地在女同学人群里扫视着，挑选着。他的内心里暗暗喝彩。真的是美女如云！姿色各有千秋！最后，他的目光落在前排一位剪着短发，二十岁上下，略显丰韵的一位女学生身上。

杭团长哇啦哇啦一通，接着提出要一位教师上来表表决心。果然就有一位校长预先安排好的留着鬓角长发的男教师上台激动地发言。在那男教师上台用洪亮的声音振振有词表决心，全场注意力集中在被他鼓动起来的激情里的时候，杭团长悄悄把校长叫到身边，用手指了指那位短发女学生。两人嘀咕起来。

几天后的傍晚，几个士兵带着那个短发女学生走进了湖州府保安团部。

一脸天真烂漫的小姑娘睁大忽闪忽闪的眼睛，毕恭毕敬地向心目中的英雄和长官鞠了一躬。

杭团长看见女学生进门，就已经招架不住，他站起身来的急切样子十分失态，几乎碰翻了桌子。

女学生被这位长官的窘样逗得咯咯直笑。

杭团长整理了一下表情，依然拿出长官之态，苦口婆心，又滔滔不绝讲了一番后方要为前方作出必要贡献的道理。女学生听得稀里糊涂。他循循善诱，时不时对女学生挤眉弄眼。他害怕这个如花似玉的女学生会拒绝他的请求，所以一直绕着十万八千里，半天不敢说出那句话。谁知这女学生突然拦住他的话，说：长官，怎么说这么多国家兴亡的道理啊？我可是听校长说，你们哪位军官看中我了，说我长得漂亮，要纳我为妾的啊？

杭毅惊呆了。他不知道这女学生竟然这番直截了当，更不知道她是什么意思，不知道接下来她还会说出什么话。他很窘地不停地一会摇头一会儿点点头。

女学生大声说：长官，你可不要骗我哟！我们小户人家，几辈子就想巴结找到一个做官的人家，可从来没有这个机会。

杭毅睁大眼睛，喜形于色地说：妈呀，真的?！小姑娘，我们做官的人怎么会说假话呢！这一回你的机会来了！你可是遇上贵人了！只是你还要读书，这嫁人的事儿……该咋办呢？

　　读什么书啊！我拼命读书，不就是为了能够离开我们那小家，过上荣华富贵的生活吗！既然有做官的把荣华富贵已经带来了，我还去读书，那不是多此一举吗？

　　杭毅喜不自禁地围着小姑娘转了几圈儿。他真的不敢相信，这事儿竟然这么顺利。这小姑娘竟是如此想得开！现在的学生！呵呵。现在的学校教育！呵呵。太好了！真是太好了！那个校长实在是好校长，这事儿要成了，校长真的有不世功勋！这小姑娘太漂亮了！太可人儿了！他不由又问：小姑娘，你知道你要嫁给谁吗？

　　我才不管我嫁给谁呢！只要他是做官的就行了！

　　杭毅心里扑通响了一下。他有些把持不住自己了。刚才苦口婆心想说服她，要她嫁给前方的陈师长，现在，他一时语塞了。到嘴边的话，让他吞下去了。这女学生实在是太可爱了！他转念一想，不能光为了陈师长着想，他自己也没有小妾啊！古人云，人不为己，天诛地灭啊！像这样直爽、大方的小姑娘，那个劲儿肯定够火、够刺激的！给了别人实在可惜了。还是先自我消化了吧。陈师长现在忙于战事，远在北国，来日方长嘛。再说湖州美女如云啊，也不缺这一个。

　　杭团长想把自己推销给这位小姑娘，只是碍于情面说不出口。大男人和小女孩之间还是存在差别的。反正人家已经说了，不管是谁，只要当官就行，他这个团长级别的官员也无需老王卖瓜自夸一番了。他欢喜异常，大声吩咐伙房给准备高档菜饭，招待新人。

　　女学生性格直爽，刚在餐桌旁坐下就自己动手开葡萄酒瓶，既给杭团长斟满一大杯，又给自己斟满一杯，不等杭团长发话，端起杯子恭敬地向英雄敬酒。

　　杭团长胃口大开。他为得到这么一位火辣辣的女孩子开怀畅饮。

　　伙房的胖总管陪同一位副官满头大汗急匆匆走向杭团长餐桌。

　　那副官啪地一个敬礼，递给杭团长一张纸条：

　　江南人民自卫军定于4月23日攻打南安。望南安各界焚香，归顺，迎接大军！

杭团长猛可站起身，横竖着纸条又看了一遍。他大声吆喝问：这纸条哪儿来的？

副官指指胖总管，说伙房的大米袋里发现的。胖总管说：中午伙房淘米做饭，打开米袋，把米倒进淘箩，倒着倒着，大米里裹着一张纸条。打开第二、第三只米袋，几乎每只麻袋里都有一张这样的纸条。

杭团长挥舞着纸条问：这大米是从哪儿买的？

胖总管说：这是正宗的南安大米。

杭团长紧皱双眉。南安？浙北县最边远的一个小镇，也是湖州辖区最边远的小镇。在他的防务计划里，几乎没有规划防守南安镇。可以说那是一个几乎被遗忘的角落啊！江南人民自卫军？什么部队？从来没有听说过这个番号！即使真的有这个部队存在，他们要攻打那么一个油菜籽粒一般大的地方干什么啊？那是一个穷山恶水之地，自古穷山恶水出刁民，或许是几个山匪虚张声势，要抢劫南安镇街的柴米油盐过日子吧？4月23日？今天已经是4月13日了！"望南安各界焚香，归顺，迎接大军"……这口气……这口气不像是一般的土匪队伍啊……

杭团长命令副官：集中各营营长，马上召开紧急会议，商议对策！

是！副官跑步而去。

杭团长笑嘻嘻地看着女学生，坐下，说：他们忙他们的，我们喝我们的。吃菜吃菜！

浙北县黄县长派人飞速送来鸡毛信，意思是十万火急，同时也用档案公文袋很机密地带来了同样的纸条：

江南人民自卫军定于4月23日攻打南安。望南安各界焚香，归顺，迎接大军！

那些纸条也同样是在南安买来的大米袋子里发现的。南安是浙北县地盘，不管那江南人民自卫军是否子虚乌有，但人家已经发传单宣战了，就要设法应对。黄县长请示湖州府杭团长赶快定夺拿主意。

民国怪事多。那边黄县长协助江南人民自卫军买枪械、查找枪械丢失的事尚未了结，这边他已经冠冕堂皇地拿出政府气势要和江南人民自卫军干仗了。

湖州保安团部杭毅大伤脑筋。所谓的江南人民自卫军要攻打南安的消息已经传播得沸沸扬扬。可是，那位女学生提出了她的想法，她要马上结婚。她已经辞别学校拎着行李住进了杭团长的公馆。她把书包扔进学校的垃圾桶里，微笑地挥手告别。她矜持地向男女同学告别，用同情的目光告别他们。他们还需要继续为追求荣华富贵而努力读书，而她，走了终南捷径，已经大功告成了。

她很懂事。自第一天进了杭团长的门，一头钻进浴室里浸泡和梳洗，白皙姣好的皮肤，丰韵突起的乳房，光滑平洁的少腹，洋溢起她全身青春的活力。四十上下正如狼似虎的杭团长，面对如花似玉却又奔放火辣的女学生，在公馆里实实在在生龙活虎了几天。

这几天，他抓紧忙于操办自己的婚事。团部大小官员正在帮他布置新房，准备洞房花烛呢。

在这节骨眼上，南安镇要平地风雷起战事了，这江南人民自卫军实在可恨！

江南人民自卫军？这是从哪儿来的自卫军？是江西赤匪的游击队？还是那个大刀会虚张声势？他压根儿没听说过这么个番号的部队啊！即使是天兵天将下凡到湖州也会呈现几朵祥云吧。这到底是咋回事儿？

杭团长紧急召来三个营长开会。他自己的意见，是调出全部人马赶到南安镇，杀气腾腾，和那什么自卫军一决雌雄，他要看看所谓的"江南人民自卫军"到底有多大气候敢和保安团叫板。他要快刀斩乱麻，一举消灭所谓的江南人民自卫军赶快班师回营。女学生选择的大婚之日可是有期限的。

然而三个臭皮匠胜过诸葛亮。几个营长提出很多质疑。他们说这外面传播的消息不一定那么可信。那小纸条说的不一定是真的。这种把戏仿佛市井街坊流传的断盐断米之谣传引动人们哄抢买卖差不了多少。即使纸条说的不假，用兵之道，真真假假虚虚实实啊。或许是人家的调虎离山之计啊！真把三个营远远地开往南安，匪众趁湖城空虚，声东击西，兵不血刃就可将湖州一举拿下。到时悔之晚矣。

众所商议的结果，最后的决策是：南安那边，不管是空穴来风，还是假戏真做，先派去七连、九连两个连队镇守再说。

七连连长金仲昆、九连连长王宏斌站在杭团长面前，一脸的哭相。

这团长纳妾的日子眼看就要到了，他们几个连长这几天没一个闲着，到处张灯结彩，披红挂绿，忙得不亦乐乎。这眼看就要吃喜酒喜糖了，却派他们带兵去南安打仗！

杭团长颇有耐心地转着圈子，踱着步，说：金连长，王连长，不要想不开。我不就是纳了个小妾嘛。这事儿还一定要等着看热闹？我实话告诉你们，今天喜酒喜糖提前给你们先吃了！大功告成后，我还要另办喜酒给你们请功！说不定有好机会我还给你们娶个湖城美女呢！

两个连长依然低垂着头，不动声色。

他扫了两个连长一眼，大声喝道：立正！稍息！看你们这点出息！立正！什么熊样？像死了丈母娘似的！拿出精神来！你们俩给我听好了，到南安去不是游山玩水，那是准备去打仗的！听说过江南人民自卫军吗？这是一支什么部队？你们知道吗？不知道。我也不知道。上边也不知道。但根据上边来的情报，江南人民自卫军，很可能是地方上大刀会的乌合之众。但如果真是大刀会，你们可要加倍小心！他们会那种叫作"披发功"的魔法，人人都刀枪不入，这可是不得了的功夫啊！他们可以杀了你们，你们杀不了他啊！这就好比你们在和鬼打仗！人打得过鬼吗？所以，你们要想办法！我已经向一些旁门左道的人打听过了，大凡魔法，都是旁门左道，这玩意儿，是邪气！最怕污秽！你们到南安以后，要进一步收集情报，看看到底是不是大刀会。要准备大批地去买黑狗，杀黑狗！黑狗血蘸子弹，打出去，什么邪气都炸飞！还要准备一些妇女用的马桶，越脏越好，高高地举着，对着那大刀会的旗子，用晦气熏死它！

两个连长听得两眼发直。这种仗的打法，还是头一回听到！

杭团长突然大声问：有什么困难吗？

有！两个连长异口同声说。

杭团长两眼盯着他们俩，问：快说，什么困难？

七连连长说，七连缺枪。九连连长说，九连也缺枪。

怎么啦？以前不缺枪，现在要打仗了缺枪了？

真缺！团长你是知道的。两个连长做出委屈的神情。

杭团长想起来了，上次陈师长吩咐浙北黄县长秘密卖枪，本来是五百支，但后来说半道遗失了两百多枝，立即下令各个团筹集凑数。他这个团也从各连筹了一部分。筹的时候，没说卖，只说急用。但连长们根据多年吃兵饭的经验，知道是被长官卖了，心照不宣罢了。

杭团长一声令下，要后勤部紧急调拨给七连九连一百支步枪，六挺机枪。

两个连长大喜过望。人无外财不富，马无夜草不肥！这一百多支枪两人二一添作五，两人各半。在那兵荒马乱的时代，上梁不正下梁歪，当连长的门路比上级团长师长更广，消息贼灵。他们悄悄合计，立即派人去找浙北黄县长，说有一批货急于出手。只要一手交钱一手交货，就可以还掉军营里输给林副团长的赌债了！

嘻嘻。会哭的娃儿有奶吃哟！

第十九章

七连、九连两个连队急行军赶到南安镇。

南安的老百姓愁容满面地看着七连军队住进了沙滩的总管庙，九连住进了北门新河岸的城隍庙。

黄昏。南安镇街上走过四人一组的巡逻兵；鱼巷口总管酒馆门外，站着两个荷枪实弹的士兵，成了一道南安街少见的风景。七连连长金仲昆和九连连长王宏斌坐在沿河那个窗口下，正在喝酒谈天。

那时代，有这么一句顺口溜：小小连长，胜过皇上；大炮一响，黄金万两。

别看他们这个连长官职在湖州城里算不上什么，可在这小小南安镇上，他们俨然是一方新来乍到的皇帝。那杨镇长虽然比他们官大，可乱世武官为上，文官只能俯首听命。镇长见了二位连长点头哈腰不止，好酒好肉款待不算，还背地里拿出多年的灰色积蓄孝敬他们。不拿白不拿，二位连长勿需客套，真金白银到手，第一件大事就是进酒馆。当兵的人活一天算一天，他们到南安来是准备摆战场的，不知道啥时候马革裹尸，不吃不喝对不起自己一副臭皮囊。

两个连长官级一样大，可是岁数悬殊。七连金连长整整五十，胡子一大把，比九连王连长大二十岁。

两人今天在一块喝酒，一是谈南安镇街的防务。

他们察看了南安四周地形。南安地区四通八达，四战之地，三面环山，左右绵延横亘几十里，制高点均在外围。这两个连两百多号人的兵力该如何部署兵力如何御敌，是篇大文章。金连长说他过的桥比王连长走的路还多，身上的子弹孔简直像蜂子窝，啥阵仗都经历过，老练。年轻的王连长不是依靠战功的火箭干部，临阵慌乱，所以一切都要听从金连长安排。

二是把前天通过浙北黄县长卖掉的一百多支枪所赚的钱分一分。

王连长很满意地斟满一杯酒。他要毕恭毕敬地敬金连长一杯。在他的心目中，资格老的总是欺负小的。今天算账，他担心那金连长岁数大，在部队资格比他老，可能要吃霸，分钱时可能会多吃多占。可是事情完全出乎所料，金连长分文没有多要。第一次和这老哥共事，老哥够朋友！

金连长说：做人嘛！兄弟，听老哥一句话，人长钱短！我一生最看不起为了钱翻脸，为了钱六亲不认的人！人生短短几个秋啊！那生不带来死不带去的东西，犯得着伤和气伤感情吗？以后，这方面，你兄弟还要跟老哥我多学着点儿！

王连长很谦卑说：那当然！我不光这方面跟你学，我很多地方都要向你讨教。我想问问你老哥，这人啦，为什么参差不齐，有的那么安分守己，种田的种田，做生意的做生意，可有的为什么就那么讨厌，不好好做生意不好好安身立命，却要干出伤天害理的勾当！像这次什么"江南人民自卫军"，从哪儿来的？根本不是从军的人却要干出打仗的事儿，还不是野心勃勃要造反吗！

金连长先猛吸了一口酒，有滋有味吞了下去，他两眼放光地看着王连长，说：兄弟，你可知道"乱世出英雄"这句话？

王连长似懂非懂地点点头，疑惑地说：虽然是乱世出英雄，可现在不比前几年。前几年那才叫乱世。可现在，天下已经要四海归一，国民政府已经在南京成了气候，这些人还要充什么英雄，可不是提着脑袋瞎闹吗？

金连长笑笑，说：王连长！天下四海归一，可问题是能不能归得长久！我们北伐军打江山容易，可这南京坐江山，可就不那么容易罗！我们这儿喝酒说酒话，哪儿说哪儿撂，可别当个真！我说，我们的蒋委员长眼力见不够，这南京，他选南京作京城，他就选错了地方！

王连长一愣，吃惊地说：选错啦？！这六朝古都，古往今来常当作京城用的虎据龙蟠之地，咋会错呢？

呵呵。你别看他六朝古都！你回头看看历史上，哪一朝座南京能坐得久？哪一朝不是短命的？

老哥，这历史我可不懂，听说你读了很多书，给兄弟讲讲。

你看啊，所谓的六朝古都，从三国时代的东吴开始，你看东吴最后不是被魏所灭么？才几年江山？接下来，天下收三国为晋。晋分西晋、东晋，西晋垮了，逃到江南来的就是东晋。那东晋不争气，也逃到南京，你看，不也短命吗？你再看，接下来的宋、齐、梁、陈，那简直像前几年的北京城换总统，走马灯一样，就像唱戏说的，你方唱罢我登场，哪个不是短命鬼！

这事可就有点儿怪了！当皇帝，那个官可是最大的，可咋说被那些官小的，或是没有一官半职的白丁给推翻了呢？听说汉朝的那刘邦就是个白丁？

你说刘邦干吗。你不知道朱洪武啊！

知道知道。就是啊！朱洪武还是个要饭的和尚呢！这都是为了啥？这难道就是因为地脉之故吗？

地脉是其中之一。更大的原因是，不管你官儿多么大，有这么一句话呢，叫：得民心者得天下！

王连长若有所思地想了想，说：就算皇帝失了民心，可那南京城不是一般地方，它可有长江天堑啦！长江那么宽，波涛汹涌的，这边还要大炮轰，那边能那么好过吗？

兄弟！历史证明，灭了南京的，哪个不是从北边过来的？天堑？天堑能挡得住人吗？天堑没有心，人可是有心的！

王连长肃然起立，他给金连长又满满斟了一杯，说：老哥，人说：听君一席话，胜读十年书！今天兄弟我算是讨教了。

金连长喝了口酒，接着说：其实啊，哪个当君王的都想得民心啦。可民心从哪儿来呀？从秩序中来啊！

啥叫秩序？

这理论可就深了一层了。秩序，就是天下太平啦！一个朝代的建立，其实就是消灭了多年的战乱，被长期兵荒马乱的人民谁不渴望天下太平啦！像春秋战国那么多年，秦始皇统一六国，他建立了中国历史上封建制度的秩序，对历史是一大进步，那就是得到了民心啦！

是这么回事儿。可是民间有一句"秦并天下汉登基"这句话，那秦始皇怎么刚得民心就又被人夺走了呢？

兄弟啊，历史有些事儿，还真的有点邪门。你看啊，春秋战国被秦始皇统一后，秦始皇没坐几年江山，被汉朝所代替，汉朝坐了几百年。南北朝时一片混乱，被隋朝统一了，可隋朝没坐几年，被唐朝所代替，唐朝坐了几百年。南宋时代也是一片混乱，被元朝统一了，可元没坐多久，被明朝所代替，明朝坐了几百年。怎么有的建立了秩序也是白建，短命；有的秩序可就长治久安呢？

或许是命上所在吧。命上有，注定就有的。像朱洪武，一个和尚，他命好，非给他一个皇帝当，他想不当也不行啦。

兄弟，虽然是命，可也不全是命啦。

是啊，有时候，还是少不了个人的算计的。我还想跟老哥打听你的一些故事。听说你金老兄是出过洋读过留学的，原本在哪个县里当官儿，可后来被排挤了，一怒之下从了军。在北伐战争的时候，立下不少战功，按理说现在应该是当上团长了，可你依然当着连长，让我们后起之秀看着心寒啦。你就不能搞点小算计？

这些，不说也罢。

老哥，看不起我兄弟了？

兄弟，实话告诉你吧，不是我危言耸听，刚才不是说有的秩序能长久，有的秩序就是昙花一现吗，问题在于这个秩序的合理性。你说我北伐时立下的战功，一定能升个团长当当，可你光拼命打仗有什么用？拼命打仗那只是干活！你以为干什么活干好了就能升官？立了功就能升官？打仗是干活，升官是政治！这是两码事，懂吗！

政治？

跟你说吧，我老金已经老了，用不上了。可你王连长还年轻，保管用得着。啥叫政治？就是你要想升官，不能光干活，要有一个通盘的考虑，眼睛要向上，要学着和上司玩儿。听说过有句话，叫"世途难行钱作马"吗？要拿钱孝敬上司！上司拿了你的钱，他要孝敬他的上司，懂吗！这叫一收一支一条线，从上到下就是一条线了。官儿，不是立功挣来的，那是跑来的！懂我的意思吗？

王连长眨巴眨巴眼睛，不解地问：你老哥对跑官说得头头是道，可你怎么不去做呢？

兄弟呀，不瞒你说，老哥要是那种跑官的人，加上我的学历，加上我的功劳，就真像你们所说的，早就当团长了！可我现在还是个连长啊。这就叫性格决定命运！我的性格，众所周知啊！我一不请客，二不送礼，和长官搅和不到一块儿。你说我和哪位长官混过？说出来你就害怕！北伐时，我可是贺司令手下的一个营长。我在他的指挥机关里还呆过一个月呢。那时候，我们杭团长还是一个连长呢。我和那么大的官儿生死相处过，可我怎么没有被提拔呢？这也不能怪长官。你说哪个长官愿意去提拔一个不合心的下属？起码他得信任你呀。这信任就来自你提着钱袋子跑啊！这一次，卖枪的钱，我劝你，杭团长就要纳妾了，大婚的日子，你就拿去送礼了吧。这是个机会！平时，如果你赶不上机会，你拎着猪头还找不到庙呢。不要成天和那林副团长赌啊赌的。林副团长和我一样，性格也老了，人也老了，都六十多了。按他的功劳，早就提拔到南京去了。可他也是那熊脾气，硬邦邦的，一辈子当副团长。你们年轻人跟着他没出息的！

王连长点头称是。两人沉默一会儿，王连长接着说：这事儿不说了。还是说皇帝吧。就算你老哥不学着算计，可那些能坐上皇帝宝座的人，他还不懂得算计吗？他辛辛苦苦建立的秩序难道不合理？

嗯。问得好！兄弟呀，往往有时候，人算不过天算啦！不看别的，你就说我们南京政府吧。你看他东征西讨，南征北战，目的只有一个，就是想建立秩序啊！可是你想建立秩序就能建立秩序吗？那西北军还不是不服他这一套，跟他建立的秩序叫板吗！你说合理，他说不合理。不知道合理该由谁说了算！兄弟你刚才不也是说，我应该当团长了吗，可怎么当不上？这合理吗？我们当兵的拿枪是为了打仗，就像岳飞将军那杆大铁枪上雕刻的，"枪在人在"，可现在一级一级的大小官员都在卖枪，这合理吗？老百姓应该种田种地，做生意，生儿育女，养家糊口，可他们却要去当土匪，还搞什么大刀会，搞什么"江南人民自卫军"，这合理吗？

大哥，我听出来了，西北军他们就是看出南京的很多不合理，才敢跟他叫板的！这叫苍蝇不叮无缝的蛋！是吗？

哈哈哈……你总算开窍了！

老哥，你说这江南人民自卫军到底是什么部队，上面还没搞到情报？

没有。但依我推测，他们不一定就是太湖周边大刀会那些乌合之众。

难道是江西来的红军？

那不可能。这很可能是经过什么组织过的……有一定背景的武装。他们挑选在南安这地方打仗，就特别有意思……

我在纳闷，他们要乘中原大战的时候，在南安打仗，或许有什么意图。可若真有意图，怎么又挑南安这么个小地方，这小阴沟里还能掀起什么大浪？岂不是胡闹一通嘛！

你错了！你可别小看了南安这个小地方。北伐时，我们的贺司令就驻扎在南安镇指挥战斗。在他的军事地图上，南安是华东地区一个大大的军事中心！那时候，我可以自由出入贺将军的办公室。听他说，得南安，就可得苏、浙、皖三省。你可知道，南京城位于哪个省吗？

好像是……江苏？

这就叫，得南安可得南京矣。

哎呀，可真是非同小可。我们若守不住南安，可要出大事了。

嘿嘿。你管他出大事小事！我们操那份心干什么。喝酒！他南京养了一大批情报网，还不知道南安的分量！听我的，出不了大事儿！真要出什么大事儿，那南京还这么轻松，连湖州团部一点儿消息都没有？别怕！喝酒！

喝！

南安镇街忙碌了一整天。七连和九连全部出动，在新河岸的田野上，抬木头，搭木架，架起了长长的高高的一道木栅栏。

河岸上荡漾着春天的气息。青青河边草，杨柳萌新绿。空气清新透明。

七连连长金仲昆嘴里叼着一只大烟枪，两手推推木栅栏，试试，感觉稳若磐石。他拍拍巴掌摇摇头，问九连连长王宏斌说：你估计这木栅栏牢固不牢固？

王连长不知所问，茫然地看着他。

金连长说：别说木栅栏，他们江南人民自卫军真要冲过来，我看铁栅栏都挡不住！就像杭团长说的，关键是一定要破了他们刀枪不入的"披发功"！

两个连长转了转，对木栅栏不屑地看了看，就向河沿走去。

南安河从松山脚下流过来，在镇街绕了个大大的"S"形。北岸仿佛是孕妇凸出的肚子。七连、九连的战场就设置在S右下部那段新河北岸，即那孕妇凸出的肚子上。

河沿下，微风习习。河水轻荡涟漪。一排刚发芽的杨柳树上，横七竖八挂了几十条黑狗。每只黑狗下面放了一只大木盆，承接着剖开了肚子黑狗流淌的滴滴沥沥的血水。几只大木桶里满满装着血浆。河畔弥散着一股强烈的血腥味儿。几十个士兵把一箱箱子弹搬过来，拆开，正忙得不亦乐乎。

金连长指着那一盆盆黑狗血说：打了半辈子仗，还第一次这么个打法！我们明天全靠它了！大家动作快点儿，把每一颗子弹都蘸上黑狗血。血要不够，大河里舀点水掺和掺和。

王连长突然大声喊着对一个士兵骂道：哎、哎！你不能把子弹泡在血浆里呀！进水的子弹还有用啊，猪头！来人，把他给我抽几鞭子！

金连长走过去拍了拍王连长的肩膀，说：兄弟，算了吧！得饶人处且饶人啦！

王连长余怒未息，说：哪有这么偷懒的人！子弹失效，我们还不要一个个等死啊！

金连长拿起一颗子弹，举起来，对大家说：兄弟们，子弹不能放血水里泡。要拿个小刷子，一颗子弹一颗子弹地刷，懂吗？今天一定要刷好，来不及，连夜刷！明天就指望它降妖捉怪了！

哈哈哈哈……士兵们都笑起来。

金连长说：兄弟们好好干，我和王连长商量过了，今天晚上，我们两个连，一个连十五条黑狗，大家吃狗肉！

呵！——呵！——

士兵们一阵喜庆的哄笑声。

两个连长上了岸，金连长头上的帽子突然飞了出去。

这天气，不知怎么突然刮起了一阵怪风。那风从北边的山坡席卷而来，呜呜怪叫声令人恐惧，把那一片旷野的稻草卷起老高。细微的风沙令人睁不开眼睛。风一直向河岸刮来，突然"咔嚓！"一声响，那树上挂黑狗的枝丫断了股，两条黑狗"扑通"落在了河里。

王连长连声喊：快下去捞！快下去捞！

一个士兵扑通跳下河去，把那黑狗捞上岸。

金连长捡起飞出去的帽子，紧皱了眉头。他对王连长悄声说：兄弟，有些不妙啊！

咋啦？

这打仗之前有几件事是大忌。什么刮怪风，倒大旗，发天黑……都不是好兆头！

正说话间，刘阿昌带着十个镇公所的官差挑了二十只马桶摇摇晃晃地过来了。

为了应对南安开战，黄县长指令，南安镇公所紧急招募了二十几个军警组成一支别动队，协助七连九连布置战场。刚刚恢复腿伤的刘阿昌任别动队队长。

十个军警斜挎着长枪，排成一排，一人挑两只马桶穿街而过，成了一道少见的风景。忽然，走在队伍最后的杨小狗，一只马桶"通"的一声掉在地上。他回头一看，身后什么时候跟着一个污秽斑斑的疯子，龇牙咧嘴地笑着，拿着一根小竹竿，把另一只马桶高挑着，一边蹦一边笑，嘴里嚷道：哈哈，刘阿贵，你把小寡妇的马桶拿走了……这马桶是小寡妇装米用的……我要拿马桶装刘阿贵的人头……哈哈哈哈……

宁大祥！杨小狗脱口而出叫起来。刘阿昌闻声拔出枪来。

杨小狗冲那疯子喊道：宁大祥，把马桶给我！把马桶给我！

疯子也不睬他，拎着马桶向河岸的士兵群里疯疯癫癫地跑去。他回头看杨小狗追过来了，转身就跑，一边跑一边笑着喊：刘阿贵，你干吗抢小寡妇的马桶？当心我儿子宁正全来杀了你！哈哈……

走在前面的军警们全部站住脚，看那杨小狗追着疯子。疯子手里拎着马桶跑，杨小狗在后面追，看的人不由哈哈大笑。正跑着，疯子一下子跌倒在地，马桶也啪的一声炸成了碎片。军警们笑得直不起腰了。河岸上扛木料搬运石头的士兵们都停住手大笑。金连长和王连长也笑了。金连长笑得咳嗽不停。

刘阿昌举起了短枪瞄准那疯子。妈妈的！这狗日的人间蒸发，现在都成了疯子！金连长一边咳喘着说"好玩！"一边按下刘阿昌的枪口，说，难得这么好玩的！

挑马桶的军警们来到木栅栏。王连长吆喝道：刘队长，叫你们多找马桶，怎么就这么几个？

军警们七口八舌回答说：南安街上的人听说明天要打仗，早都跑光了，家家关门闭户。这还是跑到乡下去跟老百姓要的。

两个连长急忙指挥士兵们把马桶高高挂上木栅栏。马桶少了，只能拉开一些距离，每隔三十步，高高挂一只马桶。几个士兵像猴子一样爬上栅栏，正挂着，一阵怪风吹来。因为挂得高，马桶直摇晃。刘阿昌急了，他怕马桶会被风吹落，几步走近木栅栏，指手画脚地喊着指挥。突然斜刺里出现那疯子，拿根竹竿对着高空的一只马桶猛戳。正巧那只马桶忘了揭盖子，马桶摇晃，盖子突然像燕子一样从高空飞了下来，正砸在刘阿昌头上。士兵和军警们哗然大笑。刘阿昌气得暴跳如雷。狂叫着要把那疯子捆起来打。金连长笑得已经直不起腰了，涨红了脸，一口气差点闭死。

正打得哭爹叫娘，突然北边"砰！"响了一枪。

两百多个士兵陡然肃静，鸦雀无声。

三里亭那边的树林里一群麻雀，呼啦啦向天空飞去。

金连长已经掏出了手枪，机警地向那树林望着。

踏踏踏、踏踏踏……一匹黑马从树林里冲了出来。

王连长紧张了，大声喊：准备！

两百多个士兵哗啦啦拉开了枪栓，瞄准。

刘阿昌一阵寒战。他可从来没见过这种阵仗。

踏踏踏……骑在黑马上的人，穿一身黑衣，披着黑披风。那匹马像一道黑色的闪电，奔跑到新河岸，旋风一般飞快地向松山那边的丛林而去。

两百多号人面面相觑，纷纷猜测那黑衣人是哪路神仙。王连长揉了揉眼睛，回头问金连长：这咋回事儿？

金连长沉吟一会儿，说：弄不好是江南人民自卫军的探子，侦察我们布防情况的。

刘阿昌已经畏缩一团。他忍不住摸了摸刚刚恢复的腿伤。那次向他索命的黑衣人，后来在梦中变成憨子娘，多次梦中向他索命。今天这黑衣人从天而降，莫非又是找他索命？

啪！一只惊弓之鸟突然坠地，正落在刘阿昌脚下。刘阿昌惊出一身冷汗。

新河岸上在很久很久的时间里鸦雀无声。

刘队长！刘队长！

一个军警向新河岸飞奔而来。刘阿昌大骂道：是你爹死了还是你妈死了？这样怪叫！叫你的魂！

军警苍白了脸喘着说：三丫头……三丫头……跑了！

刘阿昌狠狠地扇了那军警几个耳光。这大战在即，大家忙得不可开交，金连长王连长都在场，这王八蛋他妈的赶到这儿来吆喝三丫头。

三丫头是刘阿昌的一块心病。在大庭广众之下，三丫头的事儿刘阿昌不但羞于启齿，而且不可告人。尤其不能张扬的是，这些新来的军官眼巴巴寻找着寡妇、娼妓，暴露了年轻漂亮无丈夫的三丫头岂不是要引狼入室！

军警捂着嘴脸，结结巴巴重复着说：她跑了……

啊！刘阿昌这才醒悟过来，急忙向两位连长匆匆道别，招手带了十几个军警，绕着河岸奔向南安大桥，过了桥，向郊外的原野奔去。

两个老妇人哭成一团，看见满头大汗带着军警跑来的刘阿昌，抢着报告说：今天又来了个黑衣女侠把三丫头抢走了……蒙着脸的……三丫头不敢跟她去，可她在这里苦劝三丫头跟她走……

到底是抢走的，还是劝走的？刘阿昌盯着两个匍匐在地上的老妇人吼着问。

劝走的……呜呜……劝走的……她走了，我们再服侍谁呢……呜呜……

刘阿昌脑幕上闪现出刚才河岸上黑衣人骑黑马飞逝而过的情景，愈发感觉心里发虚。

第二十章

南安镇街的天空灰暗无光。狭窄的街面两边稀稀疏疏的树木，已经开始抽出细细的绿芽。卖米卖柴的柴湾街，一条条石板闪烁着古老的青光和世间凌乱的痕迹。四个斜背长枪的士兵脚步杂沓地走过街道。

狭窄的街道上行人稀少。

南安开战前的紧张气氛像清晨的浓雾四处弥漫。人们慌乱的心绪不仅来源于街巷里士兵杂沓的脚步声和震人心魄的军号声，还有几年前江浙战争时的枪炮声伴随火烧民房的滚滚浓烟，和两军停火后土匪的神出鬼没，令人揪心。胆小的和对时局失望的居民们，早早就关门歇市，收拾包裹逃之夭夭，四处投亲靠友。胆大的不离不弃，依然大门洞开仿佛不信这世界就会在战火中烟消云散。

刘阿昌揉着睡眼，从阿强女人家出来，穿过小巷，走上大街，向镇公所走去。

东方初白。一家锅灶里正滚着油锅香气四溢的油条店。一个系着油渍斑斑蓝围裙的矮胖妇女，手拿一双长长的竹筷，在沸腾的油锅里翻动着滚动的油条。油条起先是白色，在油锅里漂着，浑身咕嘟嘟冒泡。那颜色渐渐渐渐变深变黄，细瘦的身子很快膨胀增粗。那妇女拿长长的筷子把油条夹起来，放在油锅旁的一只流油的铁丝篓子里。油渍不停地滴沥到油锅里。

哎、哎！哎！

妇女连声嚷嚷。一个疯老头子抢了一根油条便跑，妇女急忙追赶。呵呵。疯老头子回头笑着。看见他那种蓬头垢面狰狞、怪诞的笑容，妇女吃惊得立即停住脚，愤怒地骂了一句"疯子"，就不再追赶。

疯老头子拿着油条往那座人字高桥闪闪烁烁地走，迎面走来了刘阿昌。

刘阿昌双眉紧锁，满腹忧虑的样子。早晨淡蓝色的薄雾增添了街巷的凄凉。

人字高桥下河面水色苍白。天空云色惨淡。

刘阿昌被旋风一般迎上来的疯子吓了一跳。疯子手拿油条，兴奋地在嘴里撕咬。刘阿昌忽然睁大眼睛紧盯着那疯老头子。疯子乐呵呵地把油条递给刘阿昌，但很快又塞进自己的嘴巴。站在人字高桥桥巅之上，刘阿昌身不由己地绕着疯子转了个圈儿。他忽然眼光一亮。妈的！宁大祥！这是杀了自己亲弟弟的凶手！杀了弟弟，他倒好，疯了！妈妈的！前天在新河岸要拿枪打死他，被金连长阻拦了。今天看他往哪儿跑！

刘阿昌龇牙咧嘴地伸手在枪套子里掏枪。

柴米街。宁正全跟在丁老发后面，跑得气喘吁吁。丁老发挥舞着手指示说：这边这边！有人看见你爹走这边的……快些快些……他过那高桥弄不好会掉河去！

宁正全喘着说：他们说他疯了，还找他干什么？

丁老发吼道：胡说！疯子也是你爹！你敢不孝！

宁正全说：不是不孝。我是怕把他找回去，住哪儿？没地方住。

两人向人字高桥跑去。

疯子不知道刘阿昌手里拿铁家伙的危险，把油条从嘴里扯出来，猛地一下塞进刘阿昌的嘴里。

刘阿昌大怒。嘴里恶心地哇哇呕吐。他举起枪，对准疯子的脑袋。可疯子兴高采烈了，嘴里咿咿呀呀地唱戏，又蹦又跳，他根本没法子瞄准开枪。他气得拿枪顶了顶礼帽沿子，闪着身子躲避着疯子的那双油污的双手，突然把枪口顶住了疯子的心窝子。他两眼凶光一闪，一咬牙，很快扣动了扳机。砰的一声响，疯子像被什么魔法猛地定住了一样，身子猛地一震，嘴里停住了唱，手脚停住了舞蹈，突然一动不动。他的脸上表情急剧变化，急剧地抽搐，笑呵呵的脸瞬间被茫然不知的表情所代替。那些绽开的糊满污垢的深深皱纹很快定型，挤兑出肮脏的污泥。他那发黄的嘴里嚼碎的黄色油条像摊煎饼一般呕出，厚厚地堆积在杂乱胡子下的嘴唇上，令人作呕。他两只已经失去识别功能的眼睛突然凝固，仿佛一刹那间恢复了认知，两眼瞪得大大地怔怔地注视着刘阿昌，再也没有改变角度。他的胸口炸开了一个红洞，白色的肋骨在破碎的血肉中向外翘起，仿佛突然冲出了肉体的包裹。暗红的血流汹涌而出，汩汩喷射，飞溅了刘阿昌的脸上、身上、礼帽上。疯子裤管里的流血流淌到桥面，散开，又从桥面渐渐沥沥挥洒到河面上。苍白的河面上幻梦一般盛开了一朵朵玫瑰色的鲜花。疯子木头一般僵硬地转了个身，脸色苍白，他那木瞪了的两眼望着桥下的河水，歪了歪身子，嘭的一声仰面倒在桥上，两眼直直地瞪着天空。

刘阿昌擦了擦脸上的血污，嘴里吐着唾沫，吹了吹冒烟的枪口，骂骂咧咧。他抬起一只脚，踢着浑身抽搐的疯子。疯子依然两眼睁得老大，专注地望着天空。刘阿昌弯下腰，抓住疯子的血水濡湿了的衣袖，把他拖到桥沿口，再直起腰，抬脚踢去。哗啦！疯子坠下桥，滚下河去，溅起一簇大浪。

河面久久激荡不宁。汪洋一片红色的河面上，疯子的尸体半沉半浮地缓缓旋转着，身子渐渐沉浸水中，水面上飘散着疯子蓬垢的长发。

刚刚赶到桥塄的丁大发和宁正全，看到拿着冒烟的快枪的刘阿昌浑身污血，突然立住脚，傻眼了。

刘阿昌看见了宁正全，飞快地再次拔出枪，面目狰狞地直指着宁正全。丁老发做了个手势，要刘阿昌放下枪。刘阿昌骂道：好你个丁老发！跟我玩阴的！人前一套背后一套！我一直把你当个人，你却是做鬼！这阵子你暗地里做了些什么，你心知肚明！今天这算是齐了，老子儿子都撞我枪口了，你也跑不了！

丁老发还是做手势，叫他放下枪。刘阿昌哗地打开了枪机。

丁老发大声嚷道：你刘阿昌算什么好汉！把一个疯子给打死了，你有本事打我啊！别对住他儿子，对着我！

刘阿昌突然调转枪口吼道：你以为我不敢！我早就在到处找你！你今天的死日子到了！

丁老发解开衣扣，拍拍胸脯，说：好，刘阿昌，往这儿打！往这儿打！

四个巡逻兵跑步赶到高桥，看见三个人拿枪在桥上对峙，飞快地举枪，四个人占了四个方位，枪栓拉得哗哗作响，大声嚷嚷：不许动！干什么的？

刘阿昌斜了他们一眼，喊道：别管闲事！这是我们镇公所的事！你们当兵就是吃粮打仗，去找你们的马桶去！

丁老发也晃动着脑袋说：滚滚！南安街上的事多了去了，哪是你们当兵的管得了的！不是你们管的事就别管！

四个当兵的左看看右看看。刘阿昌一脸的蛮横，丁老发整个的狡黠，宁正全站那里发呆。几个大兵把枪一收，念叨"几个疯子！"，便拐弯依然去巡逻去了。

看丁老发漫不经心的表情，刘阿昌被激怒的脸不停变换着面容，块块肌肉抽搐不停。他突然又调转枪口，又把枪对准宁正全。

宁正全本能地闪了闪。丁老发骂道：孬种！躲什么！让他打！死就死了呗！

宁正全挺了挺身子，但两条腿直打战。

丁老发喊道：刘阿昌，我要告诉你，这宁正全可是我的人了！你要打就打吧！

刘阿昌骂道：你的人？你人五人六的！你又算老几啊！迟早我镇公所要把你们这些土匪给灭了！

丁老发喊着说：灭啊！你们不是专抓土匪吗！

刘阿昌重重叹口气，恨恨地把枪收了。

丁老发拍拍手说：刘阿昌，今天你打死了他老子宁大祥，看在我们多年朋友一场的份儿上，这报仇的事儿，就饶了你一回！可我在浙北县城里遇见你儿子三次呢！你要识相的话，要在酒店里请客办酒谢罪，不然没完！日子你定！

丁老发说完拉了宁正全走上桥顶。刘阿昌在桥上呆子一般站着。

丁老发指指红色河面上漂浮的死尸，朝刘阿昌瞪眼说：刘阿昌，他好歹也是个人吧，打死了漂在河里会烂会臭，这南安街上的百姓还要在河里淘米洗菜吃！你要是个人，就把他捞了埋了！

宁正全看着河面一声嚎叫：爹呀！今天总算找到你啦，呜呜……儿子要给你躺喜坑啦……

丁老发啪地踢他一脚，骂道：快下河去背你爹！死都死了，还嚎！捞起来埋了，我们还要喝他的谢罪酒呢！

刘阿昌呆呆地站在桥面上，看宁正全跌跌撞撞地下河去捞他爹。

民国十九年南安镇街最高级饭店——总管饭店，坐落在南安镇街沙滩总管庙附近的鱼巷口。这是水乡河塘湖汊捞上来的鱼集市的地方，也是著名的南安柴米街口。

当时的南安镇街布局以那座人字高桥为中心。桥西是修修补补的一些工匠行业和当铺街，整天街道上乒乒乓乓响个不停。再往西就是官办教育新学校和官署衙门所在地——镇公所。再往西，跨过一道小桥，新河岸边是城隍庙。

桥东是商贸集市，相对比较繁华，市场活跃，但也是社会各种势力较量和争霸的地方。

沙滩上的总管庙，和那最西端的城隍庙，是南安镇街供奉神仙的地方。两座庙从前供奉的都是菩萨。但清朝灭亡以后，进入天下纷争时代，庙里的大小菩萨便纷纷搬走，腾出空间，给来来往往南安街的各种军队驻扎。民国十三年，江浙战争爆发时，南安地区是第二战场，士兵驻扎在三里亭营房，这两座庙里住着军官和他们的大小太太。民国十四年，北伐军驻扎南安镇，贺司令和他的部属几乎全部驻扎总管庙和城隍庙。这里架设多部电台，是临时指挥中心。

百姓说，南安镇街太平不太平，看庙里有没有住兵。庙空，南安相对安宁；兵满，南安兵荒马乱，战火纷飞。但是一旦兵走庙空，附近大小山头的山匪和街上游荡的地痞，迅速霸占了镇街，成天指东打西，砍砍杀杀，打得赢是老大，打不赢是老二，强行对大小店铺收取保护费。小小镇街几乎是上海的十里洋场。

这几天，总管庙里开进了部队，一色的黄皮军装。镇街上的百姓异常慌乱。

有些人家也看到了那米袋里的纸条。有胆大的赶到总管庙来问当兵的：

老总，真要打仗了啊？这南安街守得住守不住啊？

老总们晃动着脑袋说：反正守呗！谁管它守得住守不住！

总管饭店，位置占据在这风口浪尖的位置，绝非一般人所为之。主人就是当今南安镇公所所长冯大魁。

冯家是地地道道的南安本地人。冯大魁的爷爷晚清起家于秀才。当天下大乱时代来临，饱读诗书治天下的时代土崩瓦解，太平天国时冯家跟随太平军。太平军失败，冯大魁的父亲率部投降清军，率部在南安高桥上阻击从浙北县城里败退下来的太平军。太平军为了向皖南撤退，就要打通南安高桥的通道。冯大魁的父亲率部死战，得到清军大部队增援，和争夺南安高桥的太平军激战厮杀一天一夜，双方阵亡五千余人，但最终太平军伤亡惨重，终于没有打通高桥。江南太平军的最后一支武装，终于葬身在南安高桥之下。那时候，据说十里地外都能听到杀声震天。南安街尸横遍野，南安塘积尸断流。从河底堆积到河面。冯大魁的父亲阻击太平军有功，名噪一时，晚清政府给予嘉奖。但毕竟是太平军投降过来的贼军，只授予南安镇街副总管之位。清朝灭亡了，冯大魁父亲响应十八路反王号召，在南安地区搞武装割据。冯大魁也很快混混变大爷，在街上输打赢要。后来摇身一变成为镇公所所长。皖系军阀孙大帅打进浙江，冯大魁迎接孙大帅，掌管皖军后勤部。冯大魁就在那个年代，在鱼巷口和柴米街结合部开办了"总管饭店"。

砖木结构的两层楼房，前墙几乎全部是木板墙。木板墙在历史的烟火中不断地换新。墙角多处遗留火烧烟熏的痕迹。民国十三年江浙战争时的一把熊熊大火，烧毁了木板墙，战争结束时再请工匠修缮。民国十六年捕杀共产党的时候，南山边一位穷汉，为镇公所抓走了他的亲戚指鹿为马说是共产党被滥杀无辜，他愤而放火烧了冯家饭店木楼。民国十九年的饭店格局是民国十七年重修。

刘阿昌请客谢罪，就定在总管饭店。

开饭之前的那个时辰，最最忙碌前后吆喝迎来送往的有两个人。一个是灰头土脸的刘阿昌，一个是精神抖擞的丁老发。两人穿着蓝色大褂，各自斜挎双枪。看到两个人的精神头，很多人迷惑。那个镇公所当差的刘阿昌像遭了瘟疫大病初愈，心情低落。那个当着土匪的丁老发似乎特别扬眉吐气，耀武扬威。

人们悄悄议论：这丁老发现在得势了！他靠上了江南人民自卫军了！

胖乎乎的冯所长冯大魁第一个来到。他是今天请客谢罪的见证人。也算是官方代表。他满脸堆笑，大幅度对丁老发拱手作揖。因为还未弄清江南人民自卫军是哪路神仙，目前他只能见官大三级地应酬。

丁老发此刻在总管饭店里吆五喝六推杯换盏，不防自家出了大事。

月色姣好，满地白银。

即将到来的清明节，暖意熏蒸，万物复苏。和风吹拂南安塘波光粼粼，两岸新绿的柳树在尽情摇曳。

南安镇大战在即，河塘两岸的浙北平原出奇的安静宁谧。早早熄灭了的农家灯火和无边的落寞，愈加显得农家与世无争的安详。松山之麓的大小山丘，在这残月当空的夜晚，萎靡地裹着淡雾静静打盹。

庙屋里熄了灯，丁老发的女人坐在床上，泪眼迷离地注视窗外。

她从来没有告诉过任何人她的名字叫钦梅玉。

小时候，她一个湖州城里的窈窕淑女，一个名噪一时的才女，时常听到城里的大人，那些经商成功的老板们，总是提起南安镇松山庙，都说松山庙菩萨是有求必应。他们很多人来到松山庙敬香，许愿，求保佑一年四季全家平安，升官发财。她小时候从来没来过松山庙，曾经跟父母亲多次吵闹要去松山庙。天知道，这后来辗转到了松山庙，却是有来而无回。

她在湖州海岛中学读书的时候，曾经暗恋一个吉安镇山里的男孩子。后来那男孩子考取杭州士官学校，追随了省党部吉凡江。那男孩子也爱慕她的才华。但父亲不喜欢那志在四方而不务实业的男孩子。他叫江翼。他从此愤而消失在钦梅玉的视线之外。父亲铁了心要把女儿嫁给苏州一个办实业开办丝织染行的商人子弟。她为失去江翼哭过，痛不欲生。但是拗不过传统的封建礼法只能遵守"女子无才便是德"，遵循父母之命媒妁之言。

没想到出嫁苏州那年半道被太湖湖匪抢劫了红妆船……

她被黑布蒙上了眼睛，听到有人喊：拿绳子捆了！有人说：给老大做压寨夫人，就别捆了吧！那人继续喊：要捆的，不捆，跳太湖去了咋办？绳子捆绑了她的两手，绑了她的两脚。她用耳朵听出面前坐着三个人看守她。有人喊：要看好了！不看好，要跳太湖了，你三个也别想活了！三个人又慌忙拿绳子把她系在船帮上。船晃荡了足足有一个时辰，到了。三个看守者把绳子解开，扛在肩膀上。

当给解开黑布的时候，她已经站在了一座小岛上的一间木板房子里。她面前站着一个黑络腮胡子、满脸横肉的大汉。她当时一阵寒战。

整整三天，她被那大汉弄得死去活来，哭爹叫娘。

第四天，那大汉出了门，屋子里派来了两个女孩丫鬟，既是照顾她，又是看管她。

晚上睡觉，她乘两个女孩迷糊做梦，推推窗户想逃跑。可门窗全部上了锁，纹丝不动。

她渐渐丧失了逃跑的念头。尽管她心里永远惦记着湖州海岛中学那个少年。但那大汉每次从外面回来，总是带回一串串珍珠，一根根金条，一根根金簪，一枚枚戒指，很快她被拾掇得珠光宝气。两个女孩每天为她洗脸梳头，给她擦用上好的胭脂花粉，把她装扮成一个天仙。

不知过了多少光景，岛上响起了密集的枪炮声。打了半个时辰，湖匪嗷嗷叫着急忙忙爬上船，把她也扛上船，逃窜。她听他们的吵嚷说话声，知道是苏州城和湖州城的官兵联合包抄了太湖岛。他们登船向浙北逃窜。登岸后，刚刚钻进浙北山区躲藏没几天，说来了浙北本地土匪，大鱼吃了小鱼，打得太湖湖匪落荒而逃。她便被南安镇界牌岭来打劫的那个老大和几个兄弟扛回了家。

她活活成了男人的玩物。她已经麻木了，逃也不想逃，死也不想死，哭也不想哭。她知道男人需要她，就是要干那事。她就是男人干那事的工具。躺在床上，不管身上爬着的是谁，眼睛闭着，心里永远装着的是湖州海岛中学的那少年。

她吃惊这界牌岭的老大，原来还另有四个女人。

她永远不敢图谋刺杀土匪老大。她在太湖岛上亲眼看到两个女人因为密谋刺杀太湖老大，其中一个出卖了另一个。可怜那女人被脱光，扔在水浪翻滚的湖滩上。老大一声吆喝把手一挥，三十几个湖匪轮番着上。那女人痛苦地鬼叫，后来是求饶地哀叫，再后来有气无力地呻吟，浑身血污，终于一声不吭。最后一个男人还没有轮上，刚伏下身子，便匆忙站起身，拎着裤子，遗憾地环顾四周说：死了！

哈哈哈哈。

刚刚享受完的所有湖匪一个个哈哈大笑。太湖老大做个手势，大家安静下来。太湖的风浪声中，那女人轻轻哼了一声。太湖老大瞪着那最后一个男人吼道：上啊！那男人拎着裤子战兢兢地再次走过去，突然猛地又拉上了裤子，转身看着老大说：老大，没法干了！

哈哈哈哈。湖滩上再次哗然大笑。

绑了扔了！老大一挥手说。

几个刚刚还在那女人身上亲啊舔啊的男人拿着绳子走过去，咬牙切齿地紧紧绑了她，抬起来走向太湖，下了水，走向水深处，"一、二、三！"几人喊着号子，稍稍晃荡几下，哗——扔下去，湖面溅起小小的一朵浪花。几人拍拍手，伫立半晌，看着那女人沉底，才转身涉水上岸。

太湖岛上所有女人都被请出来参观了这一幕。杀鸡就是给猴看的。

丁老发密谋几个兄弟拿石臼杵死了界牌岭土匪老大，一人分了一个女人，她归属于丁老发。丁老发把她横放在马背上，驮到东驮到西，最后驮到了松山庙……

转眼到了松山庙已经两年。钦梅玉在松山庙里的日子，起初试图着烧香拜佛，祈求天降神灵解救她。但是读过诗书的她很快知道这都是永远无法实现的幻想。她曾经期待别的土匪上山把丁老发打死。但是她很快否定了这个期待。一旦别的土匪打死了丁老发，她立马就会被新的土匪所俘获，她会再次做"新娘"。她唯一的期待就是等待自己死。

丁老发常常奔波在外，宿夜在外。庙里只有那两个小和尚守护。两年了，小和尚也长成了大和尚。其中那个大的净智和尚时时让她心神不宁。

她想拼得一死，要狠狠报复一下她心目中的这些土匪，以解她心里积郁许久的怨恨……

南安镇街临战混乱，打乱了所有人的神经。这世界的秩序全变得大乱。丁老发好久不见回来。

松山庙里的钦梅玉，心血来潮，蠢蠢欲动。傍晚，她忽然走进两个小和尚房间。

山道上，留下钦梅玉身上浓郁的淡妆浓抹的花粉香味儿。

她边帮小僧净慧的蚊帐赶蚊子，边说，晚上睡觉别乱跑。今晚你一个人睡。

小僧翻身坐起，惊问：净智睡哪？

钦梅玉按住净慧，放下蒲扇说：晚上我吩咐他到南安街去买盐。你要听话！

净慧挣扎说：我也要去！

钦梅玉瞪他一眼说：你不乖了吧！过几天就叫你去！你们俩轮着去！

净慧不再多言。钦梅玉回头说：你要多嘴多舌，小心丁大爷回来扒了你的皮！

看净慧小和尚睡安稳了，她随手拿了一把铜锁把净慧的僧房锁上。

庙宇紧闭的大门用碗口粗的木杠顶着。满院子的月色寂静如磐。

净智呆坐在小女人的房里，衣未解甲，一身袈裟裹得紧紧。烛光一闪一闪，照耀着房间里扑朔迷离的景象；房间里弥漫着一股诱人的香气。钦梅玉斜躺在床上。她已宽衣解带，袒露着一双雪白的双臂。不时拿眼睛对净智斜看。

钦梅玉刚刚发了一通脾气。她嗔怒小和尚没有给她好好捶背。她转过身子，挖了净智一眼，说：再来捶！

净智怯生生地走到床前，伸出那双白皙皮肤中爬行着青筋的拳头，轻轻在钦梅玉肩头捶打。

钦梅玉不停地侧转身，换着肩膀。

净智有些心慌意乱。他不敢拿正眼看钦梅玉白皙的臂膀和那颀长的脖子。

钦梅玉抓住净智的手，娇声说：这里捏捏……捏捏……

净智呼吸粗鲁起来。两手开始迷失方向，漫无边际地向四周滑行。

钦梅玉睁大火红的眼睛坐起来，呵斥他不懂事。小和尚痴痴呆呆地看着她的脸。

钦梅玉辗转反侧，忽然坐起身，手指着厨房说，去帮我沏杯茶吧。

净智捧着热茶走进卧室，猛地一下怔住了。钦梅玉已经脱了衣服，上身只穿一件粉红色的短袖，下面穿一件红裤衩。

净智心惊肉跳，掉头想跑。

站住！钦梅玉叫道：你要敢跑，不听从我的话，我叫丁土匪打死你！

净智犹豫之际，钦梅玉一把抱住了净智……

丁老发在总管饭店喝得摇摇晃晃。他今晚要和宁正全一起回松山庙。

宁正全对他笑笑，站着不动。

咋啦？丁老发问。

大哥回庙，有嫂子等你。我……我想回丁家庄看看……

呵呵，呵呵，好！好！现在没人敢动你了，你去吧！

丁老发单枪匹马回到松山庙，但见庙门紧闭。他扯着一棵老松树枝桠爬上去，翻进了庙墙。

他带回来十根金条，三瓶胭脂粉。想给女人一个惊喜。

啪、啪！敲门。

没有声响。他耐不住性子，乓！一脚踹去，把门踹开，直闯而入。

床上一阵慌乱，跳起一个赤条条的人来。丁老发大惊，随手就抓，可那脑袋光光的没有毛发，滑了。定睛一看，原来是那个敲钟的小和尚。妈妈的！这东西是个和尚竟敢学着干这个！丁老发大骂狗日的！一脚踢过去，小和尚翻倒在地，被丁老发堵死在墙角落里。丁老发抓住枪盒子，却气得抖抖地开不了盒。床上扑通跳下一个赤条条的女人，一把将他抱住，嚷道：你要打就打死我吧！

丁老发酒醒了。

丁老发抬起脚，想狠狠对着小女人踢过去。但他稳稳站住，没动身子。

屋子里颤动着惊恐和女人抽泣声。

丁老发沉吟半晌。他走到床边坐下。不一会儿又站起。他那粗鲁狂乱的呼吸声越来越细，越来越平静。屋子里寂静，时不时听到松林里野猫的鸣叫。

忽然，丁老发喊道：狗日的！起来，穿衣服！

那和尚怯生生地爬起来伸手拿衣服，颤兢兢地穿着。

你也穿吧，婊子！丁老发对女人吼道。

丁老发拿出十根金条，扔给小女人，说：看在我们夫妻这么些日子的份上，我……不打死你们，你们……拿着金条走吧！

两人一阵慌乱地站起，但很快又怀疑地坐下。他们不敢相信丁老发真得如此发善心，会放他们走。

走吧！丁老发有气无力地说，拿着这些金条去做买卖，好好过日子，千万别跟我一样不学好做土匪。以后让我看见你们不学好，我再打死你们也不迟。

钦梅玉与和尚纳头便拜。一人拎着一个包裹，乘着夜色正浓，匆匆下山而去。

一天清晨，在距离松山庙五十里，一片毛竹葳蕤的崇山峻岭中一个村庄，一家豪门大院门楼外，一个年轻和尚搀扶着一位绝色佳人，神色疲倦地敲门。

院门开了。

开门的是年过花甲的管家江爷。江爷两眼直愣愣地看着清晨薄雾中的一男一女。当他看清和他说话的和尚原来是江家小公子江云，不无惊奇地半张开嘴巴呆呆地站着。和尚说：江爷，你让我进去嘛！

管家江爷才从梦中醒来一般，连声说：哎哎，进来进来！少公子回来了！是少公子回来了！

和尚直奔院内，大声喊着：爹！爹！我回来了！我江云回来了！

老态龙钟的江云爹刚起床洗脸，听到院子里有人叫"爹"，皱了眉头，从窗户里探出半个头来张望。

小儿子江云五年前离家出走，杳无音讯。大儿子读书出去到了杭州、上海，跟着一个大官干事业去了。是不是自己耳朵出现了幻觉？

爹！

江云的身影站在大厅里，默默注视着满头白发不停地打量着他身上穿的和尚袈裟的老人，闪烁着泪花喊道。

你是江云？爹瓮声瓮气地问。

嗯嗯。江云走到爹身边，伸手扶他。

你做和尚了？

嗯嗯。

儿子……真的是江云吗？儿子！

东家，快别多说了，少公子回来就好！那外面还有一个呢！管家江爷在一旁插话说。

啊！你还带了一个和尚来了？快叫他进屋吧！爹说。

东家，少公子带回的不是和尚，是个……丫头！丫头，快进屋，进屋见见……见见少公子的爹！管家吆喝道。

钦梅玉款款走进大厅。她不知道该怎么应对这场面，羞答答地抬眼瞄了江云爹一眼。

这……这……这怎么一回事啊，江云？爹看看江云身上的袈裟，看看那年轻女子钦梅玉，惊慌所措地问。

江云跨前一步，说：爹，这是你儿媳妇。她叫梅玉。梅玉，快来叫爹！

钦梅玉慢慢走近江云爹，微微鞠了一躬，轻声喊道：爹！

江云爹一声不吭。他两眼直愣愣地看着儿子江云头上的秃顶，又直愣愣看着叫他爹的钦梅玉。他转身对管家江爷说：江爷，你去把前门后门全部给关好了，别放任何人进屋。江云，你给爹说，这到底是咋回事啊？

江云讷讷半晌……他不知道该从哪儿说起。他突然问：爹，我哥回来过没有？

别说你哥！我现在问你，咋做和尚了还讨了老婆呢？

爹！这您就别问了！儿子现在回来了，不再做和尚了。

江云爹闭嘴不再说话了。他两眼严肃地紧盯着儿子的脸。他仿佛要从中看出这五年的来龙去脉。

……

江云爹想知道的少公子江云——松山庙里的净智和尚如何得到这个女人的事儿，我们读者都比江云爹清楚。但是江云如何离开江家出走当和尚的经历我们不清楚。这里要稍稍表述一番。

话说二十年前。江云爹江财主娶了两房女人，一直到年过半百的时候，依然膝下无嗣，一时急得狗跳墙。一天，村上来了一位会看麻衣相的道士。江财主如同看到救命的稻草，急忙请到家中给两个女人看相。浓眉大眼的道士左看右看，说江财主命上绝对有子，只是命上缺金，一时内人挂不上果；江家必须抱养一个姓金的养子"压子"。

江家到处打听，终于打听到一户穷得叮当响的金姓人家，花钱买来了一个儿子，取名江招弟，给大房女人养着。江财主原来全是宠着小女人，不给大房女人半点雨露荤腥。可自从有了那孩子，江财主爱子心切，竟一头钻进大房女人的房里不出门，把小女人抛到九霄云外。小女人那个气！这都是那鬼道士出的主意！

一天，小女人气呼呼在村头闲逛，忽然看见那个道士又出现在村头。她一把将那道士揪住，骂道：你这鬼道士不怀好意，一定受了那大房私贿的洋钱，才想出这"压子"的鬼主意。小女人说了要动手抓他的脸。道士急了，说，小娘子不感谢我，反要打我，可见做好人不能讨好。小女人道，你明明害我，出什么鬼主意把养子给大房压子！道士说，她那边压子，还不是帮你压的？亲生儿子还要从你这肚子里出呢！小女人嚷道：他连我的房门都不进，我从哪儿怀儿子？道士问：夫人莫急。你可听说南边羊山洞里十八个金和尚的故事？小女人点点头。道士笑道：回家跟你当家掌柜的说，你从明天起，要天天赶到南边的羊山庙去烧香，风雨无阻，连烧百日，自然送子娘娘就会送来亲儿子。小女人将信将疑，回家告诉江财主。江财主也将信将疑，但还是答应了小女人去烧香。

一大清早，原野上水雾蒙蒙，小女人手里提着竹篮，装上水果各色贡品，上面搭上一块红布，径直往羊山庙去。羊山庙是座小庙，比不得松山那些高大宽敞的庙宇，光线暗淡。她点了三炷香，插在堆满香灰的香炉里。然后匍匐一块草墩上，口中念念有词，三叩九拜。当她转身出门的时候，庙门旁闪出一位眉清目秀的和尚，心无旁骛，目不斜视，直接走向香案敬拜。小女人一愣。这羊山小庙并没有什么和尚。这和尚不知从何而来，或许是化缘路过吧？

连续几天烧香并无异常。第七日，小女人刚烧罢香，转身欲走，庙门外又闪进了那个眉清目秀的和尚，依然敬拜。怪事儿！小女人满腹狐疑地下了山。

又连续一个半月的烧香日子过去，到了七七四十九天，小女人在那庙门旁又遇上那眉清目秀的和尚。小女人禁不住诧异地问：敢问你这位师傅从何而来，是要往哪里而去啊？

和尚回答：贫僧别无他意，只是逢七求子。

小女人差点笑出声来，急问：一个和尚也来求子？

和尚侧面念道：大官不卖官，岂来小官？大僧不求子，焉来小僧？说完随即对小女人回头一笑。

那和尚的回头一笑深深印在小女人脑海里。白天她跑羊山庙跑得更勤了，只是日子不逢七，全然不见那眉清目秀和尚的影子。只有夜间一个人静静躺在床上，那和尚的身影仿佛走进她的房间……

小女人赶上逢七的日子特别起得早，梳洗得特别亮丽风采。可那和尚从此再也不见。

小女人烧香烧出了一场病。眼看一日一日茶饭不思，面色枯槁，江财主四处求医问药，连南安镇街坐堂的高明医生都请到家中，只是心病难疗，良药苦口，无济于事。江财主奉劝小女人不要再烧香了。小女人咬着牙说，眼看大功告成，岂能半途而废。江财主无法阻拦，只得依她而去。

话说烧香整整一百天的日子到了，江财主眼看小女人消瘦得弱不禁风，要亲自陪她到羊山烧香。小女人拒绝说：这事只能一个女人去办。切勿乱了主张坏了好事。江财主只得半道而归。

　　坚持百日原本就是一个奇迹。新的奇迹真的就那么出现了。

　　话说那天天气晴好，东方的朝霞绚丽如画。那个眉清目秀的和尚神灵再现，再一次对小女人嫣然一笑，小女人早已体力不支，险乎摔倒，被那和尚一把搀住。小女人饿狼一般抱住和尚，喘息阵阵。和尚轻声说：施主不可，施主不可……小女人管他可不可，早胡乱地扯了衣衫……事罢，小女人大病痊愈，精神百倍，脸上的气色鲜光亮丽了。那身体蕴藏着非同一般奇异的幽香。

　　两人临告别时，小女人问和尚何时与她再聚？和尚缠绵道：逢七之夜，我便到你江家内室相会……

　　回家后，六天很快过去了。可小女人如同六年一般，望大了眼睛，人瘦了一圈。第七天傍晚，小女人暗喜，认真洗漱，好不易等到天黑。

　　小女人内火煎熬难耐，早已躺在床上等待奇迹再一次出现。

　　房门叽的一声推开。一条黑影风急火燎地闪了进来。小女人嘴里喊着"亲爹亲娘"，一窜而起，将黑影抱住。黑影也不顾得多话，急匆匆完事。小女人抱住那黑影娇嗔道：再不要离开我了。我怕又见不到你了。

　　那男人说：这百日不能来看你，禁得我简直发了疯。你放心，我再不离开你了。

　　小女人吓得一坐而起。这个和她抱住厮混的哪里是什么和尚，原来是那个糟老头子江财主。小女人心口冬冬冬大跳不止，紧急回忆刚才是否说了什么出轨的话。好在那江财主把她说的话全当作体己话，丝毫没露破绽。

　　月亮堂堂。江财主当晚下榻小女人房间里。小女人诚惶诚恐睡不着。今日逢七。她害怕那和尚乘夜赶来撞上当家的。她望着白亮亮的一块亮瓦，心几乎拎到喉咙口，两只耳朵几乎飞出房门，飞出院子，飞到村口的大路小路上，静静地听。村上的狗寂静无声。一只猫在隔壁房梁上捕捉老鼠的跳跃响动，也能把她那颗心惊得一诧一诧的。直到江财主鼾声如雷，小女人才渐渐收回那颗忐忑不安的心。可刚刚平静下来，她又起了烦躁。让她感到奇怪和伤心的是，那和尚竟然失约……

　　江财主在小女人房里整整待了七天，把这么多年来强烈的求子愿望，连同他那一身起皱皮肤的干巴骨头身子，像往灶洞添塞柴草一般猛塞。小女人受宠若惊。

七天的播种把当家人累得够呛。

第八天一早，太阳冒了红，当家人就和颜悦色起身告辞，他要到一个朋友家里去玩麻将，或许要住几天，一是借以发泄自己喜悦畅快的心情，二是要修整身体保养精力。

第八个夜晚悄然来临。圆圆的月亮已经消失了小半角，夜深人静才懒洋洋地出山。亮瓦洒下的月辉映照得小女人水汪汪的大眼睛晶莹水亮。她悄然落下泪来。

她竖起耳朵，远远地听着村外和村里的狗叫声。狗们像睡糊涂了一样，一声不吭。难得有一两声吠叫，也是在村南头和村东头。小女人不觉一声慨叹。

忽然，叽——的一声，小女人虚掩的门无风自开。小女人弹跳地一坐而起。一个身体发出一种幽香的人影进门来。小女人喜出望外，几乎惊叫出声。那香气在一瞬间恢复了她的记忆——和尚来了……

鸡叫三遍，和尚要走了。小女人搂着和尚的脖子问，亲哥你几时来？

和尚说，只要你闭上眼睛想我时，我就到了床前。

果然应验。第二天夜晚，只要小女人一闭眼想起和尚，那房门叽地一声就无风自开，好戏重演了。

满了两月的一天早上，小女人忽然一阵恶心，随即吐了。全家男女老少上下人等无不惊喜。江财主喜得几天几夜没有合眼，先置一副轿子从镇街请来了坐堂名医诊脉，验证了喜讯。然后派了五个佣工挑了五担香、表、猪头三牲、果品之类的祭品，到羊山庙放了八个大炮谢天谢地谢菩萨。另外扯了三丈长的红布，把那菩萨和庙里的房梁，前后挂了个红彩满堂。

小女人的肚子一天一天鼓胀起来。江财主百依百顺听从小女人的劝告，要修养胎儿，二人禁止同房，不可伤了胎气。

不料那领养了金姓人家儿子的大房女人心里犯起了嘀咕。她心里有句话不敢公开说。缘由是她的祖上曾是一代名医，她对男女同房孕产之事略有精通。她摸过江财主的脉象，江财主脉力洪大，状若勇猛，尤其是寸、关两部势不可挡。可那要命的是，决定生殖大限的尺部脉，细小得若有若无，无论重按轻取，仿佛小鸭潜水，细纹之感难以应指。别看江财主根子硬挺有力，行动如狼似虎，但放出的骨髓精液清汤寡水，无色无味。他根本没有生育的种子。

可那小女人求神拜佛百日之后，竟神使鬼差真的怀上了，这事儿好不蹊跷。

大房女人装着去看望小女人，竟在窗外听到一些动静，差点与那和尚碰了个满怀。

消息走漏，难免东窗事发。大房女人也是个有教养的大户人家女子，她把事情搁在心里，没有直接告诉江财主，只是明语暗说，讥讽江财主。一天，那养子招弟追赶花猫，不巧一头钻进小女人房中，突然看见了和尚。这娃子出门就嚷嚷了。

江财主是个有心计的人，那天他吩咐了家人半夜里准备着，半夜时分，他悄悄摸到小女人房间外，伸手敲门。只听房里一阵慌乱。江财主愤起一脚踢开门，直闯而入，看见一条影子跳下床欲夺门而逃。江财主一声大喊：抓贼抓贼！快快抓贼！猛扑上前死死抱住了和尚腿。这时外面已是灯笼火把人喊马叫，把一个江家大院照耀得如同白昼。众人冲进房来，那江财主还死死地蹲在那里抱着。众人急忙问：贼人跑啦？江财主大叫：你们眼睛不看？我不是紧紧抱着的吗？众人方才看到江财主紧紧抱着一条腿。可那和尚早已不见了。

江财主站起身来，松开那条腿，奇怪地看着。只见那不是一般的肉腿，而是一条闪闪发光的金腿。

挤满了人的院子里鸦雀无声。江财主忽然放声大笑，对着吓得萎缩一团瑟瑟发抖的小女人说道：我的活祖宗，你把羊山洞里的金和尚引到我家了！我江其人得到一条金腿，我发大财了！我发大财了！江财主边喊边扶起小女人，匍匐在地蓬蓬蓬叩了三个响头。他还把江家的丈二和尚摸不着头脑的上下人等都吆喝进来，轮番给小女人叩头。

自然是空前的皆大欢喜。羊山石洞里传说千年的十八个金和尚的故事，那采无影去无踪的金和尚，据说倘若给世人见上一见，他家就要发大财行大运，何况给江财主留下一条金腿。江财主当即吩咐，全家要向敬奉祖宗一样敬奉小女人。不管她肚子里怀的是谁的娃子，总是杂种不杂姓，何况是金和尚的种子呢！

等那小女人十月怀胎一朝分娩，江财主大喜过望，给儿子取名"金贵"。

江财主拿着金腿得来的钱财，买田买地，从吉安镇街一直买到五十里外的南安街。建屋筑楼，把院子扩展了十倍方圆。真的是江家田地一眼望不到边，江家门楼半天数不清门楣。

时光过得飞快，转眼清朝宣统皇帝退位，诏告天下进入民国时代。江家庄突然又出现了多年不见的那位道士。只是那道士非同往常，他的一条腿不翼而飞，拄了一副拐杖。

小女人已经快要成老女人了，儿子金贵也长到十多岁了。江财主早已两鬓花白。村邻们看见独腿道士，纷纷上前问话。那道士摇头叹息说道：祸则福所依，福则祸所伏。塞翁得马，焉知非祸。说着念着，就不辞而别。给江家庄上的人们留下一串大大的问号挂在男女老少的眉梢。

江财主自从得了这个宝贝儿子金贵，渐渐对早先抱来领养的那个儿子招弟和他的养母怠慢起来。小女人母以子贵，心肠发硬，她把多年来对大房女人的嫉妒和愤怒不遗余力发泄报复出来。江家渐渐对大房女人和养子招弟冷漠和虐待起来。小儿子金贵身上穿金戴银，大儿子招弟身上破衣烂衫。金贵吃的是山珍海味，招弟吃的是粗茶淡饭。招弟十六岁那年，母子俩都饿得面黄肌瘦，枯瘦如柴，终于母亲郁闷得病一命呜呼，撒手人寰。

按规矩，停尸三日，买了口四块薄木板钉成的棺材把那大房女人葬埋在羊山乱石岗上，留下一个啼饥号寒的招弟。

幸好江家不失体面，请了先生到家，给大小儿子读书识字。那可怜的招弟把内心里的郁闷全部转化成一种动力，人又天资聪明，饱读诗书四书五经，成了一方有名的小秀才。他对这个家，那个时代特有的家，已经没有感情，心野了，悄悄跑出去考取了湖州学堂。自此一去而不复返。他到了学校改了名字。他要离开那个对他没有感情不值得留恋的家。他要远走高飞，他取名时选了一个表示翅膀的字：翼。湖州学堂的江翼，忘却了所有儿时的烦恼，摆脱了所有小山村积聚内心里的困扰，就像一只冲向远方直上天空的苍鹰。学习成绩一跃而上，多次在学堂里张榜表扬。毕业后，他考取了杭州省立士官学堂，天高任鸟飞，前景更是远大。那个给他伤痕累累的小山村，那个江家养父江财主和江家后来出生的小金贵，已经多年没见到这个山窝里飞出的金凤凰了。

江财主对江翼毕竟抚养一场，思念之情总是带来老泪纵横。

说来奇怪，一天村里来了一个肥头大耳的和尚。金贵娘和江财主仿佛见到亲人一般，好酒好菜招待。还叫小金贵来认干爹。谁知道，第二天县衙就派军警来包围村子要拘捕和尚，说他是多年行走江湖的江洋大盗。

幸好头日就有消息传来：这和尚早年偷了一件府衙的至宝——一条洋人带来的金腿。这么多年一直没有查出下落，今天总算有了结案。

县衙听说那个小金贵就是那和尚的谬种，斩草要除根，这次自然要被一同抓走一同伏法！江财主大惊失色。连夜叫和尚带着小金贵逃出村庄。

和尚逃到松山庙。他把小金贵留在松山庙里，交付一位长老抚养，自己远走他乡。

他身穿袈裟，无法向世人和佛界讲述他还有一个儿子的故事。

小金贵在松山庙被赐名法号——净智。

第二十一章

龙山战前紧急会议正在召开。

新造的木板房在四月的阳光下散发着松树的清香。

韩震衣装紧束，双眉紧蹙，大踏步跨上木板铺就的台阶。他的两条绑腿湿漉漉，在早晨的各个训练基地巡察，两条威武的绑腿踩踏着新生的杂草、各种野蕨和荆棘灌木，惊飞无数叽叽喳喳的山鸟。山野训练的刀砍厮杀声，和各个角落练习射击的枪声，骑兵奔突的马蹄声，瞬间将周边的所有鸟类和晨归的大小兽类惊吓得远远地逃窜，山谷很快变成刀光剑影下的真空地带。

韩震心事重重。看看插在草坪上那面新做的、写着"江南人民自卫军"字样的黑色旗帜，在晨风中有气无力地微微摆动；看看树上挂着的被枪打死的野兔和山鸡耷拉着脑袋依然在滴血；看看死狗一样趴着一动不动练瞄准的士兵；看看斜挎着短枪走来走去监管练兵的大小头目；韩震心里总是恍惚不安。他想听听大家对这次南安之战的想法，尤其是探讨战胜或战败两种结局之后大家该如何去抉择。

陈教头脸色肃穆。大战在即，他以自己的沉默来带动大家的沉着。临阵不慌乱，可以给大家吃一个定心丸。

会议开始了。大小头目纷纷擦汗静坐。他们刚刚从训练地回来，一个个身上散发出各种汗味。早晨喝了神符酒的人尽管奋力摸爬滚打劳累半天但依然精神抖擞两眼炯炯有神，挺直了腰板端端正正地坐着。时不时有人好动地拿巴掌打蚊子一般猛拍一下大腿，因为大家习惯了这声响来自于神符酒力的残余作用，这拍大腿的声音丝毫没有引起大家的注意。

大家对开会有些紧张，有些惊讶。以往的大刀会很少开会。有事都是互相传递着江湖条子。写信人咬破手中指，鲜红的中指血在一张黄表纸上写信。信笺封在一只磨砺得发亮的竹筒里，然后在竹筒顶部插上三根鸡毛。这也叫鸡毛信。接到鸡毛信的人，看鸡毛根数的数量，看鸡毛是密集并列还是稀疏排列，来判断事情的缓急。根数越多，事情越紧急；密集并列，十万火急！接到信后，必须立即奔赴写信人那边协助办事，或打或杀，总之非打即杀，常常是一场恶战。

江南人民自卫军成立的时候，第一次大家全体站立在草坪上，在细雨蒙蒙的山岚薄雾中召开了一次全体动员大会。韩震大声站在高坡说话，要大家服从军队编制，军法管理，抓紧练兵练武，不日即将攻打南安，奋勇杀敌。皖南的、苏南的大刀会成员，分批来到龙山轮班训练。下发通知依然是鸡毛信的老办法。

韩震这几天分外的焦灼。他平生第一次亲自组织、亲自布局、亲自指挥这样一场声势浩大的，不是在战场上的战争。这是在敌后，在四面敌人的包围之中开辟战场。可以说是战斗在敌人心脏。上峰说得很清楚，打胜仗和打败仗都没关系，只要枪炮响了，就像孙悟空钻进了牛魔王的心脏，南京就会被震动。南京震动了，这场战争就胜利了。可是，上峰从来没有提到过，打仗之后，这些被四面包围中的千百人马，将何处去？是继续保留这个"江南人民自卫军"的番号，在江南地区继续转战、打游击，还是战后随即取消？一旦没有得到明确指示，这支军队就会像断线的风筝，在失去牵引中摇摇欲坠，或者茫然不知所向。弄不好，这千百人的性命就会在孤立无援四面绞杀下死无葬身之地！

　　铁丫和金笛子在训练之余，在丛林中捡来很多野蘑菇，盛装在一只只竹篮里，散发出阵阵奇特的幽香。

　　韩震忧心忡忡。他韩震不能有愧于这些参战的壮士们，不能有愧于自己的亲舅舅陈教头，不能有愧于所有帮助这场战争的人们！必须解决他们的后顾之忧，尽管很多人还没有意识到这一点。

　　金花早就提到过这个重大问题。

　　但是面对金花的嚷嚷，韩震充耳不闻。金花看他沉默不听的样子，她简直要发火了。韩震明白金花妹妹提出问题的严重性。他暗地里还佩服这个多年不见、一直不遵守军纪擅自行动的金花妹妹心细、有脑子，有想法。但是，大战在即，需要的是鼓舞士气，全军要团结一致，要具有勇往直前、不能有任何顾虑的不怕死精神，丝毫不能有半点泄气和杂念！这黄毛丫头不懂军队，不停地问这问那，她是不懂军中大忌！

　　他在龙山腹地焦灼地行走。看盛开的满山红杜鹃，听大刀会操练"披发功"，那袒胸露腹，吸气，屏气，刀砍斧劈，果然刀枪不入；看金花带领的骑兵练枪法，指东打西，百发百中。心里虽然十分满意，但一直在为金花提的问题而伤脑子。他想派遣通信兵去上海请教吉司令，但马上否定自己这个想法。这一定会招徕司令部的严厉训斥。他们会批评他，一个前敌指挥官岂能犹豫，岂能胡思乱想？

　　越是接近预定的战争日子，他越是感觉到问题的严峻。召集一次紧急军事会议刻不容缓。

　　会场上，他环顾大家一眼。陈教头，金花，铁丫，金笛子，一个个神色肃穆地坐着。那些大小头目也按次就班排列两旁端坐着。几十双眼睛焦点一般齐刷刷集中看着他。他不敢提到打胜和打败这些敏感字眼。他大声号召，各参战纵队要一切行动听指挥。执行命令是战场的生命线。最后，他明确宣布：南安大战之后，不可抢劫百姓钱财，不可骚扰百姓。各纵队撤离战场后，只有一个方向：龙山！

　　大家沉默着。

　　韩震看了看大家。

金花也看了看大家。

大家继续沉默。

他们俩所想到的后顾之忧，谁都不是傻子，大家也全都想到了。

金花霍地站起身，紧握拳头，振振有词地帮腔说：对！撤退时不要四处乱跑，要向龙山靠拢！向我们的老巢靠拢！

战斗部署如下：

4月23日上午八时，韩震带一个小分队在东门打响第一枪，直取总管庙两个连部指挥机关；陈教头率领大刀会——江南人民自卫军主力，攻打新河岸七连、九连阵地；金花和铁丫带一个小分队埋伏南门外南山桥，阻击从战场溃逃的军警，不让他们逃进山林。一旦他们逃进山林，就有卷土重来的机会，占领南安镇街的江南人民自卫军，就会有被夜袭的可能。

韩震最后宣布一项重要命令：军法无情！谁要是不执行命令，擅自行动，严惩不贷！

散会后，金花走进韩震的木板房。金花打量了这间曾经关押过她的木板房，噘着嘴。那天她私自下山，打伤了刘阿昌，耽误了管安码头接货验货，造成大刀会丢失了两百多枝枪械，她惭愧不已，自我请罪关了禁闭。

韩震已经看出金花的心思。示意她坐下。他认真地强调金花带人把守南山桥的重大意义。并叮嘱她万莫掉以轻心。一旦溃军逃到南山树林里，夺取南安镇街后的大刀会就有遭受夜袭的可能。

金花问：为什么叫我去守南山桥，不让我带人冲进镇街？我要找刘阿昌报仇，他们不懂我，你也不懂我？

韩震严肃地说：你小时候土生土长在南山一带，熟悉道路、地形。

金花嚷道：镇街上打仗，说不定刘阿昌会死在流弹和乱军之中。不让我亲手杀了刘阿昌，这辈子我于心何安？你说说，我们的双父双母，九泉之下他们于心何忍？他们会指责我的！

韩震点点头，说：妹子，刘阿昌，于我们有深仇大恨，他应该千刀万剐。这短短几年光阴，难道我忘了不成！我曾多少次去找刘阿昌报仇。后来即使我去北方当兵，可做梦都想打回江南杀了这些狗官报仇雪恨。现在我真的回来了。我没忘记那些仇恨。我又是多少次见他们，和他们一起吃饭，一起办事。可是我……我不能动手报仇啊！我是领命回江南，要和吉司令一起组织江南人民自卫军选择一个军事重镇，打他个惊天动地！我不能因家仇误国事，不能为小家而不顾大家的生命安危啊！你放心，我已经传达指示，任何人抓住刘阿昌，谁都不可以打死他杀他，要把他留给我们！我们俩来动手打死他！

金花悻悻地离开木板房。

忽然一阵马蹄声疾驰而来。

山下的哨兵当当开了两枪。枪声在山谷悠悠回应。

不好！这个马蹄声一定不是龙山队伍的自家人，而且肯定是闯过哨卡直奔木板房来的！

韩震冲出木板房，站立在那块雕刻"龙山"大字的巨石前，注视山道。金花飞一般尾追韩震，仔细辨别着马蹄声来的方向。她已经看清山道上闯来一匹大黑马，尘土飞扬。陈教头一班首领各自拿着大刀，侍立在巨石一侧，紧张地看那大黑马越来越近。

他们都看清了，大黑马上有一位身披黑披风的人，精神抖擞，扬鞭催马，直奔木板房。

金花一下打开了枪机。

韩震挥了挥手，示意金花不能莽撞开枪。他沉着指挥，安排两个枪手隐蔽在树林中，严阵以待，观察动静，只要这黑衣人轻举妄动，随即开枪毙命。韩震和金花陈教头上前迎接。在这即将南安大战的关键之际，来了这位闯哨卡的不速之客，不管他是不是来者不善，必须如临大敌。

大黑马直奔到木板房前。黑衣人已经看到韩震一班人威武英挺地站立在巨石前，手按捺着枪盒子，目光炯炯地注视他的到来。

黑衣人蒙着面，呼啦掀开黑披风，跳下马来。大家忽然看到黑披风里夹裹着一个人。他们飞快地掏出快枪，对准着眼前的陌生蒙面人。

三丫头！

金花惊叫起来。她认出夹裹在黑披风里的原来是个丫头，而且是她朝夕焦虑意欲拯救出魔爪的三丫头。

金花！蒙面人喊道。蒙面人拉开蒙面布，露出真相，原来是歌丫。

歌丫把三丫头带到龙山，这个场景让所有人既震惊又迷糊。

歌丫！你怎么来啦？

金花一声高喊，直奔前去，扑到歌丫怀里，紧紧地搂抱。

歌丫看了看韩震，看了看陈教头。她嗖嗖嗖放出三支"赵氏"飞镖，准准地射击在一棵松树枝干上，三支飞镖非常规则地排列成一个三角形。

韩震和陈教头各自噙着泪花，一步一步向歌丫走去。

韩震看到这位和母亲猛丫长相十分相像的女人，根据今日金花描述的故事，他辨认这位黑衣女侠就是他的亲姨娘歌丫。陈教头看到歌丫，再看到"赵氏"飞镖，他的眼泪哗哗奔流。失散多年的亲妹妹歌丫！他激动万分。真没想到，今天竟能在这龙山上兄妹相聚！

金花拉着三丫头的手，充满怜爱地抚摸着她的额头。多好的女子，竟让丧尽天良的刘家给囚禁在那死亡婚姻里。

金花赶快询问歌丫怎么知道苦命的三丫头，又是怎么拯救她逃出刘家魔爪的？

歌丫笑笑。她手拉着三丫头，一一和韩震、金花、陈教头相见相认。

歌丫告诉金花，自从她离开马戏团，就一直苦苦寻觅嫡亲外甥韩震和自己的亲哥哥陈九照。但她辗转江南各地，并没有离弃金花马戏团太远的距离。歌丫一直尾随着金花马戏团走南闯北。金花的活动范围，歌丫了如指掌。韩震和陈教头相聚，还带着两千多名大刀会成员聚义龙山练兵，这么大的动静，岂能瞒得过一直寻觅和关注的歌丫。她百般打听，多次暗地里到龙山寻查山道，摸清了龙山的底细。她看穿了金花意欲拯救三丫头出刘家苦海的心思。她担心即将开战的南安战火会伤及无辜。今天乘着南安镇大战在即一片混乱之际，她直奔金花的老屋，找到三丫头，苦苦相劝，终于把她带走。

韩震吩咐伙房，今天大鱼大肉，庆贺失散多年的赵氏兄妹相聚。

马戏团的铁丫和金笛子一班童子军，呼啦围绕着歌丫一圈，问长问短。金花大声说：弟弟妹妹们，歌丫姨离开我们的任务完成了！她再也不会离开我们了！

龙山各个角落一片欢腾。

根据上级指示，柳叶要和江翼一起前往龙山。任务是宣传革命，争取江南人民自卫军走上红色革命的道路。如果有可能，南安之战后，就地建立龙山革命根据地。

江翼临行时，吉司令叮嘱再三：

大刀会是个民间组织，他们没有经历过正规战场作战，对战争不知深浅。作为司令部，有责任对他们加强训练，减少不必要的伤亡。所以委派你亲临龙山，也是表示负责。这一次南安之战，根据西北军的意图，只是一场不问胜败输赢的军事仗，政治仗，这班人马一定是被一次性利用。战后，远在几千里之外的西北军可能会遗弃这个江南人民自卫军。那么正好！我们这个司令部还是他们的司令部，我们可要接下这个队伍。尽管西北军不再提供给养和军饷，我们两手空空，难以为继，但我们的队伍可以凭着武器装备自给自足。在这富饶的江南地区，稍有出手就会有收获，吃饭穿衣不是问题。以后不管情况如何变化，江南人民自卫军就以龙山为依托，四处扩展，尽情骚扰官府，不愁没有给养。不管大刀会闹腾到什么程度，我们要记住，这是我们的队伍！江翼，你是这个队伍的副司令，你一定要牢记，你可要立场站稳了！万万不能让共产党赤化了去！

江翼和柳叶一路同行。柳叶注意到江翼至今没有从爱情的阴影中走出来。吉凡江是个落魄官僚，他追随吉凡江，无非凭着个人义气，丝毫没有社会道义可言。从某种意义上说，江翼从前的人生理想已死，他就是吉凡江家里的一个仆从。

吉凡江委任江翼为江南人民自卫军副司令，要他亲临前线指挥作战，这看起来，对于柳叶的游说是个机会。擒贼先擒王，拿下江翼，就能拿下整个队伍。

柳叶试图讲述目前中国革命的形势，讲述井冈山的苏维埃政权，借以重新燃起江翼早年立志改造社会的理想。可是，心情沉重的江翼不想涉及这些话题。他只谈这次战争。他不想谈战后。他不单单是不跟柳叶谈战后，他对吉凡江所言的战后，吉凡江东山再起的梦想，十分反感。将在外，军令有所不受。他知道，龙山的队伍有西北军派来的韩震指挥，根本无需他指手画脚。吉凡江指令他到龙山，并不是要他指挥这次南安之战。吉凡江的思路是，这次战斗，江南人民自卫军是为西北军打仗。这次战后，他要江翼掌握这支队伍，将来的江南人民自卫军就是为他吉凡江打仗。

他暗自讥笑吉凡江未免太不自量力。原来他以为吉凡江接过这西北军委托的重任，无非就是赚他几百万大洋而已。哪里知道这位爷还真当回事儿。江翼从各方面的情报分析，吉凡江想依靠这支队伍东山再起，几乎是痴心妄想。这支江南人民自卫军的底子是苏南大刀会，首领是韩震的舅舅陈九照。韩震这个参谋长也是依靠舅舅的势力才能执掌队伍。他吉凡江图谋取而代之，谁认识他是老几啊！

江翼在没有动身以前，主意已定。他全盘听从韩震的。南安之战后，韩震和陈九照该如何安置这支队伍，他不会半点反对。

江翼这次离开吉凡江，也早有盘算。他知道社会误会他。几乎所有的同学、朋友、同事都以为江翼是吉凡江的忠实走狗。他会跟随主人一条道走到黑。他很悲伤。早已失去前进信心的他，跟随和不跟随，已经没有意义。反正他没有目标，躺在哪儿是哪儿，坐哪里都是坐。他没有离开吉凡江的理由。

这一次，他感觉自己可以离开吉凡江了。因为他看出吉凡江的杀戮本性丝毫没有泯灭，而是在积年累月的积蓄中酝酿了更深的仇恨，杀戮之心变本加厉。

这一次出沪到龙山之前，他计划回到吉安镇老家看看。然后拜会老同学宁青民。

因为这一次战争后，他不一定是幸存者。

柳叶感觉到江翼的油盐不进。一路上，柳叶期待江翼见到宁青民的时候，事情会突然有所转机。

江翼提醒柳叶，龙山的队伍，是韩震说了算。江翼要回吉安镇老家的时候，他提出柳叶一个人先去龙山。她的老朋友韩震和金花一定会接待她的。

第二十二章

湖州城的 4 月 22 日，是杭团长千挑万选的黄道吉日。这一天是女学生钦梅月的生日。

整个湖州城里的军营一片欢腾。

钦梅月生日结婚，双喜临门。湖州海岛中学校长亲自前来祝贺献礼。

湖州海岛中学除了校长，没有第二个人前来祝贺。她的同学们在她选择这门官婚之后，纷纷与她割袍断义。

校长脸上带着几分不易察觉的尴尬，不停地在杭团长面前点头哈腰。

钦梅月穿着洁白透明的婚纱，神采飞扬地在人群面前窈窕而过。她兴奋地看着市政府全体同僚，浙北县等八个县的县官纷至沓来。她在一瞬间学会了矜持。她真正地感觉到了出人头地。

女人算什么？只有嫁得好才算好！那些看不起她的同学们都是死脑筋。今天不要看我，明天我不要看他们！今后看谁风光！不信走着瞧！

杭团长经过一番精心化妆，穿着一身洁白的西装，英俊潇洒，风流倜傥，恰似玉树临风。照相师们前呼后拥，前后奔跑，抢拍着杭团长携手年轻美貌新人钦梅月的镜头。照相机不时闪烁的火光一阵阵爆发出庄重高雅的气氛。杭州小报记者侧着身子汗涔涔挤进人群，希图从不同的角度偷拍到美人钦梅月轻衣薄纱走光的照片，然后用大标题《女学生与军官的情与肉》哗众取宠吸引眼球。

特别让杭团长志得意满的是，中原战场陈安坤师长发来贺电祝贺他与新人百年好合，白头到老。陈师长似乎忘却了十年前杭团长娶第一房太太时的贺语：百年好合白头到老。呵呵。健忘啊，健忘！难能可贵的是，陈师长丝毫没有责备他私心太重，自顾自己享受，忘了上司叮嘱。杭团长由衷地对陈师长感恩戴德。驻守湖州，是陈师长给的机会。有了驻守湖州的机会，才有迎娶这女学生的机会。吃水不忘挖井人！滴水之恩定当涌泉相报！

浙北县黄县长脸上堆着笑，心里一地鸡毛。

南安那边冯所长和刘队长快马急报，南安战事迫在眉睫。尽管湖州派去两个连，浙北县也临时抱佛脚紧急招募了大批军警应付战事，但黄县长的眼皮总是百般闪跳。在江南人民自卫军攻打南安镇这件事上，他感觉自己身处两头筑坝被水困淹的境地。江南人民自卫军使用的是由他斡旋的武器枪械，来攻打自己的领地。即使湖州城里也是这样可笑，把武器卖给别人，然后去和人家打仗。不论他们两下打赢打败，谁赢谁败，他的地盘一定是被战火蹂躏成一片废墟。他不明白自己这个县官，在这样一个似是而非的时代，该如何摆正自己的位置。

南安战事就在明天，湖州城里却是张灯结彩，三军主帅在迎新纳妾。眼前人家是高朋满座，奉承拍马声绕梁三日，这仗，到底有多少胜算？

黄县长眼睛一闭，心里默念道：嘻！也罢！非常之时必有非常之事！听天由命，听天由命吧！

半夜时分，曲终人散。满是花烛的新洞房里熄了灯。酒浆和奉承熏蒸了一整天的杭团长兴奋地搂抱着如花似玉百依百顺的钦梅月，比以往多了一份超常的威武和雄壮，很快进入温柔乡。

钦梅月瞪大眼睛睡不着。她的两眼闪烁着外面走廊上高挂的灯笼辉映的晶亮余光。忽然间珠泪滚滚。

她捏住杭团长的鼻子。半酣中的杭团长哼了哼声。

钦梅月的抽泣声迫使杭团长猛可睁开了眼睛。

怎么了？他问。

钦梅月说了一段话，让杭团长一下子瞠目结舌。

钦梅月有一个姐姐，叫钦梅玉。姐妹俩是湖州东城那个深深巷子里最最漂亮的才女。人称"窈窕淑女"。读过书，会写字，会写几句新诗。很多亲戚赞不绝口。

五年前姐姐钦梅玉出嫁苏州。钦家亲友提醒钦家，太湖湖匪十分猖獗，要当心送亲的路上遭匪。钦家特别加派了十条船，除装运嫁妆之外，多陪了男丁护送。没想到十几艘连成一条线，远远地更招眼，简直就是跟太湖湖匪打信号。船队在那运河里提心吊胆地行驶，突然从港汊里横过来几条船。船上没见一个人影，但船速之快野性十足，送亲船上的人们料定是遭遇太湖湖匪了。只听钦家船上有人凄厉和怯生生地喊：男丁准备抵抗湖匪！一时间船舶剧烈摇晃起来。湖匪"当！"的一声枪响，那些护送的男丁一下子就瘫了，个个两腿直打哆嗦，眨眼之间变得比女人还女人，一个个抱着头，走出船舱，跳水的跳水，跪地求饶的求饶，问人家要啥，要嫁妆给嫁妆，要钱给钱，人家要新娘子，恨不得赶紧把新娘子快送给人家。

后来人家湖匪把船舶扣留了六条。钦家护送的人返回湖州后，一个个哭爹叫娘，老钦家难免还要支付一些惊吓费安慰安慰，还要赔借来的船舶。

老钦家嫁女儿嫁"飞"了，遭匪抢了，整个湖州城都轰动了。老钦家赶到湖州府去报官，衙门里说的话兜头给老钦家浇了冷水：这年头，这种民间匪案堆积如山，官署也管不了；那太湖浩荡，上哪儿找湖匪去！等着吧！等湖匪妨碍了政府，和政府过不去，政府自然会派兵进剿的！老钦家除了声声叹息又能奈何呢！

湖州城财源滚滚，时常遭匪杀人放火，不得安宁。从此老钦家离开湖州搬迁到僻远山里亲戚家居住了。

五年来，官府也曾经清剿过太湖湖匪，但多是例行公事走过场做做样子敷衍上司。直到前年太湖湖匪截取了民国元老张议员的生辰礼物，南京震怒，才动真格派遣大军进剿，毁了太湖湖匪的老巢，太湖湖匪才偃旗息鼓灰飞烟灭。

官军缴获和俘虏了大批男女，但是没有看见钦梅月的姐姐钦梅玉的踪影。

传说钦梅玉被浙北县方向不知何处的山匪劫走了。

……

钦梅月今晚终于说出心里话：之所以她这么爽快毫不犹豫嫁给杭团长，就是因为钦家有怨恨在身，希望官府惩治土匪，尽快寻找姐姐。

杭团长给钦梅月擦拭泪水，不停地劝慰。说只要度过南安战事，下一步立即着手剿匪，寻找解救姐姐钦梅玉。

江翼回到阔别已久的吉安镇老家，父亲江财主欣喜若狂。

江父是噙着眼泪迎接江翼回家的。

年事已高的江父，本来早就万念俱灰，根本没存想在有生之年还能见到两个儿子。谁知道两个儿子一前一后，全部回家。

他不知道这个儿子已经改了名字。他还以为这位曾经被自己淡漠和轻视的养子还叫招弟。江父老泪纵横，拉住江翼的手，要他无论如何去看看小儿子，那个被娇生惯养的金贵，即现在的江云，现在的净智和尚。

江翼吃惊江云这个时候也回了老家。更吃惊江父要他参加弟弟江云的新婚大礼。

江翼早就听说江云做了和尚。他急于要见见这位刚回家就要结婚的和尚弟弟。

江翼和江云多年不见，彼此似乎很陌生。江翼不住地打量江云，看他的外表和光头，这是一个标准的和尚。江翼不明白，在他当哥哥的想要遁迹空门的时候，这个弟弟怎么突然还俗了。

经过外面世界的风风雨雨，兄弟之间虽然有些隔膜，但双方彼此见谅，不计前嫌了。江翼更是宽容了江家曾经的心灵伤害。今天能回家，就已经表明了情同手足的态度。

江云稍稍拘谨一阵，但毕竟马上要新婚燕尔，心态敞亮。他要哥哥去见见他的新媳妇。

哪儿的？江翼问。

不是哪儿的。江云忸怩着，半天说不出口。

怎么不是哪儿的呢？哪个县，哪个乡村的？

不知道……她没说……

江翼被弟弟这般表情和难以启齿的口吻惊讶了。江云怕哥哥不高兴，提出直接到房间去见面就是了。

不去！

江翼喊了一声。他更加不懂，这还没结婚，新媳妇难道就住在家里了？

幸好明天就是大喜的黄道吉日。三亲六眷纷纷前来贺喜。恭贺江财主两个儿子双双回家，恭贺小儿子还俗又新婚。

江父百般应酬，不知道该如何回答亲友的贺喜之词，只是一味地傻笑着。

江翼面带笑容，走到一张张酒席桌前，拱手施礼。多年不见的亲友和长辈，看到江翼英俊的外表，纷纷夸他前景无量。也有好事的亲友，说他是老大，应该先结婚。这弟弟抢了先了，什么时候来喝他老大的喜酒啊？

江翼一边应酬着亲友，一边期待着弟弟的新媳妇出来拜堂，一睹江家第一个儿媳妇的风采。

鞭炮声起。一片喜气洋洋的喝彩声中，头上盖着红盖头的新娘子款款走出新房拜堂。三拜之后，新娘子送进洞房，江翼欢笑着，带领亲友一阵鼓掌。

酒席半酣之际，一个身穿花衣的妇人出来，对着江财主耳语几句。

江财主赶忙拿出一只红包，对众亲友说：新娘子要出来敬酒了！要给红包哦！

要给，要给的！大家齐声呼应。

新娘子已经走出来了，早已揭开了大红盖头。她跟随着江云，一桌一桌敬酒，微微鞠躬，收下亲友长辈递给的贺喜红包。

这是大伯子！来敬敬大伯子！

一个妇人引见新娘子来到江翼的面前。

"啪！""啪！"，两声清脆的碎杯声，满场立即肃静，鸦雀无声。

　　江翼，新娘子钦梅玉，两人手中的酒杯双双惊讶地坠落在地。两人顿时木头一般僵立在那里，一动不动。

　　战争的日期越来越近。南安镇街的财主们备好了马车，包裹了金银细软等值钱东西，去投奔县城和远方的亲戚。近郊的乡民们打理好家里的粮食和衣物，趁着半夜时分夜深人静，在房前屋后挖坑，坚壁深埋。然后扶老携幼，纷纷逃离家园，向吉安镇方向山区的深山老林里去避难。

　　总管饭店做完最后一笔生意，匆匆忙忙备好三辆马车，停在饭店后门。

　　两辆马车乘坐的是冯大魁的家人和财物。另一辆马车里乘坐着四个镇公所的军警，要护送冯家赶往县城避战。

　　冯大魁焦头烂额，为镇公所和两位保安团连长布置的防务疲于奔命。他早就催促老婆赶快携带家眷离开南安镇，可性子迟缓的女人慢吞吞，要把饭店的所有值钱和不值钱的坛坛罐罐料理一番。

　　冯大魁的女人已经收拾好了行装，穿着一身亮晶晶的绸缎绫罗。两个女佣拎了两只沉甸甸的皮箱。三人刚刚走出内室房门，忽然木楼角落里闪出两个人影，一下子挡住了三个女人的去路。

　　啊！冯大魁女人只轻轻地惊叫一声，立马戛然而止。三把白亮亮明晃晃的尖刀搁在三个女人的脖子上。

　　两个腰挎快枪，脸上蒙着黑布的大汉，瞪着凶恶的眼睛，用一种别扭的声音，命令两个女佣把两只皮箱放下。

　　女佣战战兢兢，斜了冯大魁女人一眼。冯大魁女人被脖子上的尖刀恐吓得魂不附体，不敢半点违抗。

　　女佣放下皮箱。一个稍矮的蒙面男人收了尖刀，拎起皮箱走向前门。前门外早就备了两匹大洋马。矮个蒙面人把皮箱一左一右挂在马鞍两旁，飞身上马，快马加鞭，直奔郊外。

　　另一个蒙面大汉在屋子里，拿尖刀勒令三个女人：不许嚷嚷！谁要有半点声音，挖掉她的眼睛，挖出她的心肝！

　　前门外马蹄声扬长而去。

等候在后门外的家眷们大声喊叫：冯毛，快出来啊！

蒙面大汉收了尖刀，掏出快枪来，打开枪机，对准三个女人说：

转过身去！两手抱着耳朵！谁也不许离开！谁要动一动，我一枪打穿她的脑袋！

蒙面大汉一步步退出前门，飞身上马，驾！便像箭一般飞夺出城。

三个女人一动不动地两手抱着耳朵，浑身颤抖，半点不敢动弹。后门马车上的两个军警大声嚷嚷着跑进来，吆喝催促她们快走，她们才转过身来。看见军警，不见了那蒙面人，她们放声大哭。冯大魁女人号叫着一屁股瘫坐在地上，天啊地啊地哭嚎。后门三辆马车上的所有人涌进房内，听女佣说来了两个江洋大盗，抢劫了两个盛装钱财的皮箱，一个个惊恐万状。

两个军警飞一般地奔向镇公所报告冯大魁。冯大魁暴跳如雷。

冯大魁在总管饭店门前大骂女人：蠢猪！两个盗贼的什么模样都没看清！

两个女佣战兢兢地说两个盗贼是蒙面的。

冯大魁从前门奔向后门，又从后门跑到前门。他气喘吁吁，怒血冲顶，很难判断出什么来龙去脉。

冯大魁大骂几个军警，挥舞着快枪指指点点，怒吼着迟早要打死这几个饭桶。

冯大魁女人说：两人说话的声音，故意别扭了腔调的。但看他们的背影，好像是来过这个饭店吃饭的。

街道上哞哞哞奔跑来几十个保安团的兵丁。冯大魁一群人赶快让开道。

看着兵丁跑步的背影，冯大魁摇头否定着：不会的，不会是这些当兵的……

忽然金连长的传令兵来到总管饭店，传令冯大魁急速前往木栅栏商议军情，冯大魁愤愤地挥手一群家眷，怒吼道：赶快滚到县城去！还站在这里等死啊！

柳叶和宁青民再次登上龙山，龙山的战前准备一切就绪。

韩震看着柳叶被山风涤荡略显成熟的脸颊，不无遗憾地回忆当年南安镇街闹农会时的情景。他感慨地说：那时候，我们对军阀恨之入骨，多想拉起一支队伍，去和军阀拼个你死我活。如果那时候真拉起一支队伍，今天这支队伍一定树大招风了。

柳叶点点头，但又摇摇头。她说：那时时机尚未成熟，不敢贸然行事啊！

宁青民说：世事难料。如果那时候真搞起来，说不定这班人都早已不在了！

韩震赞同说：对！留得青山在，不怕没柴烧！君子报仇十年不晚！今天是水到渠成，瓜熟蒂落！

韩震现在已今非昔比。西北军营里练就几年，他已是一个标准的军人，一切以服从命令为天职。从西北军大营回到浙北，他的目的只有一个，就是执行西北军的战略决策。他游刃在反蒋的吉凡江和护蒋的黄县长、刘阿昌之间，穿梭在宁青民校长和金花、陈教头、丁老发之间，轻而易举地获得了枪械军火，获得了大刀会战士和龙山地盘。他不想听信于任何一个转移战斗力的任何建议和游说。大战在即，他的整个思绪唯有南安之战的战斗部署。

今天柳叶和宁青民再次登临龙山，他心里明镜似的，他们就是"赤化"宣传，要把龙山队伍染成红色。

韩震金花带着宁青民柳叶走进一片茂林，找到一块空地，席地而坐。

柳叶直言不讳，说：人说一叶障目不见泰山。在一片茂林里，我们看不到远方的世界，有时难免会夜郎自大。这支远离西北战场几千里的队伍，倘若单单是为了协助西北军在南京后方搅浑水，那就是虽有雄心，但无壮志。恐怕，直到今天，江南人民自卫军还不完全明白，究竟是为谁而战吧？

韩震压抑着。他曾经认定的人生指导老师，今天的措辞却如此异常刺激。他想反驳。他韩震怎么会不知为谁而战呢？他为自己的主帅而战！为西北军而战！他现在已经成长了，不再是几年前把握不住方向的毛头小子。即使那个时候，像夜猫子一样昼出夜伏，也知道是为了报仇，为了救出自己的亲人啊！他怎么会不知道为谁而战呢！

柳叶继续说：只有一切为了劳苦大众，才能代表社会发展前进的方向！其他都是逆社会潮流而动，与先进的社会发展真理背道而驰！

韩震突然问：柳先生，你怎么知道我们西北军不是为了劳苦大众呢？

柳叶反问道：你可能根本不知道为什么会发生中原大战吧？

那你说是为啥？

柳叶振振有词说：北伐战争胜利，国家貌似统一，其实依然是军阀割据。那些口头上拥护南京的人一个个依然拥兵自重。南京为了裁剪拥兵自重的非嫡系军队，大开裁军之戒。但南京把别人当傻子，明眼人一眼能看出南京光裁他人保全自己的花招。这肯定会招致非嫡系的强烈反抗。先是蒋桂战争，现在是中原大战，这些战争都是他们各自压制对方保留自己的战争。你觉得这样的战争有意义吗？

金花插话说：柳先生的意思，不是让我们停止行动，不打南安之战了吧？

宁青民急忙说：不是这个意思。

金花问：那是什么意思？

宁青民说：至少我们要懂得我们的道义在哪儿……

韩震忽然站起身来，大声说：你别跟我提道义！我问你，你们半道劫持我们的军火枪械，你的道义在哪儿？

宁青民也站起身来，他说：我们就是因为出于道义，才半道劫枪。你想知道为什么吗？

你说！

韩震，你是行伍出身，你真的没想过，你们攻打南安镇，那近在咫尺的皖南县城的兵力，他们会袖手旁观吗？

韩震忽然语塞。他脸色一阵阵剧变。他的确是没想过皖南县城的事儿。

金花一下恍然大悟，她急忙说：我们还真没部署对付皖南的援军，咋办？

宁青民挥舞着手说：我可早就为你们预料到了！你们只管放心攻打南安镇，皖南的援军，我们宁家军为你们抵挡！但我们总不能拿着烧火棍去抵挡吧！

韩震一把拉住宁青民的手，脸色赤红，说：宁校长，真的对不起！是我们误会了你们！柳先生，对不起了！

柳叶拉住金花的手，说：我们不会袖手旁观的！放心吧！

第二十三章

4月23日清晨，静悄悄的南安镇街地面，笼罩着一层神秘而又紧张的氛围。空荡荡的镇街不见一个人影，家家关门闭户。这种空荡一直延伸到郊外，附近三里地的瓦房茅舍全部上锁。

微薄的朝雾里时不时从总管庙那边传来一两声战马的嘶鸣。

金连长和王连长早早起了床，挎着望远镜，带着几个全副武装的卫兵赶到新河岸。

根据"江南人民自卫军"散发传单上约定的开战时间，是上午8点。现在才5点，还有两三个钟头。但金、王两位连长深知：兵者，诡道也；真真假假虚虚实实的事儿，哪能全部相信敌人的约定。天一亮，部队就在军号声中，匆匆起床，吃饭，排队集合，跑步前进，向新河岸集结待命。

冯所长站在新河岸，心情焦灼地团团打转。

昨晚，跑来一个通信兵，递给冯所长一封信。看了信，冯所长一身冷汗。他紧急召集了二十几位公差到总管庙去报到。冯所长肥胖的身子腰挎盒子枪，只恨那枪带子太短，绷得死紧。金连长踱着步，斜视了冯所长一眼。冯所长的肥胖，那身武装带绷得实在太紧，深深地陷进肥厚的胸部，几乎憋得他喘不过气来。这哪里是上前线打仗的料子！金连长向冯所长之辈发号施令说：你们镇公所是维持地方治安的。本来军队打仗，和你们井水不犯河水。但是，在战争非常时期，打仗第一，不管你们地方衙门平时比军队牛 B，可现在是军队天下第一，所有部门都得服从军队！所以，我命令，明天一早五点整，南安镇公所全体兵丁军警，到新河岸集合，与省防军并肩作战。迟到者军法从事，严惩不贷！

冯所长一阵哆嗦，结巴着问下属们：金连长的话听见没？

听见了！大家齐声喊道。

一大早，镇公所的公差全部准时报到。一个个惊恐万状地排列在木栅栏下。冯所长头戴一顶生了锈的钢盔，瞪大惊恐的眼睛注视前方和更远的地方。

新河岸向北，是一片青蒙蒙的小麦和荒田交错的田野，荒田星罗棋布着乌蒙蒙的稻草垛。田野边际的山坡上，茂密地生长着落叶乔木、竹林，仿佛隐藏着许多神秘。

刘阿昌不停地跺着脚。他穿着黑色的军警服，站在冯所长旁边，一高一胖，愈发显得战场的杂乱。他皱着眉头，心情复杂。他在想，他为人家安排了五百枝枪械，今天人家就要拿着那些枪械来打他。呵呵。这憋在心里的事儿还不能往外漏，憋得简直令人发疯。那黄县长一个又一个急令，三令五申要死守南安。呵呵。他老人家该不会忘了人家手里杀人的枪械是他的旨意安排购买的吧？前一阵子为了他老人家卖命搞枪子，儿子都被弄去抵押，今天又要为他老人家卖命挨枪子，儿子还在人家手上。这为官府当差就他妈的被人捏死在手心里！

刘阿昌内心里钻进阵阵恐慌。他预感到今年命运走进了死胡同。自从两个月前风雪骆马店里抓探子至今，一连串的迹象形成一个个恐怖向他逼近。一个又一个杀身之祸跟随着他阴魂不散。丁家庄宁大祥杀了弟弟刘阿贵。黄县长拿他儿子做人质。黑衣女侠追杀夺命。就是梦中，那个北方大脚女人也不放过他，披头散发地挥舞砍柴刀追杀他……。是不是大限已到？死期……他几乎不敢想象。带着这种时运，今天上了战场要两军交战，子弹可不长眼睛……难道死期就在今天？

　　冯大魁和他说话时，刘阿昌心怀叵测贼眉鼠眼地四处张望。身后的退路就是河道。这几乎就是背水一战。他想溜到河道边去看看，万一木栅栏守不住，他该如何从河道逃脱。从前还没有当官差做地痞偷鸡摸狗的时候，曾经在河道钻过一段污臭的暗道。不知道那暗道是否还在？

　　他刚跨出脚，但一眼看见威严肃杀紧绷的两个连长，他急忙收回视线假装严阵以待。临阵逃脱会死得更快。

　　焦急和恐慌地等待，比真正的战场交锋更加难熬。两个连长敛声屏息，满脸绷紧，紧张地检查着防线的各个角落。尤其是检查了那些蘸了黑狗血的子弹，和那些高高挂在木栅栏上的马桶。大战在即，别看不起这些东西，它们可是打败大刀会这些旁门左道的致命法宝，务必要保证万无一失。当看到士兵们一箱一箱地把蘸着黑狗血的子弹从河岸抬上来，分发到各个士兵的手中；看到那些马桶安然无恙地迎风晃荡，才稍稍放下心来。

　　上午准时 8 点，北边三里亭方向，那片茂密的树林里忽然惊飞起无数只各种飞鸟，铺天盖地，四散而去。

　　新河岸的士兵们一阵骚乱。

　　两个连长拿起望远镜看看，喊道：不要慌！不要慌！

　　冯大魁已经拔出枪来。刘阿昌斜靠在木栅栏柱子上，对那飞鸟群目不斜视。

　　金仲昆摸了摸刘阿昌的头，问：刘队长，那天马桶砸得……

　　正说话间，北边树林里突然响起一阵怪声。那声音，像山崩海啸，像狂风暴雨，令人不战而栗。冯所长早已趴在了地上，小眼睛四处瞄着，随时准备溜之大吉。声浪越来越近，远远近近的树林里哗啦啦冲出几千人来。他们高举着黑色的旗帜，腰缠红布，头戴红巾，挥舞着大刀，刀柄上飘着红布，仿佛一片红色的海洋，高声呼喊着向新河岸冲来。他们一字排开，从东到西排了一里多地，犹如大海涨潮一般的红色狂浪，席卷狂飙……

　　妈呀！

　　冯所长钻到木栅栏底下，爬着爬着，看看没人注意他，翻身滚出几步远，逃了。刘阿昌看见冯所长逃了，一猫腰，缩身到河坡下，跳河逃了。

　　金连长一声高喊。他已经吓得面如土色。他做梦都没想到大刀会阵容如此庞大，估计不下两千人。他喊叫着王连长，但在这狂风暴雨的声浪里，王连长哪里听得见。眼看一个道士模样的人冲在最前面，只见他白髯飘飘，身穿道袍，手里挥舞着一只云帚。他的云帚所向，黑色大旗紧跟着挥舞，后边的人群看着他云帚和黑旗指示的方向，呐喊着猛冲。金连长一把夺过一个士兵的步枪，搁在木栅栏上瞄准，"砰！"的一枪，打中了那道士。那道士摇晃了两下，一头栽倒在水沟里。后边的人群愣了一下，但毫不停歇，依然潮水一般冲了过来。金连长大喜，喊道：这什么刀枪不入啊！弟兄们，别怕，打啊！但潮水般的声浪淹没了他的喊声。士兵们打了一阵排枪，早已架起的机关枪也突突突地吼叫起来。那边冲在最前面的几排呼啦啦倒了一大片。后面的人群依然蜂拥而上。

　　机关枪疯狂绞杀，人潮时起时伏，起起伏伏。突然从人群里冲出一匹黑马来。但见马上一个身穿黑袍的人左右开弓，"当当！"两枪，两挺机关枪顿然变成了哑巴。人潮眼看越来越近。那黑袍人又"当！"地一枪，打飞了金连长的帽子。金连长胡乱开了两枪，对身边的几个士兵喊道：马桶、马桶……可士兵一个个吓得面如土色，手中的枪支都拿不稳了。金连长带头掉头撒腿先跑起来。二百多个士兵们哗地一下，顿时作鸟兽散。

　　木栅栏哪里挡得住潮水般的大刀会！几个大个子挥舞着大刀，一顿猛砍，木栅栏顿时轰然倒塌。人群疯狂的呼喊声浪几乎把南安镇浪翻。

　　省防军两个连的士兵，像一群野兔，气喘吁吁在南安镇街上奔逃。

　　大刀会像一股红色的洪流，在小小南安街上肆意汪洋。

　　七连腿比九连快，金连长跑飞了帽子，身先士卒，直奔城隍庙。

　　九连跑散了一半，另一半跟着王连长盲无目的地逃回沙滩庙里。

　　王连长吆喝关上大门，砸破围墙，在墙洞里架起机枪。尾追而来的大刀会不顾一切地往前冲锋，机枪响起，前面一批被撂倒一半。士兵们看到刀枪不入的神话在眨眼之间变成笑话，精神大增。王连长喊道：弟兄们，别怕，他们也是人，人岂有枪打不死的！快打！妈拉个巴子！老说他们刀枪不入，刚才在新河岸吓得老子半死！

　　轰！王连长话音未落，身后爆炸了一捆手榴弹。从院墙的另一角冲进来了一帮人马，杀声震天。乒！乒、乒……那个身穿黑披风，骑着黑马的战将，两手拿枪，左右开弓，弹无虚发，院子里顿时倒了一片。王连长急回头迎战，说时迟那时快，"砰！"，一枪掀飞了他的大盖帽，那战将一声大喊："缴枪不杀！"王连长扑通跪下，高高举起了两手。士兵看到大刀会冲进了院子打到了屁股后面，看连长举手投降了，纷纷丢下枪，扑通跪下，高高举起了双手。

　　街上枪声停了。

　　韩震解开黑袍，扔给身边的金笛子。绽开笑容看大刀会的人捆俘虏。

　　一架机关枪架在一张桌子上，对准着蹲在一个角落抱着头的俘虏们。大刀会把俘虏一个个拎出来，摁倒在地。一个人屈膝跪压在俘虏的后脊背上，一个蹲下去拉过俘虏的两臂，拿绳子反剪着捆绑。缠绕了一圈又一圈。捆完了手臂再把俘虏的两只脚合并一处，捆上，猛地一下勒紧，俘虏发出杀猪般的嚎叫。大刀会站起身猛地踢他一脚，骂道：嚎！老子又没杀你！吓老子一跳！

　　捆了一个又一个，全部抛丢在院子中央，拥挤一堆，咋看像一堆蠕动的龙虾。

　　"不行不行！"有人喊了，"不能这么捆。绳子快没了。"

　　韩震扫视了一下那一堆麻绳，说：光捆手吧。

　　有人嘀咕说：不捆脚，万一爬起来会跑的。有人接腔说：要么光捆脚。

　　王连长被捆成了个蜘蛛。韩震看了王连长一眼，用脚掀翻他，说：兄弟，瞧你这连长当的！怎么弄成这样个下场？

　　王连长叹了口气，不说话。

　　韩震问：王连长，我想问你一件事儿。

　　大爷只管吩咐。

　　吩咐谈不上，我只想问你想不想活命？

　　大爷，人哪有不想活的！真是被不长眼睛的子弹打死了那是没有办法，现在死不了，哪能不想活呢？

王连长，想活，兄弟我给你指一条生路。

大爷请讲！

跟你湖州团部打电话，叫他们拿一百枝长枪，外加三挺机枪来，把你换回去！

……

王连长的绳子解开了。王连长哭笑不得，向里间电话走去，可他两手颤抖地握着话筒，迟疑再三，不敢打这个电话。如何向上司交代呢？

韩震帮他接通了电话。把话筒递给王连长。王连长"喂——"了一声，那边有人说话。王连长硬着头皮把枪换人的话说了。岂料遭到湖州那边一通臭骂！

哈哈哈哈……

韩震和金笛子他们一阵大笑。

　

湿漉漉的刘阿昌爬上河岸，翻越一堵矮石墙，跳进一个小菜园。刘阿昌看见菜地中央插的一具吓唬麻雀的稻草人，吓得一声惊叫，连滚带爬地钻进一条狭窄的巷子，撒腿飞奔。

七连连长金仲昆带着士兵潮水一般涌进了城隍庙，发觉自己已经吓糊涂了。本来计划是木栅栏这边架起机关枪，敌人那边无论如何冲锋，这边蘸了黑狗血的子弹起码也能阻挡过一个半个时辰。谁也没有料到竟从黑森林里冒出几千人！那阵势！那气势震慑得区区两个连队腿软手软，没法打仗，只有逃命。

城隍庙无险可守，仅仅那么一道破败的围墙，根本经不起大刀会的冲撞。大刀会的喊杀声滚滚向前，越来越近，像潮水般泛滥一片。金连长大喊一声：快撤！快撤！往南门跑！往南门跑！

南门外，就是森林茂密的南山。跑到山上，大刀会就鞭长莫及了。

金花姑娘遵照龙山会议的部署指令，带着铁丫三十多人，拂晓时分出动，埋伏在南山桥头。南山桥横卧一条小河。只要阻挡住了这座小桥，南安败退的溃军没法进入南山。

南安镇街枪声大作。震天的喊杀声像山崩海啸阵阵传来。

金花一脸焦灼。她像一只焦躁不安的野山羊，跑出了隐蔽的丛林，站在坝堤上踮起脚尖手搭凉棚瞭望。

金花忽然拔出枪来。她看见一个人翻越文昌庙的围墙，慌慌张张，向南山桥这边落荒而逃。

刘阿昌？像刘阿昌？是刘阿昌？

眼看那人快要逃到南山桥头，可他一个急转身，跳进一条一丈开外的涧溪，扑过水爬上岸，钻进丛林，向松山方向逃窜。

刘阿昌！是刘阿昌！

金花懊悔不迭。她因为只顾站在坝堤上辨认那人是不是刘阿昌，暴露了目标，错过了一枪毙命报仇的机会。

金花飞快拔出枪，当！当当！冲着刘阿昌钻进的丛林连发三枪。铁丫他们闻声跑出来。金花情急之下，连声喊着快快快，快追刘阿昌！铁丫他们飞身奔跑着向那片丛林包围追赶。

守护南山桥的阵地眨眼间成了真空地带。南安镇街溃逃出来的九连顺利逃过南山桥，钻进了南山的密林之中。

七连连长金仲昆光着脑袋，敞开了衣领，扶着一棵老松树拼命喘息。汗水像一条条粗壮的蚯蚓曲曲弯弯从脸颊下窜到脖子、胸脯。四周围满了弯腰气喘的士兵。金连长一把揭了一个士兵的大檐帽，拿在手上当扇子扇风，一脚踢了那士兵的屁股骂道：死远点儿！挤在一堆热得不透气！

士兵们很快散开，有的坐在草地上，石头上，有的背靠松树喘息。

呵呵，哈哈哈哈。金连长大笑。

士兵们惊恐地看着金连长。

金连长说：他们江南人民自卫军不过就是人多！什么披发功刀枪不入的神话！统统都是骗人的把戏！我看他们只不过是乌合之众！你们看，倘若他们的头头稍稍有点脑子，派人守住那条小河，我们还能逃进这山林里来吗？哈哈哈哈

对对对！有人附和说。

论打仗，他们哪能和我们金连长比！

金连长看了那说话人一眼说：你们跟着我这么多年了，你说我们啥时候吃过亏？什么时候打过败仗？这牛皮从来不吹！你再看看那九连，那王连长！到现在还不见踪影，弄不好全部做俘虏了！

人们这才想起那个九连，很多人站在高处透过密林向南安镇街眺望。

该怎么向湖州杭团长交代呢？金连长自言自语说，出来两个连，回去一个。一个全军覆没，一个是毫发无损。他不会怀疑我们七连临阵脱逃吧？

两个排长诡异地看着金连长说：我们还和从前一样，都准备着纱布的。回去不管见不见血，胳膊啊腿啊脑袋啊，包起来嘛。

金连长摇摇头说：这老黄历过时了。假苦肉计不能一用再用。这一回，我看要搞一回真苦肉计！

自残啊？两个排长惊愕地问。

你他妈的脑袋让牛踢了？自残你个头！你们过来！

几个排长围拢过来。金连长狡黠的眼珠转了转，手搭着几位肩膀，放低声音说：我们白天山上休息，派人到附近村庄搞吃的。晚上要出动一下，杀个回马枪！

天！还要杀回去？他们那么多人……

闭嘴！金连长喝道，你以为我们现在逃到山上来就是逃跑吗？我这叫以退为进！这是三十六计中的一种战术！各位听命，现在一排派人下山寻找吃的。二排负责派人警戒，三排主要任务就是休息。

三排排长欣然领命，笑嘻嘻地带人钻进茂林休息去了。一排二排两个排长哭丧着脸，半天不挪窝。金连长笑道：傻Ｂ！晚上我们叫三排杀回去，不让他们休息怎么打仗？

两个排长听懂了金连长的意思，顿时喜笑颜开，笑呵呵地各自操办去了。

金花匍匐在草地上，两手撑起，睁大两只血红的眼睛静听周围的脚步声。

她全身湿透，浑身泥浆，脸色铁青，像一条愤怒到了极点的青蛇。她的呼吸粗壮，无形中时时喷射出青蛇那种狂怒的蛇信。

她又恨又气又悔。刘阿昌是逃窜，原来是直直地朝向她把守的南山桥和南山而来，她只需要坚忍片刻，刘阿昌就一头钻进她的口袋，剩下的就是瓮中捉鳖。可她偏偏沉不住气，高高地站着暴露目标，以至于她现在三十几个人拼命去追赶刘阿昌。

她已经忘掉了龙山会议指派她带人把守南山桥的部署。

她和她的全部人马，冲进了漫天荒野的野竹林、杂木林。这些丛林犹如一个巨大的迷魂阵，到处听到奔跑声。顺着奔跑声追赶，追得精疲力竭，原来追赶的却是自己人。金花追着前边的声音，后面的人追逐着她的声音。整个一个上午没人看见刘阿昌的影子。

四月的风像一只有力却又温和的巨手，划拉着整个原野，野竹和各种返青的灌木不停地东倒西歪。

铁丫也是浑身湿透，两只手被野竹划拉得伤痕累累。她好不容易找到金花姐。姐妹俩泪飞如雨，仿佛遭遇一场生离死别。金花是看着铁丫的悲惨相心疼，铁丫是为金花姐的心情难过。铁丫劝告金花姐赶快撤回南山桥。刘阿昌躲过初一跑不了十五的。金花咬牙切齿答应了铁丫。她们站立在一个土墩上大喊"撤！撤！"

人群稀稀拉拉撤回南山桥。

有人告诉他们七连已经全部过了桥，流窜进了南山茂林之中了。

哗——一阵风袭来，卷起金花蓬散的头发。金花大声喊道：铁丫！铁丫！

在！姐姐！铁丫长发飞扬，肃立一旁。

金花说：妹子，赶快拿根绳子把我捆起来。送我去见韩震大哥！

众人面面相觑。

金花面对原野的野竹林，语音沉重地说：憨子哥，我又犯错了！

铁丫欲言又止。

金花珠泪滚滚。众人环绕着，在四月哗哗作响的风声中心情沉重地看看南山桥，看看野竹林。

铁丫提出一个将功赎罪的办法。

既然我们失误了守桥，我们就要承担起责任。为了防卫敌军夜晚杀回马枪夜袭，我们自愿承担夜晚守桥的任务，阻止敌军进城偷袭。

大家一致同意铁丫的提议。

南安镇街到处飘扬着"江南人民自卫军"的大旗。旗帜黑色，左上角镶嵌着圆形的阴阳太极图。

关于旗帜图案的设计，总司令吉凡江全权交给韩震办理。韩震征求了舅舅陈教头的意见。这个太极图旗帜就是陈教头所倡议。韩震看到旗帜的底色是黑色，微微皱了皱眉头。当看到太极图，急忙询问舅舅何意。

陈教头说：江南天地黑暗，物极必反。太极，乃万物至极。何况主力军是大刀会，没有一个重量级的教义不能信服于众。

韩震频频点头。急忙整理了图案样品派人火速送往上海总司令部请求批示。

吉凡江没有半点异议。大笔一挥：同意同意！

大战之前，吉凡江曾悄悄带着江翼秘密回到浙北县吉家村。但他没有给韩震半点消息。电报往来，韩震一直以为吉司令身在上海。

吉凡江和江翼行走太湖岸边，说出心里话。这次南安之战，四两拨千斤。拨得动拨不动，要看造化。西北军对抗南京，中原大战究竟能打多久，究竟鹿死谁手，一切都是未知。但根据战局分析，南京和西北军半斤八两势均力敌。只是东北三省有个张少帅。这个人无需出关，只要他通电全国，声明自己支持谁，那两方天平上就有一方增加了砝码。孰胜孰败，立竿见影。一旦张少帅支持南京，西北军必定悬崖勒马，形势很快急转直下，不是投降南京就是双方谈和。你看，倘若到了这一步，这里的江南人民自卫军该往何处去？

江翼吃惊地看着圆球一样的吉司令，认真地听他说下去：

江翼，不瞒你说，这江南人民自卫军就会在一夜之间变成孤魂野鬼。要赶到中原去接受西北军的改编，千里迢迢，那是天方夜谭。但在四面楚歌的南京后方，他们身处在包围之中，他们的出路又在哪儿呢？

江翼心里的一种信念已经被这番话全盘崩溃。他预感到了世界末日即将来临。

他怯生生地问：这注定要失败的事儿，为什么还要去干呢？

吉凡江说：人家要利用我们的名声来捣乱，四百万大洋，除了两百万开销，赚它两百万，还给了西北军一个大人情，这又何乐而不为呢！

江翼木呆了。他沉默了。这边赚钱两百万，人家几千人身家性命不知要魂归何处……

吉凡江意志坚定地说：韩震提出的黑旗也好，红旗也好，管他什么旗，都不是好旗！呵呵，让他放开手脚去干吧，哈哈哈哈……

太湖的风浪声撕碎了吉凡江的阵阵狞笑。江翼再一次理解和领悟了吉凡江的罪恶黑洞。

……

浙皖界牌岭山岗上，宁青民带领的农会军利用山坡有利地形，一字排开，打退了皖南县城赶来的增援南安的保安团部队一个连的三次进攻。

战场硝烟渐渐散尽。看到山坡上丢下的几十具尸体，和远远而去的敌军踪影，柳叶吁了一口气。

宁青民初步判断皖南的援军不会重新发起攻势。他迅速对自己的阵地清点了一下伤亡情况。因为地形有利，居高临下，山坡上石岩交错，农会军没有大的伤亡。

他和柳叶商议，农会军有一百多名战士，可抽调一半兵力前去南山。

根据战前宁青民的摸底侦察，他发现南安镇街的乡民纷纷逃离，几乎全部聚集在南山与吉安镇交界的山林里。这里虽然远离战场，但这里也是远离人间烟火的偏僻之地。一旦有溃军路过，这些手无寸铁的乡民只能任人宰割。他们带出去的粮食和金银细软甚至家眷，都要被奸淫掳掠。

柳叶与宁青民兵分两路。宁青民依然驻守界牌岭，柳叶带领五十名战士迅速奔赴南山山区，前去保护山中避难的南安镇乡民。

柳叶气喘吁吁，在宁青民兄弟宁汉杰带领下，翻山越岭，披荆斩棘，直奔目的地。

忽然，宁汉杰一声口哨，农会军全部趴下，隐蔽在丛林之中。

柳叶趴在一棵灌木前。她听到了一群士兵骂骂咧咧的说话声。

妈的！金连长叫三排休息，叫我们一排出来寻找粮食吃饭。我们吃了饭，晚上反攻街上，肯定又是我们打头阵！

你就别唠叨了！上哪打头阵啊？我们跑出来了，今晚还会赶回去送死吗？吃饱了撑的！

这附近周边的百姓早跑个精光。那边几户人家，人跑了，还把粮食藏起来了，上哪儿去找粮食吃饭啊！

别急！跑远一点！刚在山顶上，我们看到那山洼里有炊烟。快走！

这个嚷嚷士兵说的炊烟，就是南安镇街逃出来的乡民聚居地。

二十多个黄衣士兵横挎着长枪，从山岗上直奔那个升起炊烟的山洼。

柳叶看了看宁汉杰。宁汉杰摇摇头，示意不能开枪打。

宁汉杰要柳叶带三十个人留在这个山坡上，等候黄衣兵逃窜时迎头痛击。他自己带二十个人悄悄撤走，直奔南安乡民避难所在地。

黄衣兵很快发现了避难人群的帐篷。有很多女人正在端碗吃饭。

黄衣兵欢喜得跳跃，哇啦哇啦大声喊着，向避难人群跑去。

乡民们闻声而起，一个个惊恐万状。当看到黄衣兵端着枪猛扑过来时，惊叫着四散奔逃。

黄衣兵哈哈大笑着，朝向几个奔跑的女人目标猛追。

砰！砰砰！

宁汉杰的农会兵开枪了。几个黄衣兵应声倒地。

黄衣兵们魂飞魄散，赶快放弃追赶乡民，迅速纠集成队形，开枪向农会军还击。

宁汉杰边打边撤，把黄衣兵引到一个山谷里。柳叶的一班人埋伏在那边山坡，宁汉杰的一班人埋伏在这边山坡。两边枪声大作。黄衣兵晕头转向，紧急从另一条山谷逃之夭夭。

柳叶和宁汉杰的农会军来到乡民居住山洼，乡民欢呼雀跃。他们看到是本乡本土乡民的农会军保护了他们，一个个千恩万谢。大家都认识镇街学堂的女先生柳叶，看到她腰系皮带，挎着短枪，英姿飒爽，纷纷夸她是能文能武的才女。

柳叶皱眉说：乡亲们，这里被黄衣兵发现了，此地已不能久留。刚才这里枪声大作，可能会有其他援军包抄过来，你们要赶快离开此地！

她命令宁汉杰在山岗布下岗哨，她带领全体农会军帮助携儿带女的乡民搬迁。

南安镇街黑色旗帜下，江南人民自卫军一片欢腾，放炮，敲锣打鼓，喝酒，猜拳……庆祝他们的伟大胜利。

韩震草拟的电报，飞速发往吉司令。

吉司令很快回电：

辛苦了！每人赏五个现大洋，是夜痛饮庆功酒！

韩震皱起了眉头。他现在不需要几块现大洋的犒赏。他急切需要得到司令部对下一步的指导方针。今天是胜利了，可是明天这支部队该如何行动？该走向何处？该如何整编？

他再次急电司令部，可是司令部没有任何回音。

南安镇街各个角落灯火通明，战胜了的大刀会战士扬眉吐气，兴奋不已。各种喧嚣声此起彼伏。

今天最忙碌的是厨房班的厨子。各个连队派出的粗壮兵丁一个个撸起袖子挽起胳膊，按住一头头拼命嚎叫的肥猪，白刀子进红刀子出，然后烧开水烫毛，开膛破肚，剁成肉块。赶来一群群牟牟叫唤的山羊，一样地宰杀后，就交给厨房班了。厨子们一个个满头大汗。一个个蒸腾着热气，剁肉，切菜，乒乒乓乓，一时间，肉香四溢，整个南安镇街上空飘荡着从未有过的胜利佳肴的奇香。

镇街上有八个大院子，杀猪，宰羊，乒乒乓乓，肉香连片。两千多号人放下刀枪，四处撬门，翻箱倒柜。他们忙碌着寻找陈酒佳酿，搬出一坛坛绍兴老酒。整理好一排排的桌子，把厨子烧好的各色菜肴排上桌。

陈教头风风火火地赶往八个大院子。他身后跟随着十几个年轻的战士，手里捧着大刀会特有的朱砂罐，黑瓦盆，神符墨，神意纸笔和黑色的太极八卦旗帜。每到一处，所有喧嚣不停的战士一个个敛声屏息，毕恭毕敬地侍立两旁。陈教头一声吆喝，恰似仙鹤空鸣，其音凌空，所有战士凝神静默，以一种无尚的虔诚聆听陈教头念念有词。

呼啦一声，几个战士挥舞展开黑色太极八卦旗帜，悬挂在正中位置的餐桌当央。霎时间，几十、几百个大刀会战士呼啦啦一大片扑通跪倒，面对旗帜顶礼膜拜。

起立！陈教头一声喊。所有战士齐刷刷排成方阵，立正，挺胸收腹，一个个精神矍铄。

两个战士手捧两只大黑瓦盆，内盛碧波荡漾的清香美酒，毕恭毕敬站立在陈教头两侧。陈教头拿出朱砂罐，把一种火红色的粉末倒在酒中。一个战士拿来大刀片，只见刀光凌厉，刀把上彩绸飘飘，大刀片在酒水中尽情搅拌。一股酒香顿时在院子里蔓延开来。

只见陈教头手执神意笔，在黑瓦盆里饱蘸朱砂浸泡的红液，在一张神意纸上挥毫不停，嘴里叽里咕噜祷告。那支神意笔飞舞龙蛇，龙凤呈祥，一会儿波涛汹涌，一时间风平浪静，顷刻间，一张神意纸被涂画成一道火红的霞光。接着拎起神符墨哗哗撒泼在神意纸上。这叫霞光遍地，黑龙漫天！好！几百名战士齐刷刷一声叫好。

十几个粗壮的壮汉抬出一缸酒来。几百名战士一片欢呼。

陈教头高举燃起的火炬，挥舞着那张霞光遍地黑龙漫天纸，当空招摇一番。只听安放在院子正中的一面大鼓咚咚敲响。几百名战士虎虎轻吟出一种颤颤巍巍的呐喊声。陈教头转腾火炬，点燃了那张画满神符的神意纸。霎时所有战士的敛声屏息，不发出一丁点声音。火光映红了陈教头的脸庞，四周弥漫着一种炽烈的神秘幽香。

燃烧后的神符纸的灰烬摇摇欲坠，全部飘洒在大酒缸里。

两只朱砂罐的红液也倒在大酒缸里。

八位粗壮的大汉，各执一把大刀片，来到酒缸面前，围成一圈。陈教头一声大喊：天兵下界！

八把大刀片齐刷刷插入酒缸的酒水中。

陈教头喊：翻江倒海！

八个壮汉挥舞胳膊，口里喊着粗犷的号子"嗬哟嗬哟"，用八把大刀片在酒缸里尽情搅拌。

陈教头喊：八龙争霸！

八个壮汉立刻大喊"杀！杀杀杀！"，高举着大刀，两个一组，刀刀对砍。顿时，刀兵搏击，铿锵有声，喊杀阵阵，惊心动魄。

陈教头喊：人上有人，天外有天，刀外有刀，仙外有仙。英雄何人能盖世，从来仁义能过天。刀枪不入是我辈，杀尽恶魔我成仙！

八个壮汉尽情在酒缸搅拌，边搅拌边随同所有战士齐声呼应：人上有人，天外有天，刀外有刀，仙外有仙。英雄何人能盖世，从来仁义能过天。刀枪不入是我辈，杀尽恶魔我成仙！

祭天！陈教头一声大喊，两个战士"哐当！"一下子摔碎了两只黑瓦盆。所有战士停止呼喊，八个壮汉停止搅拌，"嗨！"地一声大喊，一齐拔刀高举，亮相一个"把火烧天势"。

喝酒！

陈教头一声令下。全体战士放下手中的所有用具，哈哈大笑着各自抄家伙在大酒缸里舀酒喝。

夜幕降临。韩震心急火燎站立在高桥上，仰望星空，一声长叹。

镇街四处喧嚣着两千多个大刀会战士的胜利酒宴。

他一直在期待上海司令部的指令。但是没有得到一丝丝回音。

憨子，去吃饭吧！歌丫站在韩震面前，劝慰说。

韩震摇摇头。他没有任何饥饿感。开战前，上海司令部的指令是，江南人民自卫军占领南安镇以后，当晚在镇街酒宴庆贺，云云。但韩震预感到今晚镇街上不是久留之地。很可能会有一场政府军的猛烈反扑。

今天的战事进展顺利，几乎是兵不血刃，一战可定。江南人民自卫军的浩大声势，早已使政府军闻风丧胆，全部临阵脱逃。九连逃脱不及，连同王连长全部做了俘虏。皖南县城赶来的援军，被宁校长的宁家军阻击界牌之外，不能越雷池半步。今晚的南安镇可谓是平安世界。

但韩震心里焦急。今天南门外南山桥，金花带队阻击逃往南山的溃兵，计划落空。

傍晚时分，韩震焦急地等待南门外金花队伍的回音。但迟迟没有消息。他只得亲自奔赴南门外南山桥察看情况。不看则可，一看，差点气昏过去。

金花今天再次擅离职守，为了个人恩怨情仇追赶刘阿昌，放弃了阻击南山桥，让七连兵不血刃夺门逃出南山桥，钻进了南山茂林之中。金花自己捆绑，负荆请罪，依律当以军法从事。韩震咬牙切齿，但顾念兄妹情深，姑且饶之。铁丫一班人也是苦苦求情，请求将功赎罪。自我请愿今晚驻守南山桥，防备七连半夜反击。

七连躲藏在南山茂林之中；刘阿昌、冯大魁不见踪影。这都是今晚南安镇街的巨大隐患。一旦湖州城和浙北县城连夜派来援军，连夜攻克，那躲藏在山里的七连势必遥相呼应，半夜攻城。不知躲藏在哪的刘阿昌和冯大魁，肯定也会从地缝里冒出来，呼应攻城。说不定他们依然躲避在镇街内部某个角落，搞里应外合。

韩震告诉歌丫诸多潜在的危险，歌丫频频点头。但是大刀会的战士们现在毫无知觉，他们放任自己，暴饮狂喝，很多人已经醉倒一动不动了。

韩震意想不到的是，在他外出南山桥寻找金花的那一刻，镇街上八个大院子里，已经按照大刀会祭天拜地的程序把酒开宴了。第一个醉倒趴下的是舅舅陈教头。其他大小头领一个个相继趴下。韩震紧急勒令停止饮酒，稍有清醒的战士已不足三百人。现在他所能商议军情的，只有歌丫姨娘。

韩震担心自己发生变故时，指挥战斗，无暇顾及舅舅陈教头。他要歌丫姨娘，今晚不论发生什么变故，无论如何要照顾好舅舅。歌丫答应一声，急忙奔跑去寻找陈教头。她要赶快拿出独家门技，赶快给哥哥陈九照醒酒。

第二十四章

是夜，漫天大雾，伸手不见五指。

总管庙里被麻绳捆绑的九连士兵，拥挤一堆。黑暗中，他们背靠背，反背着手，悄悄解开绳索。

拂晓时分，南安镇街小桥头河岸码头影影绰绰，奔跑着几百名官军。湖州保安团部，用汽艇增援一个营的兵力，连夜出发，火速前往南安镇。这一次汽艇载来了十挺重机枪，六门火炮，分别架设在南安镇街东、南、北门。留下西门，原意是任由江南人民自卫军向西逃窜，将他们驱赶到安徽省境内，然后由安徽省防军来收拾他们。

总管庙里解开绳索的九连士兵悄悄溜进了大刀会陈放大刀片的房间，冲进了大刀会睡觉的大厅、柴房……

九连和睡意蒙眬的大刀会发生格斗、厮杀，九连士兵全部成了凶残的屠夫。一个人连续砍掉十个人的脑袋，第十一个人才忽然被惊醒……大刀会声声惨叫。很多人在梦中，没发出半点惨叫，就魂归西天。

重机枪哒哒哒哒哒哒响成一片。

睡梦酒酣中的江南人民自卫军被重机枪火炮惊醒，茫然不知所措地四处逃窜。火炮打得他们晕头转向。一群冲进城隍庙、总管庙的士兵挥舞大刀猛斧，就像砍瓜切菜一般，霎时间，人头滚滚满地，血流成河。

该来的总归要来了。韩震带着金笛子一班男童，抢占了一家竹器厂木楼。这是南安镇街的制高点。登高一看，但见四处火光冲天，枪炮隆隆，到处传来被砍被杀的惨叫声。

韩震在窗口上架起机枪，向街道上奔跑冲锋的保安团猛烈射击。

歌丫带着人马飞快地向哥哥陈教头居住的城隍庙跑去。

傍晚时分，歌丫赶到城隍庙，看到哥哥陈教头已经酩酊大醉，迷糊不醒。她呼叫两个略有清醒的壮汉把他抬到一间空房。歌丫放平了哥哥的身子，解开他胸前的纽扣，敞开他的胸膛。

歌丫敛声屏息，在陈教头胸膛上一阵推拿按摩。

陈教头忽然呕吐不止，睁开了眼睛。他看到妹妹歌丫正襟危坐在面前，知道她给他使用了解毒功醒酒。他忽然响起韩震曾提醒的今晚不可懈怠，当心保安团反攻的话。他翻山爬起，走到外面，放开喉咙呼喊部下。

几十个部下没有半点回应。庙房里横七竖八到处醉躺着大刀会的战士。满满一缸朱砂酒所剩无几。

陈教头跌跌撞撞，直奔其他大刀会战士居住点。所见大半战士被酒休眠。他一阵冷汗淋漓。酒力全醒。

尾随其后的歌丫告诉他，韩震已经在部署今晚的不速之变。总共还有三百多号人没有灌倒。

陈教头预感到危险。他带着歌丫赶快去寻找韩震商议对策。

四处查岗的韩震，内心里说不出的惶惶。上半夜时分，整个街道寂静如磐。到处除了酒醉后的鼾声，一切正常如初。韩震吩咐舅舅陈教头和歌丫各自守护一方。一旦半夜时分情况有变，随机应变。一旦情况紧急，敌军反攻力太猛，大刀会彼此不能相互照应，只能各自突围，能逃出一个算一个。

镇东河岸响起重机枪的声音，歌丫急忙带领居住点的几十名战士登上木楼，居高临下，准备战斗。她忽然看见城隍庙那边火光冲天。她紧急带领战士撤出制高点，飞奔城隍庙寻找哥哥陈教头。

保安团部队发现歌丫小股队伍流窜，奋力追击。

陈教头带着几十名大刀会战士，高举着黑色太极八卦旗帜，正在向南门突围。

街道两旁木楼燃烧的火光映红了半空。哥！歌丫看到陈教头忽然脱下上衣，赤膊上阵，惊恐地叫喊。

在熊熊火光的丁字街口，陈教头一声令下，几十名大刀会战士哗啦全部脱去上衣，一个个袒胸露臂，胸膛上块块肌肉在火光辉映下，仿佛一排出土的古铜，铮铮坚硬。他们手里挥舞着大刀，怒目圆睁，念叨着大刀会的口号。

陈教头大声喊道：

人上有人，天外有天，刀外有刀，仙外有仙。英雄何人能盖世，从来仁义能过天。刀枪不入是我辈，杀尽恶魔我成仙！

几十个壮汉战士齐声呼应：

人上有人，天外有天，刀外有刀，仙外有仙。英雄何人能盖世，从来仁义能过天。刀枪不入是我辈，杀尽恶魔我成仙！

冲啊！陈教头挥舞着大刀，带领大刀会战士冲锋。黑色太极八卦旗帜冲到了陈教头前面，像一团黑色火焰，势不可挡。

哥！歌丫没有赶到陈教头的前面，无法阻拦他们的英雄气概，只能尾随其后，高喊着冲锋。

冲啊！杀！喊杀声洪流般向南门奔泻而去。

突突突突……一阵机枪疯狂扫射。一排子弹打断了黑色太极八卦旗旗杆。太极旗摇摇欲坠，旗帜飘逸在大刀会战士的脸上。陈教头高喊着口号冲锋，刚刚念到"刀枪不入是我辈"，一排子弹蝗虫一般飞来，一下射穿了陈教头的胸膛。

陈教头突然停止脚步。他瞪大愤怒的眼睛，挥舞着大刀指示黑暗的前方。鲜血从他绽开的胸膛和猛兽般张开的大嘴里喷溢而出。

陈教头！冲锋的战士撕心裂肺地大喊，声震长空。

突突突突……又一排子弹扫倒了一排大刀会战士。

哥！

歌丫已经冲到了陈教头面前。陈教头巨大的身躯，正在泰山压顶一般摇晃倒地。轰隆一声巨响，歌丫仿佛听到了天崩地裂。

哥……

歌丫刚刚喊出一个字，一颗子弹射穿了她的头颅。

战火焚烧了南安镇半个街道。炽烈的火光照耀得如同白昼。

韩震和金笛子一班人驻守的木楼已被大火吞噬。韩震命令金笛子一班人赶快撤离。身中数弹的他留下掩护。

金笛子哭哭啼啼不肯离开。韩震怒吼道：向南门突围，去寻找金花姐！

韩震掩护金笛子一班人离开，九连揭开绳索的黄衣兵发现了他。他们大喊：抓韩震！抓土匪头子韩震！

九连连长王宏斌吆喝：

团长有令，抓住匪首韩震，赏一万个大洋！

抓活的！

几十个士兵狂喊着扑向摇摇欲坠的木楼。

韩震打出去最后一发子弹，他捡起地上一把白刃钢刀，一步一步向冲上前来的黄衣兵迎头走去。

砰！砰砰！

楼下一阵枪响，一群黄衣兵呼啦啦倒在地上。黄衣兵大乱，纷纷夺路而逃。

宁青民带领农会军赶来接应了。

韩震泗涕滂沱，忽然一阵昏厥。一个农会军战士飞快地扛起韩震，迅速撤离。刚刚逃离木楼，轰隆一声巨响，木楼被大火烧毁倒塌。

金花为自己犯下的过错，深深自责。

夜色笼罩着南山桥，她端坐在人字高桥桥巅之上。仰望星空，浩大的天穹繁星点点，仿佛龇牙咧嘴讥笑她。她既不能捉拿那个誓死报仇雪恨的刘阿昌，又不能完成憨子哥交代的重大守桥任务，阻挡溃兵流窜南山。外面盛传她金花是个神枪手，百步穿杨百发百中，她已经和刘阿昌短兵相接几次，她主动出击几次，可人家刘阿昌至今毫发无损……她感觉自己其实就是个麻烦，是个废物。

韩震怒火冲冲地赶来兴师问罪，她自己负荆请罪，几乎不敢抬起头看憨子哥的脸。她自责自己已不是一次两次犯错，而且所犯过错不是一般小错，几乎都是致命的破坏全局的大错特错。她不知道该如何惩罚自己才能谢罪。

她环顾郊外的原野，那阴森森的南山森林，里面躲藏着保安团的一个连队。这个连队今晚说不定会偷袭。倘若湖州城和浙北县城的援兵赶来反攻，这个森林里的连队就会配合作战，就会像猛虎一样下山。他们必定要冲过南山桥。她和铁丫一班人将要面临一场激战。她发誓，今晚她无论如何执行韩震铁的命令。哪怕山森林里窜出一百多条猛虎，她也誓死将他们阻击在桥外，决不允许他们越雷池一步。

半夜时分，天空呈现出一种淡淡的亮光。一颗颗流星划过夜空，给无边的天际增添许多凌乱和焦躁。

拂晓，镇街东侧枪声大作。

南山桥头排兵布阵，严阵以待。

突突突突……金花听到重机枪的声音，心里一阵揪紧。果然不出憨子哥所料，一定是湖州城和浙北县城的援兵到了。

镇街上几个角落火光冲天。正在这时，南山桥头那块开阔地上出现了人影。

七连的人马下山了。

打！一声令下，桥头枪声大作。

金连长料事如神，他早已判断今晚会有援兵反攻南安镇。倘若他从南山呼应，两面夹击，冲进南安镇街，便可一举拿下失去的镇街。白天的临阵脱逃之罪名，或可一笔勾销，兴许还能立下战功。白天他安排士兵去寻找粮食吃饭，不料被不明真相的队伍一顿猛揍。他迅速带领全体士兵赶去包抄山林，但一无所获。他心中狐疑，这股不明真相的小股队伍来自何方，为什么会出现在南山山区的茫茫森林之中？

七连没有找到粮食吃饭。金连长鼓动士兵，只要今晚听到镇街枪响，就能杀个回马枪，要吃啥有啥。

七连士兵在南山桥头遇到阻击。金连长身经百战，他很快听出桥头阻击的枪声只有一个排的兵力。他下令尽快猛冲，迅速拿下南山桥。镇街里的两千多个大刀会，一旦被援兵战败，必定拼命突围。到时候，南山桥就会派上大用场。很可能南山桥就是大刀会的葬身之地。

金花看到敌军一阵一阵地猛冲，战斗异常激烈，她已分明感觉到寡不敌众。借着依稀的星光，她看到敌军有人下河，她的阻击面在扩大。

正在焦头烂额之际，忽然七连的背后响起了枪声。七连阵脚大乱。

金连长发现腹背受敌，赶快下令向东西两面撤退。

枪声停了下来。金花正在猜想突然出现在七连背后的是哪个部分，忽然听到柳叶的说话声。她喜出望外，大声喊叫柳叶。

柳叶带领农会军和金花的人马会合。金花兴奋不已。

南门外枪声紧密。

柳叶和金花猜测，一定是镇街内的大刀会战士向郊外突围。她们立即决定留下部分战士守卫大桥，分出一部分人马增援南门。

金花在南门外遇见突围出来的韩震。韩震下令，全体大刀会战士，全体突围，全体向龙山撤退。

历史从来就是如此残酷。南安镇街的滚滚血浆浸透了南安土地，肥沃的土壤并没有盛开出一朵鲜花。昙花一现的"江南人民自卫军"，几乎成了世界上最短命的军队。鲜活的生命在这里，成了政治野心的工具，成为政治赌博的赌注。鲜血和头颅，廉价得像春天原野的离离原上草，像秋天万木萧索飘落的枯叶。

年轻的韩震只懂得军人以服从命令为天职，但不懂政治的巨大黑洞。他亲舅舅陈教头被这个黑洞吞噬了，上千条生命在不知政治为何物的一片惨叫声中瞬间毁灭。韩震带着杀开血路突围的两百多人，逃回龙山，丢下上千条死去的和活着的生命，任由省防军刀劈斧剁，掘坑掩埋。

这还不算，韩震不知道后面更大的悲剧接二连三，不知道自己很快将要沦为丧家之犬。

果然不出很多人的预料，正当中原大战的双方势均力敌的时候，东北张少帅率兵出关勤王助蒋，推动蒋方的胜利，终于以西北军的失败而停火。中原大战的双方最后的归途，就是谈和。

致此，中原地区的烽火狼烟灰飞烟灭，历史的尘埃戛然落定。战争的双方首领依然沿袭从前，在民国的朝廷之上互相称兄道弟了。

韩震和金花逃遁到龙山以后，举头望明月，天天期盼上海司令部发来消息，传达他们下一步的行动方针。可那吉司令从此石沉大海杳无音讯。韩震从各地搜寻来的报纸上看到了中原战局剧变的消息，终于明白了吉司令失踪的原因。至此，他才明白，他和江南人民自卫军的残余部队都已经报效无门了。

韩震和金花整天呆坐龙山苍松之下，巨石之上，听万木松涛海啸，看山头云起云飞。他们成了断了线的风筝。他们已经走投无路。从此不但要自给自足，自己想办法养活自己，还要面临四面包围的全面扼杀。

第二十五章

春风，夏雨，秋霜，一步紧跟着一步，不断变换着大自然的色彩，及时撤换过时的一块块历史遮羞布。江南一场连接一场台风裹来的狂风暴雨，汇集成污浊奔腾的洪流，一遍又一遍冲刷着南安塘，荡涤着历史上沉淀的腐尸朽骨。河水似乎越来越清澈。两岸原野连片泛滥的芦花正白，白得惨淡，白得仿佛化作浓雾的寒雪。南山和松山，界牌岭，远山近景耗尽了骨子里剩余的秋意残渣，衰弱得奄奄一息，在悠悠白云下，搀扶着即将来临严冬的门框，喘息。

南安之战的一把火，蔓延了原野，烘烤了镇街，整个南安地区像一孔烈火彤红的砖窑炽烈。人们的希望，就那么夏季闪电一般匆匆闪了一闪，随即熄灭，晃耀过的眼睛进入到了无边的黑暗。

民国十九年秋，陈安坤军长胜利归来，掸净戎装之风尘，挂满闪烁之勋章，一路春风得意，回到湖州。部队驻扎休整。

杭毅匆匆前来拜见老上司。

陈安坤经过血与火的洗礼，面容黝黑，铁塔一般的身躯高大挺拔，但分明显见消瘦。半年不见的上司、下属两位，久久拥抱。杭团长激动地落下几滴泪珠来。

陈安坤冲里间一阵吆喝，出来两位怀孕果腹的姨太太。

杭毅一阵惊喜。这是前几个月他亲自在湖州城里挑选送往中原前线献给陈军长的美女，如今已是双双身怀六甲。这对于陈安坤这个五十多岁的男人来说，实在是一项大喜。

哎哟，恭喜恭喜，恭喜两位嫂夫人！军座虎威，虎威！一箭双雕，都不落空啊！

哈哈哈哈！瞧我这身子骨！千军万马都不在话下，还说几个窈窕淑女？哈哈哈哈！

哈哈哈哈

陈安坤摆摆手，示意两个姨太太进了里屋。他亲自给杭毅沏茶。说：哎呀，回到湖州就是亲热！看见老朋友更是亲热啊！杭毅，大哥还有一事相托，解铃还须系铃人啊！

杭毅急忙摆出立正的姿势说：军座放心，只是跟在下不要这么客气说话。

陈安坤说：哎呀，那个啥啊？先恭喜兄弟吧，委任状很快就要下来了，兄弟很快就要升任浙江省省防军第一师师长了！

全凭大哥栽培！大哥栽培！杭毅毕恭毕敬说。

陈安坤望了一眼里间，比画了一下肚子说：你看见了吧，都这样了！这年头，当兵打仗，说开拔就开拔，说上前线就上前线。南京已有命令，等我军休整几个月，又要开赴江西剿灭红军，可要带上两个大腹便便的女人，那谈何容易……

陈安坤的意思是，他现在急需一个新任姨太太陪伴他出征江西，伴他度过战场上血与火的时光。另需两位丫头片子，留在后方照料两个即将临盆的孕妇。

杭毅忽然转身对外一声大喊：来人！

外面进来三个女人。两个中年妇女，一个芳龄佳人。小美人生得可人样儿，陈军长一阵瞪大眼睛，只觉得不能自控。他一个劲儿地拍着杭毅的肩膀，大声说道：杭师长！兄弟！有眼力！我当初没看错你！原来你早就已经帮我安排下了？你真是我肚子里的蛔虫啊！

为我们前线回来的大功臣尽微薄之力，为恩公效犬马之劳，为大哥做点家事，区区小事，何足挂齿！

杭毅挥挥手，令几个女人退下。

陈安坤说：杭师长，中原大战虽然停火，可眼下国家还是百孔千疮啊。江西红军日益坐大，闹得鸡飞狗跳，多次进剿都无济于事，反而损兵折将。蒋委员长已经伤透了脑筋。我们已经由省防军改编为国防军了，这就要开赴江西了。湖州地区也不太平，太湖盗匪，还有龙山土匪，在南京都是榜上有名。这一次升任你为省防军第一师师长，接着就有艰巨的剿匪任务。你现在虽然不再属于我节制，可我作为你多年的上司加兄长，我不得不忠告你，斩草要除根，除恶要务尽，灭凶要趁早！你不能让龙山土匪日益坐大，将来他们若成了气候，和江西红军一样，那你可就永无安宁之日了！

是是是！军座说的极是！那龙山实在伤人脑筋！已经多次进剿，怎奈那龙山连绵百里，回旋余地大，我们区区几个营的部队，对于围剿龙山那是杯水车薪啊！

这就麻烦大了嘛！就没有别的办法了？

有！最近上面提出一个仿效水浒梁山招安的办法。想对龙山招安。不知军座对此事如何看法？

招安？嗯。这个主意不错！把那乌纱帽往那一挂，就会有人跃跃欲试啊！行啦！杭师长，这一次你马到成功，灭了龙山，一定将来前途无量啊！可这只是你们的一厢情愿，人家龙山会同意吗？

这正要派人去谈判呢。

这可要委派一个得力说客。

军座可有高见？

可是，说客固然重要，但是杭师长，大哥我有一言提醒：你可知道，谈判桌上的胜利，来自于战场！你们进剿龙山屡战屡败，却反过来要人家投降，这事儿恐怕没那么简单吧？

军座的意思是……

要谈判，你们必须要在军事上有更大的举动。倾巢出动，把龙山逼在垓心，或可造成城下之盟！

军座，兄弟我就是这个意思，想跟大哥借部队帮我们围住龙山，形成一股强大的压力，逼人就范。

啊？哈哈哈哈，哈哈哈哈。陈安坤大笑说，你现在脑子越来越活了！可是……可是要借我们国防军，谈何容易啊！部队刚从中原前线下来啊！你知道，那西北军的部队可是硬骨头，我们打得可算够呛，现在部队急需休整啊。何况我们现在手头穷得一个铜板都没有，休整也很困难啊！

军座，我们湖州府早准备了一百万大洋作军饷，请贵军一战！

杭毅，说什么呢？你跟随我这么多年，还不知道我的性格？动不动钱不钱的？可是，真要是出发，一百万大洋，三万多人马，平均每个士兵三十块，也能说得过去。可那当官的可就眼巴巴看着饿得慌了！

再加三十万，如何？

呵呵，你杭毅现在可真出息了，说加三十万就加三十万？

军座，这可不是我杭毅一个人的私意，这早就是省政府和湖州府酝酿已久的啊！

那好吧，看在多年交情的份上，看在你杭师长吃水不忘挖井人的份儿上，大哥我替你出一回兵！

谢谢大哥！

但是，还有一句话说在前面。我们是国防军，打土匪不是我们干的活。国家军队的军事行动，是要国家国防部批准的。我们这样私下交易，那可是要犯国法的啊！所以，大哥这次帮你，不能有半点损伤。我帮你出兵合围龙山，但决不去冲锋陷阵上山冲杀。我们只能围而不打。他龙山看到山下大军压境，倘若中计，要和你谈判招安，是你的造化；倘若他们不愿意就范，大哥也是没有办法，我不能太没有规矩没有军法贸然行事。合围十天之后，还不见分晓，我也只能白拿了你一百三十万大洋撤军走人了。明白我的意思吗？

明白明白。

两人立即着手研究军事部署。陈安坤的三万余人大面积包围和切割龙山，不给龙山回旋的余地。陈安坤一再强调他的部队只能步步为营，摆出一副围困的架势。绝对是围而不战。深入龙山腹地进剿的部队只能是湖州保安团的部队。

天高气爽，一路金秋，自古正是用兵之时。三万大军浩浩荡荡，进发龙山。

上海。出入吉公馆的长巷因为深秋的阴霾和遍地的枯朽，显得阴暗，狭窄而又不见天日。

吉公馆大门前，江翼面色苍白，神情萎靡，脚步蹒跚地走出吉公馆大门。他走着走着，身后的长巷越来越长，越来越远，以至于听不到走出门来伫立大门前的吉凡江微弱气息地呼唤。

江翼……江翼别走……

秋霜摧残后枯败树叶的沙沙声回应了曾经的吉司令奄奄一息般的呼喊。

内心苦苦挣扎，思想久久斗争了几个月的江翼，今天为了一件小事，终于果断决定，他要离开吉凡江，永不回头。

两人的午餐都喝了点酒。两人聊起了过时的中原大战和他们的未来这个话题。

吉凡江用一阵病态的壮怀激烈狠狠地咳嗽。他大骂西北军的无能，也大骂东北军助纣为虐，为虎作伥。他老气横秋，狠狠地叹息说：

这也是天意！南京王气所在，气数未尽。只可惜我两千江南人民自卫军做了孤魂野鬼！

江翼叹息说：早知今日，何必当初！两千冤魂，于心不安啊！

吉凡江挺了挺胸膛，再次咳嗽一声，说：这件事轮不到我们自责。该负罪孽责任的是西北军。我们只是他们请求的一个打手。可我们也没有伸出半个手指头啊！真正的打手还是韩震和大刀会！我们和大刀会素不相识！我们只是四百万大洋的消费者而已啊！

江翼嘀咕说：可这些卖命钱，应该拿到龙山去，韩震他们还有人活着的。

吉凡江顿了顿，嗓音尖硬地说：江翼越来越缺心眼了。这个钱，西北军为什么要交给我吉凡江？他为什么不直接给韩震那小子？他区区一个军中参谋，要建立江南人民自卫军，他有那个号召力吗？谁认识他毛头小伙子啊！

江翼辩解说：这些钱不是还装在吉公馆的口袋里吗？人家该怎么打仗不是打了吗？

吉凡江脸色沉了下来，说：江翼，你跟随我这么多年，一点长进没有啊！谁该上前线，谁该在后方数钱，这么起码的政治常识都没有啊！

江翼不想说话了。但他忍俊不禁，还是问了一个问题：

我们到底该怎样活着？

吉凡江说，我们只要没死，就是活着。

江翼继续问：那么我们的未来……

吉凡江一下打断他：我们没有未来！

江翼哑语了。吉凡江继续说：我们如果有未来，就是森林法则：弱肉强食！

江翼忽然木呆了。他脑子里一片空白。

他木星星地站立起来，听不到周围的任何声音，看不见吉凡江的脸色，感受不到气温肃杀的温度，一步一步挪着走了出去。

江翼彻底崩溃了。他所有的理想和抱负，所有的人间情爱，所有的心理感应，在一瞬间被吉凡江肃杀的话语所摧毁。

江翼从吉安镇返回时，近乎痴傻的神情今天再次加码，他内心里的很多状态全部凝固了。他为之迷恋不能自拔的恋人钦梅玉辗转又辗转，最后辗转到他家里，和他弟弟江云结婚……这是什么法则？这是不是森林法则？人类难道就这样永远看不到自己的未来吗？人类难道就这样真的没有未来吗？

……

江翼走出了吉公馆。他没有携带任何行李和日用品，没有带一分钱。但他发誓，永不回头！

他慢吞吞，慢吞吞地走着，一直走到日暮途穷，一直走到深夜，一直走到黄浦江外白渡大桥……

有人喊：有人跳江了！有人跳江了！

喊话的人清醒地喊话。可跳江的人至死不知道自己为什么跳江。

龙山的秋天特别像秋天。山道两旁的灌木和杂草饱受战火千锤百炼，枝挺叶健，纷纷抽出一道道带有血腥味的花穗。在苍翠和老绿之间，处处点缀着红彤彤沉甸甸的山楂果子和野柿。满山松树凝集了一年来的天地之气，经过战火硝烟的熏陶，愈加苍劲有力。大西沟两侧山坡奇异地生长着阔叶林，秋色尤重，正是满山红叶时，恰是"霜叶红似二月花"。

韩震跪在新垒的舅舅陈教头坟前，一边焚烧纸钱，一边泪飞如雨。

新坟地选择在一块稍稍平缓的斜坡，坐北向南，面对一望无际的广袤大平原。南安之战那天晚上韩震冒死抢出了舅舅的尸体。掩埋于此，表示一种铭心刻骨的怀念，还有韩震内心里压抑的愤懑和悔恨。

堂堂西北军统帅……堂堂江南人民自卫军司令……他们咋这般轻易草率！拉起了上千人的队伍，说丢就要丢，不管他们的死活呢！这年头，为他们如此卖命，也得不到一丝保障和信任，那还有什么是值得信服的！

世界上真的没有救世主！真的只有依靠自己！

他悔恨把自己唯一的亲人自己的亲舅舅拖进了这场荒唐可笑的战争，白白的做了人家的牺牲品。他拼死抢回舅舅的尸体在龙山建立新坟，就是要时时告诫自己，时时感念南安之战那些战死的大刀会。

韩震后来重建龙山，在龙山拼死搏杀，都是要将功赎罪。他感觉自己是造成大刀会和亲舅舅命赴黄泉的罪魁祸首。他必须奋不顾身，保护这些剩下的几百条生命，不能让他们跟着他韩震除了失败失望还是失败失望，除了丢命还是丢命。

龙山脚下，三万大军正在一步步缩小包围圈。几百条生命将如何摆脱这场惨绝人寰的危机？

踏踏踏踏……

山道上闪过一道白光。金花身穿白衣，披着白披风，骑着一匹白马，腰插双枪，飞奔而过……

　　仇恨中长大，战火中成长的金花姑娘，一天一天在生命的代价中获得新的认知。她和憨子哥是一棵苦藤上的两个苦瓜，同时也是追随他们几百个好汉们的领头羊。

　　这几天，金花和韩震一样，在为龙山几百兄弟姐妹的生死存亡万分焦虑，苦苦寻找突围良方。

　　她骑着大白马直奔龙山老巨岩。

　　龙山老巨岩上"龙山"两个大字，头顶万里蓝天，脚踏千里秋色。巨岩下横摆着一副香案。

　　望山下千军万马，刀光剑影，金花心潮澎湃。

　　有人告诉她，龙山一脉纵横驰骋，这块巨大的老岩石，就是龙山之龙头。

　　传说历朝历代，人民不堪朝廷凌辱，铤而走险，逼上梁山，纷纷在龙山落草为寇。不论哪一代的山寨之主，都要像尊奉祖宗一样来祭典这老龙头。老龙头经万年风雨，大有灵性，总在龙山危难关头，给山寨之主托梦，晓以利害。

　　她和韩震已祭典龙头多次。可这老龙头就像睡着了一般，山下有大军进剿，却没有给予半点征兆和暗示。金花有些生气。她现在想去摇一签。

　　她站在老岩石下，看着那只盛满竹签的竹筒，愣了半晌。山风传来凄厉之声。她抓起竹筒，摇了摇，竹筒里冲出一签。她拘谨地捡起那神圣的签子，定睛细看：

　　　假作真时真亦假，真作假时假亦真。车到山前必有路，小车不倒只管行。

　　金花思索半晌，不得其解。

　　她望着山下撒开的重重包围圈，紧锁双眉。

　　三万大军呈扇面形分开纵队包围龙山。前日韩震看见大军兵多将广，来势凶猛，立刻带人向西流窜。不防被早已预备的两个团拦住去路。韩震和金花兵分两路，凭借起伏回旋的山形，丛林中周旋往复。岂知山中更有军队分割地盘，拦腰斩断了回旋的余地。

龙山到了生死攸关的重要关头。

有人来了。

韩震下了枣红马，金花拿出那一签递给韩震。两人解悟半天，一时丈二和尚摸不着头脑。

山下军号阵阵，绵延数十里，此起彼伏。

忽然，铁丫气喘吁吁赶来报告，省防军派来了谈判代表，献上一信。信上插着鸡毛，全文如下：

　　韩头领及山中全体将士阁下：常言道，民以食为天。在这天灾人祸战火连年的时代，普天下水深火热，饥寒交迫，尔等为顾身家性命，铤而走险，落草为寇，实乃不得已而为之。但当今时至民国有年，正全力天下大治，整肃朝野，要还人民一安宁之世界。天下之大，正可谓有所不容。然天网恢恢，疏而不漏。龙山乃官府眼中钉肉中刺已非一日，南京早已榜上有名。目前形势所迫，命令所逼，铲除龙山迫在眉睫。今政府决心已下，出大军三万五千余众，四面合围，龙山已是四面楚歌，困在垓心。但党国仍存仁慈之心。念尔等为生活所迫，迫不得已；又念尔等皆为国民之精英。现在国家虽然天下初定，但依然酝酿各种社会矛盾，另有东北日本之难——卧榻之侧，锋芒所向，国家正是用人之际。进剿龙山，实不忍灭绝尔等。我部有一方案，希望与龙山谈判，规劝招安。若尔等归附，各大小头领均安编制给予官衔，享受我军同等待遇。若龙山誓死抵抗，自取不义，自绝于党国，我们将于踏平山寨之时，杀无赦！鸡犬不留！

　　现申明大义，一条光明大道，一条黑暗阴沟，何去何从，望慎择之！

　　自发信之日起，限期两日，未得消息，即视抗拒！

　　湖州省防军师部

　　　　　　　　　　　　　　　　　　　　　　×月×日

一盏昏黄的灯光映衬着韩震和金花的暗淡心境。世界仿佛末日来临。

秋宵帐寒，情意缠绵。韩震看着金花，眼里闪烁泪花，语音哽咽。

韩震说：

"我们听信西北军，组建江南人民自卫军，期望为西北军扭转乾坤。但我们做梦没想到，江南人民自卫军自生自灭，很快成为那些政治野心家的牺牲品。我韩震对不起舅舅，对不起歌丫姨娘，对不起那些南安战死的大刀会成员。眼下又是大军进剿。不能再让这剩下的几百条汉子跟着我们白白丢了性命。我考虑再三，准备招安。"

金花同意韩震的招安之策。

次日天明，在东方辉映闪烁的阳光下，尚未散尽的山岚薄雾轻烟缭绕，在山下连绵百里军营军号声中，山寨的气氛恍若隔世扑朔迷离。

五百条汉子站在龙山巨岩下。大家用各种求生的目光仰望着韩震和金花。

韩震拿出那封信，当众念了一遍。

全场鸦雀无声。

韩震挥泪说：各位兄弟姐妹，我韩某人对不起大家！我们重建龙山，打出了龙山的威风。但是树大招风，这一次招徕了三万五千人的围困进剿。我们区区五百人，现在如何能够抵挡这三万五千之众！我决不能拿各位兄弟姐妹的身家性命开玩笑！我和金花已经商量过了，决定招安。有愿意下山招安者，随我们下山；若不愿意随我们招安者，我们决不勉强，发给路费各奔东西回家……

人群发出一片哭泣声。

五百多号人，三百多人愿下山归附。还有两百多人要领钱解散归乡。

整个龙山山寨泪飞如雨。人们依依惜别，相互道声珍重，保重……

第二十六章

龙山招安了，南安镇街四处墙壁上张贴着布告：

　　告示：

　　为建设新民国，为国民安居乐业之计，借中原大战凯旋之雄风，镇压所有兴风作浪之残匪，南安镇公所不遗余力，严肃法纪，整饬世风，打击黑恶，惩治暗匪。凡公开和暗地里与大刀会或所谓江南人民自卫军暗通部曲，凡提供场所，凡利益私交，凡称兄道弟者，均以匪罪或通匪罪论处。凡豢养家丁私藏枪械者，十日内自行报官，按无罪论处。隐藏不报而被查出，一律按匪论罪。凡半月内良心有知到镇公所自首者，可戴罪名而从轻发落。望乡民竞相检举。报官者按匪大小论价有赏。凡知情不报，一律按通匪罪论处。

　　　　　　　　　　　　　　　　　　　　南安镇公所
　　　　　　　　　　　　　　　　　　　　民国十九年十月初十日

俗话说，人随王法草随风。丁家庄的刘家交出了家丁的枪械。宁家军自行解散。宁家军主动交出了早先家族筹钱买的十几枝长枪。

南安镇公所所长冯大魁，队长刘阿昌，恢复了大战丧弃的灵魂，再次昂首挺胸出入镇公所，官职原位不动，大摇大摆招摇过市。

刘阿昌神情大变。自南安之战时被金花一班人死命追赶，惊吓掉了三魂七魄，每到天黑就不敢出门。在家睡觉夜夜做噩梦。天天眼皮惊跳。他那内心里惶恐得比大战时还要惶恐。

他有个不祥的预感。或许某一天肯定还要出什么大事儿。

黄县长依然没有放回刘阿昌的儿子。他要让刘阿昌永远不敢说出曾经"暗通部曲"的那些事儿。

刘阿昌心里虚，成天猜测着预感中的不祥，会不会连累儿子。

南安总管庙、城隍庙修葺一新，但供奉菩萨的香火不见兴旺。鱼巷口老冯家的"总管饭店"换下战火烧焦了的梁柱，添置了火炮炸飞的瓦片，重新挂牌营业，香飘阵阵。

南安镇公所缉匪通告发出，风声一天比一天紧。镇公所召集内部会议，在南安镇四乡五十四保，要安排眼睛和耳朵，明察暗访各色匪类。他们这次想动真格抓捕的丁老发和宁正全好像人间蒸发一样，不知去向。穿上了警服的杨小狗胆子一天比一天大起来。

刘阿昌正在镇公所想心思，杨小狗忸怩作态地走进来。

杨小狗想求刘队长办事儿，但不好意思开口。

刘阿昌问：想老婆啦？

杨小狗吃惊地说：队长，你真是活神仙！这事儿你也看出来了？

刘阿昌早就听说杨小狗想那小寡妇，但害怕宁正全，一直害着单相思。现在宁正全畏罪逃脱，小寡妇没人管了，杨小狗的心思又活了。

刘阿昌站起身，一挥手说：把枪放所里，你跟我走吧。

刘阿昌把杨小狗一直带到丁家庄小寡妇家里。小寡妇看见胸前斜挂双枪的黑脸大汉刘阿昌来了，早已魂飞魄散，害怕得直打哆嗦。

刘阿昌板着脸问：知道我们来你家什么事吗？

小寡妇不敢说话，只是摇头。

外面都说你又和宁正全厮混了？刘阿昌厉声问。

没有没有，不敢不敢。小寡妇否认说。

没有就好。刘阿昌对着杨小狗说：既然她没有和宁正全厮混，这人就是你的了！今天你就住她家里，听到没？

杨小狗丈二和尚摸不着头脑。但听刘队长的神情绝不是开玩笑。他赶忙唯唯诺诺答应了。

刘阿昌问小寡妇：上次挨打，不再痛了吧！

小寡妇嗯嗯嗯答不上来。刘阿昌接着说：伤痛好了，现在就把门关了！你们进去睡觉！

刘阿昌走出门外，转身看着不知所措立着的二位大声喊：把门关了！睡觉！她要不听话，你告诉我，看我再把她吊着打！

小寡妇战战兢兢把门关上。刘阿昌大踏步地走了。

时间一晃过了一个月。半夜时分，睡在小寡妇家的杨小狗听到窗外有脚步声。

杨小狗摸摸身边的小寡妇，小寡妇已经熟睡。他竖起耳朵静静地听，好像有人在撬门。

九子！九子！

有人轻轻叫喊。

小寡妇醒了。她听出叫喊声是宁正全。

杨小狗悄悄告诉她说：我从后门溜走，你等会儿开门叫他进来。

杨小狗回头叮嘱一句：你要把他留住。你现在是我的老婆了。你要不听我的话，当心刘队长又来吊你！

小寡妇开了门。宁正全几乎是扑进屋来，抱住小寡妇狂吻。小寡妇挣脱着，赶快关上门。宁正全一把抱起小寡妇要上床。小寡妇突然抱住宁正全的耳朵，说：你快走！快走！

宁正全哪里还肯放开，厉声骂道：三天不见老子，你骚糊涂了是吧！你敢不要我睡觉！

小寡妇不敢明说近日杨小狗的事儿，只是催促他离开。

宁正全哪里肯依，两人在床上扭成一团。

杨小狗飞奔到毛竹园那边姓刘的人家，乒乒打门，叫醒了刘家人。

十几个刘家人守住了小寡妇的前门后门。杨小狗飞奔到镇公所，大声嚷嚷：宁正全回来了！宁正全回来了！

冯大魁刘阿昌杨小狗一班十几个军警猛扑丁家庄。

宁正全被捆成五花大绑。当晚就吊在小寡妇房梁上，一顿棍棒猛抽。

冯大魁看着被打得团团旋转的宁正全，厉声问：

说！抢劫我总管饭店的江洋大盗，是不是你和丁老发？

宁正全一声不吭。

冯大魁挥挥手，说：放下他。

宁正全烂泥一摊，浑身血迹斑斑躺在地上。

冯大魁一挥手，说：给我上！

五个军警搬来几条凳子，把宁正全按倒在凳子上坐着，让他高高翘起大腿。几个军警搬来砖头和木柴。他们不停地在宁正全的大腿下填塞砖头和木柴。只听宁正全的骨头咔咔作响。宁正全大汗淋漓，依然一声不吭。

冯大魁嚷道：这叫老虎凳！你说不说？不说还有更高级的在后头！

宁正全耷拉下脑袋，依然一声不吭。

冯大魁挥挥手，说：给我灌！

几个军警抱出几个罐罐，掀开盖子，一股强烈的辣椒味，直冲鼻腔，几个军警立即打喷嚏。

灌！

他们抱住宁正全的脑袋，插一根铁棒撬开他的嘴巴。没等辣椒酱送到嘴边，宁正全连声嗯嗯叫唤。

冯大魁挥挥手，示意几个军警取出他嘴里的铁棒。宁正全奄奄一息，呻吟着说：我说……我说……

当晚，一群军警抬着宁正全，摸着黑，前往太平庙里去捉拿丁老发。

枪毙丁老发那天，南安镇天气特别晴朗。冯大魁和刘阿昌一班军警笑容满面，在镇公所里乐开花地谈笑风生。

冯大魁说：不是不报，时候未到吧！这个丁老发，在我们眼皮子底下吃香喝辣，神气活现，我们从来是睁只眼闭只眼，谁知道他以怨报德，恩将仇报，竟打起我冯大魁的主意，打劫到我家里了！你说这叫什么人啦！

刘阿昌说：不作他就不会死。他这号人，跟我们混，当面是人，背后是鬼，吃里扒外，连他的老大他都会搬石头砸死，他什么事儿干不出来！

冯大魁说：这些年，我想不通，有人说丁老发是好人！这样的东西！说他是好人！他究竟好在哪哈噻！

刘阿昌说：今天你枪声一响，他伸腿瞪眼见阎王，你看还有谁说他好！好，好人怎么会做枪毙鬼呢！

十几个军警吃了蜜糖一般地乐着，摇头晃脑向刑场走去。

刑场设在保安团防备大刀会设置木栅栏的河岸上。木栅栏早已撤毁，腾出一个小广场来。那次南安之战之后，县府在这里大摆刑场，砍头，枪杀了几十个大刀会的俘虏。每到夜晚，一群群的野狗涌窜到此，东张西望着，希望还能找到一具没人收尸的新鲜肉，捞到一顿美餐。

枪毙丁老发，在这南安镇上那是特大新闻。为了扩大剿匪影响，震慑四方，镇公所在方圆几十里范围发出了布告。丁老发是南安镇斜挎双枪多年的场面客，是黑白两道通吃的人物头。很多人受他的毒害，也有很多人受他的恩惠。今天落此下场，来看热闹的人是人山人海。黑压压的人群里议论纷纷：

丁老发这下玩大了，敢抢冯所长的家当！

啥叫玩大了！这才是英雄好汉！老是欺负可怜人算老几？敢跟大家伙搞，那才是好汉！

丁老发会没有钱花？他从来兔子不吃窝边草的。是不是有人栽赃陷害他？

丁老发是什么人你还不知道！他连宁校长家里都下手，还兔子不吃窝边草！

凭良心说，丁老发也救了不少可怜人。谁家看病没钱，谁家揭不开锅，丁老发老是做善事的……

闪开闪开！忽然一声大喊，县衙的官僚骑马到了。人们赶快闪开一条道。

刑场上嗡嗡嗡的喧哗声渐渐肃静下来。

黄县长坐在太师椅上，戴着礼貌墨镜，扫视人群一眼，挥了挥手。两个全副武装的军警又推又搡，押着丁老发走进刑场圈子里。丁老发五花大绑，背上竖着一块牌子，上写歪歪扭扭"死囚丁老发"五个大字，打了鲜红的一个叉。丁老发抬头看看满场的人群，微笑着，不以为然的样子，引得一些乡民大声喝彩喊好。

丁老发站在圈子当央，眯眼看着黄县长大声问：哪个是黄县长？

黄县长一愣，举手做了个手势。

丁老发喊道：黄县长，听说刑场有个规矩。

请讲！黄县长道。

听说枪毙犯人最多只许开三枪。倘若三枪打不死，就不可再补枪？

啊？哈哈哈哈！

黄县长和冯大魁一班人大笑一阵，指指点点丁老发说了两个字：怕死！

丁老发环顾四周，声清气朗地大喊：我这是怕死的人吗？你们说我们怕死吗？

周围的人群回应着喊：不怕死！

黄县长对冯大魁嘀咕问：这人也会披发功，刀枪不入？

冯大魁说：什么功也没有，就是鬼点子多！

黄县长对丁老发大声喊道：好！那就依你！三枪打不死，就放你一条生路！

黄县长小声对身边人说：我们只安排了两个枪手，这蠢猪说三枪，好！再派一个枪手过去！

又一个荷枪实弹的军警走到丁老发身边，三个军警把丁老发推到一个土台子上，然后退出两丈开外，端枪瞄准。

土台子那边的人群呼啦啦闪开。

预备！监斩官发令。

三个枪手呼啦啦拉开枪栓。

大哥！

忽然土台子边跳出一个男子，大声叫喊着扑向丁老发。

放！监斩官一声大喊。

砰砰砰！

三声枪响，三颗子弹同时飞向丁老发。

说时迟那时快，那个男子扑到丁老发身边，正好挡住了飞速而来的三颗子弹。

那男子旋转着血淋淋的身躯，旋转着仰着身子，慢慢地倒地。他面部表情肃然痛苦，但依然用一阵非常感激的目光注视着丁老发。

全场傻愣住了。嘭！那男子呼啦坠倒在地，丁老发这才看清这为他挡子弹的原来是那个带着他女人离开松山庙的净智和尚。

丁老发看明白了。这个净智和尚一定是感激他不杀之恩，今天以死相报来了。

人群哗然骚动。黄县长吃惊之余，盛怒地大喊：快开枪！快开枪！

冯大魁更是迫不及待地自己掏枪，从人群里拥挤过去。他要亲自打死丁老发。

丁老发大声喊道：黄县长说话不能不算数！说好三枪不死，不可再补枪！

已经有人围住了冯大魁，激烈地争辩说：说好三枪的，不可补枪！

冯大魁愤怒地拿枪指着那些人吼道：你敢阻拦，说你通匪，一样的枪毙！

丁老发激烈地狂喊：黄县长，你说话不能不算数！我抢劫冯大魁的票子是真的，但我自己没花一分钱！我全部分给了这些苦难的乡亲！

人群群情激愤，怒吼声如雷贯耳。

奶奶的！黄县长骂道，他掏出手枪啪啪开枪，强压住场面，大声说：

谁再喧哗闹事，一律按土匪论罪！我黄某人说到做到，三枪打不死丁老发，不再补枪！但，死罪可免，活罪难逃！带回丁老发，押到县衙监狱收监！

丁老发不再叫喊。他回头看着躺在血泊中的净智和尚，飞泪如雨，扑通跪下，说：兄弟，事久见人心！大哥没有看错你！待我到九泉之下，会找你报答！

军警推搡着丁老发上了马车，押往浙北县衙而去。

半夜时分，小寡妇哗啦开门，披散着头发，跌跌撞撞直奔丁家庄小学校。

跑过毛竹园，她远远地看见小学校窗户亮着灯。

她不顾摔跤，拼命奔跑，引起狗叫声。

小学校的灯光一下子熄灭了。

小寡妇气喘吁吁，乓乓敲门，喊：宁校长，宁校长……

宁青民开了门，看见是几乎累瘫痪了的小寡妇，吃惊地问：怎么啦？怎么回事？

小寡妇急促地喘气，说不出话来。她比比画画，上气不接下气地说：

校长，刘阿昌……带人来抓捕……你们农会……有人举报……农会人造反……抢劫枪械……陪龙山人打皖南……要全部抓尽……杀绝……

宁青民听明白了。杨小狗住进了小寡妇的家，其实就是镇公所埋伏在丁家庄的眼睛和耳朵。杨小狗已经抓捕了宁正全丁老发。今天柳叶来了，一定是被杨小狗看到了。杨小狗现在跑到镇公所去告密了。小寡妇是赶来通风报信的。

宁青民拍了拍手，柳叶和三个农会的干部从里间走出来。柳叶和三个干部腰系皮带，佩带手枪，一副英俊的智勇气派。

宁青民对柳叶说：和你说的一模一样！同志们，这位妹子来通风报信，说的和上级的情报一模一样。我们不能等死！我们今晚必须马上行动！

好！马上行动！

一声口哨响，小学校里出来七八十号人，一个个长枪短枪，全副武装。

宁青民一声大喊，说：同志们，大刀会攻打南安镇的时候，我们协助阻击皖南的援军，现在有人告密说我们造反！冯大魁已经带来县府的军警前来包围丁家庄，要全部抓捕我们的宁家军和农会！要赶尽杀绝！包括我们的家属！好！我们今天不能等死！今晚我们乘冯大魁带来的人马没有赶到，抢先包围南安镇公所，活捉那个刘阿昌一班军警！来！拿出我们浙北工农红军的旗帜！

两个农会青年拿出一面绣着镰刀斧头的红旗，绑在一根竹竿上。

事不宜迟！我们马上行动！目标，南安镇公所！出发！

宁青民带领农会军直奔镇公所。柳叶带领家属们，向吉安深山地区转移。

湖州城大开城门，锣鼓喧天，鞭炮齐鸣，欢迎龙山兄弟"招安"归附省防军。

道路两旁夹道欢迎的湖州市民，纷纷伸长了脖子，要看看龙山来的韩震究竟是个何等人物。多少个日日夜夜，有口皆碑传说着"韩震韩震"，那可真是"谈韩色变"！今天，那韩震就要从西门骑着高头大马，要摇身一变，变成省防军湖州保安二团三营营长了；从此要来保护他们这些善良的湖州市民了。这可是特大新闻、特大喜讯啊！

来了来了！有人喊。

一阵烟尘滚滚，浩浩荡荡开过去一营官兵。后面紧跟着一队步伐不齐，衣服服色杂乱，歪肩塌胸，佩带大刀长短枪武器凌乱的队伍——这就是龙山招安兵。

招安兵后面又是一个营的正规军殿后。

一匹高大的枣红马和一匹大白马并驾齐驱而来。

韩震和金花目不斜视，冷眼看世界，骑马穿过人流。

人们行注目礼一般肃然敬畏地看着那一对男女，纷纷猜测着那男的一定就是韩震了！

韩震已经换了服装，新发的戎装军服，营长的规格，好一个英俊潇洒，风流倜傥！

后面压轴的杭师长一脸的志得意满，含笑的目光中隐匿着一丝不易察觉的佞笑。

杭师长的新夫人钦梅月一身秋装，双眉紧蹙地混在人群里。

她两眼飞快地扫视着龙山下来的男男女女。她早就听说姐姐钦梅玉被浙北山匪抢走，一直耿耿于怀地挂念。嫁给军官杭毅，她时刻缠磨撒娇提醒杭毅要剿匪，要到浙北县剿匪，要救出她姐姐。近日杭毅出征，说是到浙北县地盘的龙山剿匪，钦梅月喜出望外，天天在家烧香拜佛，希望杭毅的部队一举拿下龙山，希望姐姐平安归来。今天龙山山匪全部下山，全部归顺湖州保安团，如果钦梅玉真的在龙山上，今天她就可以姐妹相聚。她扫视着人群，注视着一个个女性，看得两眼发直，可是，没有……没有……不是……不是……龙山来的女人里没有看见她的姐姐钦梅玉的身影。

忽然，钦梅月眼睛一亮。

她挤出人群，向龙山人群奔去。

她一把拉出一位十六七岁的姑娘。三丫头。歌丫从刘阿昌的魔掌中解救出来的三丫头。钦梅月对她左看右看，上下打量。像！太像她的姐姐钦梅玉了！几年的岁月已经过去，钦梅月不可能像三丫头这般年轻，但是她们俩的相貌实在太像了！

钦梅月找到丈夫杭毅，坚决地讨要三丫头，她要三丫头做她的随身女佣。

杭毅犹豫了。这么年轻貌美的三丫头，不管她怎么少年童稚，可她毕竟是龙山上匪窝里下来的人啦！把她放家里做女佣，倘若她匪性不改，放在家里岂不是引狼入室？

钦梅月执意要人，并说出这女人和自己姐姐钦梅玉的相像。杭毅才一挥手，示意三丫头出列，简单问了问她的身世，便叫她跟随钦梅月来到师长府沐浴更衣做起了女佣。

龙山招安兵进城的第一件事，就是到师部换服装，大小官员接受委任状。韩震被委任为湖州保安二团三营营长。

闹腾了一天的湖州城终于安宁下来。省防军军营里大摆酒宴。

原来刀光剑影誓死拼杀的两帮人，坐到了一桌酒席上。觥筹交错，杯盘狼藉。吆五喝六，十分快活。

金花这几天心里总是闪烁着一种莫可名状的惶恐。她反复提示韩震，省防军送到龙山的那封招安鸡毛信，是不是有什么玄机？他们一字不提龙山之匪是因为江南人民自卫军南安之战战败逼上梁山，却把这些匪事定性为"民以食为天，因为饥饿"才铤而走险，这分明是说了假话。把龙山的罪名这样避重就轻，是否湖州保安团部要了什么心眼儿？是否曲里就弯藏着什么阴谋？韩震不假思索。认为人家既然要招安，以后就是一家人，不会把话说得太难听，肯定要避重就轻的，云云。

夜晚庆功宴上，只见杭师长春风得意，端着酒杯，来往穿梭着酒桌之间，巡回敬酒。金花注意到，杭师长把他人规劝得酩酊大醉，可他那杯酒固若金汤，来回晃荡几个来回，依然杯满如初。

酒宴中，一个传令兵急匆匆走向杭毅，敬礼，给了一份电报。

杭毅大惊失色。浙北县来报，南安镇丁家庄一百多号人遭遇"赤化"，高举红军战旗，一举拿下南安镇公所，抓走了南安镇公所军警队队长刘阿昌，缴获镇公所所有武器装备，已经公然上山，打出红军游击队旗号，誓与当局血战到底。

杭毅害怕。井冈山朱毛红军的星星之火，今天竟然燎原到浙北地盘。

杭毅更害怕，红军游击队可不比龙山匪徒，他们的信仰和战斗力，绝非丧家之犬的江南人民自卫军可比。湖州和浙北的保安局势，这里刚刚解决龙山匪徒，那边再起红军烽火，天啦！浙北局势，岌岌可危啊！

夜晚酒席散尽，无论省防军还是新三营（原龙山人马）尽皆各归宿营。

金花悄悄叫来铁丫和金笛子，对他们耳语一番。

夜色神秘地笼罩了湖州城。白天的欢闹和人山人海，消失得无影无踪。除了听到河道里的小火轮拉着汽笛，湖州城寂静如磐。

军营里醉得一塌糊涂。龙山招安兵一个个烂泥一摊，东倒西歪地躺着。

夜深人静的半夜时分，军营外人影幢幢，一队队荷枪实弹的士兵紧张地奔跑着。

昏暗的街灯下，杭毅的副官侯骏才，全副武装，带着十几个卫兵和几个女兵，向韩震的卧房跑去。

几个女兵敲响了金花卧房门。喊门。金花刚把门打开，几个女兵一拥而上……

男兵一冲而入，把酩酊大醉的韩震捆了个五花大绑，成了个蜘蛛精。

第二天下午，湖州城的上空陡然变色，乌云浑厚密布。海岛广场上人山人海。传言如风：今天湖州保安团要枪毙一批重要人犯。

市民们议论纷纷猜测不定。昨天龙山招安进城，今天就枪毙人犯，是不是省防军出尔反尔，用假招安之计赚了人家？都说省防军不是东西，今天真得这般应验？人们奔走相告，潮水般向海岛广场涌去。

广场上早就人如潮涌。在潮水的旋涡中，不知什么时候搭起个大台子。杭毅和侯副官一班要员坐在台上。台下全副武装的士兵如临大敌，护卫着台子。不时有一帮帮政府官员笑容可掬，弹冠相庆地走上台去，向杭师长抱拳祝贺。

有人问杭毅，那个龙山匪首还有个压寨夫人呢？听说不一起处决？

杭毅摇摇头，说：上峰的意思，那婆娘罪不至死，昨晚连夜送往浙北县城监狱关押了。

有人附议说：杭师座秉公明断，可敬可佩！

有人一声大喊：肃静！肃静！现在有我们省防军杭师长讲话！

杭毅站起身来，清了清嗓子，咳嗽一声，拿着一张文书大声念道：

　　兹有龙山匪首韩震，昨日归附省防军，企图以"诈降"之计，乘夜间带领部属暴乱。是可恨，实在可恨！现在十分庆幸地告诉大家，昨夜暴乱，由于我军早已识破，过早防范，没有造成重大损失，一干人等已被我军镇压，捉拿就范。我师连夜紧急报告杭州省部，上面指令：就地正法韩震，以儆效尤！

带人犯！侯副官一声大喊，从台后押上来十个人犯。韩震和他龙山的九个大小头目，一个个被五花大绑，押上台前。

韩震破口大骂：无耻！卑鄙！堂堂省防军，打不过我小小龙山，竟用如此卑鄙无耻手段害我兄弟！招安！真是小人伎俩！我们就是死后变鬼，变成阴兵，也要重上龙山，和你们省防军血战到底！

杭毅挥了挥手，上来一个军官，哗啦抖开一张布告，大声念道：

　　经湖州保安师部彻查，韩震，原是浙北县南安镇人氏，早在学生时代，从不循规蹈矩，遵守律法，胆敢勾结共党分子对抗官府。曾放飞镖打死南安镇公所副队长林某。曾多次企图暗杀官衙官员。三年前畏罪潜逃，投奔西北军军营。中原大战之际，西北军暗通部曲，勾结原江南大员吉凡江，联络江南大刀会非法组织，私建江南人民自卫军，于民国十九年4月23日，率领两千余众攻打浙北县南安镇。打死打伤我湖州保安团七连九连兄弟七十五人。中原大战转向和谈，西北军和南京达成盟约，西北军不再顾及其他，韩震所创江南人民自卫军成了飘泊江南的孤魂野鬼。其人不思悔改，认罪伏法，竟然铤而走险率众占山为匪，扰乱四方，祸国殃民。今湖州保安师部杭师长亲率大军进剿龙山，威逼韩震"招安"纳降。谁知官府有情，匪徒无义，韩震却是心怀叵测，诈降我军，昨晚乘我军疲惫松懈之时，乘机暴乱。幸而我军反应敏捷，果断镇压。纵观韩震劣迹，罪大恶极，其罪十恶不赦，当以最快速度就地正法！

人群一阵骚动。

杀无赦！杭毅一声号令，只听：

砰砰砰……一阵连续枪响。

韩震忽然听到一阵阵惨叫，来自于一字排开执行屠杀的刽子手。

杀！杀啊！一个女生的尖叫声。

柳叶和宁青民带领身穿便服的游击队，清一色的短枪，冲进了广场。红军战士左右开弓，主席台前的卫兵尚未明白咋回事，就被打倒在地。

宁青民和十几个战士一个箭步冲向主席台，一把搂住杭毅师长和其他官员的脖子。宁青民短枪顶住杭毅太阳穴，勒令道：我们是工农红军！快叫所有人放下武器，快叫！

台下荷枪实弹的士兵们看到杭毅师长被枪顶住脑门，一个个吓得一动不敢动。

快……快放下枪……快……，杭毅喊道。

柳叶站在台前，手拎着短枪，看着杭毅说：杭师长，你还认识我吗？

被宁青民枪顶着的杭毅斜了柳叶一眼，哆哆嗦嗦说：认识……南安……女先生……

柳叶下令，现场所有士兵放下武器，全部蹲下。

几个大汉解开韩震一班人的绳索，立即紧急撤离。各个角落里蹲着的红军战士看到有人胆敢举枪，负隅顽抗，迅速开枪毙命。

这些神兵一样的红军从天而降，擒贼先擒王，挟持了杭毅和众官员，出其不意劫了法场，救出韩震一班受骗的招安头领，还缴获了几十支枪械，大获全胜而去。

几十匹大马像离弦之箭，旋风般向吉安镇深山老林飞奔。

全身瘫痪的杭毅，四处张望一下刑场，除了魂飞魄散瘫痪在地被缴械的官兵，所有人都像人间蒸发一样，空空如也。

杭毅猛地站起身来，尖声喝道：都死啦！都死啦！

官兵们一个个回过神来，惶恐地四处张望。

杭毅嘭地踢去一脚，一个卫兵一声嚎叫。

杭毅暴跳如雷，挥舞着两臂嚎叫：

快回师部！快回去拿枪！

杭毅做梦想不到的是，昨晚把金花从湖州押往浙北县城去的路上，汽车刚刚发动，铁丫和金笛子几位马戏团的小子，神不知鬼不觉攀上了车厢。他们打死了押送的士兵，救下了金花。他们刀枪逼着驾驶员，连夜赶往南安镇丁家庄寻找宁青民校长。

宁青民的红军部队刚刚在南安镇迎头痛击冯大魁带回的浙北县府官兵。枪声散去，正打扫战场。找到宁青民，金花一阵晕厥……

第二十七章

天高云淡，秋高气爽。吉安山区一片欢腾。红军部队欢迎龙山将士加入红军。

韩震两眼含泪，走到山崖之处，站在一块青石岩上，遥望湖州方向，忽然双膝跪倒。

他为那些被招安诡计陷害的所有战士谢罪。

他身后齐刷刷站立两排湖州城里救出的战士。

金花跪在韩震身后，泣不成声。

宁青民和柳叶扶起韩震金花等人，劝慰说：不要悲伤，我们把黑色太极八卦旗换成了工农红军旗，我们要打土豪，分田地，为普天下劳苦大众打出另一片天地！

早知今日，何必当初！韩震深深自责道，我为什么当初在龙山不听你们的劝告，非要一意孤行搞江南人民自卫军，一定要到撞得头破血流，葬送了我的亲舅舅和姨娘，葬送了成百成千的无数冤魂，才如梦初醒？为什么明明知道江南人民自卫军是一个没有结局的结局，可我为什么忠言逆耳？我，我真的是罪不可赦！我，各位龙山兄弟，你们枪毙我吧！让我快快到九泉之下，去寻找我的舅舅我的姨娘和大刀会兄弟谢罪……

山谷回应着韩震的呼喊声，久久不停。

宁青民面对韩震，正色说：韩震同志，你怎么能说死就去死呢！你还有很重要的事情没有做完！

金花含泪说：憨子哥，我们还有大仇未报啊！

韩震猛狮一般回过头来，看着金花，眼泪再次夺眶而出。

柳叶一声大喊：把刘阿昌带上来！

几个战士押出刘阿昌。刘阿昌看到韩震，认出他是与他在总管酒店洽谈买卖枪支的那位壮汉。他从金花愤怒的目光，辨认出她就是与他在三丫头房屋里遭遇的女侠。

刘阿昌，你还认出我们吗？

韩震和金花步步紧逼向前。

刘阿昌点点头。但他忽然又摇摇头，颤抖着说：认识认识……不认识不认识……

你还想得起几年前，你打死的那个憨子娘吗？韩震问。

你还记得你关押在镇公所土牢里的金花爹憨子爹吗？金花问。

你当年是为什么要打死憨子娘呢？韩震问。

你当年为什么要关押金花爹憨子爹呢？金花问。

你知道我叫什么名字吗？韩震问。

你知道我叫什么名字吗？金花问。

我就是憨子！韩震大声说。

我就是金花！金花大声说。

啊！啊！刘阿昌一阵眩晕，惊恐地叫喊。

给枪！柳叶命令道。两个战士递给韩震和金花两支短枪。

柳叶大声说：韩震同志，金花同志，今天我们吉安山区工农红军第一支队，正式宣判，刘阿昌横行乡里，无恶不作，草菅人命，恶贯满盈，罪大恶极。今天我代表吉安山区红军第一支队宣判刘阿昌死刑！授权由韩震同志、金花同志执行！

且慢！韩震阻挡说。众人大吃一惊。

韩震从怀里掏出一面黑色太极八卦旗来。只见他将旗帜挥舞起来，飘飞空中，然后砰砰数枪，将黑色太极八卦旗打得粉碎，正如片片黑蝶，迎风飞舞。

他拉过金花，转身面对插在身旁的工农红军的镰刀斧头旗帜，敬礼！礼毕。

砰、砰！

韩震和金花双双开枪。

刘阿昌飞溅出乌黑的贼血，扑通通滚落山崖……